grafit

Im Dienst der Hanse ist der dritte Teil der Mittelaltersaga
Das Haus der grauen Mönche:

Das Haus der grauen Mönche – Das Mündel, Bd. 1,
ISBN 978-3-89425- 619-7
Das Haus der grauen Mönche – Freund und Feind, Bd. 2,
ISBN 978-3-89425-620-3
Das Haus der grauen Mönche – Im Dienst der Hanse, Bd. 3,
ISBN 978-3-89425 -621-0

Chemnitzer Str. 31, D-44139 Dortmund
Internet: http://www.grafit.de
E-Mail: info@grafit.de

Umschlaggestaltung: Nele Schütz Design
Druck und Bindearbeiten: CPI – Clausen & Bosse, Leck
ISBN 978-3-89425-621-0
2. 3. / 2018 17 16

Jan Zweyer

Das Haus der grauen Mönche

Im Dienst der Hanse

Historischer Roman

grafit

Der Autor

Jan Zweyer wurde 1953 in Frankfurt am Main geboren. Mitte der Siebzigerjahre zog er ins Ruhrgebiet, studierte erst Architektur, dann Sozialwissenschaften und schrieb als ständiger freier Mitarbeiter für die *Westdeutsche Allgemeine Zeitung.* Er war viele Jahre für verschiedene Industrieunternehmen tätig. Heute arbeitet Zweyer als freier Schriftsteller in Herne. Nach zahlreichen zeitgenössischen Kriminalromanen hat er sich mit der Goldstein-Trilogie *Franzosenliebchen, Goldfasan* und *Persilschein* das erste Mal historischen Themen zugewandt.

www.jan-zweyer.de

Dramatis Personae

(Die mit einem * gekennzeichneten Figuren sind historisch belegt. In einigen Fällen wurde bei ihnen der Vorname Johann geändert, um eine Verwechslungsgefahr mit anderen Figuren zu vermeiden.)

Hattinger Bürger

Jorge von Linden

Hinrick van Enghusen, Patrizier, Kaufmann (Viehhändler), Bürgermeister *

Ella van Enghusen, seine Frau

Berthram von Luitzenrode, Droste und Amtmann Burg Blankensteins *

Marx Kremer achter der Hallen, Bürgermeister von 1507 bis 1517 *

Bernd, Pastor in Sankt Georg, Hattingen

Lübecker Bürger

Marlein van Enghusen, Freundin Jorges, Tochter Hinricks

Jobst van Enghusen, Kaufmann, Marleins Onkel

Irmla van Enghusen, seine Frau

Albrecht Schulten, Kaufmann und Geschäftspartner Jobst van Enghusens

Clas Wibbeking, Bergmeister a. D., Kaufmann

Konrad Wibbeking, Kaufmann *

Hartwig von Stiten, Bürgermeister von 1502 bis 1511 *

Tidemann Berck, Bürgermeister von 1501 bis 1521 *

Heinrich Witte, Ratsmitglied von 1496 bis 1520 *

Adomeit, Lehrer an der Lübecker Mädchenschule

Sonstige

Brid, Jorges Stiefschwester

Anne, Lautenspielerin

Detlev Wittdorf, Hauptmann der dänischen Armee

Sebolt Vanderbill, Kaufmann aus Danzig

Sievert Spanheim, Kaufmann in Reval

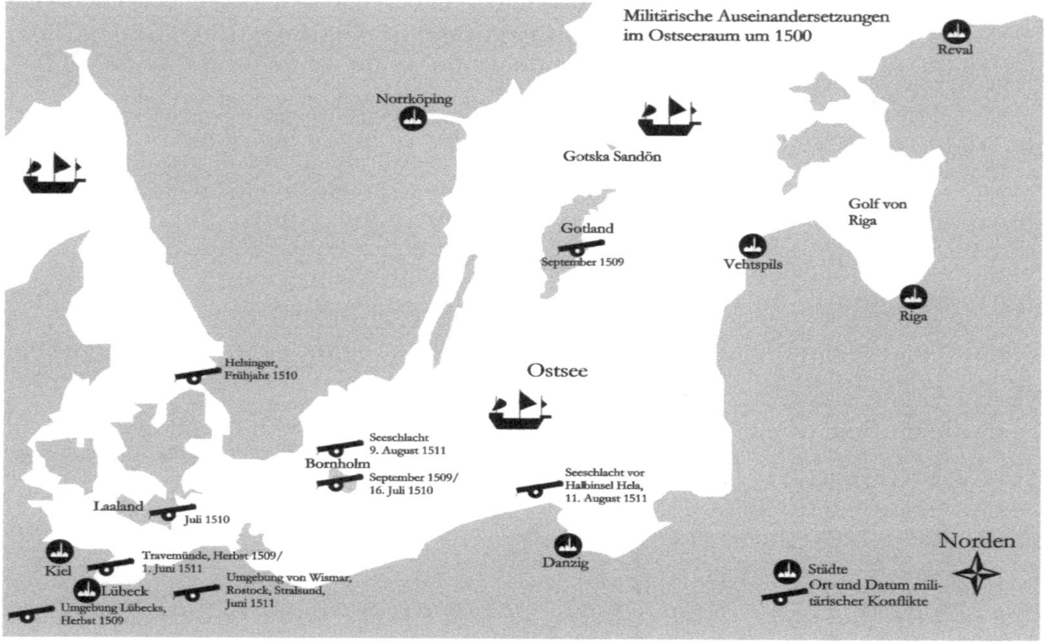
Militärische Auseinandersetzungen
im Ostseeraum um 1500
Reval
Norrköping
Gotska Sandön
Golf von
Riga
Gotland
September 1509
Vehtspils
Riga
Helsingør,
Frühjahr 1510
Ostsee
Seeschlacht
9. August 1511
Bornholm
September 1509/
16. Juli 1510
Seeschlacht vor
Halbinsel Hela,
11. August 1511
Laaland
Juli 1510
Kiel
Travemünde, Herbst 1509/
1. Juni 1511
Lübeck
Umgebung von Wismar,
Rostock, Stralsund,
Juni 1511
Umgebung Lübecks,
Herbst 1509
Danzig
Norden
Städte
Ort und Datum mili-
tärischer Konflikte

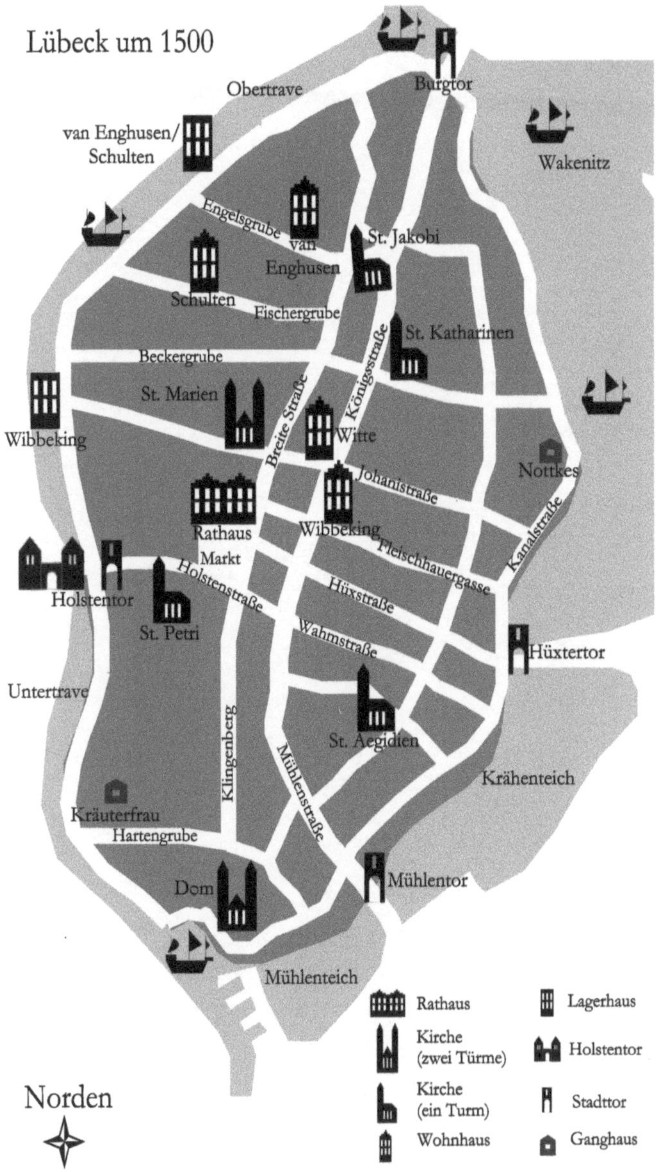

Lübeck um 1500
Obertrave
Burgtor
van Enghusen/
Schulten
Wakenitz
Engelsgrube
van
Enghusen
St. Jakobi
Schulten
Fischergrube
St. Katharinen
Königsstraße
Beckergrube
St. Marien
Breite Straße
Witte
Wibbeking
Nottkes
Johanisstraße
Rathaus
Wibbeking
Fleischhauergasse
Kanalstraße
Markt
Holstenstraße
Holstentor
St. Petri
Hüxstraße
Wahmstraße
Hüxtertor
Untertrave
St. Aegidien
Klingenberg
Mühlenstraße
Krähenteich
Kräuterfrau
Hartengrube
Mühlentor
Dom
Mühlenteich
Rathaus
Lagerhaus
Kirche
(zwei Türme)
Holstentor
Kirche
(ein Turm)
Stadttor
Wohnhaus
Ganghaus
Norden

Eine neue Heimat

April 1506 bis August 1506

1

Lübeck, 6. April 1506

Jorge von Linden stand am Ufer der Trave und strich gedankenverloren über sein Armband. Er hatte das Halsband seines früheren Hundes Cerbus umarbeiten lassen. In dem geheimen Geldfach darin bewahrte er immer noch die Goldmünze auf, die einst sein treuer Gefährte bewacht hatte. Obwohl Jorge mehrmals drauf und dran gewesen war, das Geld auszugeben, hatte er es im entscheidenden Moment dann doch nie über das Herz gebracht und lieber gehungert. Inzwischen war der Goldgulden zu einem Talisman geworden, der für den jungen Mann von so großem ideellem Wert war, dass er seinen materiellen verloren hatte.

Die letzten zwei Jahre waren ereignisreich gewesen. Nie hatte Jorge es länger als einige Wochen an einem Ort ausgehalten. Obwohl er das Lager nicht nur mit Huren, sondern auch mit einigen hübschen Mädchen geteilt und diesen vermutlich das Herz gebrochen hatte, flüchtete er stets Hals über Kopf, sobald die Beziehungen enger zu werden begannen. Er verglich jede der Frauen mit Anne, einer Musikantin, die ihn in die körperliche Liebe eingeführt hatte. Keine seiner Liebschaften konnte gegen die Erinnerung an sie bestehen.

Auf der Trave fuhren einige Segelschiffe sowohl in südliche wie in nördliche Richtung. Noch mehr allerdings hatten am gegenüberliegenden Ufer an den Hafenanlagen angedockt. Die Stadt dahinter lag im Schutze einer hohen Mauer, hinter der die Giebel der dicht an dicht stehenden Häuser hervorlugten. Über ihnen ragten Kirchtürme in den Himmel. Jorge zählte sieben.

Er ging auf eine Brücke zu, die den Fluss überspannte und zu einem Stadttor am gegenüberliegenden Ufer führte. Der Durchgang war in einen rechteckigen Turm eingebaut worden, dessen Spitze vier Türmchen zierten und der im oberen Bereich eine Galerie aufwies, von der aus die davorliegende Brücke überblickt werden konnte.

Noch mehr beeindruckte Jorge allerdings das mächtige Tor, welches am diesseitigen Ufer vor der Brücke wachte. Zwischen zwei runden Türmen erhob sich über der eigentlichen Pforte ein Zwischentrakt mit einem Stufengiebel. Waren die Außenwände der beiden Türme nur durch Schießscharten durchbrochen, wies der Mitteltrakt in zwei Reihen jeweils sechs größere und kleinere Fenster auf. Jorge konnte sich ihre Funktion lebhaft vorstellen. Sie dienten nicht etwa dazu, Licht ins Innere fallen zu lassen oder Reisende daraus freundlich winkend zu begrüßen, sondern wohl in erster Linie militärischen Zwecken. Mögliche Angreifer, die das schwere Holztor attackieren wollten, mussten damit rechnen, aus eben diesen Öffnungen beschossen oder mit siedendem Öl übergossen zu werden.

Aber heute stand die Pforte weit offen und wurde nur durch zwei Soldaten bewacht, die ihre Aufgabe anscheinend sehr genau nahmen. Als Jorge vor einem von ihnen stand, musterte der Wächter skeptisch den ungewaschenen Jüngling mit den zerrissenen Kleidern. »Was willst du in Lübeck?«, erkundigte der Mann sich mit strenger Stimme.

Jorge hatte ähnliche Situationen in den letzten Jahren vor fast jeder Stadt erlebt, in die er Einlass begehrt hatte. Deshalb löste er wortlos sein Armband, klaubte den Goldgulden daraus hervor und hielt ihn dem Soldaten unter die Nase.

»Ich bin kein Bettler, wenn Ihr das meint.« Dann verstaute er die Münze wieder in ihrem Versteck.

Der Soldat nickte und gab mit mürrischem Gesicht den Weg frei. Jorge durchquerte den Eingang, ging über die Brücke und auf das innere Stadttor zu. Die dortigen Wächter begnügten sich mit prüfenden Blicken auf die Reisenden und gaben dem jungen Mann mit einer gelangweilten Handbewegung zu erkennen, dass er passieren könne.

Er aber sprach einen der beiden an: »Ich suche Clas Wibbeking. Könnt Ihr mir sagen, wo ich ihn finden kann?«

»Ein Verwandter des Kaufmanns Konrad Wibbeking?«

Jorge zuckte nur mit den Achseln.

Der Soldat schaute den Jüngling kritisch an. »Du siehst nicht aus wie jemand, der den ehrenwerten Herrn Wibbeking kennen könnte.«

Jorge konnte das Misstrauen seines Gegenübers nachvollziehen. »Ich suche Clas Wibbeking«, wiederholte er. »Einen Konrad kenne ich in der Tat nicht.«

Der Soldat gab sich einen Ruck. »Ist ja auch nicht meine Sache«, brummte er. »Soweit ich weiß, wohnt er in der Königsstraße, unweit Sankt Marien. Frag nach dem Weg. Die Familie Wibbeking kennen die meisten hier in Lübeck.«

»Sankt Marien?«

»Der große Turm, der dort links über den Häusern zu sehen ist.«

Jorge bedankte sich und ging in die angegebene Richtung. Tatsächlich konnte ihm schon der erste der Passanten, den er ansprach, den Weg zu dem Haus der Wibbekings weisen.

Der junge Mann hatte noch nie so viele Menschen auf den Straßen gesehen wie in Lübeck. Alle schienen mit irgendetwas beschäftigt. Da schleppten Bauersfrauen in großen Körben auf dem Rücken Heu und Stroh durch die Gassen, auf

Eseln wurden Säcke transportiert. Vor jedem zweiten Haus pries ein Handwerker seine Dienste an. Die Fensterläden dieser Häuser waren weit geöffnet, sodass die im Inneren produzierten Waren von dort auf hochgeklappten Brettern auf die Straße verkauft werden konnten. Bettler versuchten, Almosen zu ergattern, Mägde kippten Unrat und Essensreste vor die Türen. Dazwischen spielten Kinder, Schweine und Hühner suchten in dem Gewimmel nach Futter, Gänse liefen schnatternd umher. Dann waren da noch die Pferde, die eine Art Schlitten hinter sich herzogen, auf denen Fässer, Ballen oder Kisten lagerten.

Die Straßen waren überwiegend gepflastert, nur noch an wenigen Stellen dienten schwere Holzbalken als Belag. Der Schmutz, der auf ihnen lag, hatte sie rutschig werden lassen, sodass sie das Gehen mehr erschwerten denn erleichterten. Eine Kakofonie aus menschlichen Stimmen, Anpreisungsrufen der Händler, lautstarken Forderungen der Bettler, Jauchzen der Kinder und Geräuschen der Tiere hing in der Luft. Und über allem lag ein Gestank, der Jorge, der in den letzten Wochen keine Stadt mehr betreten hatte, fast den Atem raubte.

Er blieb an einem der Brunnen stehen, zog den Eimer aus der Tiefe hervor und verzog angesichts der stinkenden Brühe darin das Gesicht. Dieses Wasser taugte noch nicht einmal zum Waschen, geschweige zum Trinken.

»He, mein Freund«, rief ihn ein Mann an, der in der Tür einer Schenke auf der anderen Straßenseite stand. »Das Wasser aus dem Brunnen wird nur zum Gießen der Pflanzen benutzt. Wenn du Durst hast, komm herüber. Ich biete kühles Bier und feine Speise zu guten Preisen.«

Jorge schüttelte nur den Kopf und zeigte auf seinen prall gefüllten Wasserschlauch. Der Wirt zuckte die Schultern und wandte seine Aufmerksamkeit anderen möglichen Kunden zu.

Die Familie Wibbeking bewohnte ein prachtvolles Haus in der Nähe der großen Kirche. Das Gebäude nahm eine Breite von nur zehn Schritten ein, war dafür aber etwa zweimal so hoch. Den roten Giebel des Wohnhauses über dem dritten Stockwerk schmückten Zinnen aus Ziegeln, Reihen schmaler Fenster erstreckten sich über die gesamte Hausfront. Die Läden im Erdgeschoss standen offen, um Licht hereinzulassen. Scheiben aus Bleiglas dokumentierten den Wohlstand der Bewohner. Auch die Häuser links und rechts wiesen ähnlich imposante Merkmale auf. In dieser Straße wohnte der Reichtum.

Jorge fasste sich ein Herz, griff den gusseisernen Bärenschädel, der als Türklopfer diente, und ließ ihn zweimal gegen das Holz fallen. Es dauerte nicht lange und eine junge Frau, bekleidet mit hellgrauer Schürze, langem blauen Kleid und weißer Haube öffnete.

»Ja, bitte?«, fragte sie spitz und musterte angewidert Jorges Erscheinung.

»Lebt hier Herr Clas Wibbeking?«

»Wer will das wissen?«, fragte sie zurück.

»Jorge von Linden.«

»So, so. Und was will Jorge von Linden von Herrn Wibbeking?«

»Also wohnt er hier?«

»Ja. Aber was willst du?«

»Mit ihm sprechen.«

»Wie kommst du darauf, dass der gnädige Herr sich mit jemand wie dir abgibt?«

Jorge musste sich zusammennehmen, um angesichts der blasierten Hochnäsigkeit der Magd nicht unhöflich zu werden. Es wäre seinem Anliegen bestimmt nicht dienlich, wenn er das Dienstmädchen beschimpfen würde, dieses ihm deshalb die Tür vor der Nase zuschlüge und er sich draußen gedulden müsste, bis Clas Wibbeking endlich auf der Straße erschiene.

»Ich kenne ihn von früher. Aus seiner Zeit in Schneeberg«, setzte er schnell hinzu. »Er hat mir versprochen, dass sein Haus immer für mich offenstünde. Sagst du ihm das bitte?«, meinte er so freundlich wie möglich.

Der Magd war anzusehen, dass sie mit sich rang.

»Er wird dich sicher nicht schelten, wenn du ihm meine Botschaft überbringst, im Gegenteil.«

»Na gut. Aber du wartest draußen.« Sie knallte ihm die Tür vor der Nase zu.

Den jungen Mann störte das nicht weiter. Er hatte auf seiner Wanderschaft schlimmere Abfuhren erlebt.

Jorge hatte in Hattingen das Licht der Welt erblickt und seine Eltern nie kennengelernt. Sie waren einer Intrige zum Opfer gefallen, die ein Hauptmann des Herzogs von Kleve angezettelt hatte, weil er sich dadurch einen rascheren Aufstieg versprach. Jorges Vater starb bei dem inszenierten Überfall, seine Mutter wurde wegen Hochverrats zum Tode verurteilt. Bevor sie zum Galgen schreiten musste, hatte sie ihrem Beichtvater, einem Dominikaner namens Bernardo, das Versprechen auf die Bibel abgerungen, sich um ihr ungeborenes Kind zu kümmern. Der Mönch hatte sein Wort gehalten und die Waise zunächst bei einer Pflegefamilie untergebracht. Von dieser Familie lebte inzwischen nur noch Jorges Nennschwester Brid, die sich als Hübschlerin durchschlug.

Als Siebenjähriger hatte ihn Bruder Bernardo ins Haus der grauen Mönche nach Hattingen geholt, wo er von den Dominikanern lesen, schreiben und rechnen gelernt hatte. Er verlebte unbeschwerte Jahre in der Stadt und freundete sich mit

Marlein van Enghusen an, der Tochter eines der einflussreichsten Bürger des Ortes. Aber diese Freundschaft stand unter keinem guten Stern. Marleins Eltern schickten ihre Tochter fort, als sie von der Bekanntschaft mit Jorge erfuhren. Und Marleins Bruder Lucas verfolgte ihn mit seinem Hass.

Dann starb Jorges Mentor und die Dominikaner gaben ihr Haus in der Stadt auf. Die Bitte des Jungen, in das Kloster des Bettelordens in Soest aufgenommen zu werden, wurde durch den dortigen Abt barsch abgelehnt. Und als ihm auch der Hattinger Bürgermeister Hinrick van Enghusen, Marleins Vater, den weiteren Aufenthalt in der Stadt verbot, begab sich Jorge auf Wanderschaft Richtung Polen. Während der Reise traf er durch Zufall auf seine Ziehschwester Brid. Aber sie verweigerten sich seinem Wunsch, mit ihm zu kommen. Also war Jorge allein weitergezogen.

Kurz darauf nahmen ihn Räuber gefangen. Ihrer Bande hatte sich Aron angeschlossen, Jorges ebenfalls aus Hattingen vertriebener jüdischer Freund. Die Gauner hatten einen Kaufmannssohn festgehalten, bei dessen späterer Rettung auch Jorge die Freiheit wiedererlangte. Aron jedoch wurde festgenommen und als Mittäter verurteilt und hingerichtet.

Völlig desillusioniert zog Jorge weiter und folgte schließlich dem Großen Berggeschrey, das überall im Lande hörbar wurde und davon kündete, dass im Osten Silber gefunden worden sei. Über ein Jahr lang hatte er in den Silbergruben in Schneeberg bei Zwickau gearbeitet. Bei einem Steinschlag unter Tage rettete er einem jungen Bergmeister das Leben. Dafür bot Clas Wibbeking, der aus Lübeck stammte, dem jungen Mann die Hilfe seiner Familie an, wann immer er sie in Anspruch nehmen wolle.

Jorges Leben hätte in ruhigen Bahnen verlaufen können, wäre er nicht eine Woche nach dem Unfall auf Lucas gestoßen. Es war zu einem Streit gekommen, bei dem van Enghusen Jorges über alles geliebten Hund Cerbus getötet hatte. In dem sich anschließenden Handgemenge kam sein alter Widersacher durch Jorges Hand ums Leben und der junge Mann musste flüchten. Damit begann seine erneute Wanderschaft.

Er hatte sich mit Gelegenheitsarbeiten von Stadt zu Stadt durchgeschlagen und war immer dann weitergezogen, wenn er genug Geld zusammengekratzt hatte. Konnte er sich sein Essen nicht kaufen, hatte er gestohlen: kein Geld oder andere Wertsachen, sondern das, was auf den Feldern und an den Büschen reifte. Und er ging als Wilddieb auf die Jagd.

Einige Monate lang war Jorge sogar mit einer Gauklertruppe unterwegs gewesen. Sie brachten ihm das Falschspielen bei und der eine oder andere Betrunkene in den Schenken wurde zum Opfer seiner neu erworbenen Kunst.

Sein Pferd hatte der junge Mann im letzten Winter verkaufen müssen. Von dem Erlös konnte er einige Zeit leben, war von da an aber zu Fuß unterwegs. Mehrmals war er nur knapp den Häschern derjenigen Landesherren entgangen, die Umherstreifende wie ihn in die Dienste ihrer Armeen zwingen wollten.

Keine Kirche hatte er besucht, kein Gebet gesprochen, seit er Schneeberg verlassen hatte. Und auch keinen Ablass zur Sündentilgung erworben. Gott hatte ihn nicht dafür gestraft.

Kurz: Jorge war nicht stolz auf das, was er in den vergangenen zwei Jahren getrieben hatte, doch er hatte überlebt.

Er war jetzt fast achtzehn Jahre alt und sein gesamter Besitz passte noch wie damals in seinen Kindertagen in den Beutel, den er auf dem Rücken trug. Sein braunes Haar ließ er nach wie vor bis auf die Schultern fallen, denn seine Ohren standen auch im Alter eines jungen Erwachsenen wie die

Segel eines Schiffes ab. Er war kräftig geworden in den vergangenen Jahren und überragte viele um einen Kopf.

Jorge vernahm eilige Schritte aus dem Inneren des Hauses.

Die Tür wurde aufgerissen und Clas Wibbeking stand vor ihm. Der frühere Bergmeister war um die Hüften herum etwas fülliger geworden und trug sein Haar länger als damals. Ansonsten aber hatte er sich kaum verändert.

Prüfend sah Wibbeking den Besucher an, erkannte ihn aber augenscheinlich nicht.

Kein Wunder, dachte dieser. Ich war damals noch ein Junge, heute bin ich ein Mann. »Ich bin es, Jorge«, meinte er. »Ich habe Euch aus dem Berg gezogen und Ihr habt versprochen, mir zu helfen, wann immer ich Hilfe benötigte.«

»Du bist Jorge?«, fragte Clas Wibbeking verwundert.

»Ja. Ich habe damals zugesagt, zu Euch zurückzukehren, und habe mein Wort gehalten. Jetzt bitte ich Euch, ebenso zu verfahren. Es war in Schneeberg, Ihr lagt im Krankenbett in einem Gasthaus. Friedrich Rappolt war dabei. Er …«

Wibbeking zog Jorge an sich und umarmte ihn. »Du hast lange gebraucht, um mir Gelegenheit zu geben, mich erkenntlich zu zeigen.« Er zog ihn an der überraschten Magd vorbei ins Hausinnere. »Hol Wasser«, wies er die Bedienstete an. »Er soll sich waschen.«

Das Mädchen nickte und verschwand.

Jorge, der an die Brühe dachte, die er eben erst weggeschüttet hatte, protestierte. »Das Wasser hier macht nicht sauber, sondern schmutzig.«

Clas lachte lauthals auf. »Da hast du recht. Aber wir haben einen eigenen Brunnen im Hof. Unser Wasser eignet sich zwar auch nicht zum Trinken, ist aber klar genug, um dich wieder in einen Menschen zurückzuverwandeln.« Er sah an Jorge hinunter. »Und andere Kleidung brauchst du auch. Du bist fast ebenso groß wie ich, da könnten dir einige meiner Sachen halbwegs passen.« Er schlug sich auf den Bauch. »Aus einer Zeit, bevor mir diese Kugel gewachsen ist. Und nun reinige dich und zieh dich um. Dann möchte ich dich meinem Bruder vorstellen.«

Die Magd kam zurück und forderte Jorge auf, ihr zu folgen. Sie führte ihn durch die mit Rundsteinen gepflasterte Diele, die sich im hinteren Bereich des Hauses zu einem großen Raum verbreiterte. Dort befand sich die Küche, von der eine Tür in den Hof abging.

Die Bedienstete zog aus einem der Schränke, die sich über die ganze Seitenwand erstreckten, ein Tuch aus grobem Leinen hervor, füllte einen Eimer mit heißem Wasser vom Herd, drückte diesen Jorge in die Hand und zeigte nach draußen auf den Brunnen: »Da kannst du dich waschen. Ich bringe dir gleich die Kleidung des gnädigen Herrn.«

Einige Minuten später geleitete sie Jorge zurück in den vorderen Hausbereich, wo sie unter einer steilen Treppe vor einer Tür stehen blieb. Sie klopfte, öffnete und sagte durch den Spalt: »Euer Besucher ist jetzt bereit.« Dann machte sie Platz und ließ Jorge eintreten.

Unwillkürlich zog dieser den Kopf ein, als er die Stube betrat. Die Zimmerdecke mochte sich nicht viel mehr als eine Handbreit über ihm befinden. Den Raum füllte ein großer Eichentisch, der vor einer fest mit der Wand verbundenen Bank stand, die unter der Sitzfläche mit Schubladen versehen war. Auf dem Tisch lagen in Leder gebundene Bücher, die handschriftliche Eintragungen enthielten, Wachsplatten und ausgebreitete Papiere. Neben dem Tisch stand ein älterer Mann in der Kleidung eines Kaufmanns, der eine starke Ähnlichkeit mit Clas hatte und Jorge neugierig musterte.

An der rechten Wand entdeckte der Jüngling eine mehrere Ellen lange, schwere Holzkiste, deren Deckel offen stand. Darin lagen, soweit er es erkennen konnte, Schriftrollen und Bücher. Zwei weitere, kleinere Bänke befanden sich links und rechts des Fensters, welches zur Straße führte. Darauf lagen Kissen und auch die Rückenlehnen dieser Sitzmöbel waren gepolstert. Auf einer von ihnen saß Clas Wibbeking, der aufblickte, als der Besucher eintrat.

Jorge blieb in der Mitte des Raumes stehen und wartete.

Clas Wibbeking legte das Buch beiseite, welches er in Händen hielt, ging zu seinem jungen Freund und schob ihn ein Stück in die Richtung des anderen Mannes. »Konrad, dies ist Jorge.«

Der Kaufmann machte einige Schritte auf Jorge zu und lächelte. »Clas hat mir viel von deinem Mut erzählt. Sei herzlich willkommen in unserem Haus.«

Erst jetzt bemerkte der junge Mann, dass der ältere Wibbeking seinen Oberkörper seltsam schräg hielt. Das lag an seinem kleinen Buckel, der zwar durch weite Kleidung getarnt wurde, trotzdem aber nicht zu übersehen war. Außerdem zog der Kaufmann das rechte Bein ein wenig nach.

»Danke.« Jorge fühlte sich unwohl in seiner Haut. Jetzt, wo er den Brüdern gegenüberstand und die Kluft des einen trug, war er sich nicht mehr sicher, ob es wirklich eine gute Idee gewesen war, nach Lübeck zu kommen. Was wollte er hier? Und welche Hilfe erwartete er? Den Besucher beschlichen Zweifel, ob es nicht nur die Einsamkeit gewesen war, die ihn in die Hansestadt getrieben hatte.

»Du sprachst eben davon, dass du Hilfe benötigst«, begann Clas. »Wenn du es dir anders überlegt hast und nun doch eine Belohnung möchtest – nur zu. Ich habe sie dir in Schneeberg versprochen und ich stehe zu meinen Zusagen.«

Jorge war beschämt. Diesen Eindruck hatte er nicht erwecken wollen. Deshalb schüttelte er energisch den Kopf. »Nein, das ist nicht der Grund meines Hierseins.«

»Sondern?«, fragte der ältere der Brüder.

Der junge Mann trat verlegen von einem Bein auf das andere. Schließlich konnte er sich zu einer passenden Antwort durchringen. »Ich suche Arbeit, um Geld zu verdienen. Und ich suche ein Zuhause.« Seine Stimme erstarb. »Freunde, die mir beistehen«, sagte er leise. »Vielleicht eine Frau.« Er zögerte ein wenig, bis er den nächsten Satz aussprach. »Ich bin auf der Suche nach einer Heimat.«

Die Brüder schwiegen betreten. Dann erwiderte Konrad: »Arbeit kann ich dir geben. Auch eine Kammer wird sich für dich finden. Freundschaft jedoch musst du dir verdienen. Ob Lübeck deine Heimat wird, liegt nur an dir.«

Jorge nickte.

»An welche Arbeit hast du denn gedacht?«, fragte Clas Wibbeking. »Oder andersherum: Was kannst du?«

»Ich habe vieles auf meiner Wanderung gemacht: Ställe ausgemistet, bei der Ernte geholfen, Kühe gehütet. Einmal habe ich zwei Monate am Bau eines Hauses mitgearbeitet.«

»Was hast du da genau getan?«

»Den Baumeister bei der Abrechnung unterstützt, Warenlisten geführt und natürlich auch Steine und Balken geschleppt. Wenn ich es recht überlege, sogar häufiger Steine getragen als geschrieben.«

»Du beherrschst die Schreibkunst?« Konrad schien verwundert.

»Ja.«

»Was kannst du noch?«

»Lesen natürlich. Deutsch und Latein. Und rechnen.«

»Beherrschst du auch die lateinische Schrift?«

»Ja.« Jorge grinste verlegen. »Vermutlich sogar besser als die deutsche.«

»Wie das?«

»Ich besitze nur eine lateinische Grammatik, keine deutsche. Alles, was ich weiß, habe ich mir aus ein paar Büchern beigebracht.«

Clas ging zum Tisch, griff nach einem Stück Papier und reichte es dem jungen Mann. »Was steht da?«

Jorge studierte die lateinischen Zeilen. »Ein Mann namens Rotolo erklärt, dass er sich verpflichtet, dieses Papier bis zum Ende des Jahres gegen eine Summe von einhundert Goldgulden einzulösen. Er hat unterschrieben. Nur das Wort, welches über seinem Namenszug steht, kenne ich nicht.«

»Das heißt ›Wechsel‹. Das Schriftstück ist eine Art Zahlungsmittel.«

»Wie Münzen?«

»So ähnlich.« Clas sah seinen Bruder an. »Was meinst du?«

»Er soll uns noch eine Probe seiner Rechenkünste geben.« Und zu Jorge gewandt, fragte Konrad: »Wenn ich fünf Ballen Wolle zu je zweihundertfünfzig Lübische Mark kaufen will und der Verkäufer erlässt mir auf den Endpreis zehn vom Hundert, wie viel Mark muss ich dann zahlen?«

Jorge rechnete und nahm seine Finger zur Hilfe. Nach kurzer Zeit nannte er das Ergebnis.

»Das ist richtig.« Konrad Wibbeking schien befriedigt. »Geflunkert hat er jedenfalls nicht«, sagte er zu Clas. »Er beherrscht das, was er vorgegeben hat. Ich denke, wir sollten es mit ihm versuchen.«

Sein Bruder nickte.

»Was wollt Ihr mit mir versuchen?«

»Wenn du willst, kannst du bei uns in der Dornse als

Hilfsschreiber arbeiten und in einer Kammer in unserem Lagerhaus am Hafen wohnen. Einverstanden?«

»Natürlich.«

»Willst du nicht wissen, was du verdienen wirst?«

»Ihr werdet mich gewiss angemessen bezahlen. Und wenn nicht, fordere ich das mir Zustehende schon ein.«

»Zumindest scheut er sich nicht, sein Wort zu machen.« Konrad lachte und zückte die Geldkatze.

Jorge winkte ab. »Ich möchte nichts ohne Gegenleistung von Euch.«

»Das sind keine Almosen, Junge. Wenn du bei uns arbeiten sollst, musst du korrekt gekleidet sein. Die Sachen meines Bruders scheinen dir nicht recht zu passen. Die Ärmel sind zu kurz und das Wams ist zu weit. Den Betrag, den ich vorstrecke, werde ich dir in kleinen Raten vom Lohn abziehen. Clas wird dir zeigen, wo du wohnen wirst und wo du dich einkleiden kannst. Akzeptierst du?«

Nach kurzem Zögern antwortete Jorge: »Ja.«

Konrad Wibbeking streckte ihm die Hand entgegen. »Dann schlag ein.«

Sie gaben sich die Hand und bestätigten so den geschlossenen Kontrakt.

»Und nun hole deinen Beutel und lass uns einen Moment allein.«

Als Jorge den Raum verlassen hatte, meinte Clas: »Du willst das Geld nicht wirklich zurückfordern, oder?«

»Doch. Aber ich werde den Betrag vorher zu dem hinzuaddieren, was ich ihm zahlen wollte.«

Clas lachte.

»Der junge Mann scheint mir trotz seines bescheidenen Auftretens zu stolz zu sein, um sich irgendetwas schenken zu lassen«, erklärte Konrad. »Du hast ihm ein Versprechen gegeben. Dazu stehen wir. Denn Wibbekings begleichen stets ihre Schulden, auch wenn der Schuldner gerade keinen Wert darauf legt. Außerdem ist der Junge ein heller Kopf. Und solche Leute können wir immer gebrauchen.«

2

Lübeck, 7. April 1506

Marlein war mit ihren fast fünfzehn Jahren zu einer jungen Frau herangereift. Sie hatte ein anmutiges Gesicht, bewegte sich graziös und trat jedermann freundlich gegenüber. Die roten Haare fielen in weichen Locken auf ihre Schultern. Aber genau wegen dieser Haarfarbe war Marlein in letzter Zeit teils offenen, teils verdeckten Anfeindungen ausgesetzt. Manche tuschelten hinter ihrem Rücken, bei ihrer Geburt sei nicht alles mit rechten Dingen zugegangen und der Teufel habe seine Hände im Spiel gehabt. Ein kleines Mädchen mit roten Haaren wurde toleriert, eine fast erwachsene Frau hingegen nicht. Viele Lübecker unterstellten ihr ein ausschweifendes Leben, obwohl sie noch nicht einmal richtig erwachsen war. Um diesen Vorurteilen keinen Vorschub zu leisten, kleidete Marlein sich besonders züchtig und versteckte ihre Haarpracht unter einer dichten Haube, die eigentlich nur verheiratete Frauen trugen. Aber auch das führte zu Missverständnissen und Gerede. So vermied Marlein fast jede Nähe zu den jungen Männern, die sie trotz oder gerade wegen ihres roten Haares und des damit einhergehenden Rufes umschwärmten.

Ihrem Onkel Jobst war dieses Interesse nicht unangenehm, saß ihm doch sein Bruder Hinrick im Nacken, der aus dem entfernten Hattingen immer stärker darauf drängte, dass seine Tochter endlich einem der jungen und vor allem reichen Kaufmannssöhne versprochen wurde. Aber Marlein widersetzte sich hartnäckig dem Werben der Freier. Sie fühle sich noch nicht reif für eine Heirat, hatte sie ihrer Tante Irmla anvertraut, und diese brachte sogar Verständnis für die Weigerung des Mädchens auf.

Nicht, dass Irmla van Enghusen etwas dagegen hatte, dass ihr Mann sich um die Interessen ihrer Nichte kümmerte. Er war Marleins Vormund an ihres Vaters statt. Und Väter suchten die Ehemänner für ihre Töchter aus, so war es schon immer gewesen und so würde es auch immer bleiben. Nein, Irmla hielt Marlein schlicht für zu jung für eine Hochzeit. Die Bedenken gegen eine schnelle Eheschließung behielt sie jedoch für sich, um ihren Mann nicht gegen sich aufzubringen. Und so lavierte sie zwischen den Fronten und versuchte, ihrem Mann einen Bewerber nach dem anderen madigzumachen, wann immer es die Situation erlaubte. Sie flüsterte ihm ein, dass die jungen Männer, die um Marleins Gunst buhlten, entweder nicht wohlhabend, ihre Familien nicht angesehen oder ihre Absichten nicht ehrenvoll genug seien, um ihrer Nichte den Hof zu machen. Und so kam es, dass sich die Bewerberschar immer stärker ausdünnte.

Nur Thomen Bandetti, ältester Sohn einer vor zwei Generationen aus Venedig zugezogenen Händlerfamilie, ließ sich nicht so leicht abschrecken. Hartnäckig sprach er immer wieder bei den van Enghusens vor, passte Marlein auf ihrem Schulweg ab, um sich mit ihr zu unterhalten und um sie zu werben, machte ihr kleinere Geschenke. Aber die junge Frau blieb stur. Höflich, aber bestimmt wies sie alle Annäherungsversuche des fast zwanzigjährigen Bandetti zurück, sehr zum Unmut ihres Onkels. Dabei ging es Jobst weniger um die Person des Freiers, vielmehr brachte ihn die immer wiederkehrende Ablehnung jedes neuen Werbers durch Marlein langsam aus der Fassung.

Er ärgerte sich mittlerweile heftig darüber, seiner Nichte entgegen allen Regeln aus einer Laune heraus an ihrem vierzehnten Geburtstag versprochen zu haben, dass sie sich ihren Ehemann selbst aussuchen könne. Wann immer er ihr einen Bewerber ans Herz legen wollte, erinnerte sie ihn an diese Zusage. Und Jobst wusste nicht, wie er die Versicherung wieder zurückziehen könnte, ohne sein Gesicht zu verlieren. Also hoffte er, dass sich Marlein möglichst bald eines Besseren besinnen und einen der jungen Männer, die sie umschwärmten, endlich erhören würde.

Dieser Situation war es geschuldet, dass es Jobst van Enghusen recht unangenehm war, als er in einer der Schenken am Markt, deren Nebenzimmer der *Schiffergesellschaft* als Versammlungsraum diente, zufällig auf Antonio Bandetti traf, den Vater Thomens.

»Herr van Enghusen. Schön, Euch zu sehen.«

Jobst neigte den Kopf und begrüßte den Händler höflich.

Bandetti schaute sich um. »Die *Schiffergesellschaft* sollte langsam ihre Planungen realisieren und sich ein eigenes Gebäude zulegen«, raunte er. »Ihr trefft Euch in diesem Gasthaus, als ob die Mitglieder Eurer Gemeinschaft gewöhnliche Zecher wären.«

Van Enghusen ärgerte sich über diese Anmaßung. Bandetti war kein Mitglied des *Schiffergelags*. Er verdiente sein Geld zwar auch im Handel, kaufte und verkaufte aber lediglich das, was Männer wie Jobst und sein Partner Albrecht Schulten auf eigenes Risiko über die Meere heranschafften. Da Bandetti kein eigenes Schiff unterhielt oder an einem beteiligt war, konnte er auch kein Mitglied der Gesellschaft werden.

»Wir werden uns mit dieser Frage befassen«, antwortete van Enghusen ausweichend. Seine tiefe Stimme dröhnte, obwohl er sich bemühte, leise zu sprechen. Freunde neckten ihn häufig damit, er würde brummen wie ein Bär. Wie ein sehr großer, kräftiger Bär allerdings.

»Ein vernünftiges Vorhaben. Lasst Ihr Euch von mir zu einem Becher Wein einladen?«

Jobst konnte dieses Angebot schlecht ablehnen. So wie es aussah, war er der erste Gildebruder, der zum Treffen gekommen war. Es wäre eine Beleidigung, würde er Bandetti ohne guten Grund zurückweisen.

»Gerne«, erwiderte er deshalb.

Sie suchten sich einen Platz im hinteren Teil des Raumes, etwas entfernt von dem fröhlichen Trubel der Gaststätte.

Nachdem die Bedienung einen Krug Wein geholt, zinnerne Becher auf den Tisch gestellt und ihnen eingeschenkt hatte, hob Bandetti sein Trinkgefäß. »Auf unsere Kinder und die uns Anvertrauten.«

Van Enghusen wusste, wen der Händler meinte. »Auf sie«, bekräftigte er und trank.

Dann kam der Kaufmann zur Sache. »Ihr wisst, dass mein Sohn Thomen Eurer Nichte Marlein den Hof macht?«

»Selbstverständlich.«

»Und was würdet Ihr zu einer solchen Verbindung sagen?«

»Ich bin nur ihr Onkel, nicht ihr Vater«, vermied Jobst van Enghusen eine klare Antwort.

»Aber Ihr erfüllt die Rolle Ihres Vormundes, oder?«

»Das schon.«

»Dann habt Ihr ein gewichtiges Wort bei der Auswahl des Bräutigams mitzureden.«

Van Enghusen deutete ein Nicken an.

Bandetti griff erneut zum Becher. »Wie Ihr wisst, laufen

meine Geschäfte gut. Meine familiären Bindungen nach Norditalien sind meinen Handelsbeziehungen mehr als dienlich. Ein Bündnis unserer Familien würde uns beiden nur zum Vorteil gereichen. Ich könnte mir in einem solchen Falle vorstellen, Euch beziehungsweise Eurem Bruder bei der Höhe der Mitgift entgegenzukommen.«

»Wie meint Ihr das?«

»Wir könnten enger zusammenarbeiten, vielleicht sogar eine gemeinsame Gesellschaft gründen. Meine Kontakte nach Norditalien und Eure Erfahrung als Schiffer auf der Ost- und Nordsee ...« Er ließ den Satz unvollendet.

Nun verstand van Enghusen, was sein Gegenüber meinte. Ein Schiff zu kaufen und vor allem nebst Besatzung zu unterhalten, war ein kostspieliges Unterfangen. Ein, zwei erfolglose Fahrten und dem Eigner drohte der Ruin. Bandetti besaß keine Kogge und erhoffte sich von der Heirat seines Sohnes mit Marlein und dem gemeinsamen Kauf eines Schiffes ohne allzu großes eigenes finanzielles Engagement Zugang zu der exklusiven *Schiffergesellschaft.* Dafür verzichtete er auch auf einen Teil der Mitgift. Wie großherzig. Natürlich wollte Jobst Marlein verheiraten. Je eher, desto besser. Aber nicht um jeden Preis. Und nicht an den Sohn dieses Mannes. Bandetti war van Enghusen noch nie besonders sympathisch gewesen. Jetzt verhinderte nur Jobsts Höflichkeit, dass er seine Abneigung offen zeigte.

»Die Entscheidung über die Mitgift hat sich mein Bruder vorbehalten«, brummte er kühl. »Meine Geschäfte haben mit den seinen nicht das Geringste zu tun.«

Ob Bandetti den veränderten Tonfall bemerkt hatte, war in seiner Miene nicht auszumachen. »Sicher. Trotzdem wäre eine Heirat Eurer Nichte mit meinem Sohn aus geschäftlichen Gründen sinnvoll.«

»Damit habe ich mich noch nicht beschäftigt. Ich weiß nur, dass meine Nichte keine Absicht hat, Euren Sohn zu ehelichen.«

Bandetti war überrascht. »Ich dachte ... Ist sie etwa bereits einem anderen versprochen?«

»Nein.«

Der Händler atmete erleichtert aus.

»Aber ich befürchte, meine Nichte trägt sich nicht mit Heiratsabsichten. Sie fühlt sich noch zu jung für die Ehe. Außerdem möchte sie zunächst ihre Schulausbildung beenden.«

»Ihr solltet Eurer Nichte diese Flausen austreiben, werter Herr van Enghusen. Ein Mädchen entscheidet nicht darüber, ob und wen es heiratet, das tut sein Vater oder Vormund. Und zu jung? Marlein ist doch fast fünfzehn, oder? Was die Schule angeht: Ich habe Euch und die anderen Herren des *Schiffergelags* nie verstanden. Warum schickt Ihr Eure Töchter auf eine Schule, die Ihr noch dazu selbst bezahlt? Mädchen gehören in die Stube und so schnell wie möglich an die Seite ihres Ehemannes, der dann für sie sorgt und ihnen alle Lasten abnimmt. Frauen haben im Geschäftsleben nichts zu suchen. Eure Nichte lernt Latein oder gar kaufmännisches Rechnen? Der Kopf eines Mädchens ist nicht dazu gemacht, sich mit solch schwierigen Problemen zu befassen. Lasst sie zu Hause und Ihr werdet sehen, sie wird es Euch mit Gehorsam danken.«

Da kennst du aber Marlein schlecht, dachte van Enghusen. Und wenn dein Sohn ähnlich denkt, dürfte eine solche Ehe, käme sie überhaupt je zustande, mit dem Unglück beider enden.

Bevor sich Jobst jedoch eine passende Antwort zurechtgelegt hatte, trat einer seiner Gildebrüder an ihren Tisch und bat ihn um ein kurzes Gespräch unter vier Augen.

Erleichtert über die Gelegenheit, Antonio Bandetti zu verlassen, sprang van Enghusen auf, verabschiedete sich eilig und folgte seinem Kameraden in ihren Versammlungsraum.

3

Hattingen, 8. April 1506

Ella van Enghusen ging es nicht gut. Seit Wochen schon plagten sie Schmerzen in der Brust. Der Bader hatte sie mehrmals erfolglos zur Ader gelassen. Für kurze Zeit linderten Kräuteraufgüsse, die sie trank, ihre Beschwerden. Aber diese Tinkturen halfen nicht dauerhaft. Irgendwann kamen das Stechen im Oberkörper und der hartnäckige Husten unweigerlich zurück.

Ihrem Mann hatte sie ihre gesundheitlichen Probleme bis jetzt verschwiegen. Der hatte ohnehin keine Augen und Ohren für die Sorgen seiner Frau – ihn trieben Tag und Nacht die Geschäfte um.

Der Viehhandel stellte schon lange nicht mehr die Haupteinnahmequelle der Familie dar. Systematisch hatte Hinrick van Enghusen sein Engagement in diesem Bereich verringert. Die Winter waren strenger geworden, das Vieh verblieb länger in den Ställen und musste mit zugekauftem Heu gefüttert werden. Gleichzeitig murrten die Hattinger Bürger über die Fleischpreise und der Rat sah sich zunehmendem Druck ausgesetzt, keine Preiserhöhungen mehr zu billigen. Steigender Kostendruck auf der einen, geringere Erlöse auf der anderen Seite ließen den Viehhandel immer riskanter werden. Van Enghusen hatte diese Entwicklung glücklicherweise kommen sehen und sich rechtzeitig vom Großteil seiner Viehbestände getrennt. Einige der Weiden hatte er verkauft, weitere verpachtet. Nur ausgewählte Zuchttiere hatte er behalten und veräußerte deren Kälber an andere Händler. So minimierte er sein Risiko.

Dagegen hatte sich der Steinbruch als wahre Goldgrube entpuppt. Die Vereinbarung, die van Enghusen mit dem verstorbenen Amtmann und Drosten von Burg Blankenstein, Kracht von Mylendonk, getroffen hatte, wurde auch von dessen Nachfolger Berthram von Luitzenrode getreulich eingehalten. Da hatte sich der Handel mit dem betagten Drosten wahrlich gelohnt. Dabei hatte der Händler seine Felle bereits davonschwimmen sehen, als der Amtmann nur wenige Monate nach der getroffenen Vereinbarung gestorben war. Gut, dass auch sein Nachfolger einem für beide Seiten profitablen Geschäft nicht abgeneigt war.

So lieferte van Enghusen als Einziger sämtliche Steine, die die Stadt Hattingen benötigte und dementsprechend bezahlte. Und da vor allem der aus der immer noch geltenden Kornakzise finanzierte Bau der Befestigungsanlagen der Stadt zügig vorangetrieben wurde, füllten sich die Geldbeutel des Drosten und van Enghusens gleichermaßen.

Schließlich war da noch das Weinhaus, im Herzen der Stadt gelegen. Die darin befindliche Schenke warf ebenfalls einen beachtlichen Gewinn ab. Kurzum: Die Geschäfte des Bürgermeisters gingen glänzend.

Es war fast Mittag. Van Enghusen hatte eine Verabredung mit Evert Kielmann, einem Händler, dessen Haus nicht weit von dem seinen in der Keilstraße stand. In wenigen Gehminuten erreichte der Bürgermeister das Gebäude.

Kielmann hatte um das Gespräch gebeten. Geschäftliches habe er zu bereden, hatte er seinen Wunsch begründet. Eigentlich wäre es an ihm gewesen, van Enghusen aufzusuchen, und nicht umgekehrt. Aber Hinricks Position in der Stadt war angesichts der ständigen Auseinandersetzungen der Vergangenheit über die Fleischpreise geschwächt. Er wurde immer noch mit deren Erhöhung in Verbindung gebracht. Daher erschien es ihm als Bürgermeister sinnvoll, nicht zu sehr auf Rang und Namen zu achten, um nicht als hochnäsig zu gelten. Außerdem war Kielmann erst vor einigen Monaten in den Rat der Stadt berufen worden, hatte sich dort bislang allerdings nicht besonders hervorgetan.

»Werter Herr van Enghusen«, begrüße der Händler ihn sichtlich erfreut. »Ich bin Euch zu Dank verpflichtet, dass Ihr den Weg in mein bescheidenes Haus gefunden habt.« Er geleitete Hinrick in die Stube, wo prasselndes Kaminfeuer behagliche Wärme erzeugte.

Es war zu kalt für Anfang April. Noch im März hatte es heftig geschneit und die Nächte waren frostig. Die Bauern waren mit der Bestellung ihrer Felder in Verzug. Die Ernte würde wie im letzten Jahr unter der schlechten Witterung leiden und die Preise für Lebensmittel, vor allem für Fleisch und Brot, dürften weiter steigen. Van Enghusen beglückwünschte sich erneut zu seinem Entschluss, weitgehend aus dem Viehhandel ausgestiegen zu sein. Der Zorn der Bevölkerung über die Preiserhöhungen traf alle, die in dem Gewerbe tätig waren, und machte auch vor den Mitgliedern des Rates nicht halt. Wer als Bürgermeister wiedergewählt werden wollte – und das war van Enghusens Absicht –, tat gut daran, nicht Ziel dieses Unmutes zu sein.

»Möchtet Ihr etwas essen? Und einen Becher heißen Würzwein vielleicht?«

»Essen? Nein. Aber Wein wäre nicht schlecht. Er vertreibt die Kälte aus den Gliedern.«

Evert Kielmann machte eine auffordernde Handbewegung. Erst jetzt bemerkte van Enghusen Wolf, den jüngeren Bruder des Kaufmanns, der wortlos in einer dunklen Ecke des Raumes gewartet hatte, sich nun tief verbeugte und dann loslief, um den Wunsch des Älteren zu erfüllen.

»Ihr habt doch sicher nichts dagegen, wenn mein Bruder an unserer Unterhaltung teilnimmt? Er ist jetzt sechzehn und ich möchte ihn mehr und mehr in die Geschäfte der Familie einbeziehen. Er kann von einem erfolgreichen Kaufmann wie Euch nur lernen.«

Obwohl van Enghusen sich fragte, weshalb ihm Kielmann schmeichelte, genoss er doch die Anerkennung, die aus dessen Worten sprach. »Natürlich nicht. Der Knabe kann unserem Gespräch beiwohnen.«

Sie tranken den Wein am Tisch vor dem Kamin.

Kielmann kam ohne weiteres Vorgeplänkel zur Sache: »Ich habe gehört, dass Ende Mai in Lübeck der *Hansetag* beginnt.«

»Das ist richtig.«

»Hattingens Interessen werden von Unna vertreten?«

»Natürlich. Aber worauf wollt Ihr hinaus?«

»Die Stadt Hattingen zahlt für die Gesandtschaftskosten der sogenannten ›vornehmen Stadt‹ Unna, darf aber am *Hansetag* selbst nicht teilnehmen?«

Es schien, als ob das Ratsmitglied die Antwort auf seine Frage bereits kannte. Trotzdem erwiderte van Enghusen: »Ja. Wir werden aber ausführlich informiert. So steht es in den einschlägigen Rezessen, den Vereinbarungen, die seit Jahrzehnten immer wieder bestätigt wurden.«

»Wer zahlt, sollte auch mitreden und mitentscheiden können, finde ich.«

»Euer Wort in Gottes Ohr. Aber die Vorteile, die wir alle aus der Zugehörigkeit Hattingens zur Hanse ziehen, sind auch so groß genug. Unsere Waren werden in den anderen Hansestädten zollfrei vertrieben. Das verschafft uns einen erheblichen Vorsprung gegenüber der Konkurrenz. Wir haben Stapelrechte in London und Bergen und können uns der Kontakte der Hanse bedienen, wann immer wir es als sinnvoll erachten.«

»Aber wir entscheiden nicht«, beharrte Kielmann auf seiner Meinung. »Einer der Unseren sollte zum *Hansetag* reisen.«

»Ein frommer Wunsch, nicht mehr.« Der Bürgermeister griff zum Becher und trank. »Selbst wenn wir beide dieser Auffassung sind, dürfte deswegen die Hanse ihre Regeln nicht ändern«, meinte van Enghusen lächelnd. Die Naivität Kielmanns erstaunte ihn. Obwohl der Mann erst knapp zwanzig Jahre zählte, konnte er doch nicht tatsächlich annehmen, dass die Hanse ein seit Jahrhunderten bewährtes Delegationsverfahren so einfach über den Haufen werfen würde.

»Das tut sie sicher nicht. Aber warum kann nicht einer unserer Bürgermeister mit der Delegation Unnas reisen?« Das Ratsmitglied schaute van Enghusen auffordernd an. »Ihr könntet dieser Mann sein, finde ich.«

Einen Moment war Hinrick verblüfft. Kielmann meinte den Vorschlag wirklich ernst, das sah er ihm an. Konnte das eine denkbare Möglichkeit sein? Natürlich wäre es reizvoll, die Verhandlungen auf dem *Hansetag* zu verfolgen. Aber noch wichtiger waren die Kontakte zu den führenden Hansestädten wie Köln, Danzig oder selbstverständlich Lübeck, ›Vorstädte‹ genannt, die dort geknüpft werden konnten. Nach kurzem Nachdenken schüttelte van Enghusen trotzdem den Kopf. »Warum sollte Unna einen ihrer Plätze mit einem Hattinger besetzen?«

»Wisst Ihr, dass eine meiner Schwestern mit dem dortigen Bürgermeister verheiratet ist?«

»Nein.«

»Mein Schwager hat in den letzten Jahren einige Schwierigkeiten bei seinen Geschäften gehabt. Er sucht nun nach Partnern, die ihm ein wenig unter die Arme greifen können.«

»Er will Geld?«

»Nein. Er handelt mit Tuch. Und die Hattinger Tuchmacher bieten ihre Waren auch in Unna an und machen ihm heftig Konkurrenz. Wenn er also einen Fürsprecher hier im Rat fände, der sich dafür starkmachte, diese Konkurrenz im Zaum zu halten, wäre er im Gegenzug bereit, Euch als Mitglied der Gesandtschaft Unnas zum *Hansetag* aufzunehmen.«

»Das dürfte unseren Tuchmachern nicht gefallen.«

»Vermutlich. Aber wenn Ihr im Gegenzug die Marktgebühren für auswärtige Tuchhändler nur ein wenig erhöht, finden die heimischen Hersteller neue Absatzmöglichkeiten, die ihren Verlust in Unna mehr als wettmachen können.«

Van Enghusen schaute den jungen Kaufmann überrascht an. Er hatte ihn unterschätzt. Dieser Vorschlag war mehr als eine Überlegung wert. Nur was hatte Kielmann davon? Hinrick fragte ihn direkt.

»Ganz einfach. Zum einen helfe ich dem Mann meiner Schwester. Das verpflichtet ihn meiner Familie fast noch mehr als eheliche Bande. Zum anderen tue ich auch Euch einen Gefallen. Der Rat und die Unterstützung zweier so einflussreicher Bürgermeister können mir und meinen Geschäften doch nur zum Vorteil gereichen, meint Ihr nicht auch?«

Van Enghusen musste lachen. Kielmann hatte recht. Käme es zu einer solchen Regelung, hätte sie für alle Beteiligten nur Vorteile. Gewiss, der Rat und auch die hiesigen Tuchhändler müssten noch überzeugt werden. Aber gute Argumente hatte ihm Kielmann geliefert.

»Ja, da stimme ich Euch zu«, erwiderte Hinrick deshalb.

4

Lübeck, 8. April 1506

Nach Jahren hatte Jorge endlich wieder einen Ort, den er Heim nennen konnte. Seine Kammer lag direkt unter dem Dach des großen Speicherhauses am Travekai. Neben dem Zimmer lagerten, nur durch eine Bretterwand getrennt, die Waren, mit denen die Familie Wibbeking handelte. Die Ballen, Kisten und Fässer wurden mithilfe einer umsichtig konstruierten Vorrichtung durch große Luken in den Geschossböden auf das Dach gehievt. Auf einer beweglich gelagerten Achse von mehreren Schritten Länge war an einer Seite ein großes Holzrad angebracht, über das ein langes Tau lief. Dieses Seil wurde durch zwei kleine Öffnungen in den Böden bis in die Diele geleitet und seine Enden waren miteinander verknotet, sodass man es zu einem Kreis hätte auslegen können. Das Tau auf der Winde wurde in eine Nut geführt, damit es nicht abgleiten konnte. Die Nut selbst war aufgeraut und mit kleinen Querstücken versehen, um ein Durchrutschen des Seiles zu verhindern. Am anderen Ende der Achse rollte sich ein weiteres Tau, mit dem die Waren transportiert wurden, auf oder ab. Da der Durchmesser des Windenrades fast mannshoch war, der der Achse aber nur eine Handbreit, konnte aufgrund dieser vorteilhaften Übersetzung ein Mann Gewichte nach oben ziehen, für die es sonst die Kraft von mindestens drei Lagerarbeitern gebraucht hätte.

Jorge konnte sich glücklich schätzen. Der gemauerte Kamin führte, aus der großen Diele im Erdgeschoss kommend, durch seine Stube. Das einfache Holzbett stand direkt daneben. Im Winter würde er sich an den durch den Rauch erhitzten Steinen wärmen können. Da das Feuer in der Diele von Oktober bis April quasi ununterbrochen brannte, würde er nicht allzu sehr frieren müssen. Eine einfache Bank und eine Truhe vervollständigten das Mobiliar. Und was am wichtigsten war: Er musste seine Schlafstatt mit niemandem teilen.

Allerdings war der Weg von seiner Kammer zum Abort hinter dem Anbau auf dem Hof recht weit. Aber dafür war dieser überdacht, mit Seitenwänden vor dem Wind geschützt und nur wenige Schritte vom Brunnen entfernt.

Das Kontor der Wibbekings befand sich direkt rechts neben der Eingangstür und grenzte an den Kamin in der Diele. So blieb auch dieser Raum warm. Hier hatte der Schreiber seinen Platz, der samt Familie im Anbau wohnte. Die Diele diente ihnen als Küche und Speisezimmer gleichermaßen. Über dem Rauchfang hingen einige Würste und ein Schinken, um im Qualm des brennenden Holzes geräuchert zu werden. Die Frau des Schreibers achtete mit Argusaugen darauf, dass keiner der Packer oder Träger ihrem Besitz zu nahe kam. Versuchte doch einer, ein Stück Wurst zu stibitzen, musste er damit rechnen, schmerzhafte Bekanntschaft mit dem Besenstock zu machen, der immer griffbereit neben dem Kamin stand.

Zu den Aufgaben der Schreibersfrau gehörte es, das Feuer in Gang zu halten, den Lagerarbeitern am Mittag einen warmen Brei zu kochen und sie tagsüber mit verdünntem Bier zu versorgen. Die Morgen- und Abendmahlzeiten nahmen die Männer in ihren eigenen Wohnungen ein, wobei diese meistens nur aus einem Kellerraum oder einer Kammer in einem der Ganghäuser bestanden, in denen sie mit ihren Angehörigen hausten.

Jorge hätte es schlechter treffen können. Er hatte gut geschlafen in den ersten zwei Nächten und war nicht von den Albträumen heimgesucht worden, die ihn häufig plagten. Darin durchlebte er immer wieder jene Momente, in denen nicht nur sein Hund, sondern auch Lucas sein Leben lassen musste. Und wenn er dann schweißgebadet aus dem Schlaf hochschreckte, fragte er sich jedes Mal, ob der Streit nicht vermeidbar gewesen wäre. Obwohl er sich einredete, den Tod Lucas' nicht beabsichtigt zu haben, blieben die Zweifel. Und diese wurden mit der Zeit immer bohrender und verursachten schließlich jenes Schuldgefühl, das auf Jorge wie eine schwere Last lag.

Das Speicherhaus war nur durch die mächtige Mauer vom Kai getrennt. Alle Güter der einlaufenden Schiffe wurden durch ein kleines Tor in die Stadt geschafft. An der Anlegestelle lagen kleinere Koggen und die Schnuten, mit denen die größeren Schiffe, die aufgrund ihres Tiefganges in der Mitte der Trave ankerten, be- und entladen wurden.

Die unterschiedlichen Waren wurden entweder auf den Schultern kräftiger Arbeiter vom Schiff getragen oder mit einem Kran direkt aus dem Bauch der Koggen gehoben. Dieses Gerät wurde ebenfalls mit Muskelkraft betrieben. In seinem Inneren drehten zwei Männer in einem Laufrad die Winde und zwei weitere brachten in einem anderen Tretrad den drehbaren Kran in Position. Die Fracht stapelten die Arbeiter auf dem Kai. Dort wurde sie gewogen und gezählt, bevor sie in die Lagerhäuser verbracht werden durfte.

Zu Jorges Aufgaben gehörte es, den Lagerverwalter der Wibbekings bei diesen Kontrollaufgaben im Hafen zu unterstützen. Die Arbeit fiel ihm leicht und machte Spaß, denn es blieb bei dem ganzen Zählen der Güter und Übertragen in die Listen immer noch genug Zeit, das eine oder andere

Wort mit den Schiffern zu wechseln und ihnen zuzuhören, wie sie bereitwillig von ihren Erlebnissen berichteten. Auch wenn der junge Mann den Eindruck hatte, dass nicht alles, was die Seeleute erzählten, der Wahrheit entsprach, waren ihre Geschichten spannend und weckten in ihm den Wunsch, selbst zur See zu fahren und ihre Abenteuer zu teilen.

Noch nie in seinem Leben hatte Jorge so gute Kleidung besessen. Clas Wibbeking war mit ihm zu einem der Tuchmacher gegangen, um bei diesem zwei Paar Beinkleider, einen Wams und mehrere Unterkleider in Auftrag zu geben. Bei einem Schuhmacher erhielt Jorge Schnallenschuhe, die ihm bis zum Knöchel reichten, und hohe Reitstiefel aus weichem Leder für die kältere Jahreszeit. Seinen Kopf zierte ein Barett, das der neusten spanischen Mode entsprach. Diese verlangte eigentlich auch eine Kurzhaarfrisur, wozu sich Jorge aber wegen seiner Ohren nicht hatte durchringen können. Allerdings war das Barett bei diesem Wetter keine besonders gute Wahl. Es war sonnig, aber windig. Schon zweimal hatte ihm eine Böe die neue Kopfbedeckung vom Haupt gerissen und fast ins Wasser geblasen. Daraufhin hatte Jorge das Barett sicher am Kai verstaut.

»Hast du das fehlende Fass gefunden?« Der Schiffsschreiber blickte ihn ungeduldig an. »Es muss hier irgendwo stehen.« Der Mann deutete auf seine Liste, die er zu Kontrollzwecken ebenfalls führte. »Ich habe es als gelöscht notiert.«

»Aber ich nicht«, erwiderte Jorge. »Ihr habt fünfzig Fass Heringe in Reval geladen, aber ich zähle nur neunundvierzig hier auf dem Kai. Überprüft es selbst und seht Euch um. Die Fässer stehen alle in Reih und Glied dort an der Kaimauer. Und eins fehlt.«

»Unmöglich«, ereiferte sich der Schiffsschreiber. »Meine Liste stimmt.«

»Die meine auch.«

»Dann hast du dich eben verzählt.«

»Das hat er nicht.« Der Schreiber der Wibbekings war zu den Kontrahenten getreten. »Ich habe es eben überprüft. Ein Fass fehlt.«

»Dann hat es schon einer der Träger in die Stadt geschafft.«

»Nein«, erwiderte Jorge. »Die Männer haben sich nicht vom Kai fortbewegt. Es sei denn, sie haben Waren aus dem Bauch Eurer Kogge geschleppt. Wenn das Fass nicht hier am Anlegeplatz steht, ist es noch auf dem Schiff.«

»Nie im Leben!«

»Oder Ihr habt Eure Aufgabe in Reval nicht ordnungsgemäß ausgeführt und dort ein Fass zu wenig an Bord genommen. Wie auch immer, wir ziehen Euch ein Fass ab.«

Der Schiffsschreiber protestierte.

»Ich mache Euch einen Vorschlag«, meinte Jorge, um den Unmut des Seemannes zu besänftigen. »Lasst mich auf Eurem Schiff nachsehen. Vielleicht haben die Träger das Fass ja bloß übersehen.«

»Ich war selbst im Laderaum und habe die Ausladung kontrolliert. Da steht nichts mehr.«

»Wie Ihr meint. Dann werden nur neunundvierzig bezahlt.«

Der Seemann lamentierte noch etwas herum, änderte dann aber doch seine Meinung und erlaubte Jorge, das Schiff zu betreten.

Durch die geöffnete Luke drang Licht in den Laderaum. Trotzdem war es in den hinteren Bereichen unter Deck dämmrig. Jorge sah sich aufmerksam um. Das Lager schien tatsächlich leer zu sein. Aber dann fiel ihm ein Haufen Taue auf. Die einzelnen Seile waren entgegen aller Regeln nicht aufgewickelt, sondern lagen wie achtlos hingeworfen an der Schiffswand. Neugierig geworden trat der junge Mann näher.

»Nur alte Taue und ein Stück Segeltuch«, erklärte der Schiffsschreiber.

Jorge nickte, zog aber trotzdem den Stoff beiseite. Das hatte er sich gedacht. Darunter verbarg sich das vermisste Fass. Es war offensichtlich: Jemand hatte Hering unterschlagen wollen und auf Jorges Unerfahrenheit gesetzt. Und nach Lage der Dinge konnte das nur der Schiffsschreiber gewesen sein. Aber wie ihm diesen Diebstahlsversuch beweisen? Jorge entschloss sich, keinen Vorwurf zu erheben. Stattdessen würde er später die Angelegenheit in Ruhe mit dem Schreiber besprechen. »Lasst das Fass an Land bringen«, meinte er gelassen. »Das war kein besonders gutes Versteck.«

Hintergründig lächelnd ging er an dem Seemann vorbei, der mit hochrotem Gesicht nach einem Träger rief.

Zurück auf dem Deck, blendete ihn die tief stehende Sonne. Jorge hielt sich die Hand über die Augen, um besser sehen zu können. Auf dem Kai ging eine Gruppe junger Frauen unter den bewundernden Blicken der Seeleute auf das Stadttor zu. Ein kräftiger Windstoß fegte über die Trave. Eines der Mädchen griff hastig zu seiner Haube, aber es reagierte zu langsam. Die Kopfbedeckung verrutschte und feuerrotes Haar kam zum Vorschein. Jorge traute seinen Augen nicht. Er blinzelte in die Sonne. Diese Haarfarbe! Und die ihm bekannt vorkommende fließende Bewegung, als das Mädchen die Haube zurechtrückte. War das … Konnte das seine frühere Freundin Marlein gewesen sein?

Als sich seine Augen an das helle Licht gewöhnt hatten, war die Gruppe bereits hinter der Mauer verschwunden und Jorge sich dann doch sicher, dass ihm die Sonne einen Streich gespielt hatte. Er musste sich geirrt haben. Wieso sollte Marlein in Lübeck sein?

5

Lübeck, 8. April 1506

Lachend lief die kleine Gruppe weiter. Die Mädchen waren sich ihrer Wirkung auf die Seeleute sehr wohl bewusst, Marlein eingeschlossen, wenngleich sie das Interesse der jungen Männer eher als unangenehm empfand. Sie richtete ihre Haube, die ihr der Wind fast vom Kopf geblasen hatte, und bog mit den anderen in die Engelsgrube ein.

Nach wenigen Metern sprang Thomen Bandetti aus einem Hauseingang hervor, lief auf Marlein zu und blieb vor ihr stehen. Ihre Freundin Juliana schaute sie fragend an, aber die junge Frau gab ihr mit einer schnellen Kopfbewegung zu verstehen, dass sie weitergehen sollte. Was immer dieser Kerl von ihr wollte, sie würde allein damit fertigwerden.

»Guten Tag, Marlein.«

»Thomen.« Sie senkte vornehm den Kopf.

»Hast du ein wenig Zeit für mich?«

»Nachdem du dich in meinen Weg gestellt hast, bleibt mir ja wohl nichts anderes übrig, oder?« Sie sah ihr Gegenüber herausfordernd an.

Thomen Bandetti trug sein fast schwarzes Haar nach der neuesten Mode kurz geschnitten, war schlank und sein kecker Oberlippenbart ließ ihn älter aussehen, als er mit seinen knapp zwanzig Jahren war. Seine Kleidung schien von weit her, vielleicht sogar direkt aus Spanien, importiert zu sein. Jedenfalls konnte sich Marlein nicht vorstellen, dass die Lübecker Schneider, bei denen ihre Familie arbeiten ließ, einen solch gewagten Aufzug fertigen würden: Das rote

Wams trug er hauteng. Unter den breiten Schlitzen an Brust und Rücken schaute das weiße Hemd hervor. Die hellblaue Schaube mit ihren weiten Ärmeln zierte ein Kragen aus hellgrauem Pelz. Mit farbigen Bändern waren an dem Wams die eng anliegenden Beinkleider befestigt, deren dunkles Blau sich von den knallroten vorne abgerundeten Schuhen abhob. Es gab nur wenige junge Männer in Lübeck, die sich so farbenfroh kleideten.

»Mein Vater hat über uns mit deinem Onkel geredet.«

»Tatsächlich?« Marlein schob angriffslustig ihr Kinn vor.

»Dein Onkel scheint einer Verbindung zwischen unseren Familien etwas abgewinnen zu können.«

Ihr blieb fast das Herz stehen. Was behauptete Thomen da?

»Du siehst nicht so aus, als ob dein Onkel bereits mit dir gesprochen hätte.«

Hatte sie ihre Gesichtszüge so wenig unter Kontrolle? »Natürlich hat er sich mit mir darüber ausgetauscht«, schwindelte sie, während ihr Herz bis zum Hals pochte. »Was denkst du denn?«

»Und?«

»Was meinst du mit ›und‹?«

»Na, wie stehst du zu einer Heirat?«

»Etwa mit dir?«, brach es aus Marlein heraus. »Nie im Leben!« Sie warf den Kopf in den Nacken, schob den jungen Mann zur Seite und ging mit hochrotem Gesicht ihren Freundinnen nach.

»Das werden wir ja sehen«, murmelte Thomen, als das Mädchen außer Hörweite war.

Ungeduldig wartete Marlein im Haus ihres Onkels, um diesen zur Rede zu stellen. Am frühen Abend endlich kehrte er aus der Dornse zurück.

»Habt Ihr etwas Zeit für mich, Onkel?«, fragte sie, nachdem sie das gemeinsame Abendmahl eingenommen und die Mägde den Tisch in der Stube abgeräumt hatten.

Jobst van Enghusen stellte den Weinbecher zur Seite. Seine Frau Irmla beschäftigte sich weiter mit ihrer Handarbeit und tat so, als ob sie das Ganze nichts anginge. Marlein hatte bereits am Nachmittag mit ihr gesprochen. Sie wusste, dass ihre Tante trotz ihrer zur Schau getragenen Gelassenheit gespannte Aufmerksamkeit war.

»Um was geht es denn?«

Marlein holte tief Luft. »Mich hat heute Thomen Bandetti angesprochen. Er behauptet, Ihr hättet Euch mit seinem Vater über mich unterhalten.«

»Ja, das stimmt.«

Marlein zuckte zusammen. So also hielt ihr Onkel seine Zusagen ein. Redete mit einem anderen Kaufmann über ihre Heirat, ohne sie zu fragen. Als ob sie ein Stück Vieh wäre, das an den Meistbietenden verkauft werden sollte. »Aber Ihr habt mir versprochen …«

Van Enghusen richtete sich auf. »Was?«

»Ihr habt mir zugesagt, dass ich meinen Ehegatten selbst aussuchen kann.«

Jobst seufzte und warf seiner Frau einen vorwurfsvollen Blick zu. Du hast mich dazu überredet, stand in seinem Gesicht geschrieben. Ich hätte dir und Marlein niemals nachgeben dürfen. Er schenkte sich neuen Wein aus dem Krug nach. »Ja, leider.«

»Wie könnt Ihr dann über mein Schicksal entscheiden, ohne mit mir zu reden?«

Van Enghusen knallte den Becher so heftig auf den Tisch, dass ein Teil seines Inhalts herausspritze. »Deine Aufsässigkeit geht langsam zu weit, Marlein! Wie kannst du es wagen, mir Vorhaltungen zu machen?« Seine Stimme klang noch tiefer als sonst.

»Aber Ihr habt …«

»Ich weiß, was ich gesagt habe. Kannst du das auch für dich behaupten? Ich habe mit Bandetti gesprochen, das ist richtig. Aber ich habe sein Angebot zurückgewiesen. Wie kannst du dir anmaßen, mir zu unterstellen, ich würde mein Wort nicht halten?«

Marlein war erleichtert. Andererseits aber schämte sie sich. »Thomen hat mir erklärt, Ihr hättet seinem Vater gegenüber zu verstehen gegeben, eine Verbindung der beiden Familien wäre sinnvoll«, versuchte sie eine Erklärung.

Van Enghusen stand auf und stützte sich mit beiden Händen auf der Tischplatte ab. »Dem Wort eines Fremden misst du also ein größeres Gewicht bei als dem meinigen. Ist das so?«

Das Mädchen schwieg.

»Antworte«, befahl er leise, aber bestimmt.

»Ich dachte …«

»Keine Ausflüchte. Na?«

Marlein senkte den Kopf. Sie hatte sich falsch verhalten, das wusste sie jetzt.

»Vielleicht hat Bandetti ja recht und zu viel Denken ist nicht gut für euch Frauen.« Jobst van Enghusen wirkte verärgert.

Irmla legte ihre Stickerei beiseite und sah ihren Mann vorwurfsvoll an.

Der bemerkte den Blick. »Ist doch wahr«, setzte er mit erhobener Stimme fort. »Mein Bruder sitzt mir im Nacken, ich soll seine Tochter endlich verheiraten. Dieses junge Mädchen da«, er zeigte mit dem Finger auf Marlein, »weist jeden Bewerber ab und macht dadurch nicht nur sich, sondern auch mich zum Gegenstand von Tuscheleien. Diese Nichte tanzt ihrem Onkel auf dem Kopf herum, erzählen sich die Leute.« Er setzte sich wieder und nahm einen Schluck Wein. »Nur zu deiner Beruhigung, Marlein. Es wird keine Hochzeit zwischen dir und dem jungen Thomen geben. Das habe ich seinem Vater unmissverständlich mitgeteilt. Wenn der Junge dir nun etwas anderes erzählt, weiß er es entweder nicht besser oder er lügt. Auf jeden Fall aber solltest du dir überlegen, wem du Glauben schenkst, bevor du Vorwürfe erhebst.«

»Entschuldigung«, presste Marlein hervor. »Darf ich jetzt gehen?«

»Nein. Komm zu uns an den Tisch und setze dich.«

Die junge Frau folgte der Aufforderung.

Nachdem sie zwischen den beiden Erwachsenen auf der Bank Platz genommen hatte, wandte sich ihr Onkel mit schon wieder versöhnlich klingender Stimme an sie: »Führe dir eines vor Augen, mein Kind. Das Versprechen gab *ich* dir, nicht dein Vater. Er wird sich nicht mehr lange hinhalten lassen und fühlt sich mit Sicherheit nicht an meine Zusage gebunden. Kann ich ihm nicht bald einen Bewerber präsentieren, der vor deinen Augen Gnade findet, wird er entweder nach Lübeck kommen oder dich nach Hattingen zurückholen, um dich dort zu verheiraten. Und er wird dich nicht vorher um deine Meinung bitten, das kannst du mir glauben. Um eine Heirat wirst du so oder so nicht umhinkommen. Die Frage ist nur, wer deinen Ehegatten aussucht. Hast du das verstanden?«

Marlein liefen Tränen über die Wangen. Aber sie nickte stumm.

»Ich hoffe es. Und zwar für dich.«

Sie wischte sich mit dem Ärmel das Gesicht trocken. Dann erwiderte sie: »Ich werde darüber nachdenken. Aber Thomen Bandetti werde ich nicht heiraten. Niemals!«

»Das musst du auch nicht«, versicherte ihr Onkel. »Nur warte nicht zu lange mit deiner Wahl. Denn sonst wird dein Vater für dich entscheiden. Oder ich«, setzte er hinzu.

6

Burg Gottorf bei Schleswig, 10. April 1506

Der hochwohlgeborene Caspar von Buchwaldt, Geheimer Rat in Diensten von Friedrich I., Bruder des dänischen Königs Johann I., Herzog von Holstein, hatte zu dieser vertraulichen Beratung unter vier Augen gebeten.

Das Amtszimmer des Rates lag im Westflügel der Burg Gottorf, der bei dem verheerenden Brand vor mehr als zehn Jahren nicht so stark beschädigt worden war wie die anderen Gebäudeteile. Obwohl schon kurz nach dem Erlöschen des Feuers der Wiederaufbau des Verwaltungssitzes des Königs begonnen hatte, befanden sich ganze Zimmerfluchten immer noch in dem Zustand von 1492: die Decken teilweise eingestürzt, große Löcher in den Böden, massive Wasserschäden. Aber die Bauarbeiten waren in vollem Gange und es war nur eine Frage der Zeit, bis alles wiederhergestellt wäre. Der König hatte es sich in den Kopf gesetzt, seine Residenz nicht nur einfach wiederaufzubauen. Nein, schöner musste sie werden, moderner als früher. Die ehemals mittelalterliche Trutzburg sollte durch ein elegantes Schloss ersetzt werden. Und so mauerten, sägten und klopften fleißige Handwerker fast überall in dem weitläufigen Gebäude beziehungsweise dem, was nach dem Brand davon übrig geblieben war.

Von Buchwaldt gab seinem Gast zu verstehen, dass er sich setzen sollte. Nachdem dieser Platz genommen hatte, verscheuchte der Geheimrat die zwei Diener, die stumm neben der Tür ausharrten, mit einer schnellen Handbewegung. Dann schenkte er den Würzwein selbst ein, hob das kunstvoll geschliffene Glas und prostete Detlev Wittdorf zu.

Der Hauptmann der dänischen Armee war keine dreißig Jahre alt und hochgewachsen. Seit fast fünfzehn Jahren diente er nun König Johann. Als drittgeborener Sohn einfacher Bauern aus dem kleinen Ort Mehldorf in der Landschaft Dithmarschen war ihm nur die Wahl geblieben, als Tagelöhner auf dem Hof seines ältesten Bruders zu arbeiten oder aber sich als Soldat zu verdingen. Er hatte sich für den Dienst in der Armee entschieden und sich mit Fleiß und Gehorsam nach oben gearbeitet. Als ihm vor einigen Jahren der Dienstgrad eines Hauptmanns verliehen wurde, fühlte er tiefe Dankbarkeit gegenüber seinem König, der ihn aus dem Sumpf und dem Dreck der Marschen gezogen hatte. Wittdorfs Loyalität war unerschütterlich. Und genau das war der Grund, warum er nun im Dienstzimmer des herzoglichen Rates vor Caspar von Buchwaldt saß.

»Ich habe Euch rufen lassen, um mit Euch über etwas zu sprechen, das strengster Vertraulichkeit unterliegt. Was Ihr von mir hören werdet, wissen nur sehr wenige, und dabei muss es auch bleiben. Wenn Ihr also nicht verschwiegen seid oder Eure Zunge nach dem Genuss von Bier oder Wein nicht im Zaum halten könnt, solltet Ihr sofort gehen.«

Der Geheimrat lehnte sich zurück und Detlev Wittdorf blieb sitzen.

»Gut. Ich habe auch nichts anderes von Euch erwartet. Nun hört zu: Seit Jahren führen wir einen unerklärten Krieg gegen die Hanse. Das ist Euch natürlich bekannt. Die wendischen Städte, Lübeck allen voran, versuchen nach wie vor, Handel mit den aufständischen Schweden zu treiben, und unterlaufen so unsere Bemühungen, die Schweden endlich unter unsere Kontrolle zu bringen. Wenn die Hanse es bei einigen Tuchlieferungen bewenden lassen würde, wäre das kein allzu großes Problem. Aber sie betreiben den Handel im großen Stil, schwächen dadurch unsere Kaufleute und unsere niederländischen Geschäftspartner. Außerdem transportieren einige ihrer Koggen auch Waffen zu den Truppen des Reichsverwesers Sture. Das können wir nicht dulden. Nur fehlen uns die Beweise. Friedrich, der Bruder unseres Königs, ist Herzog von Holstein. In dieser Funktion untersteht er dem deutschen Kaiser. Er kann sich also nicht so ohne Weiteres auf die Seite seines Bruders schlagen und gegen die Hanse in den Krieg ziehen, die sich ebenfalls auf den Kaiser beruft. Wir müssen die Hanse mit anderen Mitteln zurückdrängen: durch Verhandlungen.«

Der Hauptmann zog die Augenbrauen hoch.

»Ich weiß, einem Soldaten wie Euch ist dieser Gedanke fremd.« Der Geheimrat erhob sich und ging im Raum auf und ab. »Ich kann Euch verstehen. Der Vertrag von 1503, den Johann mit der Hansestadt Lübeck geschlossen hat, kam auf Druck des päpstlichen Legaten und unter Vermittlung Herzog Friedrichs zustande. Nur hat er nicht das Geringste bewirkt. Die Tinte auf dem Papier war noch nicht trocken, da flammten die versteckten Feindseligkeiten wieder auf. König Johann muss den Schwedenhandel in jedem Fall unterbinden. Sonst verliert er doch noch seine schwedische Krone. Militärisch sind ihm und vor allem uns aus den erwähnten Gründen die Hände gebunden. Die Dänen wollen keinen offenen Krieg, jedenfalls jetzt noch nicht.« Von Buchwaldt setzte sich wieder. »Nun denn. In einigen Wochen findet in Lübeck ein *Hansetag* statt. Wir haben Informationen, wonach einzelne Städte an einer Verständigung mit uns interessiert sind. Setzen diese sich durch, wird es zu Verhandlungen mit Johann kommen, möglicherweise sogar auf Veranlassung des Kaisers. Gelingt es uns, in diesen Gesprächen den Hansestädten vorteilhafte Bedingungen zu diktieren, können wir einen Krieg vermeiden. Um uns aber durchzusetzen, müssen wir der Hanse, noch mehr aber dem Kaiser beweisen, dass die Händlervereinigung sich mit den Schweden gemeinmacht. Und dafür brauchen wir belastbare Informationen. Ihr konntet mir bis jetzt folgen?«

Wittdorf nickte.

»Gut. Natürlich setzen wir Spione ein, um dieses Wissen zu beschaffen. Und das tut die Hanse selbstverständlich auch. Einer dieser Spione, ein Lübecker, schmachtet nun schon seit geraumer Zeit in einem Kieler Kerker. Wir haben ihn aufgegriffen, als er aus Schweden zurückgekommen ist und auf dem Weg in seine Heimatstadt war. Aber der Mann schweigt standhaft. Herzog Friedrich lehnt es ab, ihn der peinlichen Befragung zu unterziehen. Der Mann könnte bei dem Verhör unter der Folter sterben und das würde die Beziehungen zwischen den Lübeckern und Johann nur stärker belasten. Außerdem sitzen einige der Unsrigen ebenfalls in Verliesen der Hanse. Auch wir wollen unsere Leute unbeschadet wiederbekommen. Das sind wir ihren Familien schuldig.« Von Buchwaldt holte tief Luft. »Bisher haben unsere Agenten keinen Erfolg gehabt. Ihr wurdet ausgewählt, uns dieses Wissen zu beschaffen. Enttäuscht mich nicht. Ich habe dem König erklärt, Ihr wäret der richtige Mann für diese Aufgabe.«

Zum ersten Mal seit seiner Ankunft war die Stimme des Soldaten zu vernehmen. »Wie Ihr wünscht«, erwiderte er. »Was habe ich zu tun?«

»Ihr werdet mit einem holländischen Schiff nach Reval segeln. Dort lebt ein Kaufmann namens Sievert Spanheim. Er ist so etwas wie der Mittelsmann der Schweden und der Lübecker. Die hanseatischen Kaufleute wenden sich an ihn, wenn sie die Handelsblockade brechen wollen. Ich glaube nicht, dass er bestechlich ist, trotzdem solltet ihr ihn im Auge behalten. Über kurz oder lang werden lübische Händler in Reval auftauchen und Spanheim aufsuchen. Versucht, sie festzusetzen und zu einer Aussage zu bewegen. Die Geständnisse müssen von ihnen unterschrieben sein, sonst sind sie in den anstehenden Verhandlungen wertlos. Am besten wäre natürlich, wenn die Händler sich bereit erklärten, als Zeugen auszusagen. Aber in dieser Hinsicht hege ich keine großen Hoffnungen.«

»Was wollt Ihr genau wissen? Ich vermute, die Namen der schwedischen Kontaktpersonen, Anzahl und Art der Waren, die zu den Schweden verschifft wurden, sowie die Namen der Schiffe und der Händler?«

»So ist es.«

»Wie soll ich die Lübecker dazu bringen, mir ihr Wissen preiszugeben?«

»Wie Ihr das macht, ist mir egal. Nur seid mit der Anwendung von Gewalt ein wenig zurückhaltend.«

»Ganz ohne Gewalt wird es aber nicht gehen, befürchte ich.«

»Das weiß ich. Aber Ihr müsst ihnen ja nicht gerade mit glühenden Zangen zu nahe treten. Sicher gibt es Methoden, deren Folgen später nicht auf den ersten Blick zu erkennen sind. Ihr versteht?«

»Selbstverständlich. Wie viel Mann stellt Ihr mir zur Verfügung?«

»Was benötigt Ihr?«

»Fünf tüchtige Kerle dürften reichen, denke ich.«

»Sucht sie Euch aus Euren Reihen aus.«

»Sie werden nach einer Belohnung fragen.«

»Vermutlich.« Der Geheimrat öffnete eine Schatulle, die vor ihm auf dem Tisch stand, holte einen Lederbeutel heraus und warf ihn dem Hauptmann zu. Der fing die Geldkatze sicher auf.

»Darin sind zwanzig Goldgulden. Das dürfte nicht nur als Belohnung für die Männer reichen, sondern auch Euch zufriedenstellen. Bestreitet davon die Kosten Eures Aufenthalts in Reval. Mit dem Rest verfahrt nach Belieben.«

»Wann segle ich los?«

»Nach Abschluss des *Hansetages*. Sind die Städte nicht zu Verhandlungen bereit, müssen wir diesen Aufwand nicht betreiben. Dann sprechen ohnehin über kurz oder lang die Waffen. Habt Ihr noch irgendwelche Fragen?«

»Nein.«

»Hauptmann, Ihr könnt gehen.«

Detlev Wittdorf erhob sich.

»Ach, eines noch. Es wäre sehr unerfreulich, wenn Ihr oder einer Eurer Leute in die Hände von Soldaten der Hanse fallen solltet. Ich weiß nicht, ob der Rat der Stadt Lübeck die Auffassung König Johanns und unseres Herzogs über die Anwendung der peinlichen Befragung an Spionen teilt. Unter keinen Umständen darf jemand von Eurer Aufgabe erfahren. Also nehmt Euch in Acht.«

»Ihr könnt Euch auf mich verlassen.«

7

Lübeck, 12. Mai 1506

Jorge stand jetzt seit über einem Monat in den Diensten der Wibbekings. Seine fehlende Erfahrung ließ er durch Fleiß und schnelle Auffassungsgabe vergessen. Immer häufiger setzte einer der Brüder ihn und nicht den Schreiber bei anspruchsvollen Aufgaben ein. Diesem schien das nichts auszumachen, im Gegenteil. Ihm bleibe so mehr Freizeit, die er mit seiner Frau oder im Gasthaus verbringen könne, hatte er Jorge erklärt. Solange sein Lohn nicht gekürzt werde, sei er seinem Kollegen sogar dankbar für die Freiräume, die dieser ihm durch seinen Fleiß ermögliche. Und da er schon seit Jahren für das Handelsgeschäft der Wibbekings arbeite und dieses immer weiter wachse, sehe er keine Gefahr für sein Auskommen. Die Firma sei groß genug für zwei Schreiber. Daher: Falls Jorge ihn überflügeln wolle, nur zu. Schließlich stehe er am Ende seines Lebens und der Jüngling noch am Anfang.

Dermaßen beruhigt, stürzte sich Jorge mit noch größerem Ehrgeiz auf die Arbeit und bald war er selbst am späten Abend nur schwer dazu zu bewegen, das Kontor zu verlassen. Ihm machte der Umgang mit Zahlen Spaß. Das Rechnen fiel ihm leicht und manchen Fehler in den Abrechnungen erkannte er auf den ersten Blick. Außerdem hatte er ein präzises Gedächtnis, was Zahlen anging. Die Warenpreise, die ihnen andere Händler anboten, behielt er im Kopf, egal wie klein und unwichtig die Chargen auch sein mochten. Nicht so gut funktionierte seine Erinnerung, wenn es um die korrekte

Anwendung der deutschen Sprache ging. Nur mühsam prägte er sich die höflichen Floskeln ein, die wie selbstverständlich in den Briefen der Kaufleute untereinander verwendet wurden. Er hielt diese ewigen Umschreibungen und Versicherungen für pure Zeitverschwendung. Es war ärgerlich, sie lesen zu müssen, noch ärgerlicher aber, sie selbst auf das Papier zu bringen. Mehr als einmal hatte ihn der ältere der Brüder ermahnt, bei der Erledigung der Korrespondenz etwas mehr Sorgfalt walten zu lassen. Aber genau das fiel Jorge schwer.

»Ich habe hier ein Angebot des Händlers Knutson aus Reval, der uns Honig anbietet. Er hat den Preis für ein Stübchen allerdings gegenüber seiner letzten Lieferung um zwei lübische Mark angehoben.« Jorge streckte Clas Wibbeking das Schreiben entgegen.

Der warf einen flüchtigen Blick darauf. »Hm. Ich kann mich nicht erinnern, dass wir schon einmal von diesem Händler gekauft haben.«

»Es war vor zehn Monaten.«

»Woher willst du das wissen? Da warst du noch nicht bei uns.«

»Das stimmt. Ich habe die alten Kassenbücher durchgesehen, um mir einen Überblick zu verschaffen.«

Wibbeking schüttelte lächelnd den Kopf. »Du erstaunst mich immer wieder. Ich habe erst gestern mit meinem Bruder über dich gesprochen. Wir sind uns einig: Wenn du weiter so schnell lernst, wirst du bald mehr von unserem Geschäft verstehen als wir.«

»Was sagt Ihr da?« Jorge war ehrlich bestürzt. »Ihr wisst so viel und ich so wenig. Ich verstehe mich vielleicht auf Zahlen. Aber sonst …«

»Stell dein Licht nicht unter den Scheffel. Zeig mir das Kassenbuch. Ich will wissen, ob du auch dieses Mal recht hast.«

»Es liegt in der Dornse im Wohnhaus.«

»Dann hole es schnell. Ich möchte den Brief unverzüglich beantworten. Eine Kogge verlässt den Hafen Richtung Reval noch in der nächsten Stunde. Sie wird die an unsere Geschäftspartner gerichteten Schreiben der letzten zwei Wochen mitnehmen. Weißt du, wo das Buch liegt? Mein Bruder ist nämlich nicht zu Hause.«

»Ich weiß es.«

»Dann beeile dich.«

Jorge stürmte los. Es war nicht weit vom Lagerhaus am Kai bis zum Wohnhaus der Wibbekings.

Der junge Mann eilte in die Dornse, ohne anzuklopfen, blieb dann aber überrascht in der Mitte des Raumes stehen. Konrad Wibbeking saß auf seinem Platz, über Bücher gebeugt. So wirkte sein Buckel noch monströser.

»Entschuldigung«, stieß Jorge hervor. »Ich wollte nicht unhöflich sein, sondern glaubte, Ihr wäret ausgegangen. Das sagte mir Euer Bruder zumindest.«

Wibbeking drehte sich um. »Das macht nichts. Was willst du denn?« Auf seiner Nase trug er ein seltsames Gestell, welches der Jüngling noch nie zuvor gesehen hatte: Zwei zu Kreisen geformte Metallringe, die an einem gebogenen Draht, der auf dem Nasenrücke ruhte, befestigt waren und in denen etwas glänzte. War das Glas? Eigenartigerweise ließen die beiden kleinen Scheiben, in denen sich das Licht brach, Wibbekings Augen größer aussehen, als sie tatsächlich waren.

»Ein Lieferant hat uns ein Angebot gemacht. Euer Bruder meint, dass der Preis, für den er verkaufen möchte, deutlich überhöht ist und über dem des letzten Jahres liegt.« Jorge hielt es für schlauer, nicht damit zu prahlen, dass ihm selbst die Differenz aufgefallen war. »Er bat mich, das Kassenbuch vom dritten Quartal des letzten Jahres zu holen, um nachzuschauen.« Während er sprach, konnte Jorge seinen Blick nicht von der Nase des Kaufmanns abwenden.

Natürlich bemerkte Wibbeking dessen Neugier. »Es liegt dort auf dem Tisch.« Dann zog er sich das fremdartige Gestell von der Nase und hielt es Jorge hin. »Sieh es dir nur ruhig an.«

Vorsichtig nahm der junge Mann die zerbrechlich aussehende Konstruktion entgegen und betrachtete sie. Er hatte sich nicht getäuscht. Die in die Ringe eingefassten Scheiben waren wirklich aus Glas. Aber zu was taugte dieses Ding? Er fragte Wibbeking danach.

»Man nennt es Brille. Setze sie auf und du wirst ihren Zweck erkennen.«

Der Jüngling tat wie geheißen. »Alles verschwimmt vor den Augen.«

»Du musst dir etwas aus der Nähe ansehen. Wirf einen Blick in das Kassenbuch.«

Als Jorge die erste Seite aufschlug, stieß er einen erstaunten Schrei aus. Alles wurde größer, schärfer. Er zog die Brille von der Nase. »Ist das Zauberei?«, wollte er wissen. Die Skepsis in seiner Stimme war unüberhörbar.

Wibbeking nahm das Gestell wieder entgegen.

»Was Glas ist, weiß du ja.«

»Natürlich.«

Hier in Lübeck verfügten die meisten der Bürgerhäuser wie in Zwickau über Fenster aus Glas, selbst in Schneeberg und damals in Hattingen hatten sich die Reichsten diesen Luxus leisten können.

»Ich habe sie von einem Meister aus Nürnberg. Er hat mir erklärt, dass das Glas in einer kunstvollen Weise geschliffen wird, damit es alles vergrößert. Und es ist keine Zauberei, sondern Wissenschaft. Hat keiner deiner Hattinger Mönche eine Brille getragen?«

Jorge schüttelte den Kopf.

»Nun, dann waren sie vielleicht alle noch jung. Wenn du älter wirst, lässt nicht nur die Kraft deiner Arme oder Lenden, sondern auch die deiner Augen nach. Und die Brille hilft dir dabei, diesen Nachteil auszugleichen.« Wibbeking griff sich schelmisch ans Gemächt. »Wenn es doch nur immer so leicht wäre, die Gebrechen des Alters zu beheben.« Er lächelte. »Viele, die die Funktionsweise einer Brille zum ersten Mal erkennen, fürchten darin das Werk von Zauberern oder halten ihre Träger gar für Betrüger und Ehebrecher. Völlige Dummheit! Aber du weißt es ja jetzt besser, nicht wahr?«

Der junge Mann nickte.

»Dann bring meinem Bruder das Kassenbuch. Er soll sich nicht über den Leisten ziehen lassen.«

»Das wird er ganz bestimmt nicht tun«, versicherte Jorge.

Er war bereits an der Tür, als ihn Wibbeking zurückrief.

»Wie würde es dir gefallen, mich zum *Hansetag* zu begleiten? Ich brauche jemanden, der des Schreibens kundig ist, ausführliche Notizen des dort Gesagten macht und auch sonst seine Augen und Ohren offenhält. Traust du dir das zu?«

Für einen Moment war Jorge sprachlos. Erst seit kurzer Zeit in den Diensten der Kaufmannsfamilie, machte ihm der ältere der Brüder ein solches Angebot. Alle sprachen nur mit gesenkter Stimme von dem bald anstehenden Treffen, so als handele es sich nicht um eine Konferenz der Hansestädte, sondern um eine geheimbündlerische Zusammenkunft, bei der nicht alles mit rechten Dingen zuging. Und er durfte demnächst dabei sein? Natürlich wollte Jorge. Deshalb antwortete er knapp: »Ja.«

»Gut. Ich werde dir sagen, wann ich dich brauche.« Mit diesen Worten setzte Konrad Wibbeking wieder die Brille auf und wandte sich dem Studium seiner Geschäftspapiere zu.

Heute war Markttag und das Wohnhaus der Wibbekings lag nur ein paar Schritte vom Marktplatz am Rathaus entfernt. Jorge liebte das geschäftige Treiben der Händler, die lautstark ihre Waren anpriesen, das Feilschen um den letzten Pfennig, die fremden Gerüche exotischer Gewürze, die Gaukler und Spielleute, die die Besucher unterhielten.

Musikanten waren auf dem Platz. Jorge hörte ihre Melodien bereits, bevor er die Truppe sah. Eine der Sängerinnen ließ eine glockenhelle Stimme erklingen. Ihr Lied erzählte von unerfüllter Liebe und Sehnsucht.

Es war nicht nur der Text, der Jorge wehmütig machte. Irgendwo, da war er sicher, hatte er diese Stimme schon einmal gehört. Er schob sich durch die Reihen der Zuschauer, bis er in vorderster Front angekommen war. Zwei Männer und zwei Frauen unterhielten die Marktbesucher mit ihrem Spiel. Ihm stockte der Atem. Die Sängerin, die sich selbst auf der Laute begleitete, war Anne!

Schlagartig kehrten die Erinnerungen zurück: Der Markt in Schneeberg, auf dem er die Gauklerin zum ersten Mal hatte spielen hören. Ihr späteres, zufälliges Treffen unweit der Stadt. Die Blumenwiese auf dem Hügel. Annes Zunge, ihre Finger, ihr weicher, warmer Körper. Der Geruch ihrer Haare. Und die gemeinsam erlebte Wollust, als sie ihn in die körperliche Liebe einführte.

Jorge hatte in den ersten Monaten nach seiner Flucht aus Schneeberg noch oft an die junge Frau gedacht, aber dann war die Erinnerung an sie und ihr grußloses, für ihn vollkommen überraschendes Verschwinden nach und nach verblasst. Jetzt jedoch drängten die Empfindungen mit Macht auf ihn ein und jede Minute ihres kurzen Beisammenseins stand wieder klar vor seinen Augen.

Annes Blick streifte ihn, aber er sah kein Erkennen in ihren Augen. Kein Wunder, ein Junge war er gewesen, als die Lautenspielerin ihn verlassen hatte. Und jetzt stand unter den Zuschauern ein erwachsener Mann, noch dazu gut gekleidet. Wie sollte sie ihn da erkennen?

Etwa zehn Minuten später war die Darbietung beendet. Wie schon vor zwei Jahren in Schneeberg lief Anne durch die Reihen, um den Lohn ihrer Arbeit zu sammeln. Auch Jorge streckte sie den Hut entgegen. Der ließ einen Silberpfennig hineinfallen, eine fürstliche Gabe. Überrascht sah sie hoch. Ihre Blicke trafen sich. Jorge versuchte ein Lächeln. Und Anne erstarrte.

»Du?«, flüsterte sie. »Wie kommst du hierher?«

Er wollte gerade zu einer Erwiderung ansetzen, als die junge Frau von einem der anderen Musikanten aufgefordert wurde, nicht stehen zu bleiben, sondern weiter Geld einzufordern, bevor sich die Menge vollständig zerstreute. Sankt Marien schlug dreimal.

»Komm in etwa einer Stunde zum großen Tor am Fluss«, raunte sie ihm zu.

»Du meinst das Holstentor?«, fragte er zurück.

Aber Anne war schon einige Schritte entfernt und antwortete nicht.

Jorge blieb noch minutenlang stehen und beobachtete die Musikantin. Aber auch als sie zu ihren Mitspielern zurückkehrte und einem Mann den Hut übergab, ihre Laute aufnahm und ihr Bündel schnürte, schenkte sie ihm keinen weiteren Blick. Schließlich verschwand sie mit der Musikantentruppe Richtung Sankt Marien.

Der junge Mann kehrte mit klopfendem Herzen in das Kontor zurück, konnte sich aber nicht mehr auf seine Tätigkeit konzentrieren. Schon kurz darauf verließ er seine Arbeit wieder und machte sich voller Ungeduld zum Traveufer auf, um an den zahlreichen Koggen vorbei zum vereinbarten Treffpunkt Richtung Süden zu laufen.

Er wartete nur Minuten, da konnte er Anne bereits am gegenüberliegenden Ufer ausmachen. Dann verschwand sie hinter den mächtigen Lagerhäusern. Jorge ging Richtung Stadttor. Hier musste die junge Frau die Trave passieren.

Kurz darauf stand die Lautenspielerin vor ihm. Er wollte sie in den Arm nehmen, aber Anne entzog sich ihm. »Wie kommst du nach Lübeck?«, fragte sie stattdessen.

»Eine lange Geschichte«, erwiderte Jorge. »Und jetzt frage ich dich dasselbe.«

»Und erhältst dieselbe Antwort.«

Jorge spürte, dass sich ihr Wiedersehen nicht so gestalten würde, wie er es sich erhofft hatte. Also lenkte er ein. »Ich musste Schneeberg verlassen.«

»Warum?«

»Ich spreche nicht gerne darüber.«

Anne schwieg.

»Es gab einen Streit. Danach musste ich aus der Stadt fort. Das ist eigentlich schon alles.«

»Und dein Hund? Wo ist der?«

»Der war einer der Gründe für den Streit.«

Sie nickte. »Verstehe.«

Natürlich versteht sie kein Wort, dachte Jorge. Wie sollte sie auch? »Und du? Wie ist es dir ergangen?«

»Gut.« Sie holte tief Luft, bevor sie weitersprach. »Mein Onkel ist vor einem Jahr verstorben. Seither sind wir nur noch zu viert.«

»Das tut mir leid.«

»Muss es nicht. Es war eine Erlösung für ihn.«

Jorge rang sich zu der Frage durch, die ihm unter den Nägeln brannte. »Nach unserem Treffen auf dem Berg … Du weißt schon … Als wir miteinander …«

Anne grinste. »Gevögelt haben, meinst du?«

Jorge wurde verlegen. »Ja. Ich bin später zurückgekehrt. Aber ihr wart nicht mehr an dem Lagerplatz. Ich hatte eigentlich gedacht, dass du dich wenigstens von mir verabschieden würdest.«

Anne schien sichtlich überrascht. Dann erwiderte sie mit vorgespielter Gleichgültigkeit: »Warum? Weil wir ein wenig Spaß miteinander hatten? Da gab es vor dir schon einige und nach dir auch. Warum sollte es bei dir etwas Besonderes gewesen sein?«

»Ich dachte …«

Die junge Frau trat näher zu Jorge heran. »Habe ich dir das Herz gebrochen?«, fragte sie sanft.

»Ein wenig«, gestand der junge Mann.

»Aber du hast dich mit anderen Frauen getröstet, hoffe ich?« Sie strich ihm durchs Haar und ergriff seine Hand.

»Ja.«

»Das ist gut. Niemand sollte für längere Zeit allein sein. Und, hast du hier in Lübeck auch eine Liebste?«

Jorge dachte an das Mädchen, das er für Marlein gehalten hatte. »Nein«, antwortete er wahrheitsgemäß.

»Das solltest du ändern.« Sie lächelte.

Der Jüngling konnte die Augen nicht von ihr lassen. Sie sah wunderschön aus. Und sie konnte ihm vielleicht das geben, was er am stärksten vermisste: Freundschaft, Geborgenheit, Liebe, eine Heimat. Er fasste sich ein Herz. »Du könntest dieses Mädchen sein.«

Anne schaute ihn verwundert an. Schließlich meinte sie: »Es ist dir ernst, oder?«

»Warum nicht? Was spricht dagegen? Ich habe eine gute Stellung, ein vernünftiges Auskommen und werde bestimmt noch mehr in meinem Leben erreichen.«

Anne musterte ihn aus großen dunklen Augen. »Ja, das sehe ich. Du stellst etwas dar. Du bist nicht mehr der Junge, für den ein Leben als Bergknappe das Höchste ist, was er sich vorstellen kann. Aber was weißt du denn schon von mir, Jorge? Nichts. Du hängst einer Erinnerung nach, die auf einer Sommerwiese in der Nähe von Schneeberg entstanden ist.«

»Das reicht mir.«

Sie ließ seine Hand los. »Ich bin nicht die richtige Frau für dich.« Ihr Blick strafte ihre Worte Lügen.

»Das sollte doch wohl ich entscheiden, oder?«

Die Glocke des Doms schlug. Sankt Mariens Geläut fiel ein. »Ich muss jetzt gehen«, sagte Anne.

»Sehen wir uns wieder?«, bat Jorge.

Die Lautenspielerin zögerte nur kurz. »Na gut. Übermorgen.« Sie zeigte nach Süden. »Bei Sonnenuntergang am Mühlenteich.«

8

Lübeck, 13. Mai 1506

Marlein wartete, bis sie keine Zeit mehr hatte, wollte sie nicht zu spät zum Unterricht erscheinen. Als sie zu dem Lagerhaus am Hafen hastete, das als Schule diente, machte sie sich über Juliana Sorgen. War ihre Freundin plötzlich krank geworden? Oder warum hatte sie nicht wie sonst am vereinbarten Treffpunkt gestanden, damit sie den restlichen Weg gemeinsam zurücklegen konnten?

Marlein erreichte den Schulraum unmittelbar vor Lehrer Adomeit. Der runzelte die Stirn, als er sie erhitzt und mit hochrotem Kopf in das Zimmer laufen sah, verlor aber kein Wort über die in seinen Augen unziemliche Eile. Als sich das Mädchen seinem Platz näherte, stutzte sie. Juliana hockte bereits auf der Bank.

»Warum hast du nicht auf mich gewartet?«, raunte ihr Marlein zu, erhielt aber keine Antwort, weil Lehrer Adomeit mit dem Unterricht begann. Und nichts hasste der strenge Erzieher mehr, als wenn die Mädchen nicht ihm zuhörten, sondern miteinander tuschelten. Die Strafe für Unaufmerksamkeit waren zwei schmerzhafte Hiebe mit der Rute auf den Handrücken. Das wollte keine der Schülerinnen riskieren. Also schwiegen alle, wenngleich Marlein immer wieder fragende Blicke zu der Freundin an ihrer Seite schickte, die diese jedoch konsequent ignorierte. Entweder hatte Juliana nur Augen für den Lehrer oder sie heftete den Blick stur auf die Wachstafel auf ihrem Schoß. Was war nur los mit ihr? Warum war sie so abweisend?

In der Mittagspause verstärkte sich Marleins Eindruck, dass etwas nicht stimmte. Lehrer Adomeit hatte ihr aufgetragen, weitere Scheite auf das Feuer zu legen, welches zu erlöschen drohte. Also konnte sie den Raum nicht gemeinsam mit den anderen Mädchen, sondern erst nach ihnen verlassen. Üblicherweise saßen die beiden Freundinnen bei gutem Wetter auf einer kleinen Mauer am Kai, verzehrten ihr Brot, sahen den Lagerarbeitern beim Be- oder Entladen der Koggen zu, plauderten, bis der Lehrer wieder zum Unterricht rief. Heute war gutes Wetter. Aber Juliana saß nicht an ihrem angestammten Platz.

Marlein entdeckte sie schnell bei drei anderen Schülerinnen, deren Gesellschaft sie üblicherweise mieden, handelte es sich bei ihnen doch um dumme Hühner, deren Interesse einzig den jungen Kerlen, der Mode und dem neuesten Lübecker Tratsch galt. Sicher, auch Juliana und sie unterhielten sich über solche Sachen, aber eben nicht ausschließlich. Umso überraschter war das Mädchen, dass sich seine Freundin in der Gegenwart der anderen augenscheinlich sehr wohlfühlte.

Marlein ging zu der kleinen Gruppe. Als sie näher kam, erstarb deren Unterhaltung und die vier warfen ihr feindselige Blicke zu.

»Juliana, was ist los?«, wunderte sich die junge Frau und griff ihre Freundin am Arm.

»Lass das«, zischte diese und befreite sich mit einem Ruck.

Erschrocken wich Marlein zurück. »Juliana, bitte. Habe ich etwas falsch gemacht?«

»Ausgerechnet die fragt, was sie falsch gemacht hat«, lästerte eines der Mädchen. Die vier steckten ihre Köpfe zusammen und kicherten.

Marlein wurde rot vor Wut darüber, wie ihre Freundin sie behandelte.

Die Schulkameradinnen interpretierten ihre Gesichtsfarbe falsch. »Jetzt ist es wohl ein wenig zu spät, um auf braves Mädchen zu machen. Deine Scham ist alles andere als glaubhaft, meinst du nicht auch?«

Scham? Marlein war verwirrt. Was hatte sie sich denn vorzuwerfen?

»Spielt hier das Unschuldslamm«, giftete Anna Bockmann. »Aber wir sind ja selbst schuld. Wir hätten es wissen müssen, allein schon wegen der Haarfarbe. Meine Mutter sagt, zwar habe nicht jede Dirne rote Haare, aber alle Frauen mit roten Haaren seien Dirnen.«

Natürlich kannte Marlein solche Gerüchte. Deshalb trug sie ja auch eine Haube. Nur hatte es bisher niemand ihrer Bekannten gewagt, ihr eine solche Ungeheuerlichkeit ins Gesicht zu schleudern. »Sag das noch einmal.« Kochend vor Wut baute sie sich vor der Älteren auf, die – gut einen Kopf größer – spöttisch auf sie herabsah.

»Gerne: Alle Rothaarigen sind Dirnen.«

Ohne Vorwarnung gab Marlein ihrer Kontrahentin eine schallende Ohrfeige. Diese stieß einen Wutschrei aus und stürzte sich auf die andere. Aber noch bevor die beiden Mädchen vollends aufeinander losgehen konnten, riss sie Lehrer Adomeit auseinander. »Was ist hier los?«, blaffte er, wartete aber eine Antwort erst gar nicht ab. »Alle zurück in den Unterrichtsraum. Ihr führt euch wie Gassenjungen auf. Ich werde euch lehren, wie sich ehrbare Bürgerinnen zu benehmen haben!«

Als sie alle wieder im Raum versammelt waren, befahl der Lehrer, die Tür zum Flur zu schließen. Dann beorderte er Marlein und Anna Bockmann zu sich nach vorne. »Warum bist du auf Marlein losgestürmt, Anna?«

»Sie hat mich geohrfeigt.«

»Stimmt das, Marlein?«

»Ja.«

»Und warum hast du das getan?«

»Sie hat mich eine Dirne genannt.«

Anna grinste.

Adomeit klopfte mit der Gerte mehrmals auf seine geöffnete Handfläche. »Ich entnehme deinem Gesichtsausdruck, dass Marlein die Wahrheit sagt«, wandte er sich an die Ältere.

»Ja, das habe ich gesagt.«

»Und wie kommst du dazu, eine solche ehrabschneidende Anschuldigung zu erheben?«

»Zum einen wegen ihrer Haarfarbe.«

»Aha. Dann ist dir erst heute aufgefallen, dass Marlein rote Haare hat? Was hast du eigentlich die letzten Jahre hier im Unterricht getan? Geschlafen?«

Die Mädchen auf ihren Bänken lachten.

»Ruhe«, donnerte der Lehrer. »Wer meint, das sei komisch, kann sich gleich zu uns gesellen. Also gut. Du meinst also, wer rotes Haar hat, ist eine Dirne?«

»Ja.« Anna schaute sich Beifall heischend um. Aber die anderen Schülerinnen blieben stumm.

»Ich will euch etwas erzählen«, begann Adomeit. »Es gab einst einen deutschen Kaiser. Er hieß Friedrich und eroberte die lombardischen Städte in Italien. Die Italiener nannten ihn Barbarossa. ›Barba‹ ist das lateinische Wort für Bart, ›rossa‹ steht im Italienischen für die Farbe Rot. Er wurde also als Rotbart bezeichnet. Wer einen roten Bart trägt, dessen Haupthaar hat ebenfalls diese Farbe. Barbarossa war mit einer hochwohlgeborenen Dame aus Burgund verheiratet. Das Paar hatte viele Kinder, darunter auch eine Tochter namens Beatrix. Wie es heißt, soll sie die Haarfarbe ihres Vaters geerbt haben. Würdest du die Tochter eines Kaiserpaares ebenfalls als Dirne bezeichnen?«

Anna schwieg. Dann platzte es aus ihr heraus: »Aber Thomen Bandetti hat es mir erzählt.«

»Was?«

»Das über Marlein.«

»Was sagt er denn?«

»Dass sie mit Jungs durch die Gassen zieht, aber gleichzeitig alle Bewerber zurückweist, damit sie weiterhin ihr liederliches Leben führen kann.«

Marlein ballte die Fäuste und biss sich auf die Lippen.

»Willst du etwas dazu sagen?«

Marleins Augen blitzten. »Ich habe ihn abgewiesen, das stimmt. So wie ich alle vor ihm auch abgewiesen habe. Aber die anderen haben immerhin nicht versucht, meinen guten Ruf in den Dreck zu ziehen. Als Thomens Vater bei meinem Onkel nachgesucht hat, hat dieser das Anliegen ebenfalls zurückgewiesen. Und nun will sich Thomen auf solche Art und Weise an mir rächen. Das ist einfach nur schäbig.«

An Lehrer Adomeits Gesicht konnte man nichts ablesen. »Nun, ich habe damit gerechnet, dass ein solcher Zwischenfall über kurz oder lang passieren würde. Einige eurer Väter haben mich darüber in Kenntnis gesetzt, dass solche Gerüchte im Umlauf sind. Dein Onkel, Marlein, hat bereits mit Antonio Bandetti gesprochen. Dieser hat seinen Sohn zur Ordnung gerufen und ihn gemaßregelt. Außerdem hat er deinen Onkel in aller Form um Verzeihung gebeten und dieser hat die Entschuldigung angenommen. Damit ist das Thema zwischen euren Familien beendet.«

Marlein schluckte. Warum hatte ihr Onkel nichts davon erzählt?

Lehrer Adomeit fuhr fort: »Dein Onkel und ich haben darüber gesprochen, ob wir dich auf eine solche Auseinandersetzung vorbereiten sollen. Er war dagegen, weil er nicht wollte, dass du jedes Wort auf die Goldwaage legst. Denn immerhin wäre es ja möglich gewesen, dass deine Freundinnen ...«, der Lehrer schaute lange in die Mienen der ihm Anvertrauten, »... schlau genug wären, nicht auf einen solchen Unsinn hereinzufallen. Das scheint nun nicht der Fall gewesen zu sein. Und deshalb rate ich euch besonders, diese unangenehmen Geschichten nicht weiterzuverbreiten, wollt ihr nicht ebenfalls wie der junge Herr Bandetti dafür zur Rechenschaft gezogen werden. Und nun, Anna und Marlein, streckt eure Hände vor.«

»Aber warum?«, protestierte Marlein. »Warum werde ich auch bestraft?«

»Hast du Anna nicht eine Ohrfeige gegeben?«

»Ja, aber das war doch …«

»Unter bestimmten Voraussetzungen dürfen Männer ihre Konflikte so austragen. Frauen nie. Dafür wirst du bestraft. Her mit der Hand«, befahl Adomeit.

Mit versteinertem Gesicht nahm die Schülerin ihre Strafe entgegen. Es tröstete sie nicht, dass Anna zwei Hiebe mehr ertragen musste.

»Und du nennst dich meine Freundin«, zischte sie Juliana an, als sie wieder ihren Platz eingenommen hatte.

»Aber ich wusste doch nicht … Entschuldige.«

»Das muss ich mir erst noch einmal überlegen«, erwiderte Marlein. Den Weg nach Hause legte sie bewusst ohne Begleitung zurück.

9

Lübeck, 18. Mai 1506

Der Plan, den ihm Evert Kielmann vorgeschlagen hatte, war aufgegangen. Hinrick van Enghusen hatte den Rat überreden können, mit der Gilde der Tuchmacher zu sprechen, damit diese freiwillig weniger Tücher in Unna anbot. Und tatsächlich hatte es nicht viel Überzeugungsarbeit bedurft, die Wollweber auf ihre Seite zu ziehen. Der Verkauf ihrer Waren in anderen Städten war ohnehin wegen des erforderlichen Transports mit höheren Kosten verbunden, als das auf dem Hattinger Markt der Fall war. Und nachdem der Rat ihnen im Gegenzug angeboten hatte, die Marktgebühren ihrer Konkurrenten zu erhöhen, versprachen sich die heimischen Tuchhändler sogar ein besseres Geschäft. Also willigten sie ein. Dazu beigetragen hatte auch, dass der Rat ihnen quasi hinter vorgehaltener Hand zugesagt hatte, dass ihr Verzicht nur bis zum *Hansetag* andauern müsse, die höheren Marktgebühren für Auswärtige jedoch beibehalten werden sollten. Davon allerdings erfuhr Evert Kielmann nichts. Und so reiste van Enghusen als ein Mitglied der Gesandten Unnas Anfang Mai nach Lübeck zum *Hansetag.*

Ihre knapp zweiwöchige Fahrt verlief ohne Komplikationen. Unmittelbar nachdem van Enghusen in Lübeck eingetroffen war, hatte er das Haus seines Bruders Jobst aufgesucht. Der war aus allen Wolken gefallen, als Hinrick am Abend an die Haustür geklopft hatte. Hastig hatte Irmla die Mägde aus dem Bett geholt, sie das Feuer im Kamin schüren und ein schnelles Essen für den späten Gast zubereiten lassen. Marlein, die schon schlafen gegangen war, wurde nicht geweckt. Das Mädchen konnte ihren Vater auch am nächsten Morgen begrüßen.

Nach dem Mahl saßen die Brüder in der Wohnstube.

»Wie hast du es geschafft, zum Treffen der Hanse eingeladen zu werden?«, fragte Jobst. »Hattingen kann doch eigentlich nur Gesandte zum *Dritteltag,* jedoch nicht zum *Hansetag* selbst entsenden.«

Hinrick grinste. »Mit Geschick, Glück und ein wenig Bestechung. Oder nenne es Überredungskunst, wenn dir das lieber ist. Aber das ist eine längere Geschichte, die ich dir später erzählen werde. Was erwartet mich auf der Tagung? Kannst du mir das sagen?«

»Natürlich kenne ich keine Einzelheiten, sondern nur das, was sich die Kaufleute erzählen. Aber da wir in den Reihen des *Schiffergelags* auch Ratsmitglieder haben, dürfte mein Wissen sehr nahe an der Wahrheit liegen.«

»Und?«, drängte Hinrick.

»Breiten Raum wird sicherlich der Konflikt mit den Dänen einnehmen. Die Hanse ist sich nicht einig, wie sie verfahren soll. Es gibt Städte, die auf eine Verständigung mit König Johann drängen. Sie erhoffen sich von der Ausweitung des Handels mit den Dänen ein besseres Geschäft als jenes, welches von den Schweden zu erwarten ist.«

»Aber diese Meinung teilen nicht alle?«

»Nein.«

»Und was meinst du?«

Jobst wirkte nachdenklich. »Ich weiß es wirklich nicht. Die Gewinnspannen sind beim Handel mit den Schweden sicher größer, weil eben auch das Risiko höher ist. Dänische Schiffe kontrollieren die Gewässer rund um Gotland und bringen immer noch hansische Koggen auf, deren Ladung sie beim geringsten Verdacht auf Schwedenhandel beschlagnahmen. Vom Öresund zum Kattegat hin ganz zu schweigen. Kaum ein Bergenfahrer kommt ohne Kontrollen durch diese Meerenge, auch wenn er nur Stockfisch geladen hat. Andererseits bevorzugt Johann bei den dänischen Handelsgeschäften die Niederländer. Das wird sich nicht so ohne Weiteres ändern, selbst wenn die Hanse ihm entgegenkommt.« Der Kaufmann zuckte mit den Schultern. »Die Alternativen lauten also: Handel mit Schweden bei Gefahr der Beschlagnahmung unserer Schiffe oder Einigung mit dem dänischen König bei geringeren Erträgen. Darüber lohnt es sich nachzudenken. Und«, setzte er hinzu, »trefflich streiten kann man darüber auch. Ich sage dir voraus: Du wirst bestimmt länger unser Gast sein, als du beabsichtigt hast.«

Hinrick hatte erst einmal genug gehört. »Wir werden sehen. Sag, was ist mit Marlein? Ist sie immer noch so ungehorsam?«

Jobst schüttelte den Kopf. »Nein. Sie kann manchmal stur sein, das stimmt. Aber ungehorsam ist sie nicht. Und zur Last fällt sie uns auch nicht, im Gegenteil. Irmla behandelt sie wie eine Tochter.«

»Das höre ich gerne. Wo wir gerade bei deiner Frau sind: Wäre es nicht Zeit, dass ihr für einen Erben sorgt? Dein Haus ist gut bestellt. Nur fehlt ein Sohn.«

»Da hast du recht. Aber der Herrgott hat unsere Gebete noch nicht erhört.«

»Gebete allein dürften da auch nicht genügen.« Hinrick lachte laut und schlug seinem Bruder krachend auf die Schulter. »Irmla ist doch ein gesundes Weib. Du musst nur …« Er räusperte sich vernehmlich. »Ähm, du solltest nur häufiger beten.«

»Ich werde deinen Ratschlag beherzigen, Bruder.«

»Mach das. Um zu Marlein zurückzukommen: Hast du schon einen geeigneten Ehemann für sie gefunden?«

»Nein.«

Hinricks Miene verdüsterte sich. »Warum nicht?«

»Es gab noch keinen Kandidaten, der gut genug für ein Mädchen wie sie war.«

»Sagt wer? Marlein oder mein Bruder?«

Jobst lächelte verlegen. »Um ehrlich zu sein, beide.«

»Seit wann entscheidet ein Mädchen, wen es ehelicht?«

»Ich habe es ihr versprochen.«

Van Enghusen schaute seinen Bruder entgeistert an. »Was hast du ihr versprochen?«

»Dass ich …« Der Kaufmann korrigierte sich sofort. »Dass wir sie nicht verheiraten, ohne dass sie einverstanden ist.«

»Du bist wohl nicht recht bei Trost!« Hinrick war verärgert. »Zum einen kannst du ihr in meinem Namen überhaupt nichts zusagen. Zum anderen steht dir ein solches Versprechen nicht an. Marlein ist meine Tochter, nicht die deinige.«

»Ich weiß«.

»Dann halte dich zukünftig an das, was ich sage. Ich denke, es wäre besser, das Mädchen wieder mit nach Hattingen zu nehmen, um ihr die Flausen auszutreiben.«

»Bitte tue das Irmla nicht an.« Jobst holte tief Luft. »Es gab einen Kandidaten. Sein Vater ist sogar bei mir vorstellig geworden. Aber ich habe abgelehnt.«

Hinrick klappte der Unterkiefer hinunter.

»Es handelt sich um Thomen, den Sohn von Antonio Bandetti, einem Händler mit venezianischen Wurzeln. Er unterhält kein eigenes Schiff, sondern kauft und verkauft alles, was einen ordentlichen Gewinn verspricht.«

»Na und? Ich habe ebenfalls kein Schiff. Und sein Geschäftsprinzip scheint mir nicht das Dümmste zu sein.«

Jobst ignorierte diesen Einwand. »Natürlich habe ich Erkundigungen über ihn eingezogen. Bandetti hat in der Tat gute Verbindungen nach Norditalien, wo der Großteil seiner Familie lebt. Aber sein Ruf ist nicht der beste. Es gibt Gerüchte, wonach er es mit den Grundsätzen eines ehrbaren Kaufmanns nicht ganz so genau nimmt.«

Hinrick dachte an seine eigenen Geschäfte und versuchte, seine Mimik unter Kontrolle zu behalten. Diese Kaufleute der Hanse! Waren hinter den Goldgulden her wie der Teufel hinter den armen Seelen und hielten fromme Reden über Kaufmannsehre. Was für ein Dünkel! Und sein Bruder blies nun auch schon in dieses Horn.

»Ich sehe es dir an, dass du mir keinen Glauben schenkst. Nun, Bandetti soll mit Wasser gestreckten Kölner Wein als rein verkauft haben. Außerdem wirft man ihm vor, seine

Geschäftsbücher nachträglich umgeschrieben zu haben. Als ihm der Rat androhte, eine Untersuchung vorzunehmen, sind die Bücher unter eigenartigen Umständen verbrannt.«

»Inwiefern eigenartig?«

»Glaubt man Bandetti, hatte er sie auf einer Bank in der Nähe des Kamins abgelegt. Ein Funken habe sie in Brand gesetzt. Angeblich hat er das Feuer erst bemerkt, nachdem sie vollständig verkohlt waren. Seltsam nur, dass keines der Kissen, die auch auf dieser Bank gelegen haben, Brandspuren aufwies. Es ist zwar wahrscheinlich, dass Bandetti gelogen hat, man kann es ihm aber nicht nachweisen.«

»Hm.« Hinrick wirkte nachdenklich.

»Nach meiner Ablehnung hat sich sein Sohn Marlein gegenüber alles andere als ritterlich verhalten.«

»Erzähle.«

Jobst berichtete von den Verleumdungen, die Thomen ausgesprochen hatte. »Das Verhalten des Jungen hat auch die letzten Zweifel, die ich an der Absage gehabt habe, aus dem Weg geräumt.«

Hinrick ahnte, welchen Anfeindungen Marlein wegen ihrer Haarfarbe ausgesetzt war, hatte sie diese doch von ihrer Mutter geerbt. Und er hatte seine Frau Ella, kaum waren sie verheiratet gewesen, nicht nur einmal gegen ähnlich üble Gerüchte verteidigen müssen. Da Marlein als Kind von derartigen Hänseleien weitestgehend verschont geblieben war, hatte er gehofft, seiner Tochter würde es anders ergehen. Aber mit dem Eintritt ins Erwachsenenalter wurden offenbar neue Maßstäbe gesetzt, so wie Frauen ohnehin anders behandelt wurden als Männer. Denn sein ebenfalls rothaariger Sohn Lucas war wegen seiner Haarfarbe niemals aufgezogen worden. Aber vielleicht hatte sich das inzwischen auch geändert. Er wusste es nicht, denn Lucas blieb verschwunden.

Und was diesen Bandetti anging: Kein anständiger Freier würde die Familie entehren, in die er einheiraten wollte, auch nicht bei einer Ablehnung. Das tat man einfach nicht. Das war schlicht unanständig. Also hatte Jobst in Hinricks Augen richtig gehandelt. Aber das wollte er nicht so einfach einräumen. »Ich kann deine Bedenken nachvollziehen. Trotzdem muss Marlein heiraten, so schnell als möglich«, erwiderte er deshalb.

»Da stimme ich dir zu.«

»Gut. Ich bin immer noch der Meinung, dass wir hier in Lübeck bessere Möglichkeiten als in Hattingen haben, einen geeigneten Mann für sie zu finden. Sie wird in drei Monaten fünfzehn. Ich erwarte, dass sie bis zu ihrem sechzehnten Geburtstag unter der Haube ist. Andernfalls hole ich sie zurück nach Hattingen und verheirate sie mit dem Erstbesten, der um ihre Hand anhält. Einverstanden?«

Jobst nickte.

»Ich werde in den nächsten Tagen mit ihr sprechen. Und jetzt würde ich gerne schlafen. Ich freue mich auf ein weiches Lager ohne Flöhe und Wanzen. Ich hoffe, dieser Wunsch wird mir im Haus meines Bruders erfüllt?«

»Selbstverständlich.«

10

Lübeck, 21. Mai 1506

Zum ersten Mal seit langer Zeit war Jorge wieder in die Kirche gegangen. Nicht aus Frömmigkeit, sondern weil die Konventionen es von ihm verlangten. Er war Schreiber einer der angesehensten Familien der Stadt, da ließ man sich an Sonn- und Feiertagen in der Kirche sehen. Unmittelbar nach der heiligen Messe zu Christi Himmelfahrt begann die Bittprozession. Sie führte vom Dom quer durch die Stadt bis zur Kirche Sankt Jakobi. Im Anschluss an das Hochfest kehrten viele der männlichen Bewohner in die umliegenden Schenken ein, während die Frauen den Rest des Tages in ihren Häusern verbrachten.

Jorge indes war von Clas Wibbeking eingeschärft worden, sich von Sankt Jakobi unverzüglich in die Dornse am Hafen zu begeben. Dort wartete bereits Konrad auf ihn.

»Du brauchst dich nicht umzuziehen. Behalte dein Feiertagsgewand an. Du begleitest mich zum *Hansetag*. Dort wirst du die Verhandlungen verfolgen und die Beiträge der einzelnen Delegierten, so weit es dir möglich ist, niederschreiben. An jedem Abend setzen wir uns zusammen und ergänzen deine Notizen, sodass ich am Ende über ein möglichst vollständiges Protokoll verfüge. Traust du dir das zu?«

Jorge nickte aufgeregt. Der Kaufmann hatte sein Angebot also tatsächlich ernst gemeint – er konnte mit zum *Hansetag*, jener ehrwürdigen Versammlung, auf der die Vertreter der Hansestädte ihre Beschlüsse fassten. Schon seit fünf Jahren war das Gremium nicht mehr zusammengekommen. Und er durfte dabei sein.

»Wie lange dauert der *Hansetag?*«

»Das kann ich dir nicht sagen. Manche nur wenige Tage, andere mehrere Wochen. Aber keine Angst, die Verhandlungen finden nicht von morgens bis abends statt. Du wirst auch noch Zeit für dich haben.«

Auch die Gesandten der Hansestädte hatten am Gottesdienst im Dom teilgenommen. Jedes Zusammentreffen der Händlervereinigung in Lübeck begann mit einer Messe, die sonst jedoch in Sankt Marien stattfand. Die Mitglieder hätten sich also auch eingefunden, wenn es sich beim heutigen Tag nicht um einen Feiertag gehandelt hätte.

Mit vor Aufregung schweißnassen Händen saß Jorge kurz nach Mittag im großen Hansesaal, der sich über dem Audienzraum im ersten Stock des Rathauses befand. Der junge Mann hatte heute zum ersten Mal das Gebäude betreten und im Gefolge seines Dienstherrn das riesige Foyer durchquert, um über die breite Treppe den Versammlungsort zu erreichen.

Der Raum war schlicht gehalten. Bemerkenswert waren lediglich die Wappen der Hansestädte an der abgerundeten Holzdecke. Die rechte Seitenwand verfügte über ein gutes Dutzend hoher Fenster, die Stirnseite über weitere drei. Stufen führten hinauf zu den Bänken, die in Form eines U in der Mitte des Raumes angeordnet waren und deren Seitenteile kunstvolle Schnitzereien zierten. Unmittelbar davor stand eine einzelne kleinere Bank, die den Bürgermeistern der Stadt Lübeck vorbehalten war.

Die Tische der Schreiber befanden sich im vorderen linken Bereich des Saals, den Fenstern gegenüber. Hier hatte Jorge seinen Sitzplatz gefunden. Der junge Mann schaute sich aufgeregt um. Die anderen Schreiber schienen ruhiger zu sein als er. Vermutlich hatten sie schon einschlägige Erfahrungen mit solchen Treffen gesammelt. Oder aber sie konnten ihre Unsicherheit besser verbergen als er. Wie dem auch sei, fast alle von ihnen sortierten mit demonstrativer Gelassenheit ihr Schreibgerät. Jorge tat es ihnen gleich. Dann lehnte er sich zurück und wartete stumm auf das Kommende.

Als die beiden Bürgermeister Lübecks, die den Vorsitz des *Hansetages* führten, den Saal betraten, verstummten die angeregten Unterhaltungen der Teilnehmer. Etwa vierzig Vertreter der Hansestädte hatten sich heute versammelt, alle waren dem Anlass entsprechend gekleidet, die meisten trugen Schwarz oder Dunkelblau.

Die Gesandten warteten, bis die beiden Honoratioren Platz genommen hatten, bevor sie sich selbst setzten. Aufmerksam sahen sie zu den Bürgermeistern hinüber. Heute war es Tidemann Berck, der, der Tradition folgend, als Vorsteher der gastgebenden Stadt die Versammlung eröffnete und den Vorsitz führte.

Drei Stunden später schmerzten Jorge vom eifrigen Schreiben die Finger. Breiten Raum der Verhandlungen hatte bis jetzt die Situation im Londoner Kontor der Hanse eingenommen. Zeitweise war erwogen worden, eine Gesandtschaft nach England zu schicken, um die dortigen Missstände zu untersuchen. Die Behauptungen ihres Vertreters vor Ort, die Geschäfte der Hanse würden durch König Heinrich VII. eingeschränkt, nahmen die Delegierten zur Kenntnis. Mehr konnten sie nicht tun. Denn aufgeben wollten sie ihre Niederlassung dort nicht. Und Krieg gegen England kam nicht infrage. So verabschiedeten sie lediglich einen formellen Brief an den englischen König, in dem sie ihn baten, der Hanse weiterhin sein Wohlwollen und seine Gnade zu erweisen.

Dann kamen die Delegierten zu dem Thema, welches Jorge nicht unbekannt war: der Konflikt mit Dänemark.

Der 1503 ausgehandelte Friede zwischen Lübeck und der Hanse auf der einen Seite sowie dem dänischen König Johann I. auf der anderen war das Papier nicht wert, auf dem er vereinbart worden war. Schon zwei Jahre später war der Konflikt stärker als zuvor aufgeflammt. Gegenseitig wurden Schiffe aufgebracht und kleinere Scharmützel ausgetragen. Das Schlimmste aber war: Der freie, ungehinderte Handel war beeinträchtigt. Und nun sollte der *Hansetag* das weitere Vorgehen gegen Dänemark beschließen.

»Wir stecken in der Klemme«, erklärte Hartwig von Stiten, der zweite Bürgermeister der Stadt. »Der Dänenkönig Johann erdreistet sich, uns den Schwedenhandel zu verbieten, und untersagt nun als Strafe auch den Dänen den Handel mit uns. Stattdessen begünstigt er die Niederländer zu unseren Lasten. Gleichzeitig liegt Lübeck in Fehde mit den Mecklenburger Herzögen wegen unserer von ihnen nicht anerkannten Hoheitsrechte auf dem Dassower See. Sie nehmen uns in die Zange. Wir können uns keinen Krieg an zwei Fronten gleichzeitig leisten, sage ich. Lasst uns bei Johann einlenken.«

»Und uns die Schweden zu Feinden machen?« Konrad Wibbeking hatte sich erhoben. »Die Schweden werden sich in dem Konflikt mit Johann durchsetzen. So schnell gibt sich Svante Sture nicht geschlagen. Und dann?«

»Der Handel mit Dänemark ist einträglicher als der mit Schweden«, erwiderte von Stiten. »Außerdem verfügen die Schweden über keine Flotte, die uns gefährlich werden könnte. Dänemark dagegen schon. Nein, verhandeln ist die einzige Lösung. Die Delegierten aus Danzig sind auch dieser Meinung.«

»Das glaube ich gerne«, empörte sich Wibbeking. »Ist es nicht so, dass Danzig sich nicht an unsere Vereinbarung hält und seine Warenlieferungen aus dem Westen nicht in den Hansekontoren in Brügge oder Antwerpen, sondern in eigenen Niederlassungen stapelt und so die Gebühren, aus denen sich die Kontore finanzieren, umgeht? Welches Spiel treiben die Danziger, frage ich Euch. Womöglich stehen sie mit Johann in geheimen Verhandlungen?« Trotz seiner gebeugten Gestalt strahlte seine Körperhaltung Selbstbewusstsein aus.

»Sie werfen im Gegensatz uns Lübeckern vor, Vorteil aus der Hanse zu schlagen, ohne die Interessen der anderen Städte zu berücksichtigen«, widersprach von Stiten.

»Warum verteidigt Ihr Danzig?«, rief jemand aus der Runde.

»Weil deren Delegation nicht anwesend ist«, erwiderte der Bürgermeister.

»Daran sieht man, welche Bedeutung Danzig der Hanse noch beimisst«, empörte sich Wibbeking.

Einige Delegierte sprangen auf. Für Minuten redeten und schrien alle durcheinander. Es hätte nicht viel gefehlt und die hohen Herren wären sich gegenseitig an die Gurgel gegangen. Mit zunehmender Verwunderung beobachtete Jorge das Treiben.

Schließlich griff Tidemann Berck ein: »Meine Herren, beruhigt Euch doch. Es ist uns nicht damit gedient, uns zu verfeinden. Nur gemeinsam können wir der Kriegsdrohung der Dänen entgegentreten und das erreichen, was wir doch alle wollen: einträgliche Geschäfte. Und nun setzt Euch bitte wieder. Das Wort hat der Gesandte Bremens.«

»Wir dürfen uns nicht auf Bündnisse mit Fürsten einlassen«, warnte Daniel von Büren der Ältere. »Sie sind unzuverlässig, lediglich auf ihren Vorteil bedacht und streben nur nach Macht.«

»Und was ist Reichverweser Sture in Euren Augen? Er ist verwandt mit dem einstigen Schwedenkönig Karl, also selbst ein Fürst.« Hartwig von Stiten schüttelte entgeistert den Kopf.

»Aber den Ständen verantwortlich«, erwiderte der Bremer erregt. »Und im schwedischen Reichstag haben auch Bürger und Bauern Sitz und Stimme.«

»Und deshalb sind die Schweden zuverlässiger als Fürsten und nicht auf den eigenen Vorteil aus? Was ist das denn für eine Logik?« Von Stiten gab sich nicht geschlagen. »Wir müssen mit Dänemark verhandeln, sage ich Euch.«

»Niemals«, entgegnete von Büren.

In diesem Stil ging die Auseinandersetzung weiter. Sie fand nicht nur am ersten Verhandlungstage statt, sondern beherrschte auch die folgenden, bis endlich nach endlosen Streitereien versucht wurde, einen Schlussstrich zu ziehen: Die Hanse würde verhandeln. Eine Botschaft dieses Inhalts sollte an König Johann I. geschickt werden. Auf die Gründe für diesen Entschluss würde in dem Schreiben jedoch nicht eingegangen werden. Denn da sich weder die Seite, die auf Konfrontation mit dem Dänenkönig und den Handel mit den Schweden setzte, noch die, welche die gegenteilige Position vertrat, hatte durchsetzen können, war der Beschluss für Verhandlungen nicht mehr als ein fauler Kompromiss. Nur gefällt, um Zeit zu gewinnen und die Differenzen innerhalb der Hanse zu beheben.

Noch während sich der *Hansetag* mit anderen strittigen Punkten beschäftigte, traf die Antwort König Johanns ein. Schnell war Einigkeit hergestellt: Im Dezember wollten sich die Parteien in Segeberg treffen, um eine Übereinkunft zu erzielen. Voraussetzung für erfolgreiche Verhandlungen war allerdings, dass bis dahin die Hansestädte ihre unterschiedlichen Interessen und Auffassungen zu einer gemeinsamen Position würden formen können.

In den vergangenen Tagen hatte sich Jorge mit Anne getroffen, wenn es seine Zeit erlaubte. Obwohl er sich danach sehnte, war es zunächst zu keinem Austausch von Zärtlichkeiten gekommen, von einem vorsichtigen Kuss abgesehen. Anne hatte ihn jedes Mal, wenn er entsprechende Versuche unternommen hatte, sanft, aber bestimmt zurückgewiesen.

Erst bei ihrem dritten Beisammensein gab sie ihren Widerstand auf und sie schliefen miteinander. Irgendwie jedoch schien die Magie ihres ersten Treffens in Schneeberg brüchig geworden zu sein. Anne und er blieben sich auf seltsame Art fremd. Trotzdem genoss Jorge die gemeinsamen Stunden. Sie sprachen miteinander, lachten und scherzten oder lagen einfach nur im Gras und sahen den Möwen zu, die kreischend über der Trave ihre Runden zogen. Und von Mal zu Mal fühlte er sich stärker zu Anne hingezogen.

Schon mehrmals hatte Jorge seinen Vorschlag wiederholt, sie solle die Musikantentruppe verlassen und an seiner Seite bleiben. Anne hatte immer nur den Kopf geschüttelt. Der junge Mann musste sich insgeheim eingestehen, dass sie vielleicht recht hatte mit dem, was sie bei ihrem Wiedersehen gesagt hatte. Sie kannten einander wirklich nicht. Das Leben des jeweils anderen war ihnen fremd.

Anne konnte sich nicht vorstellen, was daran erstrebenswert sein sollte, stundenlang Zahlenkolonnen in Büchern zu addieren, und Jorge hatte Gefallen an dem ruhigen und beständigen Leben in Lübeck gefunden. Erneut auf Wanderschaft zu gehen, konnte er sich nicht mehr vorstellen. Er sehnte sich nach Sicherheit, nach einem Platz, wo er hingehörte, während Anne das ungezwungene Leben einer Musikantin nicht aufgeben wollte. Diese Lebensentwürfe, das war Jorge tief im Inneren klar, passten einfach nicht zusammen. Nur eingestehen konnte er sich das nicht, dafür verband er mit Anne zu schöne Erinnerungen, die er nicht mehr aufgeben wollte.

Der Mühlenteich war so etwas wie ihr Rückzugsort geworden. Weiden säumten sein Ufer und weiches Gras. Auch heute war Jorge vor Anne am vereinbarten Treffpunkt erschienen. Schon von Weitem sah er sie kommen. Er winkte der jungen Frau zu, aber heute erwiderte sie seinen Gruß nicht. Sie konnte ihn doch nicht übersehen haben?

»Ich habe etwas Wein mitgebracht«, meinte er, als sie neben ihm stand. »Und Brot und Käse.«

»Ich kann nicht lange bleiben, Jorge«, antwortete Anne mit ernstem Gesicht. »Wir brechen heute noch auf.«

Der Jüngling verspürte einen Stich im Herzen. »Wohin?«

»Nach Westen, Frankreich vielleicht.«

»Du bleibst nicht bei mir, oder?«

»Nein.«

»Und kommst auch nicht zurück?«

»Auch das nicht.«

Seine Augen füllten sich mit Tränen. »Warum nicht?«

Anne nahm ihn in den Arm und drückte ihn fest an sich. Jorge spürte die Wärme ihres Körpers, roch ihr Haar und für einen Moment schien die Zeit zurückgedreht worden zu sein. Zurück zu dem Nachmittag auf der Wiese bei Schneeberg, auf der sie sich zum ersten Mal geliebt hatten.

Aber Annes nächste Worte zerstörten diesen Zauber. »Wir sind zu verschieden, Jorge. Du möchtest ein Kaufmann sein, Handel treiben und Geld verdienen«, flüsterte sie ihm ins Ohr. »Das alles ist mir nicht wichtig. Mir bedeutet Reichtum nichts. Ich möchte mich nicht den Rest meines Lebens um einen Haushalt und Kinder kümmern müssen, während meine Laute auf dem Speicher verstaubt. Wir beide würden nicht glücklich miteinander. Ich würde mich ständig nach der verlorenen Freiheit sehnen, so gut du als Ehemann auch sein würdest. Such dir eine Frau, die besser zu dir passt als ich.« Ihre Stimme wurde noch leiser. »Du bist ein guter Mann, Jorge, und wir haben schöne Tage miteinander verlebt. Aber uns ist doch eigentlich beiden klar, dass unsere Pläne nicht zueinanderpassen. Ich habe wirklich über dein

Angebot nachgedacht. Würde ich einen Ehemann wählen und sesshaft werden wollen, wärst du der Richtige gewesen. Aber es ist besser so. Für mich und für dich.«

Sie nahm seinen Kopf in beide Hände und küsste ihn, so wie es Liebende tun. Dann schob sie ihn von sich. »Leb wohl, Jorge. Ich wünsche dir von Herzen Glück. Gott sei mit dir.« Anne wartete seine Erwiderung nicht ab, sondern ging, ohne sich umzudrehen. So konnte er die Tränen in ihren Augen nicht sehen.

Für einen kurzen Moment wollte der junge Mann ihr folgen, sie halten, bitten, betteln. Nur würde das Anne umstimmen? Jorge gab sich selbst die Antwort: nein. Ganz plötzlich wusste er mit Bestimmtheit, dass die Lautenspielerin recht hatte. Und er war ihr dankbar für die schönen Stunden, die sie miteinander verbracht hatten.

Anne hatte mittlerweile den Weg erreicht, der an der Trave entlang Richtung Norden führte. Kurz bevor sie hinter den ersten Häusern verschwand, drehte sie sich doch noch einmal um und winkte ihm zu.

Auch Jorge hob den Arm zu einem letzten Gruß. Er wusste, dass er Anne niemals wiedersehen würde. An diesem Abend betrank er sich in einer der Schenken der Stadt.

11

Lübeck, 23. Mai 1506

Der Feinschmied Ott Nottkes saß erfüllt von düsteren Gedanken in seiner kleinen Werkstatt. Das Haus, in dessen Kellergeschoss er lebte und arbeitete, duckte sich hinter der Stadtmauer nahe der Wakenitz. Er bewohnte zwei hintereinanderliegende Räume, die insgesamt nicht mehr als vier Schritte in der Breite und acht in der Länge maßen. Fünf Stufen führten von der Straße in die Werkstatt, aber schon lange hatte kein Kunde mehr den Weg hinuntergefunden. Es war klamm in den beiden Räumen, obwohl es schon spät im Frühling war. Das Feuer, das Nottkes früher dazu benutzt hatte, die Metalle zu erhitzen, damit er sie in die gewünschte Form bringen konnte, und mit dem er gleichzeitig auch die Räume wärmte, war schon lange erloschen.

Besonders schlimm war der Winter gewesen. Nachdem seine Frau im letzten Herbst am Fieber gestorben war, hatte er ihr Lager zerhacken müssen, um den Kamin wenigsten stundenweise befeuern zu können. Dann war der Tisch an die Reihe gekommen, danach die Bank, schließlich wurde auch der Schemel ein Raub der Flammen. Nun stand in dem hinteren Zimmer, das einst als Wohnraum gedient hatte, nur noch ein einsames Bett. Und sollte der Feinschmied nicht bald Aufträge erhalten, würde er auch dieses im nächsten Winter verheizen und auf dem Boden schlafen müssen.

Ott Nottkes schüttelte den Kopf. Dazu würde es bestimmt nicht kommen. Bis dahin wäre er schlicht verhungert, denn andere Arbeit fand ein Mann seines Alters nicht.

Schon mehrmals hatte er erwogen, sich umzubringen. Was hielt ihn noch in diesem Jammertal, welches sich Leben nannte? Die Gefährtin ebenso wie die Kinder verstorben, der ständig quälende Hunger, die Geschwüre an den Händen, die nicht heilen wollten, und das Reißen in den Gelenken, das bei jeder Bewegung Schmerzen verursachte. Warum also setzte er dem allem nicht einfach ein Ende?

Die Antwort war einfach. Der Feinschmied war ein gottesfürchtiger Mann. Und die Selbstentleibung war die schlimmste Sünde, die ein Christ begehen konnte. Die Leiche von jemandem, der selbst Hand an sich gelegt hatte, wurde zur Abschreckung einem ordentlichen Gerichtsverfahren unterzogen und zum Schandanger geschleift, dort gevierteilt oder auf das Rad geflochten, um so zu verhindern, dass der Tote unversehrt als Wiedergänger aus dem Grab steigen und Rache an den Lebenden nehmen konnte. Es gab keinerlei christliche Zeremonie und man verscharrte den Leichnam in ungeweihter Erde. Die Seele fuhr direkt in die Hölle und musste dort bis in alle Ewigkeit die schlimmsten Strafen erleiden. Der Selbstmörder bezeugte mit seiner Tat, dass er nicht an die Gnade Gottes glaubte. Deshalb konnte man auch keinen vorsorglichen Ablass erwerben, um sich von dieser Todsünde reinzuwaschen. Aber diese Möglichkeit schied für Ott Nottkes ohnehin aus, fehlte ihm doch das Geld dafür.

Da seine Angst vor der ewigen Verdammnis in der Hölle größer war als die vor dem elenden Leben, das er führte, brachte er sich nicht um, sondern ertrug sein Schicksal mit wachsender Verzweiflung.

Nottkes Blick fiel auf die Eisenstreifen, die einmal Messer und Scheren werden sollten. Manche von ihnen waren bereits geschliffen und in Form gebracht, mit scharfen Kanten und spitz zulaufend. Er nahm eines der Halbstücke aus der hölzernen Halterung, in der er sie, an der Wand hängend, aufbewahrte. Vorsichtig strich der Schmied mit dem Zeigefinger über die Klinge. Das war gute, ehrliche Handwerksarbeit. Warum nur wollte sie niemand haben? Es würde nicht mehr lange dauern, bis er sein Werkzeug und alles, was er sonst noch für seine Tätigkeit benötigte, für einen Spottpreis verkaufen müsste, um sein Überleben zu sichern. Und was dann? Wie viele Tage reichte das Brot, das er dafür bekommen würde?

Plötzlich kam Nottkes eine Idee. Im ersten Moment schob er den Gedanken entsetzt beiseite. Aber er kam immer wieder angekrochen, setzte sich fest und ließ ihn in den folgenden Stunden nicht mehr los. Je länger er darüber nachgrübelte, desto folgerichtiger erschien dem Schmied seine Überlegung. Und schließlich rang er sich dazu durch, die Idee in die Tat umzusetzen. Er griff die längste und schärfste der halb fertigen Klingen und verließ das Haus.

Die Menschenmenge schob Marlein und Juliana Christiansen durch die Gassen zwischen den Ständen des Marktes bei Sankt Marien. Die Freundinnen hatten sich ausgesprochen, nachdem Marlein Julianas Entschuldigung akzeptiert hatte. Dennoch war ein leiser Zweifel geblieben. Was war von einer Freundin zu halten, die – kaum drangen bösartige Unterstellungen an ihr Ohr – sofort bereit war, die Freundschaft infrage zu stellen? Nur brauchte Marlein gerade jetzt jemanden, mit dem sie sich austauschen konnte. Vor drei Tagen hatte ihr Vater sie beiseitegenommen und ihr in knappen Worten mitgeteilt, dass er ihre Hochzeit binnen eines Jahres erwartete. Andernfalls müsse sie Lübeck verlassen und nach Hattingen zurückkehren. Das war das einzig Wesentliche, was Hinrick van Enghusen mit ihr seit seiner Ankunft in Lübeck besprochen hatte. Ansonsten hatten sie nur Belanglosigkeiten und Höflichkeiten ausgetauscht. Wenn sie ehrlich war, hatte Marlein sich von ihrem Vater entfremdet. Gewiss, sie achtete ihn, mehr aber nicht. Und jetzt sollte sie auf seinen Wunsch hin heiraten? Das war das Letzte, was Marlein wollte. Aber Lübeck aufzugeben, kam ihr genauso wenig in den Sinn. Was also tun?

Auf langen Holzplatten, die oftmals auf leeren Fässern lagen, priesen die Bauern und Händler ihre Waren an: Tontöpfe, Gürtel aus Leder, kunstvoll gearbeitete Schnallen aus Kupfer oder einfachere aus Eisen, Messer, Becher und Schüsseln. Dann lebendes Vieh, Fleisch und natürlich gepökelten Fisch und Brot.

In einer der Ecken des großen Platzes spielten Musikanten auf. Lautes Schmerzgeschrei wies den Weg zu den Badern und Zahnbrechern, die ihre Patienten auf offener Straße behandelten. Manche der Marktstände waren mit grobem Leinentuch überspannt, das Schutz vor Regen und Sonne bot.

Marlein war auf der Suche nach Stoff, um sich ein neues Kleid zu nähen. Das Sticken war ihr immer noch ein Graus, aber mit dem Nähen hatte sie sich anfreunden müssen, wollte sie nicht nur die Kleidung ihrer Tante auftragen. Denn so gut die Geschäfte ihres Onkels auch liefen, nur etwa einmal im Jahr beschenkte er seine Frau und seine Nichte mit Kleidern, die ein Schneider gefertigt hatte. Stoffe jedoch durfte das Mädchen sich häufiger kaufen. Und so hatte es wohl oder übel nähen gelernt.

Die Freundinnen waren jetzt schon fast eine Stunde auf der Suche, aber Marlein hatte noch nichts Rechtes gefunden. Mal war der Stoff zu dünn, mal zu dick. Bei dem einen war die Farbe nicht blau genug, bei dem anderen zu dunkel, fast schwarz.

Juliana begann langsam, die Geduld zu verlieren. Sie zeigte auf einen Stand, auf dem große Ballen grünen und blauen Stoffs lagen. »Wäre das nichts für dich?«, fragte sie.

Marlein trat näher und begutachtete das Angebot. Sie prüfte die Qualität der Waren, indem sie ein Stück des Stoffes zwischen ihren Fingern rieb.

»Beste Qualität, meine Damen«, begann der Händler das Verkaufsgespräch. »Hält ein Leben lang und färbt kaum aus.«

Marlein wandte sich an ihre Freundin. »Was meinst du?«

Juliana, die lieber den Musikanten zuhören wollte als weiterzusuchen, versicherte: »Der blaue Stoff ist sehr schön. Und es scheint wirklich gute Ware zu sein.«

»Was wollt Ihr dafür haben?«, wollte das Mädchen vom Verkäufer wissen.

»Dreißig Schillinge für die Elle.«

»Das ist aber sehr teuer.«

»Es handelt sich auch um feinstes Linnen.«

Marlein wandte sich an ihre Freundin: »Was meinst du, reichen acht Ellen?«

»Ich würde eher zehn nehmen.«

»Das wären dann ja ...« Marlein begann zu rechnen. »Fast siebzehn lübische Mark.« Sie schüttelte den Kopf. »Das ist mir zu teuer.«

»Weil ich gerne mit so hübschen Damen Geschäfte mache, gebe ich Euch den Stoff für achtundzwanzig Schillinge.«

»Zwanzig.«

»Fünfundzwanzig.«

Nachdem sie einige Zeit gefeilscht hatten, einigten sich Marlein und der Händler auf vierundzwanzig Schillinge. Das waren immer noch anderthalb Mark. Dafür boten die Geflügelhändler rund vier Hühner an.

Als der Mann begann, mit einem Stab den Stoff abzumessen, intervenierte Juliana. »Eure Elle scheint mir aber sehr kurz zu sein.«

Der Händler lief rot an. »Wollt Ihr mir etwa unterstellen, ich betrüge?«, fauchte er die Frauen an. »Dann sucht Euch doch Euren Stoff an anderer Stelle.«

Marlein zog ihre Freundin am Ärmel. »Lass doch.«

Aber Juliana schüttelte den Kopf. Ungerührt ging sie den Händler erneut an. »Euer Maß stimmt nie im Leben. Es ist mindestens so ein Stück zu kurz.« Bei diesen Worten spreizte sie ihre Finger auseinander und streckte die Handfläche dem Kaufmann entgegen. »Wir können ja den Marktvogt befragen. Er wird mit seinem Maßstab schon herausfinden, wer von uns die Wahrheit sagt. Seid Ihr es, werde ich mich entschuldigen. Ist es aber andersherum, erwartet Euch eine Strafe und die Verbannung von den Markttagen, wenn nicht Schlimmeres. Was meint Ihr?«, fragte die junge Frau keck. »Soll meine Freundin den Vogt holen?«

Der Händler wand sich wie ein Wurm. »Es könnte sein, dass ich das falsche Ellenmaß benutzt habe. Ein Irrtum. Danke, dass Ihr mich aufgeklärt habt. Natürlich wollte ich nicht betrügen. Es handelt sich um die Schweriner Elle.« Seine verkniffene Miene sagte das Gegenteil. Er beugte sich unter die Platte und zog ein anderes Maß hervor. »So, das ist das Richtige.«

»Lasst sehen.« Juliana ließ sich den Stab geben, beäugte ihn misstrauisch und verglich ihn dann mit dem anderen. »Das Maß scheint in Ordnung zu sein. Was verlangt Ihr gleich für die Elle? Ich meinte, zwanzig Schillinge gehört zu haben.«

»Wie kommt Ihr darauf?«

»Marlein, holst du den Marktvogt?«

»Ich glaube, das ist nicht notwendig«, versicherte der Händler zähneknirschend, maß den Stoff ab und strich das Geld ein. Marlein war überrascht. So resolut kannte sie ihre Freundin gar nicht. Aber ihr sollte es nur recht sein.

Als sie den Stand verließen, hörten die beiden den Händler leise vor sich hinschimpfen.

Die Sonne stand hoch am Himmel, als Ott Nottkes, von Norden kommend, die Königsstraße Richtung Sankt Marien entlanglief, die Messerklinge in der Tasche. Dutzende Menschen kamen ihm entgegen, andere gingen augenscheinlich wie er zum Markt. Gut so. Er brauchte Zeugen für das, was er plante.

Einen nach dem anderen fixierte er die ihm Entgegenkommenden, konnte sich aber für niemanden entscheiden. Er durfte nicht riskieren, überwältigt zu werden, bevor es ihm gelänge, sein Vorhaben auszuführen. Der Feinschmied wollte nicht für Jahre in einer Kerkerzelle schmoren. Deshalb schieden Männer oder ältere Knaben ebenso aus wie kräftige Frauen. Auch Paare kamen nicht infrage. Und keine Mütter in Begleitung ihrer Kinder. Blieben nur alte Menschen, Kinder oder aber junge Frauen.

Er verlangsamte seinen Schritt, je näher er dem Marktplatz kam. Seine Hand ballte sich um die Messerklinge. Das Metall am unteren Ende schnitt aufgrund des fehlenden Griffstücks schmerzhaft in seine Haut, aber das war ihm egal. Er wollte es tun. Jetzt.

Zwei junge Frauen näherten sich. Eine von ihnen, deren rotes Haar ungebändigt unter der Haube hervorquoll, trug schwer an einem Ballen blauen Stoffs. Die zwei würden seine Attacke zunächst für einen Überfall halten und ihren Einkauf zu verteidigen versuchen. Sollte er die Rothaarige wählen? Mit dem Stoffballen in der Hand konnte sie sich schlecht verteidigen.

»Was starrt der Kerl uns die ganze Zeit an?« Juliana Christiansen machte Marlein auf den alten, verhärmten Mann in abgerissenen Kleidern aufmerksam, der nur wenige Schritte von ihnen entfernt stehen geblieben war.

»Er hat sich in dich verguckt«, feixte das Mädchen, das wusste, dass seine Freundin die Aufmerksamkeit junger Männer genoss.

»Er ist doch viel zu alt«, flüsterte Juliana. »Außerdem

macht er mir Angst. Sieh dir nur seine Augen an. Der führt nichts Gutes im Schilde, sage ich dir. Komm, lass uns umkehren und einen anderen Weg nach Hause nehmen.«

Marlein lachte spöttisch. »Du siehst Gespenster. Hier sind Dutzende von Leuten. Was soll er uns da schon tun? Außerdem ist es spät. Ich sollte um Mittag herum wieder zu Hause sein. Tante Irmla sieht es nicht gerne, wenn ich das gemeinsame Mittagessen verpasse. Und der Weg an der Trave entlang dauert länger.« Sie ging weiter. Nur widerwillig folgte ihr Juliana.

Oder doch die Blonde? Die, die ihn gerade so prüfend angesehen hatte? Ob sie etwas ahnte? Wieso sollte sie? Wer war er denn? Ein Niemand. Ein vom Leben Vergessener. Sie konnte nicht ihn gemeint haben. Nein, die Rothaarige sollte es sein. Sie ging rechts und war ihm daher näher. Es würde möglicherweise auffallen, wenn er jetzt plötzlich die Seite wechselte. Einfach weiter geradeaus. Und wenn er dann auf ihrer Höhe war … Er packte die Messerklinge noch fester.

Die Rothaarige schien ihn nicht weiter zu beachten, während die Blonde ihm immer wieder ängstliche Blicke zuwarf. Sie ahnte doch etwas. Nur war es jetzt zu spät. Selbst wenn die Mädchen flüchten würden, könnte er sie jederzeit einholen.

Ott Nottkes wollte gerade die Klinge aus der Tasche ziehen, als ihm zwei Männer auffielen, die unmittelbar hinter den beiden jungen Frauen liefen und ins Gespräch vertieft waren. Doch zwei Pärchen. Wie hatte er sich nur so irren können? Der Schmied behielt die Faust mit dem Messer in der Tasche und ließ die Vier passieren.

»Was habe ich dir gesagt?«, meinte Marlein lachend, nachdem sie an dem komischen Alten vorbeigegangen waren.

»Alles dummes Zeug. Und nun beeile dich. Meine Tante wartet.«

Die Frau, die ihm jetzt entgegenkam, war alt und gebrechlich. Sie stützte sich auf einen Stock und schien Schwierigkeiten beim Gehen zu haben. Lange würde sie ohnehin nicht mehr am Leben bleiben. Ein ideales Opfer. Andere Passanten waren weit genug entfernt, um nicht eingreifen zu können, und doch nah genug, um alles zu beobachten. Als die Alte mit ihm auf einer Höhe war, zückte er sein Messer und stach zu.

Die Frau riss überrascht den Mund auf, als der Stich ihre Brust traf, brachte aber kein Wort hervor. Ott Nottkes riss die Klinge aus der Wunde und hieb sie dieses Mal in die Kehle seines Opfers. Blut schoss hervor. Mit schmerzerfülltem Blick fiel die Frau zu Boden. Die Holzbalken, auf denen sie lag, färbten sich rot. Sicherheitshalber beugte sich der Feinschmied über die Sterbende und schnitt ihr mit einer schnellen Bewegung die Kehle durch. »Verzeih mir. Aber es ging nicht anders. Die Heilige Jungfrau Maria sei mit dir«, flüsterte er ihr noch ins Ohr, bevor sie starb.

Langsam richtete sich Ott Nottkes wieder auf. Das blutige Messer behielt er in der Rechten. Es dauerte einige Augenblicke, bis der erste Passant auf ihn und seine Tat aufmerksam wurde. Der Mann schrie entsetzt auf, zeigte in seine Richtung und rief nach der Stadtwache.

Ruhig blieb der Feinschmied stehen. Es war vollbracht. Jetzt war er allein in Gottes Hand. Und der hielt hoffentlich ein sicheres, wenn auch schmerzhaftes Ende für ihn bereit.

12

Lübeck, 20. bis 22. Juni 1506

Der *Hansetag* dauerte nun schon mehr als vier Wochen. Obwohl eigentlich beigelegt, flammten immer wieder Streitereien über die Frage auf, ob der bereits getroffene Beschluss über die Aufnahme von Verhandlungen mit den Dänen nicht doch falsch war. Auslöser dieser Diskussionen war eine Nachricht, die sich unter den Gesandten wie ein Lauffeuer verbreitete: In Kiel trafen sich quasi zur selben Zeit auf Einladung von König Johann norddeutsche Fürsten, um über Maßnahmen gegen die Hansestädte zu entscheiden. Trotzdem blieben die Delegierten am Ende bei ihrem Votum. Ein Grund dafür war die Angst vor einem Gesichtsverlust, sollte die Hanse das vereinbarte Treffen in Segeberg wieder absagen. Inhaltlich gab es ohnehin keine neuen Auffassungen.

Irgendwann hatte Jorge die sich ständig wiederholenden Argumente sattgehabt und nur noch diejenigen Wortmeldungen notiert, die von Delegierten stammten, die sich bisher nicht geäußert hatten. Die anderen Schreiber verfuhren ähnlich. Nicht jeder *Hansetag,* so erfuhr Jorge von ihnen, verlaufe so zäh wie dieser. Aber schließlich schien die Lage auch noch nie so kritisch. Der ohnehin brüchige Frieden stand auf Messers Schneide.

Üblicherweise wartete Jorge nach Versammlungsende auf Konrad Wibbeking, der zwar nicht dem Rat der Stadt angehörte, dennoch aber zu den einflussreichsten Bürgern Lübecks zählte und deshalb am *Hansetag* teilnehmen durfte, ohne offizieller Gesandter zu sein. Obwohl er kein Stimmrecht besaß, war sein Rat gefragt. Jorge hatte festgestellt, dass selbst der angesehene Stadtrat Heinrich Witte dann und wann die Gesellschaft Wibbekings suchte. So wie an diesem Tag.

Es war spät geworden. Nur noch wenige Gesandte hielten sich im Hansesaal auf. Wibbeking und Witte standen in einer Ecke und steckten die Köpfe zusammen. Jorge konnte nicht verstehen, worüber sie sprachen. Ein fülliger Mann, der Jorge schon mehrmals aufgefallen war, näherte sich den beiden. Irgendwie kam ihm dieser Gesandte bekannt vor. Der stattliche Bauch, die Art, wie er sich bewegte – Jorge war sich sicher, ihn schon einmal gesehen zu haben. Nur war er ihm nie nahe genug gekommen, um ihn genauer in Augenschein zu nehmen.

Die Unterhaltung dauerte nicht lange. Dann machten die drei Männer sich gemeinsam auf den Weg zum Ausgang.

Wibbeking befahl Jorge mit einer knappen Handbewegung zu sich. »Wir werden deine Notizen erst morgen durchgehen. Heinrich Witte und ich haben noch etwas zu besprechen. Sag bitte meinem Bruder, dass ich heute nicht zum Abendmahl anwesend sein werde.«

»Ja, Herr.«

»Du kannst jetzt gehen. Ich brauche dich nicht mehr.«

Jorge trat beiseite, um den Männern den Vortritt zu lassen. Und dieses Mal war der Unbekannte nur wenige Schritte von ihm entfernt, schenkte dem jungen Schreiber allerdings nicht die geringste Aufmerksamkeit.

Jorge zuckte zusammen. Konnte das sein? Ging da tatsächlich Hinrick van Enghusen vor ihm die Treppe hinunter?

Gemeinsam mit Clas Wibbeking stellte Jorge am Abend im Lagerhaus der Brüder die Frachtlisten jener Waren zusammen, die am nächsten Morgen mit zwei Koggen nach Brügge gebracht werden sollten. Es war eine langweilige Arbeit. Immer und immer wieder zählten sie Fässer, Ballen und Kisten, bis endlich alles abgeglichen war und stimmte.

Jorge hatte gerade die letzte der Listen fein säuberlich zu Papier gebracht, als der ältere der Brüder das Lagerhaus betrat. Er lehnte sich an einen der Pfeiler. »Der Rücken«, stöhnte er. »Das Laufen fällt mir immer schwerer. Eure Arbeit ist beendet?«, erkundigte er sich dann.

»Gott sei Dank«, erwiderte Clas nickend. »Die Ladung zweier Schiffe vorzubereiten, kostet doch mehr Zeit, als man vorher so denkt.« Er warf einen Blick auf Jorge. »Vor allem dann, wenn die tüchtigste Kraft damit beschäftigt ist, tagsüber Protokolle zu schreiben und am Abend rechtschaffen müde ist.«

»Höre ich da einen Vorwurf in deiner Stimme?«, wollte der ältere Wibbeking wissen.

»Nein. Du hast sicher deine Gründe, warum du Jorge mit diesen Arbeiten betraut hast. Aber er fehlt mir bei unseren eigentlichen Aufgaben.«

Konrad schwieg.

Jorge, dem es unangenehm war, Zeuge eines Disputs der Brüder zu sein, bei dem es noch dazu um seine Person ging, fragte in die Stille hinein: »Braucht Ihr mich noch? Ansonsten ziehe ich mich in meine Kammer zurück.«

Konrad lächelte. »Wir sind dabei, unseren treuen Helfer zu verschrecken. Lass uns nicht streiten, Clas. Der *Hansetag* ist in wenigen Tagen vorbei und dann kannst du über Jorge verfügen, wie du es für richtig hältst. Was sagst du?«

Clas nickte nur.

»Danke.« Konrad wandte sich an Jorge. »Wenn wir deine Aufzeichnungen abschließend durchgehen, sprechen wir darüber, was zu dem unterschiedlichen Abstimmungsverhalten der Städte geführt hat.«

»Ihre unterschiedlichen Interessen nehme ich an.« Jorges Stimme klang sicher. »Die Städte, deren Handel durch die Dänen nicht so gefährdet ist, wie zum Beispiel Danzig, oder die schon jetzt mit den Niederländern gute Geschäfte machen, wie Hamburg, sehen die Notwendigkeit einer Einigung mit König Johann vermutlich völlig anders als Lübeck oder Rostock.«

Clas lachte auf. »Ein, zwei Jahre noch und nicht du, Konrad, sondern unser Freund hier sitzt im Rat und vertritt Lübecks Interessen auf dem *Hansetag.*«

Jorge wurde rot. »Entschuldigt. Ich wollte nicht vorlaut klingen.«

»Nein, du hast ja recht«, erklärte Konrad. »Da du von allein darauf gekommen bist, kann ich mir meine Erklärungen sparen. Aber jetzt ist es wirklich spät geworden. Auch ich bin müde.« Er unterdrückte ein Gähnen.

»Eine Frage habe ich noch, wenn es Euch nicht zu sehr stört.«

»Nur zu.«

»Ich sah Euch heute nach den Verhandlungen mit dem Ratsherrn Witte und einem weiteren Gesandten zusammenstehen. Wer war dieser Mann?«

»Der, dem man ansieht, dass er gerne und viel isst?«

»Ja.«

»Er ist Mitglied der Delegation Unnas. Ich habe ihn früher noch nie gesehen. Er hat Familie hier in Lübeck. Sein Bruder ist Bürger unserer Stadt.«

»Kennt Ihr seinen Namen?«

»Van Enghusen heißt er.«

Am nächsten Tag zog Jorge eigene Erkundigungen unter den Schreibern des *Hansetages* ein. So erfuhr er, dass tatsächlich ein Jobst van Enghusen seit Jahren mit seiner Familie in der Stadt lebte. Einer meinte zu wissen, dass zur Familie auch ein Mädchen gehöre. Und ein weiterer glaubte, gehört zu haben, dass es sich dabei nicht um die Tochter der Eheleute, sondern um eine Verwandte handele. Schließlich erklärte ein Dritter, der Peer hieß, er würde Jobst van Enghusen persönlich kennen. Natürlich nicht wirklich kennen, schränkte er sofort ein, als Jorge ihn mit Fragen zu löchern begann. Aber er wisse, wie der Kaufmann aussehe. Schließlich mache sein Herr mit van Enghusen gute Geschäfte und er habe ihn deshalb schon des Öfteren in der Dornse gesehen. Die Tochter sei bei diesen Besuchen jedoch nie dabei gewesen. Allerdings besuche die Familie genau wie die seines Herrn regelmäßig die Sonntagsmesse in Sankt Marien. Er könne Jorge also nach dem Gottesdienst auf die Eheleute van Enghusen aufmerksam machen, wenn dieser das wolle.

Diese Hinweise versetzten Jorge in Aufruhr. Er verabredete sich mit Peer und fieberte dem Sonntag entgegen. War Marlein wirklich in der Stadt? Würde er sie endlich wiedersehen?

Die Gläubigen schoben sich langsam aus den Bankreihen und strebten dem Ausgang entgegen. Manche verweilten noch einen Moment in der Kirche, begrüßten hier einen Bekannten, hielten dort ein kurzes Schwätzchen mit Freunden.

Auch die van Enghusens verfuhren so. Hinrick van Enghusen war dem Gottesdienst ferngeblieben und auch Juliana Christiansens Eltern waren wegen einer plötzlich ausgebrochenen Krankheit des Vaters verhindert, sodass die Sechzehnjährige sich ihrer Freundin Marlein angeschlossen hatte.

Die Marienkirche war ein imposantes Bauwerk. Das Mittelschiff ragte höher in den Himmel als in jeder anderen Kirche aus Backstein, erzählten sich die Leute. Und auch die beiden Kirchtürme übertrumpften die des Domes bei Weitem. Hielt im Dom der Lübecker Bischof seine Messen, war Sankt Marien gebautes Sinnbild des selbstbewussten Bürgertums und ewiges Zeichen des Machtkampfes zwischen Bistum und Hansestadt.

Die beiden Mädchen standen im Seitenschiff neben einer der mächtigen Säulen, die die enorme Last des Gewölbes trugen. Während die van Enghusens darauf warteten, sich den ins Freie strömenden Menschenmassen anschließen zu können, schaute sich Juliana neugierig um.

Unvermittelt stieß sie Marlein in die Seite. »Sieh, dahinten vor der Bürgermeisterkapelle steht ein junger Mann, der ständig zu uns herüberschaut. Aber er sucht nicht meinen, sondern deinen Blick, glaube ich. Nun schau doch hin. Er zeigt Interesse an dir.«

Marlein dachte nicht daran, sich so zu präsentieren. Stattdessen versteckte sie sich hinter der Säule. »Soll er sich doch die Augen aus dem Kopf starren. Aber nicht mit mir.«

Noch bevor Marlein hinter der Säule Schutz suchte, hatte sich Peer wieder umgedreht und an Jorge gewandt. »Dort wartet die Familie. Und ihre Tochter, Nichte oder was auch immer ist bei ihnen. Sie stehen etwa zwanzig Schritte von uns entfernt. Wenn du über meine linke Schulter schaust, musst du sie sehen. Der Mann hält ein auffälliges Barett mit einer großen weißen Feder in der Hand, seine Frau trägt einen weißen Kragen. Die Tochter steht direkt daneben. Und eine Freundin scheint auch anwesend zu sein. Hinter ihnen macht sich ein dicker Offizier breit. Siehst du sie?«

Mit pochendem Herzen sah Jorge in die angegebene Richtung. Schnell fand er die Eheleute van Enghusen in dem Getümmel.

»Ja. Da ist aber nur ein Mädchen.«

»Dann ist die andere bestimmt zurück zu ihrer Familie gegangen.«

Die junge Frau, mit der die Frau mit dem weißen Kragen gerade einige Worte wechselte, konnte er gut erkennen. Nur war es nicht Marlein, die er da sah. Das Mädchen, welches bei den van Enghusens stand, hatte blonde Haare. Gut sichtbar waren sie zu einem Zopf gebunden. Und auch ihre Gesichtszüge weckten nicht die geringste Erinnerung in ihm. Nein, das war eine Fremde.

Enttäuscht drehte er sich wieder zu Peer um. »Lass uns gehen. Ich habe mich geirrt. Das Mädchen ist nicht jenes, das ich suche.«

13

Reval, 22. Juni 1506

Seit Wochen wechselten sich Wittdorfs Männer bei der Beobachtung des Hauses von Sievert Spanheim und des Hafens ab – bisher ohne greifbares Ergebnis. Zwar legten dann und wann Segler der Hanse am Kai in Reval an, aber diese Schiffe wurden immer vollständig entladen und fuhren mit Gütern zurück, die eindeutig für Lübeck oder die anderen Hansestädte im Westen bestimmt waren. Spanheim selbst traf sich nur selten mit den Kapitänen dieser Koggen, in den Schenken am Hafen zumeist. Und so sehr sich Wittdorf und seine Männer auch anstrengten – sie konnten keinen Beleg dafür finden, dass Spanheim als Beauftragter der Hanse in Reval die Handelsblockade der Dänen gegenüber Schweden unterlaufen wollte.

Wittdorf drohte zu scheitern. Aber das kam für ihn nicht infrage. Also entschloss er sich, direkt mit dem Kaufmann zu sprechen. Das jedoch wollte geschickt eingefädelt sein. Auf keinen Fall durfte Spanheim in Wittdorf den Agenten des dänischen Königs erkennen. Denn falls der Plan des Hauptmanns schiefginge, durfte der Händler trotzdem keinen Verdacht schöpfen, dass er unter Beobachtung stand. Sonst würde er die Kapitäne der Hanse warnen und Wittdorf könnte sich bis zum Sankt-Nimmerleins-Tag in Revals Gassen die Füße in den Bauch stehen.

Es war ein milder Sommerabend, als der Hauptmann sein Vorhaben endlich in die Tat umsetzen konnte. Spanheim hatte wie üblich nach der Arbeit sein Haus verlassen und war in einer der Schenken am Hafen eingekehrt. Durch die weit geöffneten Fensterläden beobachtete ihn Wittdorf aus sicherer Entfernung. Die Schenke war brechend voll. Der Kaufmann hockte mit einigen anderen Bürgern der Stadt an einem großen Tisch in der Ecke. Die Herren schienen – ihrer Mimik und Gestik nach zu urteilen – intensiv zu debattieren. Je mehr sie tranken, desto erregter wurde das Gespräch. Arme ruderten heftig, Augen rollten und fehlende Argumente wurden durch gesteigerte Lautstärke ausgeglichen.

Der Offizier wartete, bis am Nachbartisch einige Gäste zahlten, aufstanden und die Schenke verließen. Eilig schlüpfte Wittdorf durch die Tür ins Innere und nahm einen der frei gewordenen Plätze ein, Spanheim direkt gegenüber. Jetzt konnte er auch verstehen, um was es bei dem Disput ging. Die Männer stritten darum, welches der richtige Weg sei, um der Handelsblockade zu begegnen, die der dänische

König Johann über Schweden verhängt hatte. Einig waren sich alle Beteiligten darin, dass die Hanse vom freien Handel lebte. Offene Seewege, sicher vor Piraten und Kaperern, seien quasi die Lebensadern des Bündnisses. Und so wie ein Mensch sterbe, wenn ihm jemand seine Adern abklemme, würde die Hanse zugrunde gehen, unterbinde jemand den ungestörten Austausch von Waren.

Uneins waren die Männer in der Frage, wie dem Verdikt König Johanns zu begegnen sei. Einige, darunter auch Spanheim, plädierten für Verhandlungen, während andere, zumeist jüngere, mit hochrotem Kopf erregt forderten, die Blockade mit Gewalt zu durchbrechen. Die Hanse müsse aufrüsten, eine Flotte aufstellen, um den Handel mit Schweden zu schützen. Und wenn es dann eben zum Krieg käme, müssten alle Städte beisammenstehen, auch die westlichen Mitglieder der Hanse wie Hamburg, die bisher eher abwartend agierten.

Im Gegensatz zu den Diskutanten am Nachbartisch hielt sich Wittdorf mit dem Trinken zurück. Er wollte einen klaren Kopf behalten.

Nach einigen weiteren Runden Bier drehte sich die Auseinandersetzung der Männer im Kreis. Kurz darauf verließen die ersten mit unsicherem Gang die Gaststube und etwa drei Stunden, nachdem der Offizier die Schenke betreten hatte, saß Spanheim allein.

Wittdorf bestellte zwei Krüge Bier und trat mit den Getränken in der Hand an den Nachbartisch.

»Gestattet Ihr, dass ich mich für einen Moment zu Euch setze?«, fragte er und schob einen der Bierkrüge zu Spanheim hin. »Ich möchte Euch zu einem Schluck einladen.«

Der Kaufmann sah mit müden Augen hoch. »Ich kenne Euch nicht. Wer seid Ihr?«

»Man nennt mich Nilsson«, log Wittdorf. »Ich bin Händler aus Bremen.«

Sein Gegenüber deutete eine Verbeugung an. »Sievert Spanheim.« Er griff zum Bierkrug. »Ich habe kein Schiff aus Bremen im Hafen gesehen.«

»Das würde mich auch wundern. Ich bin über Land gekommen.«

»Da habt Ihr einen weiten Weg gehabt«, stellte Spanheim fest. »Ich danke für die Einladung.« Er hob den Krug und prostete Wittdorf zu. Der tat es ihm nach. »Und weshalb habt Ihr den weiten Weg von Bremen nach Reval auf Euch genommen?«

»Ich suche Geschäftspartner. Ich bin seit dem letzten Herbst unterwegs und führe in den Handelsstützpunkten entlang der Ostsee Gespräche.«

»Womit wollt Ihr handeln?«, wollte Spanheim wissen.

Der Offizier lachte. »Mit allem, was gute Geschäfte verspricht.«

»Den Vorsatz haben viele. Aber nicht allen gelingt es, ihn in die Tat umzusetzen.«

»Da mögt Ihr recht haben. Gerade jetzt in diesen schwierigen Zeiten.« Wittdorf machte ein Pause und trank. »Ich habe Euer Gespräch mitverfolgt. Nicht dass ich gelauscht hätte.« Er lächelte. »Aber Eure Unterhaltung war laut genug, um jedes Wort zu verstehen.«

Spanheim nickte.

»Ich teile Eure Auffassung darüber, welche die Position der Hanse sein sollte. Nur Verhandlungen führen zum Ziel. Ein kriegerischer Konflikt würde dem Handel mehr schaden als nutzen.«

»Wenn Ihr uns zugehört habt, wisst Ihr, dass ich mit meiner Meinung leider in der Minderheit war. Gott sei Dank entscheiden am *Hansetag* besonnenere Männer als die jungen Hitzköpfe hier in Reval.«

Wittdorf nickte. »Ich stimme Euch zu. Trotzdem ist es ärgerlich, wenn wir keinen Handel mehr mit Schweden betreiben können.«

»Natürlich. Aber der dänische König will seine schwedische Krone behalten. Und viele Mitglieder des schwedischen Adels wollen genau das hintertreiben. Sie möchten nicht nur die Dänen schwächen, sondern sich durch den Handel mit Dänemarks Konkurrenten die Geldmittel beschaffen, die sie brauchen, um Waffen zu kaufen. Waffen, die sie dann in einem Krieg gegen die Dänen einsetzen wollen.«

»Höre ich da etwa Verständnis für die dänische Position heraus?«

Spanheim sah auf. »Verständnis? Nein. Aber es ist immer gut, die Beweggründe seiner Kontrahenten einschätzen zu können.«

»Ihr sprecht von Kontrahenten. Eure Trinkkumpanen eben redeten von Feinden.«

Spanheim machte eine abwehrende Handbewegung. »Mag sein. Aber wer den freien Handel will, darf sich heute mit den möglichen Partnern von morgen nicht endgültig überwerfen. Es muss immer noch ein Schlupfloch geben, welches einen Ausweg bietet.«

»Ihr haltet einen Krieg also nicht für unvermeidlich?«

»Nein. Wenn sich auf beiden Seiten die besonnenen Kräfte durchsetzen, dann nicht.«

»Wer soll das sein?«

»Händler wie wir natürlich. Uns ist es doch im Grunde egal, wer auf dem schwedischen Thron sitzt. Ein Schwede oder ein Däne, was macht das schon? Hauptsache, die Steuern und Abgaben sind nicht zu hoch und wir können unsere

Waren auf den schwedischen Märkten frei verkaufen. Es geht ums Geldverdienen, um sonst nichts.«

»Weise Worte. Könnt Ihr mir beim Geldverdienen helfen?«

»Wie meint Ihr das?«

»Von Reval ist es nicht weit bis nach Schweden. Bestimmt kennt Ihr Kapitäne, die der Handelsblockade trotzen und sich dorthin durchschlagen wollen. Könnt Ihr mir eine Passage auf einem dieser Schiffe vermitteln? In Schweden lassen sich bestimmt sehr gute Geschäfte machen.«

Spanheim sah den anderen Mann prüfend an. »Es könnte sein, dass ich solche Händler kenne«, meinte er vorsichtig. »Aber diese Leute sind mehr als zurückhaltend, was ihre Absichten angeht. Schließlich dürften dänische Informanten auch in Reval die Augen offen halten.«

»Das kann ich mir vorstellen.«

»Und diese Kapitäne, wenn es sie denn überhaupt gibt, dürften große Summen für die Überfahrt verlangen. Wäret Ihr in der Lage, dieses Geld aufzubringen?«, fragte Spanheim lauernd.

Wittdorf griff in seine Tasche, zog einen ledernen Geldbeutel hervor und schob ihn zum Kaufmann hin. »Reicht das?«

Spanheim sah hinein. Für einen kurzen Moment blitzten seine Augen. »Das ist mehr als genug.«

»Behaltet den Rest. Er ist für Eure Vermittlung.«

»Ich kann nichts versprechen.«

»Eure Zusage, Euch zu bemühen, reicht mir. Und wenn ich die Geschäfte in Schweden mache, die ich mir erhoffe, ist das Gold im Beutel erst die Anzahlung.«

Mit einem zufriedenen Lächeln ließ Spanheim das Geld in seiner Tasche verschwinden. »Ich werde sehen, was ich tun kann. Kommt in zwei Tagen wieder hierher.« Der Kaufmann stand auf. »Betrachtet Euch als eingeladen. Ich werde die Zeche übernehmen.«

Einige Minuten später machte sich der dänische Offizier auf den Weg zu seiner Unterkunft. Er war bester Laune. Entgegen den Annahmen des Geheimen Rates Caspar von Buchwaldt war Sievert Spanheim sehr wohl empfänglich für Gold. Ob seine Bereitschaft allerdings so weit ging, für Geld auch die Seiten zu wechseln, würde sich in den nächsten Tagen und Wochen zeigen. Ein erster Schritt jedenfalls war getan.

14

Eutin, 23. Juni 1506

Ratsherr Heinrich Witte hatte sich auf den Weg zum Schloss Eutin gemacht, das seit Jahrhunderten der Sitz der Bischöfe der Hansestadt war. Die fast ebenso lange andauernden Auseinandersetzungen zwischen den geistlichen Herren und dem Lübecker Rat hatten die Bischöfe bewogen, sich in sicherer Entfernung von der rebellischen Stadt niederzulassen. Sechs Postmeilen trennten das Schloss vom Lübecker Dom, hinreichend weit, um möglichen Angriffen durch rechtzeitige Flucht zu entgehen, aber auch nah genug, um mit dem Pferd in zwei, drei Stunden erreichbar zu sein. Obwohl es in den letzten Jahrzehnten keinen größeren Streit mehr um Macht und Einfluss zwischen der Hansestadt und dem Klerus gegeben hatte, residierten die Bischöfe immer noch an ihrem angestammten Sitz nahe Eutin. In Lübeck hielten sie sich nur zur Zelebration der Messe an christlichen Hochfeiertagen oder zur Kontrolle ihres Besitzes auf. Wer an anderen Tagen eine

Audienz bei ihnen erhalten wollte, musste sich wohl oder übel auf die Reise zum Schloss begeben.

Das Gemäuer, obwohl immer wieder umgebaut, konnte seine ursprüngliche Bestimmung nicht verbergen. Umgeben von Wassergräben und starken, turmbewehrten Mauern ähnelte es mehr einer Trutzburg, ungeachtet des außerhalb angelegten Lustgartens.

Witte überließ sein Pferd dem Stallburschen und folgte einem Diener, der ihn zum Audienzzimmer des Bischofs brachte.

Seine Exzellenz Dietrich Arndes war ein alter Mann jenseits der Sechzig. Er saß auf seinem erhöhten Platz der Tür gegenüber und hielt dem Ratsherrn müde die Hand mit dem Bischofsring entgegen, als dieser zu ihm trat. Nach der Begrüßung ließ er den Arm kraftlos auf die Lehne zurückfallen. Im Kamin brannte trotz der sommerlichen Temperaturen ein Feuer. Witte begann zu schwitzen.

»Was führt Euch zu mir, ehrenwerter Herr Witte?«, fragte der Bischof mit tonloser Stimme und zeigte auf einen Stuhl, der nicht weit von dem seinen entfernt stand.

»Ich wollte mit Euch über die erschreckend hohe Zahl an Morden in Lübeck und der Umgebung beraten, Exzellenz.«

»Bitte sprecht lauter. Mein Gehör hat doch stark nachgelassen in letzter Zeit.«

Witte wiederholte sein Anliegen.

»Und was habe ich damit zu tun?«

Ein Diener betrat das Zimmer und blieb in der geöffneten Tür stehen. Der Bischof sah auf und nickte ihm zu. Dann wandte er sich wieder an Witte. »Ich lasse uns Wein bringen. Ihr müsst durstig sein. Möchtet Ihr vielleicht etwas essen?«

Der Ratsherr verneinte.

»Wie Ihr wollt. Wo waren wir stehen geblieben?«

Witte wiederholte sein Anliegen.

»Ach ja. Also?«

»In den letzten fünf Jahren hat es in dem Gebiet, für das der Rat der Stadt Verantwortung trägt, insgesamt sechs Morde gegeben.«

»Bedauerlich. Ich hoffe doch, Ihr konntet die Täter ihrer gerechten Strafe zuführen?«

»Natürlich.«

»Wo liegt dann das Problem? Soll ich meine Priester anweisen, in den Predigten noch deutlicher das fünfte Gebot zu betonen?«

»Das wäre sicher hilfreich, wird das Problem aber allein nicht lösen.«

»Wie kommt Ihr zu dieser Überzeugung?«

»Zwei der Täter haben sofort gestanden. Ja mehr noch, sie haben nicht versucht, nach der Tat zu flüchten, sondern am Tatort gewartet, bis sie in Gewahrsam genommen werden konnten. Und noch seltsamer ist, dass sie um die Todesstrafe gebeten haben. Als sie zum Richtplatz geführt wurden, haben sie gebetet, Choräle gesungen, die Zuschauer gesegnet und einen überaus glücklichen Eindruck gemacht. Selbst dem Scharfrichter haben sie gedankt und ihn aufgefordert, seine Arbeit sorgfältig auszuführen. Aber nicht aus Angst vor Schmerzen, sondern weil sie fürchteten, weiterzuleben.«

»Das ist in der Tat ungewöhnlich.« Der Bischof nippte nachdenklich an dem Weinbecher, den der Diener gebracht hatte.

»Auch wir konnten uns keinen Reim darauf machen, bis vor einigen Wochen.«

Der Kirchenfürst rückte näher, um besser hören zu können. Dabei verrutschte die Decke, die er trotz der Hitze in dem Raum über seine Beine gelegt hatte. Müde zog er sie wieder zurecht. Witte erkannte, dass diese Bewegung für

Arndes eine enorme Kraftanstrengung bedeutet. Der Bischof, das wurde ihm in diesem Augenblick klar, war vom Tode gezeichnet.

»Was geschah da?«

»In unmittelbarer Nähe von Sankt Marien erstach ein Feinschmied namens Ott Nottkes eine alte Frau. Er kannte sie nicht einmal, gab die Tat aber ohne Zögern zu. Viele Umstehende hatten den Mord beobachtet. Und auch Nottkes versuchte nicht, zu flüchten, sondern wartete brav auf seine Häscher. Er aber hat in der anschließenden Befragung freimütig darüber gesprochen, warum er die Frau getötet hat.«

»Und?«, fragte der Bischof angespannt.

»Der Feinschmied war des Lebens überdrüssig. Seine Frau war vor einigen Monaten gestorben, er selbst litt finanzielle Not. Mehrmals hatte er daran gedacht, sich selbst zu entleiben. Nur die Angst vor Gottes Strafe und den Qualen der Hölle hat ihn davon abgehalten. Da ist er auf den Gedanken gekommen, einen Mord zu begehen, ihn vor der Vollstreckung des Todesurteils aus tiefstem Herzen zu bereuen, Absolution zu erlangen und so mit unschuldiger Seele vor den Allmächtigen zu treten.«

Der Bischof riss entsetzt die Augen auf.

»Wir glauben nun, dass auch die anderen beiden diesen Plan verfolgt haben. Vor ihrer Hinrichtung haben beide noch gebeichtet und ebenfalls die Absolution erhalten. Sie sind frohen Mutes gestorben, mit einem Lächeln auf den Lippen.«

»Einen Mord begehen, um das eigene Leben zu beenden? Solltet Ihr recht haben, wäre das wirklich ungeheuerlich.«

»Ich habe recht, Exzellenz.«

Für einige Minuten dachte der Bischof nach. Nur das

Prasseln der Flammen im Kamin war zu hören. Dann fragte der Geistliche: »Und Ihr erwartet von mir eine Antwort auf Euer Problem?«

»So ist es, auch wenn ich der Auffassung bin, dass es sich nicht allein um mein Problem handelt, sondern um eine Aufgabe, die uns alle betrifft.«

»Und an was habt Ihr gedacht?«

»Verweigert solchen Tätern die Absolution.«

Der Bischof hob seine Stimme. »Unmöglich!«

»Dann werden wir es weiterhin mit Menschen zu tun bekommen, die, um die eine Todsünde zu vermeiden, eine andere begehen und dabei einen weiteren Menschen mit in den Tod reißen, nur um von der heiligen Kirche von einer Tat freigesprochen zu werden, die sich sogar gegen zwei Menschen gerichtet hat.«

»Das mag sein. Aber lasst mich für einen Moment Eurer Argumentation folgen: Ihr spracht eben von zwei weiteren Fällen. Haben diese Täter ihre eigentlichen Absichten auch so freimütig gestanden wie dieser Feinschmied?«

»Nein.«

»Ihr vermutet also lediglich, dass es sich bei ihnen ebenfalls um Menschen gehandelt hat, die einen Mord begangen haben, um eine Selbstentleibung zu vermeiden?«

»Ja.«

»Was, wenn Ihr Euch irrt?«

Jetzt war es an Witte, zu schweigen.

»Erkennt Ihr die Schwierigkeit? Wie wollt Ihr, sofern sich der Täter nicht selbst erklärt, erkennen, um welche Art Vergehen es sich handelt? Das Prinzip von Sünde, Beichte, Reue und Vergebung ist ein tragendes Element unseres Glaubens. Verweigere ich auf einen bloßen Verdacht hin einem reuigen Sünder die Absolution, schicke ich ihn in die ewige Verdammnis, obwohl er ehrlich bereut hat. Könntet Ihr das mit Eurem Gewissen vereinbaren?«

Das Ratsmitglied antwortete nicht.

»Seht Ihr. Wie wäre es stattdessen, wenn Mörder ausnahmslos zu lebenslanger Kerkerhaft verurteilt würden? So würden wir nicht irrtümlich einen Selbstmörder von seiner Todsünde freisprechen.«

»Dafür könnten Mörder dann ihrer gerechten Strafe entgehen. Spricht die Bibel nicht von ›Auge um Auge, Zahn um Zahn‹?«

»Gewiss. Aber ich sehe keinen Ausweg aus diesem Dilemma. Ihr wollt keinen Verzicht auf die Todesstrafe, ich kann reuigen Mördern nicht die Absolution verweigern. Also wird wohl alles beim Alten bleiben.«

Heinrich Witte musste einsehen, dass er den Bischof nicht überzeugen konnte. Er hatte den langen Weg umsonst gemacht. Zwar hatte der Kirchenmann eine andere Möglichkeit zur Lösung des Problems vorgeschlagen und ein Verzicht auf die Todesstrafe würde potenzielle Selbstmörder bestimmt davon abhalten, den Umweg über einen Mord zu nehmen. Aber zu dieser Strafmilderung würden sich die anderen Ratsmitglieder niemals durchringen können. Und er, ehrlicherweise, auch nicht.

15

Lübeck und Reval, 14. bis 20. August 1506

Es dauerte einige Tage, bis sich Jorge mit dem Gedanken abfinden konnte, dass er einem Irrtum aufgesessen war. Gewiss, Hinrick van Enghusen hatte

Verwandte in Lübeck, aber seine Tochter lebte nicht in der Stadt. Jorge hatte das Mädchen, das bei den van Enghusens wohnte, ja mit eigenen Augen nach dem Gottesdienst gesehen. Blond war die junge Frau in der Kirche gewesen, nicht rothaarig. Er musste sich eingestehen, lediglich eine fixe Idee gehabt zu haben. Umso mehr hatte er sich in den vergangenen Wochen in die Arbeit gestürzt. Und trotzdem kamen seine Gedanken immer auf Marlein zurück. Wenn sie nicht in Lübeck lebte, wo mochte sie sich jetzt aufhalten? Wieder in Hattingen? Oder in einer anderen Stadt, in die sie ihr Vater verbannt hatte? Sollte er sich bei diesem Jobst van Enghusen danach erkundigen? Aber womit sollte er sein Interesse begründen?

»Jorge, bist du eigentlich schon einmal zur See gefahren?« Clas Wibbeking war zu ihm ans Schreibpult getreten.

»Nein.«

»Hättest du Lust, mich nach Reval zu begleiten? Konrad und ich sind der Meinung, dass du dort dein Wissen erweitern kannst. Und außerdem könnten deine Lateinkenntnisse von Nutzen sein. Was meinst du?«

Jorge überlegte nicht lange. Was für ein Abenteuer wurde ihm da angeboten! »Wenn Ihr mich mitnehmen wollt, von Herzen gern! Wann fahren wir?«

»Wir nehmen die dreimastige Kraweel, die am Kai liegt. Das Schiff, das gestern beladen wurde. Wenn die Winde günstig sind, laufen wir noch heute aus.«

»Die *Lisa?*«

»Genau die.«

Jorges Herz schlug schneller. Wie sehr hatte er sich danach gesehnt, einmal auf einem Schiff die Meere befahren zu können. Jetzt wurde sein Wunsch Wirklichkeit.

»Pack einige Sachen zusammen und nimm einen warmen

Umhang mit. Es kann kalt werden auf hoher See. Ach ja, vergiss die Schreibutensilien nicht. Und nun verschwinde.«

Das ließ sich Jorge nicht zweimal sagen. Er rannte aus der Dornse und wäre auf dem Flur fast mit Konrad Wibbeking zusammengestoßen.

»Ich nehme an, deine Eile ist darin begründet, dass Clas mit dir über die Fahrt nach Reval gesprochen hat?«, fragte der Kaufmann ihn.

»Ja, Herr.«

»Du hast auch allen Grund, dich zu beeilen. Der Wind hat gedreht und kommt frisch aus Westen. Genau das richtige Wetter. Der Steuermann will keine Zeit vergeuden und sofort ablegen. Die kommende Nacht verbringst du bereits an Bord. Vorher solltest du aber deinen letzten Willen schriftlich festhalten und mir zur Aufbewahrung überlassen. Kehrst du unbeschadet heim, gebe ich dir dein Testament zurück, ansonsten werde ich es buchstabengetreu befolgen.«

Jorge wusste, dass jeder Schiffer vor dem Auslaufen seinen letzten Willen festhielt. So wollte es der Brauch. Aber was sollte er hineinschreiben? Wenn man von dem Silberkästchen mit Marleins Haarsträhne, dem Holzkreuz seiner Mutter und dem Amulett seiner Stiefmutter absah, besaß er nichts von Wert. Er dachte nach. Hatte er etwas vergessen? Natürlich! Da war noch der im Armband eingenähte Goldgulden. Das war jedoch wirklich alles. Armband und Kreuz trug Jorge stets bei sich, Letzteres nur deshalb, weil es ihn mit der Mutter verband, die er nie kennengelernt hatte. Das Kreuz als christliches Glaubenssymbol hatte für ihn schon vor Jahren jede Bedeutung verloren.

In seiner Kammer angekommen, legte er es schweren Herzens zu den anderen Wertsachen in die kleine Truhe, die er vor einiger Zeit auf dem Markt gekauft hatte. Nur von dem Lederband wollte er sich nicht trennen. Was jedoch sollte mit den Sachen im Falle seines Todes passieren? Jorge hatte niemanden, dem er etwas Gutes hätte tun können. Und eigentlich zweifelte er keine Sekunde daran, diese Reise zu überleben. Was könnte ihm schon zustoßen? Trotzdem kam er der Aufforderung seines Herrn nach und vermachte nach kurzem Nachdenken alles Marlein, wo immer sie sich auch aufhalten mochte. Schließlich müsste sich Konrad Wibbeking den Kopf zerbrechen, wie er diesen letzten Wunsch erfüllen würde. Aber dazu würde es ohnehin nicht kommen, da war Jorge sich sicher. In wenigen Wochen würde er wieder zurück sein und das Testament wäre, was es jetzt schon war: ein Blatt beschriebenes Papier, nicht mehr. Er faltete das Schriftstück zusammen. Purer Aberglaube.

Sein restliches Bündel war schnell gepackt. Die Scheide mit dem Messer, welches ihm einst Bruder Albertus geschenkt hatte, befestigte er an seinem Gürtel. Dann lief der junge Mann voller Vorfreude los.

Der Kaufmann hatte recht behalten: Das Wetter hielt. Allerdings verliefen Jorges erste Stunden auf hoher See völlig anders, als er sich das vorgestellt hatte. Kaum hatte die Kraweel die Travemündung hinter sich gelassen und war in die Lübecker Bucht gesegelt, packten die ersten Böen das Schiff mit aller Kraft. Die Masten ächzten unter der Belastung der aufgeblähten Segel. Auf dem größten Tuch prangte übermannsgroß der Reichsadler mit dem rot-weißen Brustschild, das Wappen der Stadt Lübeck. Fast schien es, als ob seine kräftigen Flügel dem Schiff seine Geschwindigkeit verliehen. Vom steifen Westwind getrieben, zerschnitt der Bug der *Lisa* die vor ihm liegenden Wellen. Gischtwolken hüllten die Seefahrer ein. Die Kraweel hob und senkte sich im Rollen der Dünung. Und mit dem Boot wanderte auch der Horizont auf und ab.

Jorge, der sich neben dem Steuermann und Wibbeking auf dem höher gelegenen Heck der *Lisa* befand, konnte den Blick nicht von den tief liegenden Wolken und den weißen, sich unablässig brechenden, Wellenkämmen abwenden. Dann der Horizont: auf und ab und auf und ab. Immer wieder. Die Bewegungen des Schiffes übertrugen sich auf seinen Magen. Jorge spürte Übelkeit in sich aufsteigen. »Ich glaube, mir wird schlecht«, stieß er hervor.

»Dann nichts wie ab zur Reling, die Fische füttern«, riet der Steuermann. »Achte auf den Wind!«

Den letzten Satz hatte Jorge zwar vernommen, konnte aber nicht über dessen Bedeutung nachdenken. Zu sehr revoltierte sein Magen, zu drängend wurde das Bedürfnis, sich zu erleichtern und mit dem Frühstück auch den überbordenden Brechreiz loszuwerden. Also lief er zur Backbordseite, beugte sich weit über die Reling, würgte und kotzte und kotzte und würgte so lange, bis ihm eine Windböe Teile seines Mageninhalts wieder ins Gesicht klatschte. Woraufhin er sich vor lauter Ekel erneut übergeben musste, bis er sich schließlich nach einer halben Ewigkeit, von oben bis unten mit dem eigenen Erbrochenen beschmutzt, kraftlos an der Reling festhielt.

Clas Wibbeking kam grinsend näher. »Du hättest besser auf den Steuermann hören sollen.«

Jorge, der zu erschöpft war, um zu antworten, nickte nur.

Clas half ihm unter Deck und legte ihn auf einen Strohsack. Dann stellte er seinem Schreiber einen Eimer zur Seite. »Du wirst ihn brauchen«, meinte er nur und sein Grinsen wurde noch breiter. »Wirf ihn nur nicht um.«

Clas sollte recht behalten. Die Seekrankheit hielt Jorge

zwei Tage lang fest im Griff. Der junge Mann wollte sterben. Er schwitzte, fror, hatte Kopfschmerzen und kotzte sich die Seele aus dem Leib. Von Zeit zu Zeit erschien Clas unter Deck und flößte ihm etwas verdünntes Bier ein, das Jorge aber nie lange bei sich behielt.

Endlich, nach quälend langen Tagen und Nächten, schlief er ermattet ein, um sich beim Aufwachen besser zu fühlen. Mit immer noch wackeligen Beinen stakste er an Deck, den Eimer in der Hand.

Als der Steuermann ihn sah, brach er in lautes Lachen aus. »Von den Toten wiedergeboren, was? Mach dir keine Gedanken. Das geht fast jedem so, der zum ersten Mal eine frische Brise an Bord erlebt. Schütte den Inhalt des Eimers in die See.« Er hob den Zeigefinger. »Aber achte auf den Wind. Und dann reinige dich mit Meerwasser.«

Jorge befolgte den Rat. Und etwas später verspürte er zum ersten Mal seit Tagen wieder Hunger.

Von guten Winden begünstigt, erreichten sie Reval bereits nach einer Woche. Schon von Weitem fielen Jorge die mächtigen Stadtmauern auf, die von vielen Wachtürmen gesäumt wurden. Innerhalb der Befestigung ragte ein Kirchturm in die Wolken. Clas erklärte ihm, dass es sich dabei um den Dom handelte, der auf einer Anhöhe errichtet worden war, auf der sich neben dem imposanten Gotteshaus auch die Verwaltung des Deutschen Ordens befand.

Im Hafen herrschte reges Treiben. Schiffe aus aller Herren Ländern lagen an den Kaimauern, darunter auch eine dänische Kriegskraweel, die auf jeder Schiffsseite drei Kanonenluken aufwies, und eine Kogge der Niederländer.

Nachdem die *Lisa* festgemacht worden war, betrat Jorge unmittelbar nach Clas Wibbeking das Festland. Obwohl er nun wieder festen Boden unter den Füßen hatte, schien es ihm, als ob dieser sich bewegte. Er strauchelte und ruderte mit den Armen. Hätte Clas ihn nicht mit schnellem Griff gehalten, wäre er gestürzt. »Jetzt weißt du, warum die Seeleute immer so breitbeinig gehen, wenn sie an Land kommen.« Der Kaufmann schmunzelte. »Sie vermissen die Bewegung der Wellen unter ihren Sohlen.«

Es dauerte vier Stunden, bis die Ladung der *Lisa* gelöscht war. Jorge befand sich zum ersten Mal in seinem Leben in der Position des Schiffsschreibers, während ein anderer Schreiber an Land die Fässer Bier zählte, die die Träger aus dem Bauch der Kraweel schleppten.

Nachdem die Frachtlisten abgeglichen und gegengezeichnet waren, schnappte Jorge sein Bündel und folgte Clas Wibbeking in die Stadt bis zu dem Gasthaus, in dem sie nächtigen wollten.

»Hätten wir in Reval ein Kontor wie die Hanse es mit dem Peterhof in Nowgorod besessen hat, bräuchten wir nicht in einem Gasthof absteigen, sondern schliefen in unseren eigenen Häusern«, murrte Clas. »Aber was nützt das Jammern?« Er gab Jorge einen freundschaftlichen Klaps auf die Schulter. »Könige und Zaren machen ohnehin, was sie wollen – auch unsere Kontore schließen und dem Erdboden gleichmachen. Da hat von Büren auf dem *Hansetag* schon recht gehabt. Na ja, gleich können wir endlich etwas essen, ohne den Teller ständig festhalten zu müssen. Dahinten ist die Gaststube.«

Das Wirtshaus entpuppte sich als überraschend komfortabel. Sogar Schränke und abschließbare Truhen gab es in den Kammern. Auf den Betten lagen Säcke, die mit frischem Heu anstatt mit Stroh gefüllt waren. Auch Wanzen schienen sich nicht eingenistet zu haben. Sie hätten es wirklich schlechter treffen können, fand Jorge.

Das Essen am Abend war ebenfalls ganz nach seinem Geschmack: Die Mägde servierten zunächst gebratene Hühnchenstücke, später gab es Hirschbraten in einer dicken dunklen Soße, die köstlich schmeckte. Nachdem er auch den letzten Bissen des Bratens in sich hineingestopft hatte, griff Jorge zum Brot, brach es und tunkte es in die verbliebene Soße, bis nichts mehr übrig war. Satt lehnte er sich dann auf der Bank zurück und rülpste zufrieden.

Clas hatte mit zunehmender Belustigung beobachtet, wie sich sein Begleiter den Bauch vollgeschlagen hatte. »Man könnte meinen, du hättest seit Monaten nichts mehr zu essen bekommen«, kommentierte er das Gesehene.

»Seit Monaten nicht, aber seit Tagen«, antwortete Jorge. »Erst war ich krank und konnte nichts essen, dann hatte ich zwar Hunger, aber nur Dörrfleisch, Stockfisch und Brot sind auf Dauer ein wenig eintönig.«

»Da hast du recht.« Clas lachte. »Lass uns noch einen Becher Bier bestellen.«

Nachdem sie ihre Getränke bekommen und den ersten Schluck genommen hatten, klärte der Händler Jorge über den Zweck ihrer Reise auf. »Ich hoffe, mich noch heute mit Sievert Spanheim treffen zu können, einem alten Freund der Familie. Er stammt eigentlich aus Danzig, ihn hat es aber früh nach Lübeck verschlagen und dort ist er geblieben. Vor einigen Jahren ist seine Frau verstorben und er hat sich im hansischen Kontor in Nowgorod niedergelassen. Er hatte dort die Oberaufsicht, musst du wissen. Der Hofknecht, wie wir ihn nennen, übt eine ungeliebte, nichtsdestotrotz wichtige und verantwortungsvolle Tätigkeit aus. Spanheim ist eine Legende unter den Lübecker Nowgorodfahrern, weil er immer wieder für diese Position ernannt wurde, obwohl er in Lübeck gewohnt hat.«

»Das verstehe ich nicht. Was ist schlimm daran, aus unserer Stadt zu kommen?«

»Wie du kürzlich selbst bemerkt hast, sind die Mitgliedsstädte nicht immer einer Meinung und ringen um Einfluss auf die Entscheidungen der Hanse. Früher war Lübeck die tonangebende Stadt in unserem Kontor in Nowgorod. Das hat sich in den letzten Jahrzehnten geändert. Die livländischen Städte, allen voran Reval und Dorpat, hatten in letzter Zeit bis zur Schließung das Sagen dort. Aber Sievert Spanheim besitzt viele nützliche Fähigkeiten. Er spricht fließend Russisch und Schwedisch, ist von ausgleichender Art und war vor allem bereit, sich für mehrere Jahre in Nowgorod niederzulassen. Spanheim ist dort geblieben, bis Zar Iwan vor acht Jahren unser Kontor, den Peterhof, dem Erdboden gleichgemacht hat. Jetzt lebt und arbeitet Spanheim hier in Reval. Seine Kontakte und seine Erfahrungen sind unerlässlich für die Hanse.« Clas machte eine Pause und trank einen Schluck. »Insbesondere für uns Lübecker. Denn seit er nicht mehr Hofknecht ist, muss er nicht länger versuchen, die Interessen der unterschiedlichen Fraktionen auszugleichen, sondern kann sich vollständig in den Dienst seiner Heimatstadt stellen.«

»Also Danzig«, bemerkte Jorge mit einem hintergründigen Lächeln.

Für einen Moment war Clas sprachlos. Dann lachte er auf. »Ich verstehe, was du meinst. Nein, Spanheims Loyalität steht außer Frage. Er besitzt ein Haus am Koberg und außerdem ausgedehnte Ländereien vor der Stadt. Er hätte sich schon längst zur Ruhe setzen und seinen Wohlstand genießen können. Aber er ist Kaufmann mit Herz und Seele, Lübecker Kaufmann. Du wirst ihn kennenlernen. Allerdings sind Männer wie er sehr zurückhaltend. Darin liegt ein Teil ihres

Erfolges begründet. Sie sind verschwiegen, erwarten das auch von ihren Handelspartnern. Und sie machen Geschäfte nur mit denen, die sie kennen. Dich kennt Spanheim nicht. Deshalb wirst du auch bei den Verhandlungen, die ich zu führen habe, anfangs nicht dabei sein. Vielleicht akzeptiert er dich als meinen Begleiter schon nach wenigen Tagen, vielleicht nie. Du wirst dich gedulden müssen.«

Jorge war irritiert. Wenn es um ihre Ein- oder Verkäufe ging, hatte er bisher an den meisten der Gespräche, die Clas oder sein Bruder Konrad in Lübeck geführt hatten, teilgenommen. Er hatte die Vereinbarungen schriftlich festgehalten, später die Verträge ausgefertigt. Und nun sollte er ausgeschlossen werden? Warum hatte ihn Wibbeking dann überhaupt mitgenommen? Das fragte Jorge seinen Gefährten.

»Spanheim wird nicht der einzige Händler sein, mit dem wir uns treffen. Es sind auch einige Kaufleute aus Oberitalien anwesend, mit denen wir verhandeln wollen. Ich spreche kein Italienisch, du jedoch Latein. Du wirst dich mit ihnen verständigen können und für mich übersetzen. Vielleicht gelingt es uns außerdem, mit den Russen ins Geschäft zu kommen. Das wird eine deiner Aufgaben sein. Ich möchte Pelze kaufen. Zobel, Marder oder Hermelin. Du wirst Preise einholen, die Qualität prüfen.«

»Allein?«

»Natürlich. Oder traust du dir das nicht zu?«

Jorge wuchs um einen halben Meter, als er hörte, welch verantwortungsvolle Tätigkeit auf ihn wartete. »Doch, selbstverständlich«, beeilte er sich, zu versichern.

»Das hatte ich auch nicht anders erwartet. Außerdem müssen die Waren, die wir einkaufen und mit nach Lübeck nehmen, gezählt und quittiert werden. Du dürftest nicht über Langeweile klagen.«

Jorge war mehr als versöhnt. Er würde allein als Einkäufer unterwegs sein. Gut, die Verträge würde vermutlich Clas unterzeichnen. Aber alles andere lag in seiner Hand. Das war die Gelegenheit, sich auch außerhalb der Schreibstube auszuzeichnen. Und er gedachte, sie zu nutzen.

Wenig später schaute ein Gesicht durch das offene Fenster, an dem sie saßen. Tiefblaue Augen musterten Jorge neugierig. Dann wandte der Mann sich an Clas: »Ich sehe, Ihr habt einen neuen Gehilfen?«

»Herr Spanheim!« Clas Wibbeking sprang überrascht auf. »Ich freue mich, Euch zu sehen.«

»Wenn ein Wibbeking ruft, bin ich selbstverständlich zur Stelle.«

»Dann hat Euch meine Nachricht erreicht?«

»Beim Abendessen. Das ich aber trotzdem beendet habe.« Der Händler zeigte auf den Tisch. »Wie ich sehe, habt Ihr es Euch ebenfalls gut gehen lassen?«

»Das kann man wohl sagen. Aber habt die Güte und kommt herein. Ich möchte nicht durch ein geöffnetes Fenster mit Euch sprechen müssen.«

Als der Kaufmann an ihren Tisch trat, fiel Jorge auf, dass dem Mann der linke Arm fehlte. Er trug sein dunkles Haar wie seinen Bart kurz. Und es lag nicht an zu eng geschnittener Kleidung, dass sich das Wams über dem Bauch sichtbar spannte. Das Gewand schien aus reiner Seide zu sein, mit einer kunstvoll angesetzten Reihe von Perlmuttknöpfen. Im krassen Gegensatz dazu stand Spanheims Beinkleid. Seine Hose war die eines einfachen Mannes, kaum anders als Jorge sie trug: wenig mehr als knielang, hergestellt aus grober Wolle.

Clas Wibbeking umarmte den Besucher und auch Jorge stand auf, um dem Händler die Ehre zu erweisen. Spanheim mochte die vierzig überschritten haben, vielleicht aber zählte er auch schon fünfzig Jahre. Er setzte sich neben Jorge, schenkte ihm aber nicht die geringste Beachtung. Sein Interesse galt ausschließlich Clas, der ihm gegenübersaß.

»Den Brief meines Bruders habt Ihr erhalten?«, fragte Wibbeking, nachdem die beiden Männer einige höfliche Belanglosigkeiten ausgetauscht hatten und auch vor Spanheim ein voller Becher Bier stand.

»Ja. Vor etwa zwei Wochen. Ich stimme mit ihm in der Einschätzung der Lage überein.« Er warf einen skeptischen Blick auf Jorge, fuhr dann aber trotzdem fort. »Der Krieg mit den Dänen dürfte unvermeidlich sein. Schon jetzt nehmen sie sich Rechte heraus, die ihnen nicht zustehen. Habt Ihr das Kriegsschiff im Hafen gesehen?«

»Natürlich.«

»Der Kapitän dieser Kraweel hat im Golf von Riga zwei schwedische Koggen aufgebracht und die Ladung beschlagnahmt. Die Schweden hätten gegen das von König Johann verfügte Handelsverbot verstoßen, hat er sein Tun begründet. Glaubt mir, das ist erst der Anfang.«

»Genau darüber wollte ich mit Euch sprechen.«

Wieder der schnelle Blick des Kaufmanns zu Jorge hinüber. »Hier? Es wäre besser, wir würden unsere Unterredung an einem sichereren Ort fortsetzen.«

»Ich stimme Euch zu.« Clas Wibbeking griff zu seinem Geldbeutel und zählte einige Silbermünzen auf den Tisch. »Jorge, bitte begleiche unsere Zeche. Das Geld dürfte reichen. Du brauchst nicht auf mich zu warten. Geh schon ins Bett oder trinke noch ein Bier, ganz wie du magst. Wir sehen uns bei Tagesanbruch.« Mit diesen Worten erhob sich der Kaufmann und folgte Sievert Spanheim zur Tür.

16

Lübeck, 21. August 1506

Seit Tagen war ihr speiübel. Brechreiz wechselte sich ab mit Heißhungerattacken. Dann stopfte sie jede Nahrung in sich hinein, derer sie habhaft werden konnte, nur um sich kurz darauf wieder zu übergeben. Und da auch ihre Monatsblutung schon zweimal ausgeblieben war, konnten diese Zeichen nur eines bedeuten: Sie war endlich schwanger! Lieber Gott, dachte Irmla van Enghusen, bitte lass das Kind gesund zur Welt kommen. Und schenke uns einen Jungen.

Um es Gott zu erleichtern, ihre inbrünstigen Gebete zu erhören, spendete sie Kerzen – die größten und teuersten. Und um ganz sicherzugehen, begnügte sich Irmla nicht mit einem der Gotteshäuser, sondern ging zu allen sechs, die sich in den Mauern Lübecks befanden.

Dann suchte sie das Fischerviertel an der Untertrave auf. Dort wohnte in einem der Gänge ein Kräuterweib. Die Damen der Gesellschaft erzählten sich hinter vorgehaltener Hand, dass diese Frau über das Wissen und die Mittel verfüge, nicht nur ein ungewolltes Kind wegzumachen, sondern auch die werdende Mutter so zu kräftigen, dass sie und das Ungeborene unter ihrem Herzen die Zeit bis zur Geburt gesund überstanden.

Irmla van Enghusen fragte sich zu dem Gang durch, in dem die Kräuterkundige wohnen sollte. Ein Fischer zeigte auf ein gemauertes Lagerhaus, an dessen linker und rechter Seite sich je einer der niedrigen Durchgänge befand, die zu dem dahinterliegenden Hof mit seinen Holzhäusern führten. Sie musste sich bücken, um den Durchlass zu passieren. In dem Gang war es trotz der drückenden Temperaturen an diesem Tag erfrischend kühl. An seinem Ende stand ein heruntergekommenes Häuschen, das sich an die Rückwand eines Gebäudes der nächsten Straße duckte. Dahinter ragten die mächtigen Türme des Doms in den Himmel.

Die Holztür des Häuschens hing schief in den Angeln. Sie schloss nicht richtig. Im Winter dürfte dieser Eingang kaum Schutz vor den kalten Winden bieten.

Die Kaufmannsfrau klopfte, erhielt aber keine Antwort. Deshalb schob sie die nur angelehnte Tür weit auf, sah hinein, rief erneut und senkte den Kopf, um durch die Öffnung zu schlüpfen. Beißender Rauch ließ Irmla heftig husten, als sie den Raum betrat. In einer Ecke blubberte ein Topf mit Gerstenbrei über dem offenen Feuer. Von den Holzbalken der niedrigen Decke hingen zahlreiche Kräutersträuße, um zu trocknen. Ihr Aroma vermischte sich mit dem Geruch des anscheinend angebrannten Breies. In einem aus rohen Holzbrettern gefertigten, offenen Schrank befanden sich mit Wachs versiegelte Tonflaschen unterschiedlicher Größe. Ein einfacher Tisch, eine Bank, eine kleine Truhe und das Schlaflager neben der Feuerstelle bildeten das gesamte Mobiliar. Nur von der Kräuterfrau war nichts zu sehen.

»Sucht Ihr mich?«

Eine Stimme hinter ihr ließ Irmla herumfahren. Von der Kaufmannsfrau unbemerkt, hatte die Bewohnerin ihre Behausung hinter der Besucherin betreten.

»Ja, wenn Ihr die Frau seid, die sich auf Kräuter versteht.«

»Die bin ich. Was wünscht Ihr?«

Die Kräuterfrau war überraschend jung, etwa in Irmlas Alter. Irmla hatte angenommen, es mit einer weisen Alten zu tun zu bekommen. Aber trotz ihrer Jugend genoss die Kräuterkundige einen guten Ruf. Eine Behandlung mit den von ihr hergestellten Salben und Mixturen führte meistens zum gewünschten Ergebnis, erzählten sich die anderen Frauen.

»Ich erwarte ein Kind.«

Die Fremde betrachtete Irmla prüfend. »Ihr habt noch keine Rundungen. Es kann also nicht sehr lange her sein, dass Ihr empfangen habt.«

»Nein. Ich glaube, es war vor acht oder neun Wochen.«

»Also ist das Kind noch unbeseelt – wenn es ein Mädchen ist. Bei einem Knaben ist die Seele bereits nach vierzig Tagen entwickelt. Wusstet Ihr das?«

Die Kaufmannsfrau nickte.

»Und was genau erwartet Ihr von mir?«

Sie überlegt, ob sie mir trauen kann, falls ich eine Abtreibung wünsche, vermutete Irmla. Obwohl der Abort eines unbeseelten Kindes in den ersten vierzig bis achtzig Tagen nach der Empfängnis noch nicht als Mord galt, war es in den Augen der heiligen Kirche doch Sünde, ein solches Ungeborenes abzutreiben. Aber die Strafe, die darauf stand, war nicht Exkommunikation wie bei Mord, sondern lediglich ein Ablass und einige Vaterunser. Irmla kannte Frauen, die ihren Ehemännern Hörner aufgesetzt und die Folgen ihres Seitensprungs auf diese Art beseitigt hatten.

»Ich möchte meinen Körper stärken, damit so auch mein Kind kräftiger wird. Gleichzeitig erbitte ich Rat, was ich während der Schwangerschaft meiden soll.«

Falls die Kräuterfrau erleichtert war, ließ sie es sich nicht anmerken. »Eine entsprechende Mischung kostet einen Albus. Sie reicht für einen Monat.«

»Gebt mir sieben davon.«

Die Frau schüttelte den Kopf. »Zunächst nur eine. Wenn Ihr sie gut vertragt, kommt wieder, wenn Ihr sie aufgebraucht habt.« Das Kräuterweib ging zum Schrank und kehrte mit einem Leinenbeutel zurück. »Hier. Macht Euch am Morgen einen Aufguss davon. Nehmt reines Wasser und kocht es. Dann messt etwa einen Löffel der Kräutermischung ab, gießt das Wasser darüber und wartet, bis es abgekühlt ist. Trinkt die Mixtur in kleinen Schlucken.«

»Was ist darin?«

»Keimzumpe, die entspannt. Frauenmantel und Fenchel zur Kräftigung. Mutterkümmel beruhigt den Magen. Und noch so einiges mehr.« Sie legte den Beutel auf den Tisch und streckte Irmla die Handfläche entgegen. »Einen Silberpfennig.«

Die Kaufmannsfrau zahlte. »Und was ist mit dem Rat?«

Die Kräuterfrau schloss die Finger um die Münze. »Der kostet nichts. Meidet Anstrengungen und haltet Euch von Kranken fern. Lasst die Finger von Scharfgarbe und Zinnkraut. Verzichtet außerdem auf Petersilie, Beifuß, Eberraute, Liebstöckel und Wermut. Auch Ingwer in größeren Mengen ist schädlich. Nehmt Bier und Wein nur verdünnt zu Euch. Dann werdet Ihr mit Gottes Hilfe ein kräftiges und gesundes Kind zur Welt bringen.«

Im Kerker

September 1506 bis Oktober 1506

1

Reval, 3. September 1506

Schon seit Tagen hatte Jorge das Gefühl, beobachtet zu werden. Clas meinte zwar, er sehe Gespenster, seltsamerweise aber tauchten immer wieder dieselben Personen in der Nähe auf, wenn er allein oder mit dem Händler in der Stadt unterwegs war. Unter ihnen war jedes Mal ein großer blonder Mann mit dem Auftreten eines Soldaten. Er schien der Vorgesetzte seiner Begleiter zu sein, denn seine Gestik war eindeutig: Er erteilte Befehle, die die anderen Männer befolgten. Da sich die Gruppe aber stets in einiger Entfernung aufhielt, konnten Jorge und Clas nicht aufschnappen, was die Männer untereinander besprachen.

Clas amüsierte sich über Jorges Misstrauen und zog ihn damit auf. Er hielt die Männer für Kaufleute auf der Suche nach einem guten Geschäft. Da sie und die Fremden ein identisches Ziel verfolgten, sei es nicht verwunderlich, dass sich ihre Wege hin und wieder kreuzten, erklärte er.

Jorge hingegen war sicher, sich nicht zu täuschen. Die Jahre auf Wanderschaft hatten seine Sinne für mögliche Gefahren geschärft. Und diese Männer führten nichts Gutes im Schilde. Das spürte er. Nachdem sich aber eine Woche lang nichts Außergewöhnliches ereignet hatte und von den Fremden keine Gefahr ausgegangen war, musste er schließlich einräumen, dass mehr für Clas' Einschätzung der Situation sprach. Vermutlich irrte er sich tatsächlich.

In der letzten Woche hatte sich Jorge mehrmals mit russischen Kaufleuten getroffen, um über die Preise für Pelze zu verhandeln. In einem Fall war es ihm gelungen, die Forderungen des Händlers so weit zu drücken, dass Clas, nachdem ihm sein Gehilfe von dem Verhandlungsergebnis berichtet hatte, sofort losstürmte, um mit dem Russen den Kauf von zweitausend Stück Zobelfell zu besiegeln.

»Dafür hast du dir eine Prämie verdient«, hatte Wibbeking am Abend zu Jorge gemeint, nachdem die Ware sicher in großen Fässern auf ihrem Schiff verstaut worden war, und einen Goldgulden auf den Tisch gelegt.

»Hebt das Geld für mich auf«, hatte Jorge geantwortet. »Ich brauche es hier nicht. Außerdem erwarte ich noch weitere Abschlüsse. Ihr könnt mir die Prämien dann vollständig in Lübeck auszahlen.«

Clas hatte gegrinst und einen weiteren Krug Wein bestellt. Als sie diesen ausgetrunken hatten, schlug er Jorge vor, dass er künftig auf die formelle Anrede verzichten und ihn beim Vornamen nennen solle. Schließlich habe Jorge sich nach seinem Erfolg als vollwertiger Kaufmann bewiesen und sei damit ein unbestätigtes Mitglied der Gilde geworden. »Und natürlich mein Freund.«

Jorge sollte recht behalten. Ihm gelang ein weiterer günstiger Kauf von fast einhundert Schiffspfund Wachs, eine Menge, die fünfzehn große Fässer füllte. Und auch bei den Verhandlungen mit den italienischen Kaufleuten war er Clas von Nutzen. Wie von diesem vermutet, konnte sich der junge Mann mit seinen Lateinkenntnissen hinreichend verständigen, um ein gutes Geschäft anzubahnen. Alles in allem verlief die Fahrt so, wie es sich die beiden Lübecker vorgestellt hatten.

Nur einen Punkt gab es, der für Jorge einen Schatten auf ihren Erfolg warf. Nie wurde er zu Gesprächen hinzugezogen, die Clas mit Sievert Spanheim führte. Und nie verlor sein Freund auch nur ein Wort darüber, was Gegenstand der vertraulichen Treffen gewesen war. Einmal hatte Jorge Clas danach gefragt, aber nur eine ausweichende Antwort erhalten. Danach wusste er: Der Kaufmann wollte ihn nicht einweihen. Und diese Erkenntnis nagte an ihm.

Eines Abends hatten sie gerade ihr Mahl beendet, als ein Junge von vielleicht zehn Jahren die Schenke betrat, sich suchend umsah und dann an ihren Tisch kam.

»Entschuldigt, hohe Herren«, sprach er sie in schlechtem Deutsch an. »Herr Spanheim schicken mich. Ihr bitte sofort zum Hafen kommen.«

Clas war ebenso überrascht wie Jorge. »Spanheim? Irrst du dich auch nicht?«

»Nein.« Der Junge schüttelte heftig den Kopf.

»Hat er gesagt, was er von mir will?«

Erneutes Kopfschütteln. »Nur, dass wichtig.« Der Knabe streckte fordernd die schmutzige Hand aus. Clas legte einen Pfennig hinein und stand auf.

»Beide«, erklärte der Junge noch und zeigte mit einem Finger auf Jorge. »Beide kommen.« Er biss auf die Münze, machte eine zufriedene Miene, nachdem sie der Prüfung standgehalten hatte, und lief dann zur Tür.

Als Clas und Jorge auf die Straße traten, war er bereits verschwunden.

Nach wenigen Schritten Richtung Stadttor umhüllte die beiden Kaufleute Dunkelheit. Das Licht der Laterne vor dem Wirtshaus reichte nicht weit. Und da der Himmel bedeckt war, warf auch der Vollmond nur einen trüben Schein durch die Wolken. Ein heftiger Wind blies ihnen auf ihrem Weg ins Gesicht.

»Es ist nur eine Frage der Zeit, bis es aufreißt«, erklärte Clas. »Dann werden wir besser sehen können.«

Die Gassen, die links und rechts von der Straße abgingen, glichen schwarzen Löchern, die einen unvorsichtigen Reisenden mit Haut und Haaren verschlingen konnten. Die beiden Männer beschleunigten ihren Schritt.

»Schon seltsam«, meinte Clas, als sie sich der Stadtmauer näherten. »Spanheim bevorzugt eigentlich angenehmere Orte für Besprechungen. Und dass er auch dich dabei haben möchte …« Er ließ den Rest unausgesprochen.

Es nahm einige Zeit in Anspruch, dem Wachsoldaten am Tor verständlich zu machen, dass sie die Stadt verlassen und zum Hafen wollten. Noch schwieriger war es jedoch, ihm die Zusage abzuringen, sie später wieder hineinzulassen. Ein Silberpfennig, den Clas dem Wachmann zusteckte, half ihm bei dieser Entscheidung.

Der Soldat schob die schweren Eisenriegel einer schmalen Holztür beiseite, die in das eigentliche Tor eingearbeitet war, und öffnete sie. Die Lübecker schlüpften hindurch und Clas erinnerte den Soldaten vorsichtshalber erneut an sein Versprechen, was dieser jedoch nur mit einem unwilligen Brummen quittierte.

»Hat er mich jetzt verstanden und hörte sich das wie Zustimmung an?«, wollte der Kaufmann von Jorge wissen.

Der zuckte als Antwort nur mit den Schultern.

»Egal. Spanheim spricht Russisch. Er wird den Wächter schon überzeugen. Und wenn nicht: Die Nacht ist mild und es scheint trocken zu bleiben. Notfalls können wir immer noch an Bord der *Lisa* gehen. Es kann also nicht so schlimm werden.«

Kurz darauf erreichten sie den Hafen. Die Silhouetten der Schiffe ragten schemenhaft in den nächtlichen Himmel. Der Wind war stärker geworden. Die Schiffslaternen schaukelten und erzeugten sich unheimlich bewegende Schatten.

»Wo steckt nur Spanheim?«, wunderte sich Clas.

Jorge stierte in die Dunkelheit, bis er glaubte, eine Gestalt abseits der Kaimauern auszumachen. »Ist er nicht dahinten? Dort bei dem Schuppen?«, fragte er seinen Freund.

Der schaute nun ebenfalls angestrengt in die Richtung, die Jorge gewiesen hatte. »Ja, da steht jemand. Komm, lass uns nachsehen.«

Sie verließen erneut den trüben Lichtkreis der Laternen. Clas hatte recht behalten. Der Wind wehte nun böig vom Wasser her. Und für Momente erhellte auch der Vollmond das Geschehen.

Kurz darauf erreichten sie den Schuppen.

»Herr Spanheim?«, rief Clas in die Dunkelheit. »Seid Ihr hier?«

»Nein«, antwortete eine ihnen unbekannte Stimme. »Ihr müsst wohl oder übel mit uns vorliebnehmen.«

Aus dem Schatten traten zwei Männer. Einer von ihnen hielt einen schweren Knüppel in der Hand. Der andere war der hochgewachsene Blonde, der sie schon seit Tagen verfolgt hatte.

Jorge hätte sich ohrfeigen können. Warum nur hatte er nicht auf seine innere Stimme gehört? Er griff an seine Seite und zog angesichts der drohenden Haltung der beiden Männer sein Messer.

»Wer seid Ihr?«, stieß Clas hervor. »Russen oder Letten jedenfalls nicht, Eurer Sprache nach zu urteilen.«

»Nein, wir sind Holsteiner.«

»Also Dänen.«

»Wie Ihr meint. Junger Freund, Ihr solltet Euer Messer besser stecken lassen. Meine Begleiter hinter Euch schätzen es nicht, bedroht zu werden.«

Jorge warf einen schnellen Blick über die Schulter. Tatsächlich standen nur wenige Schritte hinter ihnen drei weitere stämmige Männer, ebenfalls mit Knüppeln in den Händen.

»Selbstverständlich haben sie auch schärfere Waffen. Zusätzlich haben Euch zwei Bogenschützen im Visier.«

Diese Behauptung hielt Jorge für gelogen. Woher hätte der Fremde wissen können, dass Wind aufkommen und die Wolkendecke aufreißen würde? Ohne gutes Licht wäre es für einen sicheren Schuss zu dunkel gewesen. Warum also Bogenschützen positionieren?

»Was wollt Ihr von uns?« Clas, der unbewaffnet war, schaute sich schnell um. Links von ihnen lag der Schuppen, rechts das Meer. Vor und hinter ihnen standen die Fremden. Eine schnelle Flucht erschien ausgeschlossen.

»Ihr könnt uns einige Fragen beantworten.«

»Welche?«

»Wir würden es vorziehen, das auf unserem Schiff zu besprechen.«

»Der dänischen Kriegskraweel?«

»Nein. Dem Niederländer weiter hinten. Folgt Ihr uns freiwillig oder müssen wir Gewalt anwenden?«

Clas sah zu Jorge hinüber. Der schüttelte fast unmerklich den Kopf. Nie und nimmer gehe ich freiwillig mit diesen Kerlen, sollte das bedeuten. Clas nickte zustimmend. »Dann los«, schnaubte er und stürmte unter lautem Geschrei vor.

Jorge folgte ihm. Die Flucht nach vorn versprach die größte Aussicht auf Erfolg. Erstens standen vor ihnen nur zwei und nicht wie hinter ihnen drei Männer. Zweitens erhofften sie sich von dieser Überraschungssattacke einen kleinen, wenn auch geringen Vorteil. Drittens war es möglich, dass ihr Gebrüll die Schiffswachen auf sie aufmerksam machen würde und diese ihnen zur Hilfe kämen.

Doch kaum waren Jorge und Clas vorgeprescht, sprangen

hinter der Schuppenecke zwei weitere Männer hervor und versperrten ihnen den Weg. Ihre Gegner waren gerissener, als die zwei Freunde angenommen hatten. Der Überraschungseffekt war dahin. Und schnell stellte sich heraus, dass auch die Schiffswachen es vorzogen, sich aus diesem Streit herauszuhalten, sofern sie nicht ohnehin betrunken in ihren Kojen lagen.

Der erste Schlag traf Jorge an der rechten Schulter. Für einen Moment kam es ihm vor, als ob sein Waffenarm abgetrennt worden war, so sehr schmerzte der Hieb. Das Messer glitt ihm aus der fast tauben Hand. Nun blieb ihm nur noch eine seiner Fäuste. Und die gedachte er, jetzt einzusetzen.

Mit einem Wutschrei stürzte er sich auf den Anführer. Der jedoch wich nach links aus und ließ den Angreifer ins Leere laufen. Ein heftiger Knüppelschlag traf Jorges Nacken. Er schwankte und verlor das Gleichgewicht. Im Fallen sah er zu seinem Freund hinüber. Dann wurde es schwarz vor seinen Augen.

Clas war es trotz einer blutenden Kopfwunde gelungen, seinen Kontrahenten zu Boden zu reißen und auf ihn einzuprügeln. Der unter ihm Liegende stöhnte unter den Faustschlägen, die ihm der Lübecker verpasste. Doch Clas' Erfolg war nur von kurzer Dauer. Der Kaufmann musste weitere Knüppelhiebe hinnehmen. Sein Widerstand erlahmte. Plötzlich explodierte etwas in seinem Kopf. Sterne blitzten. Für einen kurzen Moment wusste Clas nicht mehr, was um ihn herum geschah und wo er sich aufhielt. Dann herrschte Stille.

»Seid ihr wahnsinnig?«, blaffte Detlev Wittdorf seine Männer an. »Ihr solltet sie kampfunfähig machen und nicht totschlagen.« Er zeigte auf Clas. »Was ist mit dem?«

Einer seiner Kämpfer beugte sich über den Kaufmann und

musterte flüchtig dessen blutüberströmtes Gesicht. »Der hat seinen letzten Seufzer getan«, verkündete er.

»Bist du sicher?«

»Ja, Hauptmann.«

»Ihr habt euch benommen wie Anfänger«, schimpfte der Offizier. »Und der da?«

Ein anderer Soldat schaute auf Jorge. »Sein Brustkorb hebt sich, er atmet. Scheint nur besinnungslos zu sein.«

Wittdorf schüttelte den Kopf. »Ich sollte euch ... ach was, das nützt jetzt auch nichts mehr. Werft den Toten ins Meer und schafft den Lebenden auf das Schiff.«

»Auf den Holländer?«

»Blödsinn. Auf die Kraweel natürlich. Und beeilt euch, bevor doch noch die hansischen Seeleute auftauchen.«

Vier kräftige Hände packten Jorge und zerrten ihn davon.

»Nun macht schon schneller«, bestimmte der Hauptmann. »Sonst wacht der ganze Hafen auf.«

Einer der Soldaten beugte sich über den leblosen Clas und begann, ihn zu durchsuchen, doch der Offizier befahl ihm, aufzuhören.

»Wir müssen hier weg. Oder wollt ihr für ein paar Albus den Rest eures Lebens in einem Kerker in Reval verbringen?«

Die Drohung wirkte. Der Soldat ließ sofort von Clas ab und beeilte sich, seinen Kameraden zu helfen, die schlaffe Gestalt an die Anlegestelle zu schleppen.

»Auf drei«, ordnete einer der Männer an. »Eins, zwei und drei.«

Im hohen Bogen flog Clas Wibbeking über die Kaimauer. Klatschend schlug der Körper auf der Wasseroberfläche auf und ging schnell unter.

2

Lübeck, 5. September 1506

Irmla hatte noch einige Tage gewartet, bevor sie ihrem Mann erzählte, dass sie Nachwuchs bekämen. Dieser hatte die Nachricht mit unerwarteter Gelassenheit aufgenommen.

»Hoffen wir, dass es ein Junge wird«, hatte Jobst van Enghusen zur Enttäuschung Irmlas lediglich erwidert und dann das Haus verlassen, um in den Schütting zu gehen, den Versammlungsraum in der Gaststube, der der *Schiffergesellschaft* als Tagungsort diente.

Marlein war die nächste Person, die die Nachricht erfuhr. Ihre ehrliche Freude tröstete Irmla ein wenig über das seltsame Verhalten ihres Mannes hinweg.

»Er freut sich bestimmt auch auf das Kind«, versuchte Marlein, ihre Tante später zu trösten. »Männer können ihre Gefühle eben nicht so äußern.«

Irmla lachte auf. »Was du so alles zu wissen glaubst. Wenn man dir zuhört, könnte man glauben, du hättest schon drei Ehemänner zu Grabe getragen. Dabei bist du noch nicht einmal verlobt.«

Marlein machte ein ernstes Gesicht. »Darüber wollte ich ohnehin mit dir reden. Ich bin mir nur nicht sicher, ob heute ein geeigneter Zeitpunkt ist.«

»Warum nicht?«

Das Mädchen zeigte auf den Bauch seiner Tante. »Darum.«

»Ach was.« Irmla fuhr sich über das Haar. »Du wirst mich schon nicht so überraschen, dass ich zu Tode erschrecke.«

»Ich hoffe es.«

»Jetzt machst du mich wirklich neugierig.«

Marlein stand auf und schloss die Tür. Das, was sie jetzt verkünden wollte, war zunächst nur für die Ohren ihrer Tante bestimmt. Lange hatte sie darüber gegrübelt, ob das Ergebnis ihrer Überlegungen mehr war als eine fixe Idee. Aber die Drohung ihres Vaters konnte sie nicht ignorieren. Vor knapp drei Wochen hatte sie ihren fünfzehnten Geburtstag gefeiert. Ihr blieb nicht mehr ganz ein Jahr, um einen Ehemann zu finden, wollte sie nicht, dass ihr Vater seine Ankündigung wahr machte und sie in Hattingen mit dem Ersten vermählte, der um ihre Hand anhielt. Sie gedachte, in Lübeck zu bleiben. Die Jünglinge, die sie umschwärmten, hielt sie alle für mehr oder weniger ausgemachte Trottel. Sie konnte sich nicht vorstellen, mit einem von ihnen das Bett zu teilen. Schon der Gedanke verursachte ihr Unbehagen. Also hatte sie sich überlegt, einen Mann zu ehelichen, den nur die Frage umtrieb, ob seine zukünftige Frau seinen Geschäftsinteressen dienlich wäre, und den ihr jugendlicher Körper kaltlassen würde.

Die meisten ledigen oder verwitweten Männer, die sie kannte, verabscheute Marlein. Sie waren keinen Deut besser als die jungen Kerle, die um ihre Gunst buhlten. Sie stierten mit lüsternen Blicken ungeniert auf ihren Busen, wenn sie annahmen, dass niemand darauf achtete. Und sie machten hinter ihrem Rücken anzügliche Bemerkungen, wenn sie glaubten, sie könne es nicht hören.

Es gab nur einen in ihrer Umgebung, bei dem die junge Frau den Eindruck hatte, dass er sie als gleichwertige Gesprächspartnerin betrachtete und nicht nur an ihrem Körper interessiert war. Und mit diesem gedachte Marlein, eine Vereinbarung zu treffen.

»Ich beabsichtige, den Partner deines Mannes zu heiraten.«

Erst schnappte Irmla van Enghusen nach Luft, dann schwieg sie für lange Minuten. Schließlich erwiderte sie: »Damit hatte ich nun wirklich nicht gerechnet. Hast du dir das auch gut überlegt?«

»Selbstverständlich. Albrecht Schulten war immer freundlich zu mir.«

»Nicht gerade der überzeugendste Grund für eine Hochzeit.«

»Eine Heirat ist doch in den Augen der Männer ohnehin nicht mehr als ein Geschäft.«

»Das stimmt. Allerdings nach Auffassung der meisten Frauen ebenfalls.«

»So ist es. Und ich schließe mich dieser Meinung an. Albrecht Schulten erhält mit mir an seiner Seite Zugang zu den Hattinger Kontakten meines Vaters. Gleichzeitig festigt die Ehe die partnerschaftlichen Bindungen zwischen Onkel Jobst und ihm. Und dann ist da noch die Mitgift. Ich denke, mein Vater wird sich nicht lumpen lassen, oder? Dafür erwarte ich allerdings eine Gegenleistung.«

»Welche?«

»Das werde ich zunächst mit meinem zukünftigen Mann besprechen«, erwiderte Marlein selbstbewusst.

Irmla schaute ihre Nichte verdutzt an. »Ich hätte nicht gedacht, dass du dir aus freien Stücken einen Ehemann suchen würdest.«

»Was bleibt mir denn für eine Wahl?«, meinte die junge Frau. »Mein Vater verheiratet mich sonst mit dem Erstbesten. Und ich muss Lübeck verlassen. Wenn es nach mir ginge, würde ich überhaupt nicht heiraten. Aber ich muss. Ihr zwingt mich ja dazu. So habe ich wenigstens noch etwas Kontrolle über das, was andere mir zumuten.«

Irmla dachte lange nach. »So ganz unrecht hast du nicht. Ich bin gespannt, was Jobst dazu sagt.«

Ihr Mann kehrte am frühen Abend zurück. Wortlos legte er seiner Frau eine kunstvoll gearbeitete Bernsteinkette um den Hals. Dann nahm er sie in den Arm. »Ich war heute Morgen zu überrascht, um mich bei dir gebührend zu bedanken.« Er küsste sie. »Ich hoffe, du bist mir nicht böse.«

»Nein«, schnurrte Irmla und drückte sich enger an ihn. Dann fragte sie direkt: »Sag, hast du mich eigentlich aus Liebe oder wegen der Mitgift meines Vaters geheiratet? War unsere Ehe ein Geschäft für dich?«

»Wie kommst du darauf?«, brummte Jobst. Es war ihm anzusehen, dass ihm diese Frage unangenehm war.

»Das erzähle ich dir später. Antworte bitte.« Sie schob ihn sanft von sich.

Er seufzte. »Wie du meinst. Also, du hast mir von Anfang an gefallen.«

»Gefallen bedeutet nicht unbedingt auch Liebe.«

Ihr Mann wand sich wie ein Aal. »Das sind doch Spitzfindigkeiten.«

»Finde ich nicht. Bitte sag es mir.«

Wieder ein tiefes Luftholen. »Also gut. Du warst hübsch und ich hatte mir erhofft, durch eine Heirat schneller in die Lübecker Kaufmannschaft aufgenommen zu werden und die Bürgerrechte zu erwerben.«

»Also war es ein Geschäft.« Irmla wirkte enttäuscht.

»Wie konnte ich dich denn vor der Hochzeit lieben? Ich kannte dich doch kaum, als ich um deine Hand angehalten habe.« Er zog sie wieder an sich. »Aber das ist heute anders. Ich würde dich auch ehelichen, wenn du arm wie eine Kirchenmaus wärest.«

»Wirklich?«

»Ja. Ich schwöre es bei Gott.«

Sie war versöhnt. »Ich habe dich nicht ohne Grund gefragt.«

»Warum?«

»Unsere Nichte hat sich dazu entschieden, Albrecht Schulten zu heiraten.«

Jobst van Enghusen klappte der Unterkiefer herunter. »Sie hat was?«

»Genau so wie du jetzt muss ich heute Morgen auch ausgesehen haben, als sie mir die Neuigkeit mitteilte.«

»Fühlt sie sich denn zu ihm hingezogen?«

»Nein. Aber ihre Gründe sind nachvollziehbar.« Irmla berichtete ihrem Mann von der Unterhaltung mit Marlein. »Ich weiß nur nicht, welche Gegenleistung sie von Albrecht erwartet. Das hat sie mir nämlich verschwiegen.«

Jobst ging langsam auf und ab. »Eigentlich wirklich keine schlechte Idee, wenn ich es recht überlege. Und Albrecht dürfte auch nicht abgeneigt sein. Zumindest ist ihm nicht verborgen geblieben, dass sich Marlein zu einer jungen Frau entwickelt hat.«

»Nicht gerade der überzeugendste Grund für eine Hochzeit«, wiederholte Irmla ihre Aussage vom Vormittag.

»Aber auch nicht der schlechteste. So viel Vernunft hätte ich dem Mädchen nicht zugetraut, ehrlich gesagt.«

»Mir erscheint das alles etwas zu vernünftig«, bemerkte Irmla. »Aber sie schien es wirklich ernst zu meinen.«

»Dann wollen wir hören, was Albrecht von ihrem Vorschlag hält. Wir sollten ihm nur nicht sagen, dass die Idee von Marlein stammt. Ich weiß nicht, wie er reagieren würde, wenn er erführe, dass sich das alles eine Frau ausgedacht hat.«

»Er wird es wohl erfahren müssen. Marlein besteht darauf, ihre Bedingungen mit Albrecht unter vier Augen zu besprechen. Und ich kann mir nicht vorstellen, dass sie diese Unterhaltung mit sittsam gesenktem Blick und einem Stickrahmen auf dem Schoß zu führen gedenkt.«

Jobst lachte auf. »Vermutlich nicht. Na gut, reden wir mit ihm. Er kommt heute Abend vorbei. Wir haben etwas Geschäftliches zu besprechen.«

»Das kann man wohl sagen.« Irmla schmunzelte.

Albrecht Schulten reagierte überrascht, als ihm sein Partner von Marleins Gedankenspiel berichtete. Und er war, gelinde gesagt, mehr als verwundert, als er hörte, dass Marlein für eine Hochzeit Bedingungen stellen wollte. Aber nach kurzem Nachdenken stimmte er der gewünschten Unterredung zu.

Die beiden trafen sich in der kleinen Dornse neben der Diele. Jobst und Irmla van Enghusen blieben draußen.

»Ich habe beschlossen, dass Ihr um meine Hand anhalten dürft«, eröffnete Marlein das Gespräch. »Wollt Ihr?«

Schulten grinste verlegen. Diese Situation war neu und ungewohnt für ihn, und das merkte man ihm auch an. Er suchte nach passenden Worten. Und wie sein Partner Jobst prophezeit hatte: Sie fielen ihm tatsächlich ein. »Das kommt etwas überraschend, findet Ihr nicht?«

»Für Euch sicherlich. Für mich weniger. Bedenkt die Möglichkeiten, die eine solche Ehe Euch bietet.«

»Es heißt, Ihr stellt Bedingungen? Welche?«, wich er aus.

»Beantwortet erst meine Frage. Sonst brauchen wir nicht weiter zu verhandeln.«

»Ihr seid hartnäckiger als ein norwegischer Stockfischhändler. Nun gut. Ja, ich könnte es mir vorstellen.«

»Das ist doch schon ein erster Schritt. Also, hört meine Bedingungen: Die Ehe, die ich zu schließen gedenke, ist ein Geschäft, nicht mehr. Ich liebe Euch nicht und Ihr mich wahrscheinlich auch nicht. Ihr erhaltet eine vermutlich stolze Mitgift und die Verbindung zu dem Namen van Enghusen in Lübeck und in Hattingen. Ich vermeide einen Konflikt mit meinem Vater und kann weiterhin in Lübeck wohnen. Ich verspreche euch, über unsere Übereinkunft niemals ein Wort zu verlieren. Ich werde Euch bei all Euren Unternehmungen nach Kräften unterstützen. Aber ich werde nicht das Lager mit Euch teilen und das erfüllen, was man im Allgemeinen eheliche Pflicht nennt.« Albrecht wollte etwas sagen, aber Marlein brachte ihn mit einer Handbewegung zum Schweigen. »Das heißt nicht, dass dieser Zustand von Dauer sein muss. Es kann sein, dass wir uns im Laufe der Zeit lieben lernen. Vielleicht überdenke ich später meinen Entschluss, doch die Entscheidung soll meine sein. Seid Ihr unter diesen Bedingungen einverstanden?«

Albrecht Schulten dachte einen Moment nach. Eine solche Lebensgemeinschaft brachte ihm tatsächlich nur Vorteile. Und was seine Fleischeslust anging – diese befriedigte er schon jetzt in den Hurenhäusern der Stadt. In dieser Hinsicht würde sich also für ihn nichts ändern. Er müsste als verheirateter Mann, dem der Zugang zu solchen Häusern bei Strafe untersagt war, nur darauf achten, dass ihn niemand bei den Dirnen erwischte. Da aber ohnehin jeder zweite verheiratete Kerl in Lübeck die Gunstgewerblerinnen besuchte, machte er sich deswegen nicht allzu viel Sorgen.

»Ich akzeptiere Eure Forderungen, wenn Ihr mir nachseht, dass ich dann und wann Frauen für ihre Dienste bezahle.«

»Ihr meint Huren?«

»Ja.«

»Sofern Ihr Euren und meinen Namen nicht beschmutzt, habe ich nichts dagegen.«

Albrecht nickte. »Dann stimme ich zu.«

»Das freut mich.« Marlein ging zum Schreibpult und holte eine Bibel hervor. »Schwört auf die Heilige Schrift, dass Ihr diese Übereinkunft niemals brechen werdet.«

Und Albrecht Schulten schwor nach kurzem Zögern. »Allerdings ...«

»Was denn noch?«

»Es geht um den genauen Termin unserer Hochzeit. Ich plane einige längere Seereisen. Es könnte also sein, dass es noch etwas dauert mit unserer Eheschließung.«

»Das stellt von meiner Seite kein Problem dar«, versicherte Marlein lächelnd. Ganz im Gegenteil, dachte sie. Bis dahin kann gern noch viel Wasser die Trave hinunterfließen.

Als ihr zukünftiger Mann die Hand von der Bibel nahm, strahlte Marlein ihn an. »Danke. Ihr werdet es nicht bereuen, da könnt Ihr sicher sein.« Dann ging sie zur Tür und betrat die Diele. »Onkel, Ihr könnt meinen Vater benachrichtigen. Albrecht Schulten und ich haben uns soeben verlobt.«

3

Kiel, 11. und 12. September 1506

Lautes Rufen ließ ihn hochschrecken. Schritte trappelten auf dem Deck über ihm. Jorge rappelte sich auf. Dabei stieß er sich zum wiederholten Mal den Kopf an dem Spanten, der den Hohlraum, in dem er eingesperrt war, durchzog.

Nachdem sie überfallen worden waren, war Jorge in dieser engen Kammer erwacht. Der Mann, der sie in Reval beschattet hatte, war kurz darauf zu ihm gekommen, hatte sich als Hauptmann Detlev Wittdorf im Dienste des Herzogs von

Holstein vorgestellt und ihm mitgeteilt, dass er verhaftet sei und sich in Kiel vor einem herzoglichen Gericht zu verantworten habe. Was man ihm genau vorwarf, hatte der Offizier Jorge verschwiegen.

Seine Proteste waren erfolglos geblieben. Auch auf sein Schreien und Toben reagierte niemand. Irgendwann hatte der junge Mann sich seinem Schicksal ergeben und in dem diffusen Dämmerlicht, welches durch einige Ritzen von oben zu ihm in das Loch fiel, dem Ende der Reise entgegengedöst. Mehr als einmal hatte Jorge sich den Überfall wieder in Erinnerung gerufen, sich den Kopf über den Grund dafür zerbrochen. Ohne jeden Erfolg. Er hatte keine Ahnung, warum er gefangen genommen worden war und wie lange er sich schon auf diesem Schiff befand. Doch was viel schlimmer war: Er wusste nicht, wie es seinem Freund Clas ging. Ob der Kaufmann auch auf dem Schiff gefangen gehalten wurde? Jorge hatte den Kaufmann zum letzten Mal gesehen, als er blutüberströmt am Boden gelegen und sich mit den Armen gegen die Schläge der Angreifer zu schützen versucht hatte.

Danach konnte Jorge sich an nichts mehr erinnern, bis er sich in diesem Verschlag wiederfand. Den Offizier hatte er nicht wiedergesehen, sondern nur den Matrosen, der ihm von Zeit zu Zeit frisches Wasser, Stockfisch und trockenes Brot brachte und den Inhalt des Kübels, in den er seine Notdurft verrichtete, ausleerte.

Plötzlich wurden Befehle gebellt. Ein heftiger Ruck schleuderte Jorge gegen die Holzwand. Das Schiff legte an. Dass seine Reise vorüber war, wurde ihm aber erst Stunden später klar, als man ihn endlich aus seinem Gefängnis holte.

Wieder war es der Offizier, der in seine Zelle trat. »Ich bringe Euch jetzt an Deck.« Er gab den ihn begleitenden

Matrosen ein wortloses Kommando. »Streckt Eure Hände vor. Wir werden Euch fesseln. Wenn Ihr mir Euer Ehrenwort gebt, keinen Fluchtversuch zu unternehmen, verzichten wir darauf, Euch auch die Beine zu binden.«

Jorge war sich darüber im Klaren, dass er mit gefesselten Händen ohnehin nicht weit kommen würde. »Ich werde nicht zu fliehen versuchen«, antwortete er deshalb.

Das Hanfseil schnitt sich in seine Handgelenke, als der Matrose ihn band. Jorge biss die Zähne zusammen und ignorierte den Schmerz. Er erhielt von dem Mann einen Stoß, der ihn durch die Tür schob. Der Gang vor seiner Kammer war hoch genug, dass er sich endlich zur vollen Größe aufrichten konnte und nicht gebückt wie ein alter Mann schleichen musste.

Die Sonne stand hoch am wolkenlosen Himmel, als er an Deck trat. Es musste gegen Mittag sein. Jorge atmete tief durch und sog die frische Luft ein. Dann wandte er sich an den Offizier: »Ich würde mich gerne waschen, bevor Ihr mich an Land bringt.«

Der Hauptmann griente breit. »Ich glaube nicht, dass das nötig sein wird. Da, wo Ihr hingeht, ist es nicht erforderlich, gut zu riechen. Findet Euch damit ab.« Wittdorf zeigte mit der ausgestreckten Rechten auf eine schmale Planke, die vom Schiff zur Kaimauer führte. »Da hinunter.«

Es dauerte etwas, bis sich Jorge daran gewöhnt hatte, wieder festen Boden unter den Füßen zu haben. Er wurde von zwei bewaffneten Soldaten in die Mitte genommen, der Offizier ging vorneweg. So marschierten sie aus dem Hafen in westliche Richtung zu der Mauer, welche das Stadtgebiet umschloss. Die Wachsoldaten am Tor ließen sie ohne Nachfrage passieren. Die Straßen waren hier schmaler und die angrenzenden Gebäude nicht so prächtig, wie Jorge es aus

Lübeck kannte. Lediglich die Kirche, auf die sie zuliefen, ragte hoch hinauf.

»Wohin bringt Ihr mich?«, fragte er Wittdorf.

»In die Stadt Kiel. Genauer: zum Rathaus am Markt, vor Euren Richter.«

»Und wessen werde ich beschuldigt?«

»Das werdet Ihr schon rechtzeitig erfahren.« Der Tonfall des Soldaten ließ darauf schließen, dass er keine weiteren Auskünfte geben würde.

Jorge zermarterte sich das Hirn. Warum nur war er festgenommen worden? Und was sollte er verbrochen haben, um einem Kieler Gericht vorgeführt zu werden? Seine Unruhe wuchs mit jedem Schritt, der ihn näher zum Marktplatz brachte. Die einzige befriedigende Erklärung für seine Verhaftung, die ihm einfiel, war, dass möglicherweise etwas mit den in Reval eingekauften Waren nicht gestimmt hatte. Sollten sie einem Hehler aufgesessen sein und gestohlene Pelze erworben haben, so preiswert, wie sie der russische Händler angeboten hatte? Ja, etwas in dieser Art musste vorgefallen sein. Was sonst?

Die Straße verbreiterte sich zu einem Platz. Das musste der Markt sein, von dem der Hauptmann gesprochen hatte. Und das Gebäude rechts, welches größer war als die anderen Wohnhäuser, schien das Rathaus zu sein.

Tatsächlich führten die Soldaten Jorge in diese Richtung. Sie drängten ihn durch einen Seiteneingang, dann eine schmale Treppe in den Keller hinunter. Dort hießen sie ihn in einem Gang warten, während Wittdorf an eine Holztür klopfte, sie öffnete und in dem dahinterliegenden Raum verschwand. Gedämpfte Stimmen waren zu vernehmen. Schließlich trat der Offizier, gefolgt von einem weiteren Uniformierten, wieder in den Korridor.

»Ihr werdet zunächst in eine der Zellen geführt. Dort werdet Ihr warten, bis das Gericht Zeit findet, sich mit Euch zu beschäftigen«, wandte der fremde Soldat sich an Jorge.

»Wann wird das sein?«, wollte der junge Mann wissen.

Ein Schulterzucken war die Antwort. Sie schoben ihn voran bis zu einer zweiten Tür, die entriegelt wurde. Einer der Soldaten löste seine Handfesseln und stieß ihn in eine feuchte und stickige Zelle. Krachend wurde der Riegel wieder vorgeschoben.

Durch ein vergittertes, kleines Fenster in der Tür warf eine Fackel spärliches Licht, sodass Jorge seine Umgebung erkennen konnte. Es gab keine Sitzgelegenheit in dem Verlies, kein Bett und noch nicht einmal einen Strohsack. Dieser Kerker schien nicht dafür vorgesehen zu sein, dass sich Gefangene länger darin aufhielten. Diese Erkenntnis beruhigte den jungen Mann ein wenig. So wie es aussah, würde er bald Gelegenheit bekommen, seine Unschuld vor dem Gericht zu bekräftigen. Jorge rieb seine steifen Finger und begann, langsam auf und ab zu gehen.

Tatsächlich musste er bis zum nächsten Morgen warten. Irgendwann war die Fackel im Gang erloschen und es war stockdunkel in seinem Gefängnis geworden. Jorge hatte sich niedergehockt und auf den klammen Steinplatten zusammengekauert. Später musste er in einen unruhigen Schlaf gefallen sein.

Ein Geräusch weckte ihn schließlich. Da der Kerker fensterlos war, konnte Jorge nicht sagen, ob draußen schon der Tag angebrochen oder es noch tiefe Nacht war. Er streckte die tauben Glieder. Sein Magen knurrte. Aber noch schlimmer als der Hunger war der Durst. Jorge tastete sich an der Wand entlang, bis er eine Stelle fand, die nasser war als andere. Er drückte sein Gesicht gegen den rauen Stein und versuchte, die Feuchtigkeit mit der Zunge aufzulecken. Die wenigen Tropfen, die er so zu sich nahm, löschten zwar nicht seinen Durst, befeuchteten jedoch seine spröden Lippen und verschafften ihm ein wenig Linderung. Schließlich hockte Jorge sich wieder auf den Steinboden und wartete ungeduldig darauf, aus der Zelle geführt zu werden.

Nach einer halben Ewigkeit hörte er Schritte. Ein Lichtschein fiel in den Kerker und die Tür wurde geöffnet. Unbekannte Soldaten legten Jorge stumm eiserne Hand- und Fußfesseln an. Sie zerrten ihn in den Gang, dann die Treppe hinauf ins Freie. Der grelle Sonnenschein blendete ihn. Fast blind stolperte er in die Richtung, in die sie ihn stießen. Dann waren sie plötzlich in einem anderen Gebäude, es folgten neue Türen, andere Gänge, weitere Treppen.

Jorge achtete nicht auf seine Umgebung, sondern versuchte nur noch, seine Angst zu bekämpfen. Sie können dir nichts anhaben, redete er sich ein. Kiel ist Mitglied der Hanse wie Lübeck. Die Richter wissen, welchen Geschäften Händler nachgehen. Und du warst im Auftrag eines Lübecker Kaufmanns unterwegs, hast nichts Unrechtes getan, bloß Waren gekauft und mit anderen Kaufleuten verhandelt, mehr nicht. Das Gericht wird deine Unschuld schnell feststellen und dich in die Freiheit entlassen. Außerdem darf kein Bürger einer Hansestadt ohne vorherige Konsultationen zwischen dem Ankläger und der Heimatstadt verurteilt werden.

Kaufleute der Hanse genossen Immunität. Aber galt das auch für ihn? Er war kein Bürger Lübecks, hatte den Bürgereid noch nicht geleistet, kein Bürgergeld gezahlt und gehörte keiner der Gilden an.

Schließlich stand Jorge in einem großen Kellergewölbe, an dessen Wänden schwere Ketten mit Ringen hingen. Bedrohlich aussehende Geräte und Werkzeuge standen im Raum. In einer Ecke brannte ein Kaminfeuer. Ohne bisher in einem solchen Keller gewesen zu sein, ahnte Jorge, wo er sich befand. Ihm rutschte das Herz in die Hose. Angstschweiß ließ seine Stirn und Hände feucht werden.

»Nennt mir Euren Namen.«

Jorge fuhr herum. Rechts von ihm standen, um ein Schreibpult gruppiert, drei Herren. Sie trugen Schwarz, so wie die Lübecker Ratsmitglieder. Einer von ihnen stand unmittelbar hinter dem Pult. Er hielt eine Feder in der Hand. Anscheinend war er der Schreiber.

Jorge nannte seinen Namen.

Außer dem Knacken der Flammen und dem Kratzen der Feder war es totenstill.

»Woher stammt Ihr?«, fragte der größere der anderen zwei Männer.

»Aus Lübeck.«

»Seid Ihr Bürger dieser Stadt?«

»Ich bin der Gehilfe eines ehrenwerten Kaufmanns. Aber sagt, warum bin ich …?«

»Schweigt!«, befahl der dritte Fremde. »Ihr redet nur, wenn Ihr gefragt werdet.«

Jorge duckte sich unter der befehlsgewohnten Stimme wie unter Peitschenhieben. Er nickte eingeschüchtert.

»Wie hieß Euer Begleiter in Reval?«

»Clas Wibbeking.«

Die Männer blickten sich vielsagend an. »War er ein Mitglied der bekannten Kaufmannsfamilie?«

»Ja.«

»Was habt Ihr in Reval gemacht?«

»Waren gekauft. Pelze und Wachs.«

»Und sonst nichts?«

»Nein.« Jorges Herz klopfte rasend schnell. Was ging hier vor?

Der Kleinste der Schwarzgekleideten machte eine ausladende Handbewegung. »Ihr kennt diese Gegenstände?«

»Ich habe davon gehört, habe aber noch nie welche gesehen.«

»Sie werden für eine peinliche Befragung benutzt, um die Wahrheit aus einem Angeklagten herauszubekommen. Gesteht er allerdings schon vorher, kann auf die Durchführung eines solchen Verhörs verzichtet werden.«

Was wollten diese Herren nur von ihm?

»Wisst Ihr, warum Ihr hier seid, Jorge von Linden?«

»Nein.« Der junge Mann konnte nur krächzen, so trocken war sein Hals geworden.

»Ihr werdet beschuldigt, Euren Begleiter ermordet und einen Soldaten seiner Majestät verletzt zu haben.«

Jorge war, als täte sich vor ihm ein Abgrund auf. »Aber das ist nicht wahr!«, stieß er hervor. »Wir waren auf dem Weg zum Hafen, als wir überfallen wurden. Gewiss, wir haben uns gewehrt. Aber nur mit den Fäusten und ich …«

Einer der beiden Männer hielt ihm ein Messer entgegen und unterbrach damit seinen Rechtfertigungsversuch. »Gehört Euch diese Waffe?«

Jorge erkannte die Klinge an ihrem Horngriff. »Ja, das ist mein Messer.«

»Schreiber, haltet fest, dass der Beschuldigte die Tatwaffe als sein Eigentum benannt hat.«

Wieso Tatwaffe? Er hatte das Messer doch überhaupt nicht benutzt.

»Mit einem schnellen Geständnis könntet Ihr Eure Lage erleichtern.«

»Bitte, ich weiß doch noch nicht einmal, was ich gestehen soll.«

»Den Mord. Und den Angriff auf unseren Soldaten.«

Jorge schossen Tränen in die Augen. »Aber ich habe doch nicht …«

»Ihr habt nichts getan, wolltet Ihr sagen? Was meint Ihr, wie häufig wir eine solche Behauptung in diesem Gewölbe schon gehört haben. Aber wenn die Beschuldigten nur ein wenig mit der glühenden Zange gezwickt oder auf die Bank gespannt wurden, haben die meisten von ihnen ihre Verbrechen sofort gestanden. Einige Wenige haben etwas länger gebraucht, bis sie zur Einsicht kamen. Aber früher oder später haben alle hier auf den Knien gelegen und ihre Taten bezeugt.«

Jetzt griff wieder der größere der beiden Männer in die Vernehmung ein. Er nahm ein Blatt Papier vom Pult. »Dies ist die Aussage des Offiziers, der Eurer habhaft wurde. Er bezeugt, dass Ihr Euch mit Clas Wibbeking in einer Schenke unweit des Hafens zum Würfelspiel getroffen und eine große Summe verloren habt. Darüber seid ihr mit Wibbeking in Streit geraten, habt ihn beschimpft und seid ihm nach draußen gefolgt, als er empört über Eure Unziemlichkeit die Schenke verließ, um zu seinem Schiff zurückzukehren. Der Wächter hat Euch beobachtet, als Ihr durch das Stadttor gelaufen seid. Wollt Ihr das leugnen?«

»Das war doch ganz anders.«

»Gebt Ihr zu, mit Wibbeking mitten in der Nacht die Stadt verlassen zu haben?«

»Ja, aber …«

»Schreiber, notiert diese Aussage.« Er wandte sich wieder Jorge zu. »Danach habt Ihr ihn niedergestochen, um ihm das verspielte Geld abzunehmen. Mit einem Stich ins Herz. Er war sofort tot. Dann versenktet Ihr den armen Kerl im Meer. Der holsteinische Offizier, der zufällig auf dem Weg zu seinem Schiff war, hat die Tat beobachtet und wollte Wibbeking noch retten, kam aber zu spät. Ihn habt Ihr ebenfalls mit Eurem Messer angegriffen. Nur dem Umstand, dass weitere Seeleute seine Hilferufe gehört haben, ist es zu verdanken, dass Ihr ihn nicht auch getötet habt.«

Jorge war, als ob eine schwere Last auf seinem Brustkorb lag. Er konnte angesichts der Ungeheuerlichkeit der Vorwürfe und der infamen Lügen nicht mehr klar denken. »Aber warum sollte ich meinen Freund ermorden? Das ist alles schamlos gelogen! Fragt Clas Wibbeking. Er wird Euch bestätigen ...«

»Habt Ihr mich nicht richtig verstanden? Wibbeking ist tot.«

»Das glaube ich nicht«, schluchzte Jorge.

»Euer Leugnen wird Euch nichts nutzen. Denkt an die peinliche Befragung, die Euch bevorsteht. Es gibt noch einen weiteren Vorwurf gegen Euch.«

Was sollte er denn noch verbrochen haben?

»Wir glauben, dass Ihr für die Hanse spioniert habt.«

Jorge schüttelte nur heftig den Kopf.

»Wibbeking und Ihr seid deshalb nach Reval gereist, um die Stärke der dänischen Flotte zu erkunden und mit den unbotmäßigen schwedischen Ständen Absprachen zulasten der dänischen Krone zu treffen. Gebt Ihr wenigstens das zu?«

»Das ist alles nicht wahr«, jammerte Jorge. »Alles Lügen und Verleumdungen.«

»Wie Ihr meint. Wir geben Euch einige Tage Zeit, Euer Verhalten zu überdenken. Dann werden wir Euch erneut zum Verhör bringen lassen. Bleibt Ihr weiter so halsstarrig, werden wir den Scharfrichter anweisen, Euch der peinlichen Befragung zu unterziehen. Bringt ihn in den Kerker.«

4

Reval, 12. September 1506

Erinnerungsfetzen wie Blitze, schon seit Tagen. Unzusammenhängend, ohne jede Bedeutung. Und diese Fragen: Wer war er? Was tat er hier in dieser winzigen Kammer? Warum lag dieser turbanartige Verband um seinen Kopf? Hatte er einen Unfall gehabt? Und diese Kleidung. Gehörte sie ihm und er hierher? Aber warum verstand er dann die Sprache derer nicht, die ihn pflegten?

Die windschiefe Holztür öffnete sich knarrend. Die alte Frau, die ihm immer das Essen brachte, betrat den Raum, gefolgt von einem augenscheinlich noch älteren Mann, dessen Gesicht nur aus runzliger Haut zu bestehen schien. Sie sagte etwas in dieser fremden Sprache und der Mann grinste ihn aus einem fast zahnlosen Mund an und machte einen Schritt beiseite, um einen wesentlich Jüngeren eintreten zu lassen. Dessen Gesicht sagt ihm nichts. So sehr er sich auch anstrengte, in seinem Kopf war nur Leere.

»Versteht Ihr meine Sprache?«, wollte der Unbekannte wissen und trat zu seinem Lager.

»Ja.« Die eigene Stimme klang ungewohnt heiser.

»Wisst Ihr, wo Ihr Euch befindet und vor allem, wer Ihr seid?«

»Nein.«

»Ihr wart Opfer eines Überfalls. Erinnert Ihr Euch?«

Er schüttelte nur den Kopf.

»Es ist jetzt über eine Woche her.« Der Unbekannte zeigte auf den grinsenden Zahnlosen. »Dieser Fischer hat den

Anschlag beobachtet. Fünf oder sechs Männer haben Euch und Euren Begleiter an der Kaimauer angegriffen, unweit dieser Kate. Allein konnte der Alte nichts gegen die Übermacht unternehmen. Er wollte die Schiffsbesatzungen zur Hilfe holen, aber die fremden Seeleute, die Euch überfallen haben, versperrten ihm den Weg. Die Angreifer hätten ihn bei einem Versuch, vorbeizugelangen, unweigerlich entdeckt. Davor hatte der Mann verständlicherweise Angst. Also musste er tatenlos zusehen, wie Euer Begleiter auf eines der Schiffe verschleppt und Ihr in das Hafenwasser geworfen wurdet.«

Ein Kampf also. Rührte daher die Kopfverletzung? Erinnerungen an Schläge mit Knüppeln und heftige Schmerzen. Instinktiv griff er sich an den Kopf, ertastete den Verband. Dann wieder ein Blitz. Ein Name tauchte aus dem Nebel auf, der über seinem Gedächtnis lag. Jorge. Hieß er so?

»Sie haben Euch anscheinend für tot gehalten und das wart Ihr auch fast.«

Der Unbekannte sprach den Fischer in der fremden Sprache an. Dieser antwortete in langen Sätzen, zu denen er heftig gestikulierte.

»Der Mann berichtet, dass Ihr, vermutlich durch das kalte Wasser, das Bewusstsein wiedererlangt habt und Euch aus eigener Kraft zum Ufer retten konntet. Er hat Euch geholfen, über die Kaimauer zurück an Land zu gelangen. Dort seid Ihr erneut ohnmächtig geworden. Er hat Euch in seine Kate geschleppt und in diese Kammer gelegt. Seine Frau hat Eure Wunden verbunden und Euch gepflegt. Die Eheleute haben aus Angst davor, in diese Angelegenheit hineingezogen zu werden, den Überfall nicht gemeldet. Ihr lagt da wie tot. Wer hätte den Leuten geglaubt, wären sie in Verdacht geraten, etwas mit dem Angriff zu tun zu haben? Sie wollten einfach abwarten, bis Ihr wieder erwachtet. Dann würdet Ihr alles aufklären können, hofften sie. Aber als Ihr endlich das Bewusstsein wiedererlangt habt, spracht Ihr in einer ihnen fremden Sprache. Sie haben sich an mich gewandt, weil ich ihnen in der Vergangenheit häufiger Fisch abgekauft habe und sie den Eindruck hatten, dass unsere Sprachen sich ähnelten. Nun, damit haben sie ja recht gehabt.« Der Mann lächelte. »Entschuldigung, ich habe mich noch nicht vorgestellt: Sebolt Vanderbill, Kaufmann aus Danzig.« Er schmunzelte. »Obwohl ich mich öfter hier in Reval aufhalte als in meiner Heimatstadt.«

Reval. Wieder so ein Name, mit dem er etwas verband. Nur was? Der Nebel wollte sich nicht lichten. Unter ihm verbargen sich die Antworten auf seine Fragen. »Ich weiß nicht, wer ich bin«, krächzte er.

»Aber ich.« Vanderbill reichte ihm ein Dokument. »Es ist etwas verwaschen durch den Aufenthalt im Wasser, aber glücklicherweise hat der Fischer es rasch getrocknet, nachdem er es bei Euch gefunden hat. In diesem Schreiben werdet Ihr bevollmächtigt, Verträge auch im Namen Eures Bruders Konrad abzuschließen. Ihr seid Clas Wibbeking, nicht wahr?«

Wieder zerriss ein Stück des Nebels. Bilder einer Stadt. Hieß sie Lübeck? Ein männliches Gesicht. Konrad, sein Bruder? Er spürte, wie die Erinnerungsfetzen zusammenwuchsen.

»Ich … ich glaube ja«, antwortete er stockend. Er zermarterte sein Hirn. War er tatsächlich Clas Wibbeking?

Und dann passierte es. Vielleicht waren es die Erklärungen, die Vanderbill ihm geliefert hatte. Vielleicht aber auch seine eigenen Anstrengungen. Auf jeden Fall fiel schlagartig der Schleier vor seinen Erinnerungen. Sein Gedächtnis funktionierte wieder. So als ob es nie anders gewesen wäre. Vor Freude schlug er die Hände vor das Gesicht. Tränen der Erleichterung schossen in seine Augen.

»Was ist mit Euch? Habe ich Euch zu sehr mit meiner Rederei belastet?«

»Nein«, stieß Clas Wibbeking hervor. »Im Gegenteil. Ihr habt mir geholfen, mich zu erinnern!« Er erhob sich mit wackeligen Beinen von seinem Lager. »Kennt Ihr Sievert Spanheim?«, fragte er Vanderbill.

»Selbstverständlich. Ich bin einer seiner engsten Geschäftspartner.«

»Könnt Ihr ihn zu mir bringen?«

Eine gute Stunde später saß ihm der Kaufmann gegenüber.

»Gott sei Dank, dass Ihr lebt«, freute sich Spanheim. »Wir haben schon das Schlimmste befürchtet. Der Wirt hat beobachtet, wie Ihr mit Eurem Begleiter zusammen aufgebrochen seid. Aber Ihr kehrtet nicht zurück. Niemand wusste von Eurem Verbleib. Hätte der Alte sich eher offenbart, hättet Ihr nicht in diesem Loch liegen müssen.«

Clas widersprach: »Ich kann den Leuten keine Vorwürfe machen. Sie hatten Angst. Trotzdem haben sie mich gepflegt, ohne Ansehen meiner Person. Das hätten sicherlich nicht viele getan. Und sie haben mich nicht bestohlen.« Der Lübecker zeigte auf einen Geldbeutel auf dem Tisch. »Das ist meiner. Es ist noch alles da. Nein, ich bin ihnen zu Dank verpflichtet.«

»Wisst Ihr, wer Euch überfallen hat?«

»Nicht genau. Vermutlich Dänen.«

»Das habe ich mir fast gedacht.«

»Jorge waren sie aufgefallen. Sie müssen uns schon eine ganze Zeit beobachtete haben. Aber ich habe ihm nicht geglaubt, ihn sogar mit seinen Bedenken aufgezogen. Was war ich für ein Dummkopf.« Er runzelte die Stirn. »Was ist mit ihm? Habt Ihr eine Nachricht von meinem Begleiter?«

»Nein. Wenn der alte Fischer sich in der Dunkelheit nicht geirrt hat, haben sie ihn an Bord des dänischen Kriegsschiffs gebracht. Das ist am nächsten Morgen mit unbekanntem Ziel ausgelaufen. Da ich Euch beide an Bord der Kraweel wähnte, habe ich versucht, Informationen einzuholen. Gerüchte gibt es, gewiss. Aber ob sie zutreffend sind?« Spanheim machte ein fragendes Gesicht.

»Was sind das für Gerüchte?«

»Manche sagen, das Schiff sei unterwegs nach Kopenhagen. Andere meinen, gehört zu haben, sein Ziel sei Kiel. Wohin auch immer der Kapitän sein Schiff steuerte, es hat seinen Bestimmungsort vermutlich längst erreicht.«

»Können wir etwas für Jorge tun?«

»Ich befürchte nein. Leider«, setzte Spanheim hinzu.

»Aber weswegen hat man uns überfallen?«

Der Händler verzog das Gesicht. »Das liegt doch auf der Hand. Sie wollten Informationen, vermutlich über unsere Gespräche.«

»Aber warum haben die Männer dann Jorge entführt? Er war doch nicht eingeweiht.«

»Habt Ihr das den Dänen erzählt?« In Spanheims Stimme schwang leiser Spott.

»Natürlich nicht.«

»Seht Ihr.«

»Wenn Ihr mit Eurer Vermutung richtigliegt, warum haben sie uns und nicht gleich Euch überfallen?«

Der Händler ging zum Fenster und öffnete den Laden ein wenig. Dann zeigte er nach draußen. »Dort stehen zwei Bewaffnete. Ich bezahle sie gut, sehr gut sogar. Sie müssten

Euch schon aufgefallen sein. Sie folgen mir auf Schritt und Tritt und lassen mich keine Sekunde aus den Augen.«

Clas schaute auf die beiden Männer. Sie erweckten nicht den Eindruck von Kämpfernaturen, sondern eher den von Krämerseelen. »Natürlich sah ich sie. Aber ich dachte, es wären Eure Gehilfen.«

Spanheim lächelte hintergründig. »Die Dänen scheinen es besser zu wissen. Deshalb gingen sie wohl davon aus, dass es leichter ist, diejenigen zu überwältigen, mit denen ich mich treffe. Mich lassen sie in Ruhe, seit meine Beschützer mich begleiten.«

»Was soll ich Eurer Meinung nach jetzt tun?«

»Ihr werdet wohl mein Gast sein müssen, bis das nächste Schiff Lübeck ansteuert.«

»Die *Lisa* ist ausgelaufen?« Clas schaute ungläubig.

»Vor drei Tagen, auf meinen Rat hin. Ihr wart verschwunden. Auf was sollte sie warten?« Spanheim ging zur Tür und verschwand nach draußen. Er kehrte mit einem Sack zurück, aus dem er einige unscheinbare Kleidungsstücke hervorzog. »Das solltet Ihr anziehen. Wer weiß, wer in dieser Stadt noch alles im Dienste der Dänen steht und Euch erkennt. Sie haben versucht, Euch umzubringen, auch wenn ich nicht glaube, dass das von Anfang an ihre Absicht gewesen ist. Sie haben vermutlich nicht mit Eurer Gegenwehr gerechnet und wollten Euch sicher nur kampfunfähig machen. Als sie glaubten, Ihr wäret tot, mussten sie die Spuren der Tat beseitigen. Egal, es war in jedem Fall ein Mordversuch. Darauf stehen hohe Strafen. Noch wissen sie nicht, dass Ihr überlebt habt. Erfahren sie es, werden sie mit Sicherheit ein zweites Mal versuchen, Euch aus dem Weg zu räumen. Und ich befürchte, dann werden sie gründlicher zu Werke gehen. Eure Häscher können nicht erlauben, dass Ihr mit Eurem

Wissen nach Lübeck zurückkehrt oder sie gar öffentlich anklagt, hier oder in Eurer Heimatstadt, das wäre egal. König Johann könnte gar nicht anders, als sich vom Handeln seiner Soldaten zu distanzieren. Das wäre eine ziemliche Blamage für ihn. Ich habe gehört, es stehen Verhandlungen der Hanse mit dem Dänenkönig an?«

»Ja, in einigen Monaten.«

»Die Gespräche stünden von Anfang an unter einem schlechten Stern, wenn ein dänischer Mordanschlag auf einen Bürger eines Hansemitglieds bekannt würde. Deshalb rate ich dazu, Euch zu verstecken. Bleibt in meinem Haus, da seid Ihr sicher.« Der Händler schnüffelte. »Ihr könntet auch ein Bad vertragen. Aber Ihr solltet die Badehäuser der Stadt meiden. Reinigt Euch, sobald Ihr mein Gast seid. Doch lasst Euren Bart weiter wuchern. Er verleiht Euch ein anderes Aussehen.«

Überrascht griff Clas sich ans Kinn. Tatsächlich fühlte er einen Vollbart. Eine gute Tarnung. Er griff zu seinem Geldbeutel und ließ dessen Inhalt von mehr als zwei Goldgulden auf den Tisch klimpern.

»Eine fürstliche Belohnung für ein altes Fischerehepaar«, gab Spanheim zu bedenken.

»Und doch zu wenig für mein Leben«, erwiderte Clas Wibbeking.

5

Kiel, 12. und 13. September 1506

Die beiden Wachen stießen Jorge in den dunklen Raum. Krachend fiel die schwere Eichentür hinter ihm zu. Ein Schloss wurde verriegelt. Schritte entfernten sich. Dann war es still.

Es dauerte einen Moment, bis sich Jorges Augen an die Dämmerung gewöhnt hatten und er ein wenig tiefer in die Zelle gehen konnte. Er sah zunächst nach links. Dort stand an der Wand ein hölzernes Bettgestell mit einem Strohsack. Immerhin musste er nicht auf dem nackten Boden schlafen. Ein Schemel fand sich neben dem Lager, auf ihm eine Schüssel, darüber in großer Höhe ein kleiner Mauerdurchbruch, der etwas Licht in den Kerker fallen ließ, gerade genug, um sich zu orientieren, aber zu wenig, um Details zu erkennen. Es stank nach Exkrementen.

Ein Rascheln ließ ihn herumfahren. Er stierte in das Dunkel. Was war das gewesen? Ratten?

»Willkommen in deinem neuen Zuhause«, krächzte jemand aus der Finsternis.

Jorge zuckte zusammen. Er war nicht allein.

»Wie heißt du?«

Der junge Mann machte ein paar Schritte in die Richtung, aus der die Stimme gekommen war. Auf einem zweiten Lager erkannte er eine Gestalt, deren rechter Arm wie zum Gruß erhoben war.

»Jorge von Linden«, gab er Auskunft.

»Ich bin Christian Cornelsen. Woher stammst du?«

»Zuletzt habe ich in Lübeck gewohnt.«

Cornelsen seufzte. »Lübeck. Was gäbe ich darum, meine Heimatstadt noch einmal zu sehen. Aber das ist mir wohl nicht vergönnt. Ich werde in diesem Loch hier verrecken.« Er hustete heftig. »Komm näher, damit ich dich besser sehen kann.«

Jorge gehorchte. Der Mann war völlig abgemagert. Seine Augen lagen tief in ihren Höhlen, die Wangenknochen standen spitz hervor. Das weiße verfilzte Haar fiel ihm bis auf die Schultern. Seine ehemals vornehme Kleidung war an einigen Stellen zerrissen und verdreckt. Ein penetranter Geruch ging von ihm aus, sodass Jorge unwillkürlich wieder etwas zurückwich.

Christian lachte. Aber das Lachen ging unmittelbar in einen Hustenanfall über, der so heftig war, dass sein Körper kräftig durchgeschüttelt wurde und er Flüssigkeit hervorwürgte, die ihm vom Mund auf das Kinn und dann auf die Brust tropfte. Mit dem linken Arm wischte er sein Gesicht trocken und meinte: »Bald wirst du meinen Geruch nicht mehr bemerken, denn dann stinkst du ebenso wie ich. Und auch an das liebliche Aroma der Scheiße wirst du dich gewöhnen. Die Wächter bringen nur einmal die Woche einen leeren Eimer, der allerdings nicht gesäubert wird. Sie kippen unsere Hinterlassenschaften lediglich in den Stadtgraben und stellen den Kübel zurück in diesen Kerker. Das war es auch schon. Er riecht leer fast genauso angenehm, als ob er voll wäre.« Wieder stieß Cornelsen das krächzende Lachen aus. »Aber immerhin wurden wir nicht in Eisen gelegt und können uns bewegen. Die Ketten hängen nutzlos von den Wänden herunter. Pass auf, dass du im Dunkel nicht darüber stolperst. Stroh haben wir auch. Gut, die Verpflegung lässt ein wenig zu wünschen übrig. Das Wasser schmeckt brackig und das Brot ist trocken. Aber einmal in der Woche gibt es Brei. Und wenn du Glück hast, findest du sogar ein wenig Fleisch darin. Zu meiner Überraschung gibt es in dem Loch hier so gut wie keine Ratten, nur Wanzen, Flöhe, Läuse und Kakerlaken. Letztere ergänzen von Zeit zu Zeit meine Vesper. Es hätte schlimmer kommen können, findest du nicht auch?«

Jorge wusste nicht, was er von dem seltsamen Humor des Mannes halten sollte. Deshalb reagierte er nicht auf die Frage, sondern erkundigte sich: »Wie lange seid Ihr schon hier?«

»Lass die Höflichkeitsfloskeln. Hier drin sind wir alle gleich. Und um dir deine Frage zu beantworten, muss ich wissen, welches Datum wir haben. In dieser angenehmen Umgebung hier vergisst man nur zu schnell die Zeit. Anfangs habe ich noch Buch geführt, aber irgendwann wurde mir das zu mühsam. Also, welchen Tag haben wir heute?«

Jorge dachte einen Moment nach. Einmal am Tag hatte er auf der Kraweel eine warme Mahlzeit bekommen, dann die erste Nacht im Kieler Kerker ... »Es muss Freitag oder Samstag sein, also der elfte oder zwölfte September.«

»Und welches Jahr?«

»1506.«

»Aha. Dann genieße ich seit rund zweieinhalb Jahren die Gastfreundschaft König Johanns. Was hast du angestellt, um hier zu landen?«

Jorge schluckte. Zwei Jahre in diesem Loch! War das, was ihm bevorstand? »Nichts«, antwortete er heiser.

Wieder das Lachen, gefolgt von einem Hustenanfall. »Da wären wir dann schon zu zweit. Zwei völlig unschuldige Seelen, in den Kerker geworfen von einem grausamen Tyrannen.«

Auf dem Gang waren Schritte und gedämpfte Stimmen zu

hören. Dann wurde eine Klappe in der Kerkertür aufgerissen. Der Schein einer Fackel blendete Jorge.

»Essen«, rief einer der Wächter.

»Du solltest dich beeilen«, riet Christian. »Sonst werfen sie die Schüsseln zu Boden und du kannst deine Nahrung von dort auflecken. Bring mir mein Abendmahl bitte mit. Ich bin nicht mehr so gut zu Fuß.«

Jorge eilte zu Tür. Die Klappe öffnete sich nach innen und war mit einer Kette an der Tür befestigt, damit sie nicht nach unten fiel. So bildete sie geöffnet eine Art kleinen Tisch, auf dem zwei Schüsseln standen. Darin schwappte Brühe und je ein Stück trockenes Brot. Jorge hatte die Holzschüsseln kaum gegriffen, als der Wächter die Klappe wieder schloss. Schlagartig wurde es dunkel. Nur durch einen Spalt unter der Tür kroch noch ein wenig Licht, das aber schwächer wurde, als die Soldaten sich mit der Fackel entfernten. Sehnsüchtig lauschte Jorge den verhallenden Schritten und beobachtete den langsam erlöschenden Lichtstrahl.

»Was gibt es denn heute Gutes?«, wollte Cornelsen wissen.

Jorge gab sich einen Ruck und antwortete: »Sieht aus wie Suppe. Und Brot.«

»Suppe wurde doch erst gestern gereicht. Die Küche will einen guten Eindruck bei dir als neuem Gast hinterlassen, mein Freund. Dann sei doch so nett und serviere. Und nach dem Essen wollen wir noch ein wenig plaudern.«

Jorge kehrte zu dem Lager zurück und reichte seinem Mitgefangenen eine der Schüsseln. »Gibt es keine Löffel?«

»Natürlich nicht. Tunk das Brot in die Suppe. Es wird dadurch genießbar. Solltest du Maden finden, iss sie mit. Die sind gesund und geben Kraft. Und dann trinkst du. So, und nun lass es dir schmecken. Die Wärter kommen gleich zurück und wollen die Schüsseln haben. Drückst du sie ihnen nicht innerhalb kürzester Zeit in die Hand, schließen sie die Klappe wieder und du kannst zur Strafe einen Tag hungern. Also iss jetzt.«

Jorge roch an der Brühe. Ein undefinierbarer Geruch stieg in seine Nase. Er tat wie geheißen, stippte das Brot hinein und biss vorsichtig ein Stück ab. Es schmeckte scheußlich. Angewidert stellte er die Schüssel auf den Schemel.

»Unser Essen trifft nicht deinen Geschmack?«

»Nein. Es ist abscheulich.«

»Du willst es nicht?«

»Möchtest du es?«

»Da sage ich nicht Nein.«

Mit einer schnellen Bewegung, die Jorge dem geschwächten Mann nicht zugetraut hatte, schnappte Cornelsen sich die Schüssel, schlang das Brot, fast ohne zu kauen, hinunter und trank die Brühe aus. Dann lehnte er sich mit einem zufriedenen Gesichtsausdruck zurück. »Danke. Aber lass das nicht zur Regel werden, sonst liegst du schneller kraftlos auf deinem Lager, als du es dir vorstellen kannst. Wärst du so nett und reichst mir etwas Wasser? Der Eimer steht neben deinem Bett, so weit weg vom Scheißekübel wie möglich.«

Jorge erfüllte Cornelsens Bitte. Doch als er ihm das Wasser mit der Holzkelle reichen wollte, ließ der andere sie fallen.

»Entschuldige. Ich befürchte, dafür reichen meine Kräfte nicht mehr. Ich habe mich wohl doch zu sehr verausgabt. Könntest du mir etwas Wasser einflößen?«

»Natürlich.« Der junge Mann füllte die Kelle erneut und hob den Kopf des Geschwächten etwas an. Dabei bemerkte er die Hitze, die Cornelsen ausstrahlte. Und den Gestank, der aus seinem Lager stieg.

»Du hast das Fieber«, bemerkte Jorge mitleidig.

»Gut beobachtet. Schon seit Längerem. Drei Tage konnte ich nicht aufstehen, bekam kein Essen und konnte keine Notdurft in den Eimer verrichten.« Er trank mit gierigen Schlucken.

Als er seinen Durst gelöscht hatte, zeigte Jorge auf den Exkrementeeimer. »Soll ich dich daraufheben?«

»Würdest du das für mich tun?«

»Selbstverständlich.« Jorge hob den anderen Gefangenen hoch. Dessen ausgemergelter Körper war leicht wie eine Feder. Er trug ihn zum Eimer und achtete darauf, dass er sich nicht selbst beschmutzte. Nachdem Cornelsen seine Notdurft verrichtet hatte, brachte Jorge ihn zu seinem eigenen Lager.

»Was soll das?«, protestierte Christian.

»Wann kommt das saubere Stroh?«, erwiderte Jorge und ignorierte die Frage seines Mitgefangenen.

»Ich glaube, in zwei oder drei Tagen.«

»Ich reinige jetzt deine Schlafstatt und gebe dir meinen Strohsack. Ich kann auch auf dem Holz schlafen, das macht mir nichts aus. Wenn du ein Bedürfnis verspürst, rufe mich. Ich werde dich wie eben dabei unterstützen.«

Cornelsen hustete heftig, sagte aber nichts mehr. Jorge legte ihn vorsichtig ab und säuberte das Bett des anderen, so gut es eben ging. Dann schaffte er den Geschwächten wieder zurück auf die gegenüberliegende Seite der Zelle. Kurze Zeit später war Cornelsen fest eingeschlafen.

Jorge legte sich auf das nackte Holz und sah in das Dunkel. Sein Zellengefährte war schwer krank, daran hatte er keinen Zweifel. Aber er konnte ihm nicht helfen. Ohne Heilkräuter war er machtlos. Und die Wachsoldaten würden ihm sicher keine bringen.

Jorge erwachte nach einem unruhigen Schlaf. Er blickte zu der Maueröffnung hoch. Draußen war es noch dunkel. Wie lange hatte er geschlafen? Er hatte schon jedes Zeitgefühl verloren.

Es war kalt geworden in der letzten Nacht. Der junge Mann stand auf, weil ihn fröstelte. Er hielt seine steifen Finger vor den Mund und versuchte erfolglos, sie mit seinem Atem zu erwärmen.

»Du musst sie reiben«, riet Cornelsen mit heiserer Stimme. »Und laufe auf der Stelle, springe, beuge die Knie. Das macht warm. Mit diesen Übungen habe ich zwei Winter überstanden.«

Jorge ging zu ihm und fühlte seine Stirn. »Ich sollte mich neben dich legen«, versuchte er einen schlechten Scherz. »So heiß wie du strahlst.«

»Ich habe dich gestern gefragt, warum du hier bist«, sprach Christian weiter. »Du hast mir gesagt, du hättest nichts getan. Nun mag König Johann ja ein Gegner unserer Heimatstadt sein, aber nur weil er mit Lübeck im Streit liegt, wirft er nicht einfach jemanden wie dich in den Kerker. Bei mir ist das etwas anderes. Mir wirft man Spionage vor. Noch nicht einmal zu Unrecht.« Wieder hörte Jorge das krächzende Lachen. »Einen ordentlichen Prozess hat man mir bis heute verweigert.«

»Du weißt nicht, wie lange du hierbleiben musst?«

»Nein. Aber das ist jetzt nicht wichtig. Warum bist du hier?«

»Ich weiß es wirklich nicht. Clas und ich waren in Reval, als wir überfallen wurden.«

»Clas?«

»Wibbeking.«

»Ein Verwandter von Konrad Wibbeking, dem Kaufmann?«

»Ja. Er ist sein Bruder.«

»Was habt ihr in Reval gemacht?«

»Clas wollte sich mit livländischen und italienischen Kaufleuten treffen, um über den Ausbau der gegenseitigen Geschäftsbeziehungen zu sprechen.«

»Und hat er diese Kaufleute kontaktiert?«

»Ja. Das heißt, nicht alle. Einige der Italiener sind nicht erschienen.«

»Kennst du die Namen der anderen?«

»Nur einen. Er heißt Sievert Spanheim.«

Christian Cornelsen lachte kurz auf. »Ein Einarmiger?«

»Ja. Warum lachst du?«

»Später. Erzähl weiter.«

»Wir saßen in einer Schenke und haben gegessen und getrunken, als wir die Nachricht erhalten haben, dass Spanheim sich mit uns im Hafen treffen wollte. Aber das war eine Falle: Kurz vor dem Kai wurden wir von Unbekannten überfallen und niedergeschlagen. Die Männer waren Holsteiner im Dienst der Dänen. Als ich wieder aufgewacht bin, lag ich gefesselt in einer Kammer an Bord eines Schiffes, welches mich nach Kiel brachte. Hier hat man mich verhört und beschuldigt, ein Spion der Hanse zu sein. Wenn ich jetzt darüber nachdenke, ist das schon sehr eigenartig. Kiel ist doch ebenfalls eine Hansestadt, oder?«

»So ist es. Allerdings stellt sich die Frage, für wie lange noch. Denn Kiels Interessen heißen nicht freier Handel, die Hiesigen folgen dem Wort ihres Königs und Herzogs. Was bleibt ihnen auch anderes übrig. Was geschah dann?«

»Sie brachten mich in diese Zelle. Das ist alles.«

»Und du hast keine Ahnung, was Clas Wibbeking von Sievert Spanheim wollte?«

»Geschäfte machen. Das sagte ich doch bereits.«

Cornelsen verzog seinen zahnlosen Mund zu einem Grinsen. »Entweder sagst du die Wahrheit oder du bist wirklich ein überzeugender Lügner.«

»Wieso?«

»Sievert Spanheim ist Händler, das stimmt. Aber er ist gleichzeitig auch der Mittelsmann zwischen den aufständischen Schweden und wagemutigen Händlern, die sich dem Boykott der Dänen widersetzen. Händlern wie den Wibbekings. Um die allgegenwärtigen Spitzel zu täuschen, warst du mit von der Partie, vermute ich. Hast du an den Gesprächen mit Spanheim teilgenommen?«

»Nie.«

»Das dachte ich mir. Aber du hast mit anderen Händlern Geschäfte gemacht?«

»Ja, natürlich. Deshalb waren wir doch in Reval.«

Cornelsen grinste schief. »Keine schlechte Tarnung, aber sie war anscheinend nicht gut genug.«

Jorge dachte einen Moment nach. »Ich war ein Lockvogel?«

»Das nun nicht gerade. Du dientest wohl eher als Ablenkung.«

Jorge war wütend. Die Brüder Wibbeking hatten ihn nur benutzt. Und jetzt war er hier in diesem Kerker begraben. »Welche Rolle spielt nun dieser Spanheim?«

»Er verschafft den lübischen Kaufleuten die Kontakte in Schweden, die sie brauchen, um ihre Geschäfte so diskret wie möglich durchzuführen. Er weiß, wo die Kriegsschiffe der Dänen auf der Lauer liegen, um Boykottbrecher zu kapern. Für dieses Wissen schmiert er dänische Seeleute und gibt es dann weiter. Zumindest hat er das getan, als ich noch in Freiheit war.« Cornelsen machte eine Pause. »Eigentlich bin ich mir sicher, dass er das immer noch tut.«

»Was genau?«

»Er bezahlt die Seeleute für Informationen. Und er wird

gut von den Schweden und der Hanse für seine Dienste entlohnt. Ich habe allerdings gehört, dass Spanheim für beide Seiten arbeiten soll. Je nachdem, wer am meisten auf den Tisch blättert. Aber das sind nur Gerüchte, nicht mehr. Dagegen steht, dass es schon mehrere Versuche der Dänen gegeben haben soll, Spanheim auszuschalten. Aber es heißt, er konnte seinen Häschern immer wieder entwischen. Auf jeden Fall wagen die Dänen nicht, offen in Livland gegen ihn vorzugehen. Livland gehört dem Deutschen Orden. Und die sehen es nicht gerne, wenn fremde Mächte auf ihrem Territorium intervenieren, auch wenn es sich nur um einen einzelnen Mann handelt. Wegen Spanheim brechen die Dänen keinen direkten Konflikt mit dem Deutschen Orden vom Zaun. Das ist er nicht wert. Nur versuchen sie natürlich, seine Arbeit für die Schweden zu unterbinden. Dazu gehört auch, seine Kontakte einzuschüchtern. Wie auch immer, in diesem unerklärten Krieg weiß keiner wirklich, wem er trauen kann. Ihr seid überfallen worden, sagst du?«

»Ja.«

»Das kam in der Vergangenheit schon öfter vor. Aber dass die dänischen Schläger jemanden verschleppen, ist mir neu. Zusammenschlagen, einschüchtern, bedrohen, das ist ihr Geschäft. Hat der Richter erklärt, warum sie dich nach Kiel gebracht haben?«

Jorge zögerte mit der Antwort. Er wusste nicht, ob Cornelsen seinen Worten Glauben schenken würde. »Das ist ja das, was ich nicht verstehe … Sie behaupten, ich hätte Clas Wibbeking ermordet und müsse mich dafür verantworten. Aber das ist Blödsinn! Ich war Clas' Freund. Das habe ich auch dem Richter gesagt. Ich schwöre, ich sage die Wahrheit.«

»War Clas auch auf dem Schiff?«

»Ich glaube nicht.«

Cornelsen dachte lange nach. Dann meinte er leise: »Du könntest wirklich tiefer im Schlamassel stecken, als du denkst, mein junger Freund. Haben sie euch am Kai in Reval mit Waffen oder nur mit Fäusten angegriffen?«

»Sie benutzten Knüppel. Ich sah noch, wie Clas zu Boden sank. Er hatte einen Hieb auf den Kopf bekommen. Dann traf mich ein Schlag. Von da an weiß ich nichts mehr.«

»Es könnte sein, dass sie Wibbeking irrtümlich totgeschlagen haben und die Tat nun vertuschen wollen.«

Jorge nickte traurig. Dieser Gedanke war ihm auch schon gekommen. Aber vielleicht wollte man ihn mit der Nachricht von Clas' Tod auch nur mürbemachen und sein Freund war den Häschern entkommen oder hockte in einer Zelle nebenan?

»Deshalb haben sie dir die Tat angehängt. So vermeiden sie einen Konflikt mit dem Deutschen Orden und der Hanse. Wenn du der Täter bist, bleiben ihre Westen rein. Das wäre zumindest eine Möglichkeit.«

»Woher weißt du das alles?«

»Ich stehe im Dienste der Hanse. Der Lübecker Rat hat mich beauftragt, sein Mund und sein Ohr bei den Schweden zu sein. Dummerweise war ich wohl nicht vorsichtig genug, denn die Dänen wussten von meinem Auftrag. Als ich, von Schweden kommend, auf der Reise zurück nach Lübeck den Land- anstatt den Seeweg genommen habe, muss mich jemand erkannt und verraten haben. Seitdem sitze ich hier fest. Wie gesagt, es ist nie Anklage gegen mich erhoben worden. Vermutlich benutzen sie mich als Faustpfand.«

»Als Pfand wofür?«

Cornelsen hustete heftig. Blutiger Speichel floss ihm aus dem Mund. Als er sich wieder erholt hatte, krächzte er: »Auch die Dänen haben Informanten in Lübeck. Und manchmal wird einer von ihnen überführt. Da ist es dann gut, für ein Tauschgeschäft gerüstet zu sein.« Er spuckte erneut Blut. »Nur sollten sich die Lübecker ein wenig mit der Festsetzung eines dänischen Informanten beeilen, denn sonst gibt es nichts mehr, wogegen sie ihn austauschen können.« Christian drehte sich zur Seite. »Nun möchte ich schlafen. Bitte weck mich, wenn das Essen serviert wird.«

6

Bei Hameln, 20. September 1506

Seit Tagen schon regnete es, als ob der Himmel alle Schleusen geöffnet hätte. Die kleine Musikantentruppe drängte sich unter einem schmalen Felsvorsprung, der aber nur unzureichend Schutz bot. Immer wieder trieben stürmische Böen Regenschauer heran, die ihre Kleidung klamm werden ließen. Das Feuer, welches sie am Anfang noch ein wenig gewärmt hatte, war verloschen. Und ohne trockenes Holz konnten sie kein neues entzünden.

Adam und Endres, die Männer der Gruppe, hatten Gerlin und Anne in ihre Mitte genommen. Trotzdem zitterten die beiden Frauen am ganzen Körper.

Adam, der Älteste von ihnen, stand auf. »Wir können nicht bleiben. Hier holen wir uns den Tod. Wir müssen etwas finden, wo wir unsere Sachen trocknen können und vor allem etwas zu essen bekommen.«

»Und wo soll das sein?« Endres schlug mit Anne die Laute. Singen durfte er zu seinem Verdruss bei ihren Auftritten nicht. Sein Sprachfehler hätte die Zuhörer zwar zum Lachen, nicht aber dazu gebracht, den Hut nach der Vorstellung zu füllen. »Als sie uns in Hameln aus der Stadt verwiesen haben, hast du uns erzählt, hier im Süntel gäbe es freundliche Waldbauern, die uns sicher Obdach gewähren würden. Und was haben wir bisher vorgefunden? Einen winzigen Kotten, dessen Bewohner kaum genug Nahrung für sich selbst hatten.«

»Du vergisst den Bauernhof eine halbe Tagesreise von hier«, warf Gerlin ein.

»Nein, den habe ich nicht vergessen«, blaffte Endres zurück. »Schließlich hat mir der Hofhund, den der Bauer auf uns gehetzt hat, den Umhang zerrissen.« Wütend schlug er mit der flachen Hand auf den Fels. »In Soest haben wir gerade zehn Pfennige verdient. Zehn! Für drei Tage Gesang und Musik. Und obwohl wir uns nur von Wasser und Brot ernährt haben, mussten wir dafür fünfzehn Pfennige ausgeben. Die Paderborner waren zwar großzügiger, dafür haben uns die Stadtsoldaten unter einem Vorwurf eine Strafe aufgebrummt, die ebenfalls höher als unsere Einnahmen waren. Und jetzt? Jede Kirchenmaus ist besser dran als wir. Geld besitzt diese auch nicht, aber sie hat wenigstens ein Dach über dem Kopf und muss in diesem verfluchten Regen nicht langsam verschimmeln. Wären wir doch bloß nie aus Lübeck weggegangen. Die Stadt und die Bewohner sind wohlhabend und haben uns reichlich gegeben.«

»Ja, aber für wie lange wohl noch?«, blaffte Adam zurück. »Wir wären ihrer schnell überdrüssig geworden.«

»Und wenn nicht?«, brüllte Endres und sprang hoch. Drohend baute er sich vor Adam auf. »Nur wegen dir sitzen wir in dieser Scheiße!« Für einen Moment sah es so aus, als wollte er dem Älteren an die Gurgel gehen.

»Nun hört auf, euch zu streiten«, bat Gerlin. »Das bringt uns auch nicht weiter.«

Jetzt schaltete sich auch Anne in den Disput ein. »Gerlin

hat recht. Und Adam auch. Wir können nicht ewig in diesem Wald bleiben.«

»Na gut«, lenkte Endres ein. »Ich wiederhole meine Frage: Wohin wollen wir gehen?«

Gerlin erhob sich ebenfalls und griff zu ihrem Bündel. »Nach Hamburg.«

»Warum ausgerechnet dorthin?«, wunderte sich Adam.

»Erstens: Wir haben noch nie in Hamburg aufgespielt. Zweitens: Adam hat dort einen Bruder. Stimmt doch Adam, oder?«

Der nickte.

»Und drittens: Es ist nicht weit von Lübeck entfernt.«

»Wie weit von hier?«, wollte Endres wissen.

»Nicht ganz zwei Tagesreisen.«

»Was macht dein Bruder da?«, wandte sich Endres an den anderen Mann.

»Er ist Bauer.«

»Und warum hast du uns nie von ihm erzählt?«

»Weil wir uns vor Jahren zerstritten haben. Und jetzt gib endlich Ruhe, Endres. Ich will nicht mehr darüber reden.«

»Du bist gut. Du lebst mit deinem Bruder in Fehde und erwartest, dass er uns aufnimmt?«

»Das war nicht sein Vorschlag, Endres«, sagte Gerlin ruhig, »sondern meiner. Wir haben kein Geld mehr. Schau auf die Blätter der Bäume. Die ersten färben sich bereits rot. Der Herbst kommt früh in diesem Jahr. Und ein früher Herbst bedeutet einen frühen Winter. Wir müssen irgendwo unterkommen. Und mit Brüdern kann man sich ja wieder versöhnen, nicht wahr, Adam?«

Als der nicht antwortete, wiederholte Gerlin ihre Frage.

»Ja, kann man«, erwiderte Adam widerstrebend.

»Also Hamburg?« Die junge Frau schaute in die Runde.

Endres knurrte zustimmend, Adam nickte bloß.

»Anne?«, fragte Gerlin ihre Schwester.

»Es ist mir egal. Nur trocken muss es dort sein.«

Vier Stunden später hörte der Regen endlich auf. Gerlin ließ sich mit ihrer Schwester ein wenig zurückfallen.

»Ich muss mit dir reden«, meinte sie.

»Worüber?«, erwiderte Anne.

»Über dich. Und dein Kind, das du unter dem Herzen trägst.«

Anne blieb abrupt stehen. »Wie kommst du …?«

»Mich kannst du nicht täuschen. Erst das morgendliche Erbrechen, dann dein wachsender Bauch. Den Männern mag dein Zustand nicht aufgefallen sein, weil du immer den weiten Umhang trägst. Aber ich habe dich auch ohne ihn gesehen. Auch das war der Grund, warum ich zu Adams Bruder möchte. Ich hoffe, dass er wenigstens dir Obdach gewährt. Noch kannst du unser Tempo mithalten. Aber das wird nicht mehr lange der Fall sein. Dann brauchst du Schonung. Das Kind ist von diesem Jorge, von dem du mir erzählt hast, nicht wahr?«

Anne nickte.

»Bereust du, nicht bei ihm geblieben zu sein?«

»Ich weiß es nicht«, antwortete sie leise. »Manchmal vermisse ich ihn. Dann wieder bin ich davon überzeugt, dass wir beide unglücklich geworden wären. Wir kannten uns ja kaum.«

»Viele Ehepartner sehen sich am Tag ihrer Heirat zum ersten Mal.«

»Das ist doch schrecklich, findest du nicht?«

»Ja. Aber kein Grund, sich nicht trotzdem zu mögen.«

Anne machte ein nachdenkliches Gesicht.

»Außerdem: Was ist mit deinem Kind? Es braucht einen Vater. Adam und Endres werden diese Rolle nicht ausfüllen können. Stell dir Endres vor, mit einem Kleinkind auf dem Arm. Nachher lispelt der arme Wurm auch so wie unser Freund.«

Beide Frauen lachten.

»Aber ich würde dich vermissen, wie auch Endres und Adam.«

»Dein Kind ist wichtiger als wir. Denke darüber nach, Anne. Und wenn du willst, werde ich dich nach Lübeck begleiten. Nicht, um bei dir zu bleiben«, setzte sie hinzu, als sie den erleichterten Gesichtsausdruck ihrer Schwester bemerkte. »Sondern um dir den Abschied von uns etwas leichter zu machen.«

Gedankenversunken gingen die Schwestern lange nebeneinander her.

Als die Männer vor ihnen stehen blieben und auf einen Apfelbaum zeigten, der voller Früchte am Wegesrand stand, hatte Anne einen Entschluss gefasst. »Ich gehe nach Lübeck«, eröffnete sie ihrer Schwester. »Aber allein.«

7

Hattingen, 21. September 1506

Monatelang hatte Hinrick van Enghusen gegrübelt, dann endlich einen Entschluss gefasst. Das Gespräch mit dem Kaufmann Kielmann hatte ihn auf die Idee gebracht. Augenscheinlich war der Tuchhandel eine lukrative Angelegenheit. Warum ihn also anderen überlassen und nicht selbst daran verdienen? Ganz so sicher konnte

Hinrick sich nämlich nicht sein, dass sein Viehhandel, der Steinbruch und das Weinhaus auch zukünftig gute Erlöse abwerfen würden. Der Bau der Befestigungsanlagen der Stadt sicherte den Großteil seines Geschäfts. Wenn es dem Herzog in den Sinn käme, die Kornakzise für andere Zwecke zu verwenden, brächen ihm die Aufträge weg. Und der sporadische Bau einzelner Bürgerhäuser lastete den Steinbruch nicht aus. Ähnliches galt für die Umsätze im Weinhaus. Die Zeiten waren härter geworden. Die strengen Winter und nassen Sommer minderten die Erträge der Ackerleute. Schon jetzt blieben einige Bauern und Händler dem Wochenmarkt fern. Hinrick wusste, dass die Marktsteuer von Jahr zu Jahr geringer ausfiel. Wenn weniger Geschäfte gemacht wurden, sank die Zahl der zu begießenden Abschlüsse. Und die Reisenden machten den Umweg vom Hilinciweg in die Stadt nicht mehr so häufig. Er hatte schon daran gedacht, eine Schenke direkt am kleinen Hellweg zu bauen, bisher aber davon Abstand genommen. Zu groß erschien ihm das Risiko. Noch.

Aber im Tuchhandel gedachte van Enghusen nun, Nägel mit Köpfen zu machen. Und wer war als Partner für sein Vorhaben besser geeignet als Arndt Märcker der Jüngere, Gildemeister der Wollweber?

Die beiden Männer trafen sich wie verabredet am Abend im Weinhaus.

»Ehrenwerter Herr Märcker«, umschmeichelte van Enghusen den Tuchmacher. »Danke, dass Ihr meiner Einladung gefolgt seid.«

»Wie könnte ich sie ausschlagen? Es kommt nicht oft vor, dass ein Bürgermeister mit meinesgleichen das Gespräch sucht.« Als einziger der Gildemeister war Arndt Märcker nicht im Rat der Stadt vertreten. Dazu hatte beigetragen, dass in der Vergangenheit immer wieder Beschwerden laut geworden waren, die Hattinger Wollweber würden es mit ihren Waren nicht so genau nehmen. Neben der korrekten Länge war auch das richtige Gewicht der Stoffe Maßstab für die Qualität ihrer Arbeit und genau da schien es zu hapern. Um nun keine Gerüchte aufkommen zu lassen, der Rat würde ein solches Verhalten stillschweigend billigen, war es bisher gelungen, einem Vertreter der Wollweber einen Platz im Rat vorzuenthalten.

»Nun stellt Euer Licht nicht unter den Scheffel. Euer Gewerbe ist von großer Bedeutung für die Stadt.«

»Deshalb hat der Rat auch die Ausfuhr unserer Tücher erschwert.«

»Und im Gegenzug die Gebühren für die auswärtigen Tuchmacher erhöht«, warf van Enghusen schnell ein. »Ihr wart damit einverstanden, wenn ich Euch erinnern darf.«

»Richtig. Aber nur, weil der Rat uns zu verstehen gegeben hatte, dass diese Maßnahme nur von kurzer Dauer sei. Jetzt ist sie schon seit fast einem halben Jahr in Kraft und eine Änderung nicht in Sicht.«

Märcker hatte recht, das wusste van Enghusen nur zu genau. Denn der Hattinger Rat hatte, um die Ausfuhr von Tüchern nach Soest zu erschweren, mit den dortigen Verantwortlichen ein Abkommen getroffen. Die Menge, die Hattinger Tuchmacher auf den Soester Märkten verkaufen wollten und die ein vorher vereinbartes Maß überstieg, wurde mit einer Sondergebühr belegt. Davon floss ein Teil zurück in die Hattinger Stadttruhen. Und auf diese Einnahmen wollte die Stadt nicht mehr verzichten. Aber davon ahnten die Wollweber nichts.

»Genau darüber wollte ich mit Euch sprechen.« Van Enghusen beugte sich vor und senkte seine Stimme. »Ich könnte mir vorstellen, dass der Rat in Verhandlungen mit den Soestern treten könnte, um diese Steuer abzuschaffen.«

Märcker blickte skeptisch. »Ohne Euch zu nahe treten zu wollen: Ihr seid nicht gerade dafür bekannt, allzu freigiebig mit Eurer Gunst zu sein. Für Euer Entgegenkommen verlangt Ihr doch eine Gegenleistung. Welche?«

»Wenn Ihr so direkt fragt, gebe ich Euch eine freimütige Antwort: Ich möchte in den Tuchhandel einsteigen.«

»Was hindert Euch daran?« Märcker nippte am Weinglas und blickte Hinrick aufmerksam an.

»Um ehrlich zu sein, mangelt es mir an Lieferanten. Ich hatte daran gedacht, mich mit einigen der Tuchmacher zusammenzutun, unter anderem mit Euch.«

»Und wie soll diese Zusammenarbeit aussehen?«

»Um Eure Stoffe auf den auswärtigen Märkten zu verkaufen, benötigt Ihr Zeit und Geld. Zeit, die Euch und Euren Gehilfen in den Werkstätten fehlt. Geld, weil Ihr den Transport bezahlen und dessen Risiko tragen müsst. Ich übernehme Eure Waren hier in Hattingen und zahle sofort. Mit dem weiteren Verkauf habt Ihr nichts mehr zu tun und könnt Euch ganz Eurem Handwerk widmen.«

»Ich vermute, Ihr zahlt nicht den Preis, den wir auf den Handelsplätzen in den anderen Städten erhalten würden?«

»Natürlich nicht. Schließlich will ich auch etwas verdienen.«

»Was würdet Ihr denn anbieten?« Märckers Blick wurde lauernd. »Und versucht nicht, mich über den Tisch zu ziehen. Dann ist unsere Partnerschaft beendet, bevor sie begonnen hat.«

Van Enghusen war der kleine, dicke Mann vor ihm schon immer unsympathisch gewesen. Und wenn es einen anderen Weg gegeben hätte, günstig an die Stoffe und Tuche zu kommen, die er über seinen Bruder in Lübeck zu veräußern gedachte, wäre er diesen gegangen. Aber es gab keinen. Also musste er sich mit Märcker einigen. Um das zu erreichen, setzte er alles auf eine Karte. »Die Hälfte von dem, was Ihr sonst erzielen würdet.«

Der Gildemeister lachte auf. »Ihr seid nicht recht bei Trost.«

Van Enghusens Widerwille wuchs. Hart zu verhandeln, war eine Sache, die Wahrung der Höflichkeitsformen eine andere. »Wie Ihr meint.« Er erhob sich. »Dann habt Ihr augenscheinlich kein Interesse daran, dass der Rat seinen Einfluss auf die Soester geltend macht. Einen schönen Abend noch.« Der Bürgermeister wandte sich zum Gehen.

»Nun wartet doch und urteilt nicht vorschnell. Bei achtzig vom Hundert würde ich mit mir reden lassen.«

Van Enghusen wusste, dass er sein Ziel erreicht hatte. Natürlich war ihm klar gewesen, dass der Gildemeister seinem ersten Angebot niemals würde zustimmen können. Aber er hatte damit einen Köder ausgelegt. Und Märcker hatte angebissen.

»Außerdem erwarte ich natürlich eine verbindliche Zusage, dass der Rat unser Anliegen unterstützt.«

»Das wird er«, versicherte der Kaufmann, der nun sicher war, den Fisch an der Angel zu haben. Er setzte sich wieder. »Natürlich kann ich nicht garantieren, dass die Soester unserem Anliegen folgen werden.«

Märcker schaute bestürzt.

»Was blickt Ihr so unglücklich drein? Ich beabsichtige, zumindest Euch Eure Waren vollständig abzunehmen. Ihr seid damit nicht mehr von der Soester Akzise betroffen. Dafür erwarte ich im Gegenzug Unterstützung. Macht Euch bei den Mitgliedern der Gilde für mein Angebot stark.«

Erst jetzt verstand Märcker. »Ihr nehmt meine Stoffe komplett ab?«

»So ist es.«

»Egal wie viele ich herstelle?«

»Ja.«

»Zu einem vorher vereinbarten Preis?«

»Ja. Wir legen ihn gemeinsam für ein Jahr im Voraus fest.«

»Und Ihr tragt das Risiko des Verkaufs?«

Van Enghusen wurde ungeduldig. »Das sagte ich bereits.« Natürlich ließ der Kaufmann den Wollweber über seine wahren Beweggründe im Unklaren. Er gedachte nämlich, die Tuchmacher Schritt für Schritt von ihren Märkten und Abnehmern zu entfremden, um später, wenn sie alle derartigen Kontakte verloren hätten, den Einkaufspreis weiter zu drücken mit dem Ziel, die Wollweber vollständig von sich abhängig zu machen. »Gut. Ich biete Euch sechzig vom Hundert.«

Nach einigem Hin und Her einigten sie sich. Arndt Märcker verkaufte van Enghusen seine gesamte Ware zukünftig zu einem noch zu vereinbarenden Preis und verpflichtete sich im Gegenzug, auf andere Tuchmacher einzuwirken, ähnliche Geschäfte mit dem Bürgermeister einzugehen. Dafür versprach van Enghusen ihm, alles zu unternehmen, um die Soester Steuer zu senken. Das war nicht einmal gelogen, denn nur durch dieses Entgegenkommen des Bürgermeisters dürften die anderen Wollweber bereit sein, ihm einen Teil ihrer Waren zu überlassen. Van Enghusen war die Abgabe, die in Soest erhoben wurde, egal. Er wollte nach Lübeck liefern und von dort weiter nach Osten oder in den Norden. Und er beabsichtigte, gute Geschäfte zu machen.

8

Kiel, 1. Oktober 1506

Christian Cornelsen ging es schlechter. Sein Atem rasselte. Die Speisen, die ihm Jorge einflößte, erbrach er wieder. Also beschränkte sich sein Zellengenosse darauf, die vor Trockenheit zerrissenen Lippen des Mithäftlings mit einem feuchten Tuch zu benetzen. Nur selten erwachte Christian aus seinem Fieber. Meistens lag er regungslos und leise stöhnend auf dem Lager. Manchmal, wenn Jorge ihm bei seiner Notdurft half, öffnete er die Augen und schaute seinen Leidensgefährten dankbar an. In diesen Momenten lag ein Lächeln auf seinem Gesicht, aber er sprach schon seit Tagen kein einziges Wort mehr.

Jorge war jetzt etwa zwei Wochen in dem Kerker eingesperrt. Im Gegensatz zu den ersten Tagen seiner Inhaftierung wechselten sich die beiden Wächter, die ihnen das Essen und frisches Stroh brachten, nun ab. Der eine schob tagsüber Dienst; der andere, ein älterer Mann, der das rechte Bein etwas nachzog, nachts. Letzterer war der Umgänglichere von beiden und brachte auf Jorges Bitte einen weiteren Strohsack für Cornelsen, damit dieser sich damit zudecken konnte. Dem jungen Kaufmann war der Alkoholgeruch aufgefallen, den der Soldat ausatmete. Obwohl er ehrliches Mitgefühl zeigte, wollte oder konnte auch er Jorges Forderung nach medizinischer Hilfe für Christian nicht erfüllen, und so blieb der Lübecker sich selbst überlassen.

»Komm näher zu mir, mein junger Freund.«

Jorge schreckte von seinem Lager hoch. Er musste eingenickt sein. Christian saß aufgerichtet auf seiner Schlafstatt und schaute zu ihm herüber.

Jorge sprang auf und ging zu ihm.

»Setz dich neben mich«, bat Cornelsen mit schwacher, aber fester Stimme. »Ich muss mit dir reden.«

Er wartete, bis sein Mitgefangener auf dem Lager neben ihm hockte. »Ich werde sterben«, stellte er emotionslos fest. Als Jorge zu einer Erwiderung ansetzen wollte, gebot er ihm mit einer Handbewegung, zu schweigen. »Du musst mir jetzt genau zuhören. Es ist wichtig. Setze alles daran, aus diesem Loch zu entkommen.« Christian hustete Blut. »Hast du dir den Weg eingeprägt, als sie dich hierhergebracht haben?«

Jorge schüttelte den Kopf. »Nein.«

Cornelsen versuchte ein Lächeln. »Ihr jungen Leute habt den Kopf mit allem Möglichen voll, nur an das Wichtigste denkt ihr zuletzt.«

»Das Wichtigste ist, dass du dich zurücklehnst, etwas Brot isst und Wasser trinkst. Dann solltest du schlafen.« Jorge fühlte die Stirn des anderen Mannes. Sie war glühend heiß. »Das Fieber scheint gesunken. Du wirst sehen, bald bist du wieder gesund.« Während er diese Worte sprach, wusste er, wie unglaubwürdig sie sich anhörten.

»Du bist ein schlechter Lügner. Und jetzt schweig. Wenn es dir gelingt, aus diesem Kerker zu entkommen …«

»Wie soll ich das machen?«

»Schlag den Wächter nieder, besteche ihn, renn an ihm vorbei. Was weiß ich. Nur sieh zu, dass du aus dem Loch hier herauskommst. Wenn du auf dem Flur bist, wende dich nach links. So gelangst du zur Treppe. Davor steht die Bank, auf der sich die Wachen ausruhen. Du musst die Treppe hinaufgehen und die erste Tür nehmen. Sie führt in einen Gang. Ich glaube, er durchzieht die Stadtmauer. Wie auch immer, durch ihn kommst du auf eine Straße, die rechts zum Markt und links zu einem der Stadttore führt. Halte dich links, aber bedenke, dass die Tore nachts geschlossen werden. Allerdings ist die Stadtmauer nicht mehr im besten Zustand. Möglicherweise findest du einen Weg auf die Mauerkrone und eine Stelle, von der du auf die andere Seite hinunterspringen kannst, ohne dich zu verletzen. Ansonsten musst du dich verbergen und am Tag irgendwie versuchen, die Stadt zu verlassen. Lübeck liegt in südlicher Richtung. Aber nimm nicht den direkten Weg. Diese Pfade werden die Häscher König Johanns als Erstes absuchen. Wende dich lieber nach Osten, Richtung Küste, und schlage erst später den Weg nach Lübeck ein. Ganz wichtig: Solltest du Lübeck erreichen, suche den Ratsherrn Heinrich Witte auf. Berichte ihm von unserer Begegnung. Damit er dir glaubt, dass ich dich geschickt habe, sage ihm, dass ich nicht vergessen habe, dass er mich von meiner letzten Reise nach Schweden hat abbringen wollen. Er weiß dann schon, was gemeint ist.« Cornelsen schloss für einen Moment vor Erschöpfung die Augen. »Gib mir etwas Wasser«, bat er dann. Nachdem er getrunken hatte, setzte er seine Anweisungen fort. »Präge dir das Folgende genau ein: Die Schweden erwarten die uneingeschränkte Unterstützung Lübecks in ihrem Freiheitskampf. Zaudert die Hanse oder paktiert gar mit den Dänen, werden sie sich von uns abwenden und unter Umständen sogar ihren Frieden mit Johann machen. Dann aber werden sie Handel nicht mehr mit uns, sondern mit den Holländern treiben. Das wäre ein schwerer Schlag für Lübeck und die anderen wendischen Städte. Wir müssen also den Schweden beistehen, ohne Wenn und Aber. Berichte das dem Ratsherrn Witte.« Cornelsen ließ sich nach hinten fallen. Er schnappte nach Luft. Nach für Jorge bangen Momenten schien er sich wieder etwas erholt zu haben. »Greif in meine Tasche, mein Freund. Dort findest du einen Nagel. Vielleicht ist er dir von Nutzen. Ich habe mit ihm an jedem Morgen einen Strich in die Mauer geritzt. Später habe ich auch daran gedacht, mir mit ihm die Adern zu öffnen. Aber meine Furcht vor den dann drohenden Höllenqualen war immer größer als die Angst, in diesem Verlies zu krepieren. Nun, jetzt brauche ich ihn wohl nicht mehr.« Wieder schüttelte Christian ein Hustenanfall. Dann war er still.

Entsetzt beugte Jorge sich über ihn. Sein Mitgefangener atmete noch, aber nur schwach. Der junge Mann sprang auf, rannte zur Tür und schlug mit beiden Fäusten dagegen. »Er stirbt«, schrie er. »Cornelsen stirbt. Er braucht einen Bader!«

Draußen rührte sich nichts. Niemand antwortete, keine sich nähernden Schritte waren zu hören. Nur der Nachhall seiner eigenen Worte hing in der Kerkerzelle. Enttäuscht schlurfte Jorge zurück zu Christians Lager. Er fand den rostigen Nagel in Cornelsens Tasche, deckte den Kranken zu und sprach ein Gebet. Mehr konnte er nicht für den Mann tun, der ihm in den letzten Tagen ans Herz gewachsen war. Christians Tod war nur eine Frage von Stunden. Und Jorge würde ihm folgen, wenn es ihm nicht bald gelänge, dieses Gefängnis zu verlassen.

Am nächsten Morgen war Christian Cornelsen tot. Das musste Jorge feststellen, als er ihm ein wenig Frühstücksbrei einflößen wollte.

Wenig später nahm der Wächter die vollen Schüsseln entgegen. »Keinen Hunger?«, knurrte er.

»Cornelsen ist gestorben«, erwiderte der junge Mann mit belegter Stimme. »Er muss beerdigt werden. Und ein Pfarrer soll ihn segnen.«

Wortlos schloss der Soldat die Klappe. Jorge schlug mit der flachen Hand dagegen. »Bettet ihn in geweihte Erde!«, flehte er und lehnte seine Stirn gegen die Tür, die ihn von der Freiheit trennte. »Ihr müsst ihn beerdigen«, jammerte er und rutschte langsam tiefer, bis er auf den Knien vor der Kerkertür hockte, hemmungslos schluchzend.

9

Reval, 2. Oktober 1506

In der Nacht hatte es geschneit. Der Winter zeigte zum ersten Mal in diesem Jahr sein grimmiges Gesicht. Ein eisiger Wind trieb von Nordost immer neue Schneewolken über den Finnischen Meerbusen und es sah nicht danach aus, als ob es noch einmal wärmer werden würde. Schon seit Tagen brannten in allen Häusern der Stadt die Kaminfeuer auch in den Nächten, um die Kälte zu vertreiben, die durch die Fugen kroch und jedermann frösteln ließ.

Clas Wibbeking trat näher an die Flammen und legte einen dicken Holzscheit nach. Funken stoben hoch. Gierig leckte die Glut an der neuen Nahrung und das Feuer loderte auf.

Seit fast einem Monat hockte er nun schon im Haus Sievert Spanheims und wartete auf ein Schiff, dessen Reiseziel Lübeck hieß. Wenn nicht endlich eines in den nächsten Tagen einträfe, würden Wind und Wetter eine Rückreise vor dem Frühjahr unmöglich machen. Es war nur eine Frage der Zeit, bis der Hafen von Eisschollen förmlich eingemauert sein würde. Ein Durchkommen wäre dann undenkbar.

Obwohl der Kaufmann ihm immer wieder versicherte,

dass er Clas sofort darüber in Kenntnis setzen würde, sobald seine Passage gesichert sei, wuchsen Wibbekings Zweifel. Es konnte doch nicht sein, dass in den letzten vier Wochen nicht ein Schiff im Hafen angelegt hatte, welches in seine Heimatstadt fuhr? Und Spanheim war schließlich nicht in der Lage, sich um alles selbst zu kümmern. Er musste ja auch seinen Geschäften nachgehen. Womöglich erledigten seine Gehilfen die ihnen übertragenen Aufgaben nicht so gewissenhaft, wie Spanheim glaubte, und hatten ein Schiff übersehen?

Als Clas den Händler darauf angesprochen hatte, hatte der nur den Kopf geschüttelt. Auf seine Leute sei Verlass. Das Ansinnen seines Gastes, selbst zum Hafen zu gehen und Erkundigungen einzuholen, hatte er energisch zurückgewiesen. Es sei zu gefährlich für Wibbeking, sich auf den Straßen zu zeigen, hatte er zum wiederholten Mal erklärt. Möglicherweise warteten die Dänen nur darauf, sich seiner zu bemächtigen. Und dann wäre es höchstwahrscheinlich um ihn geschehen. Nein, Wibbeking solle es sich im Haus gemütlich machen, trinken, essen und sich ausruhen. Es käme sicher bald ein Schiff. Und dann sei sein Aufenthalt in Reval beendet.

Clas Wibbeking ging zu der kleinen Truhe, in der sich Jorges und seine Habseligkeiten befanden. Spanheim hatte dafür gesorgt, dass ihr Besitz vom Gasthaus abgeholt wurde. Es fehlte nichts. Der Wirt schien eine ehrliche Haut zu sein.

Der Lübecker bückte sich und griff nach dem Buch, welches Jorge mitgebracht hatte. Er schlug es auf und blätterte darin. Eine lateinische Grammatik, schien es ihm. Clas schüttelte lächelnd den Kopf. Mit was sich dieser Junge in seiner Freizeit so beschäftigte. Dann wurde seine Miene ernst. Wo Jorge wohl steckte? Ob die Dänen ihn nur verschleppt oder ihm gar Schlimmeres angetan hatten?

Vorsichtig, als bette er ein rohes Ei, legte Wibbeking das Buch zurück in die Truhe und schloss den Deckel. Dann begann er, im Raum auf und ab zu laufen. Er kam sich vor wie ein Gefangener. Seine Kammer war wohnlich, gewiss. Und er konnte sich im Haus frei bewegen. Aber er durfte es nicht verlassen.

Heute Abend würde er mit Spanheim reden. Er musste aus Reval fort, bevor der Winter mit aller Kraft Einzug hielt. Vielleich gab es ja einen anderen Weg, über Land nach Riga beispielsweise. Die weiter südlich gelegene Stadt dürfte nicht mehr als zweihundert Meilen entfernt sein, eine Strecke, die ein guter Reiter mit einem kräftigen Pferd in vier bis fünf Tagen zurücklegen konnte. Vorausgesetzt, er kannte sich in der Gegend aus.

Clas machte sich keine Illusionen. Er war kein guter Reiter. Und er benötigte einen Führer. Wahrscheinlich bräuchte er für den Weg länger. Vielleicht eine Woche?

Er rief nach der Magd, um sie zu fragen, wann Spanheim heimkehren würde. Könnte er vielleicht schon morgen aufbrechen?

Die Frau war seit mehreren Jahre in den Diensten Spanheims und sprach deshalb Deutsch. »Der Herr hat gesagt, es wird spät«, antwortete sie auf Wibbekings Frage. »Ihr sollt mit dem Essen nicht auf ihn warten. Er ist mit dem Pferd zur Ordensburg nach Kegel geritten. Und bei dem Wetter …« Sie machte eine Kopfbewegung zum Fenster hin.

»Verstehe.«

»Benötigt Ihr noch etwas? Herr Spanheim hat mir nämlich gestattet, den Tag bis zum Abend mit meiner Familie zu verbringen. Macht Euch keine Sorgen«, setzte sie hinzu, als sie Clas' nachdenklichen Gesichtsausdruck falsch interpretierte. »Das Essen wird rechtzeitig fertig sein. Herr?«

»Wie? Ach so. Nein, ich brauche dich nicht.«

Die Magd verschwand. Kurz darauf vernahm er das Schlagen der Tür. Er war für den Rest des Tages allein im Haus. Nun war es an der Zeit, den Einfall umzusetzen, der ihn eben so beschäftigt hatte, dass er unkonzentriert gewirkt hatte.

Clas grinste. Er kam sich vor wie ein Junge, der Verbotenes plant. Und eigentlich tat er ja auch genau das.

Zunächst suchte er einen Überhang mit Kapuze. Seine Kleidung war für das Wetter nicht warm genug. Schließlich hatte er nicht damit gerechnet, so lange in Reval ausharren zu müssen.

Fündig wurde er im Kontor, wo auf einer Bank in einer Ecke das Gesuchte lag: schwarz, aus dicker Wolle und vor allem unscheinbar. Dutzende trugen solche Umhänge in der Stadt. Der Überwurf war etwas zu groß für Clas. Aber das kam ihm gerade recht. So konnte er sich die Kapuze tief ins Gesicht ziehen, ohne aufzufallen. Und da es wieder angefangen hatte, zu schneien, würde ein Vermummter mehr am Hafen nicht auffallen.

Als Clas Wibbeking vor die Tür trat, packte ihn der eisige Wind mit aller Kraft. Er hatte sich nicht getäuscht: Lange würde der Revaler Hafen nicht mehr eisfrei bleiben. Eilig machte er sich daran, nach einer Reisemöglichkeit zu suchen.

Die Kogge mit dem lübischen Adler auf dem Segel war nicht zu übersehen. Sie lag direkt am Anfang des Kais, etwas entfernt von den zwei dänischen Kriegsschiffen, die nebeneinander zwischen einem schwedischen und russischen Segler festgemacht hatten.

Als Clas näher kam, erkannte er, dass die Lübecker Kogge tief im Wasser lag. Entweder war sie gerade erst angekommen und noch nicht entladen worden oder aber ihr Bauch war voller Güter und ihr Ablegen stand kurz bevor. Er sprach den Seemann an, der an der Reling lehnte und gelangweilt den Schneeflocken hinterherblickte.

»Könnte ich den Besitzer des Schiffes sprechen?«

Der Mann schaute zu ihm herab. »Ist nicht da.«

»Und der Steuermann?«

»Auch nicht.«

»Wann kommen sie zurück?«

Schulterzucken.

Das sprach dafür, dass das Schiff schon mehrere Tage im Hafen lag, denn wenn die Entladung bevorstand, entfernte sich keiner der Verantwortlichen für unbestimmte Zeit. »Ihr seid schon länger in Reval?«

»Vier Tage.«

Das hatte Wibbeking sich gedacht. Erst gestern hatte Spanheim ihm versichert, dass kein Schiff aus Lübeck eingelaufen sei. Wusste er es nicht besser oder hatte er ihn belogen? Und falls ja, aus welchem Grund?

»Wann lauft ihr aus?«

»Morgen.«

»Direkt nach Lübeck?«

»Ja.«

»Habt ihr noch Platz für einen Reisenden? Ich zahle gut.«

Nun schien das Interesse des Seemannes geweckt. »Wie gut?«

Clas vermutete, dass die Besatzung auf dieser Kogge anteilig am Reingewinn der Reise beteiligt war. Und dazu gehörte auch der Preis, den Fremde an Bord für die Fahrt zu entrichten hatten. »Fünf Goldgulden, wenn Euer Herr mich mitnimmt.« Das war eine fürstliche Bezahlung. Und an der freudigen Überraschung, die sich auf dem Gesicht des Seemannes zeigte, erkannte Clas, dass er mit seiner Vermutung richtiggelegen hatte.

»Wenn Ihr wollt, kommt an Bord und wartet im Trockenen auf seine Rückkehr.«

»Nein, ich muss noch meine Sachen holen. Wann genau lauft Ihr aus?«

»Kurz nach Morgengrauen.«

»Gut. Sagt Eurem Herrn, dass ich rechtzeitig zurück sein werde.«

»Er wird seinen Lohn aber vor dem Auslaufen einfordern.«

»Das ist nur recht und billig.« Für einen kurzen Moment überlegte Clas, seinen Namen zu nennen. Die Wibbekings waren in Lübeck bekannt. Dann aber entschied er sich dagegen. Wer wusste, was dieser Seemann bis zum Morgen noch alles anstellen würde und was er bereit war, für einen Becher Bier oder Wein zu verkaufen? Clas verabschiedete sich und machte sich auf den Weg zurück zu Spanheim.

Das Schneetreiben war stärker geworden. Er zog die Kapuze tiefer und stapfte durch den Schnee Richtung Stadttor. Als er die dänischen Kriegsschiffe passierte, vernahm er lautes Gelächter.

Wibbeking sah hoch und erkannte an Deck Sievert Spanheim, der sich in bester Laune mit einem dänischen Soldaten in Uniform unterhielt. Clas stockte der Atem, als er den Mann genauer musterte: groß gewachsen, blond, kräftige Gestalt. Es war der Anführer der Bande, die Jorge und ihn überfallen hatte. Und Spanheim verstand sich augenscheinlich bestens mit ihm. In Clas kroch ein schrecklicher Verdacht hoch: Was, wenn Spanheim insgeheim mit den Dänen paktierte? Das würde seine guten Informationen erklären und auch, warum er bisher unbehelligt geblieben war. Die Geschichte von den Leibwächtern war Clas bereits sonderbar vorgekommen, als er den angeblichen Kämpfern begegnet war. Hatte der Kaufmann ihn vielleicht vertröstet, um

Zeit zu gewinnen, bis ein dänisches Kriegsschiff in Reval einlief? Wollte Spanheim ihn an die Dänen ausliefern? Und rührte der Rat, das Haus nicht zu verlassen, möglicherweise nur daher, dass der Händler eine mögliche Flucht Clas' verhindern wollte?

Ohne noch einen Blick auf die Männer zu werfen, ging Wibbeking zügig weiter. Am Stadttor fragte er den Soldaten der Stadtwache, wann die Dänen eingelaufen seien.

»Gestern Abend«, lautete die Antwort.

Er drückte dem Soldaten einen Silberpfennig in die Hand. »Und wann lag hier zum letzten Mal ein dänisches Schiff vor Anker?«

»Vor etwa vier Wochen, wenn ich mich recht erinnere.«

Clas' Mund wurde trocken. Das alles sprach für die Vermutung, dass Spanheim ein doppeltes Spiel trieb. Aber natürlich war es möglich, dass Wibbeking Gespenster sah und sich irrte. Schließlich musste der Händler Kontakte zu den Dänen pflegen, um an sein Wissen zu gelangen.

Clas nahm sich vor, der Sache auf den Grund zu gehen. Wenn Spanheim nicht nur für die Hanse, sondern auch die Dänen arbeitete, musste das der Rat in Lübeck erfahren. Der aber würde sich nicht mit Vermutungen zufriedengeben, sondern Handfesteres erwarten, bevor er den Stab über dem Händler brach.

Mit wachsender Unruhe verbrachte Wibbeking die Stunden bis zu Spanheims Rückkehr. Als sich die beiden Männer dann endlich doch zum Essen trafen, bekam Clas kaum einen Bissen hinunter, so aufgewühlt war er.

»Ihr habt auf mich gewartet und trotzdem kaum etwas gegessen«, stellte Spanheim fest und schenkte Wein nach. »Hat es Euch nicht geschmeckt?«

»Doch. Aber ich fühle mich nicht wohl. Wie war Euer Tag in Kegel?«

»Sehr erfolgreich. Der Deutsche Orden dort benötigt einige Waren, die ich ihm liefern soll. Wir sind uns schnell einig geworden.«

»Das hört man gern. Sagt, ist eigentlich immer noch kein Schiff aus Lübeck eingetroffen?«

»Nein. Und um Euer Misstrauen gegenüber meinen Männern zu zerstreuen: Ich war gestern persönlich am Hafen. Ein Russe liegt dort. Aber Ihr wollt ja nach Westen, nicht nach Osten zum Zaren, oder?« Spanheim lachte über seinen Scherz.

Clas war sich jetzt sicher, dass der Händler log.

»Ich bin fest davon überzeugt: Es wird noch ein Schiff kommen. Ihr könnt mich am morgigen Abend zum Hafen begleiten und Euch selbst erkundigen. Es geht erst so spät, da ich tagsüber noch etwas zu erledigen habe.«

»Woher dieser Sinneswandel? Bisher rietet Ihr mir stets, das Haus nicht zu verlassen.«

»Ich glaube nicht mehr daran, dass die Dänen Euch noch suchen, sonst hätte ich davon gehört. Nein, ihr Interesse an Euch ist vermutlich erlahmt. Erlahmt, nicht erloschen, deshalb solltet Ihr tagsüber trotzdem noch vorsichtig sein. Aber ich denke, abends können wir diesen kleinen Gang wagen.«

Bei dem du Halsabschneider mich deinen dänischen Freunden übergeben willst, dachte Clas wutentbrannt. Er hatte Mühe, seine Erregung zu verbergen. Dieser Judas! Was er wohl als Gegenleistung dafür erhielte, dass er ihn ans Messer lieferte? Wibbeking wurde klar, dass ihm nicht mehr viel Zeit blieb. Er musste noch heute handeln.

»Was meint Ihr zu meinem Vorschlag?«, setzte Spanheim nach.

»Eine gute Idee. Außerdem freut es mich, wieder einmal aus dem Haus zu kommen.« Clas erhob sich. »Wenn Ihr es mir nachseht: Ich möchte jetzt schlafen. Dann bin ich schnell wieder bei Kräften und das leichte Unwohlsein wird morgen sicher verflogen sein.«

»Schlaft wohl, mein Freund«, erwiderte Spanheim.

Schuft, dachte Wibbeking.

Er wartete, bis der Nachtwächter Mitternacht ausrief. Dann packte Clas seine Truhe, wuchtete sie auf seine linke Schulter und schlich aus dem dunklen Haus. Ohne Probleme erreichte er das Stadttor und wie vor vier Wochen wechselten erneut einige Pfennige den Besitzer. Dann öffnete sich die Tür und Wibbeking schlüpfte hindurch.

Wenig später stand er vor dem Schiff mit dem Wappen der Stadt Lübeck. Es dauerte einige Zeit, bis jemand auf sein Rufen reagierte. Eine Fackel wurde entzündet und ein Mann hielt sie suchend über die Reling. »Seid Ihr derjenige, der bereit ist, fünf Goldgulden für eine Passage nach Lübeck zu bezahlen?«

»Der bin ich.«

»Und Ihr habt das Geld?«

»Bei meiner Ehre.«

»Dann kommt an Bord. Der Besitzer schläft, hat aber mich beauftragt, das Geschäft mit Euch zu schließen. Ich bin der Steuermann.«

Auf dem Schiff zählte Clas dem Seemann die Gulden in die ausgestreckte Hand. Er bekam einen Schlafplatz auf dicken Säcken zugewiesen und ein Fell als wärmende Decke.

Als er am nächsten Morgen das Deck betrat, waren die Türme Revals nicht mehr zu erkennen.

Ein fülliger Mann sprach ihn an. »Ich kenne Euch«, meinte er und streckte ihm die Hand entgegen. »Ihr seid Clas Wibbeking. Man sucht Euch überall.«

Auch Clas meinte, sein Gegenüber schon früher gesehen zu haben, konnte sich jedoch nicht an den Namen des anderen erinnern.

»Marten up de Halle«, stellte dieser sich vor. »Ich wohne in der Hartengrube.«

Jetzt wusste Clas, wen er vor sich hatte. Ursprünglich ein Fischer, war up de Halle vor einigen Jahren in den Handel mit Heringen eingestiegen und hatte es dank erfolgreicher Geschäfte zu einem bescheidenen Wohlstand gebracht. Er hatte mehrmals um die Mitgliedschaft in der *Schiffergesellschaft* nachgesucht, die ihm bis jetzt jedoch verwehrt geblieben war. Auch Clas hatte bisher gegen seine Aufnahme gestimmt. Aber das, schwor er, würde sich ändern.

10

Kiel, 4. Oktober 1506

Es dauerte drei Tage, bis die Soldaten endlich Cornelsens Leichnam aus der Zelle holten. Drei Tage, in denen Jorges Unruhe wuchs, aber auch ein Plan gereift war. Ihm war nicht wohl in seiner Haut. Stündlich erwartete er, der peinlichen Befragung unterzogen zu werden, so wie es ihm die Richter angedroht hatten. Vermutlich wollten sie ihn nur ein wenig zappeln lassen, damit er auch ohne Folter gestand, ein Spion zu sein. Die Frage war nur, wie lange dieser Zeitraum dauern würde. Er musste sich also beeilen, wenn er seinen Plan in die Tat umsetzen wollte.

Stunden hatte er damit verbracht, den rostigen Nagel an der spitzen Seite platt zu klopfen. Als Hammer hatte er die an den Ketten befestigten Eisenringe benutzt, mit denen die Gefangenen üblicherweise gebunden wurden. Er wusste nicht, warum die Wächter bei Cornelsen und ihm darauf verzichtet hatten. Vielleicht, weil sie als Tauschobjekte vorgesehen waren und nicht wie gewöhnliche Verbrecher behandelt werden sollten? Egal. Jetzt waren ihm die schweren Eisenringe jedenfalls eine große Hilfe bei seinem Vorhaben. Als er glaubte, die Spitze habe die richtige Form, machte er sich daran, den Nagel so zu einem Dietrich zu biegen, wie es ihm der Händler Lentz vor Jahren gezeigt hatte. Dazu legte er den Nagel auf einen der Ringe und formte ihn mithilfe eines weiteren Ringes zum S.

Zufrieden betrachtete Jorge sein Werk. Ein optisch perfekter Dietrich. Ob er sich jedoch auch im praktischen Einsatz bewähren würde, stand auf einem anderen Blatt. Nun galt es, auf die Wachablösung zu warten.

Eine Ewigkeit später war es endlich so weit. Der ältere der Wachsoldaten schob das Abendessen, sofern man die stinkende Brühe als solches bezeichnen konnte, durch die Türöffnung.

»Warte«, rief Jorge, als dieser die Klappe wieder schließen wollte.

»Was willst du?«, brummte der Soldat. Seine Stimme klang nicht unfreundlich, eher gelangweilt.

»Ich möchte mit dir auf meinen verstorbenen Freund trinken.«

»Behalte dein Wasser. Du brauchst es nötiger als ich.«

»Nicht mit Wasser, sondern mit Wein.«

Der Wächter lachte laut auf. »Hat dich dein Verstand im Stich gelassen? Woher willst du Wein nehmen?«

»Du wirst ihn mir bringen.«

Der Soldat schüttelte sich jetzt vor Lachen. »Du bist wirklich verrückt.«

»Das glaube ich nicht.« Jorge hielt den Goldgulden, den er kurz zuvor aus seinem Armband geholt hatte, vor die Klappenöffnung. Obwohl er mehrmals durchsucht worden war, hatte niemand die Idee gehabt, das billig aussehende Armband, das er immer noch trug, einer genauen Inspektion zu unterziehen. Zunächst hatte er erwogen, die Wache mit dem Goldgulden zu bestechen, dann aber davon Abstand genommen. Der Mann müsste befürchten, überführt zu werden, sollte er ihn einfach freilassen. Ein Goldgulden reichte angesichts des Risikos, das der Wächter in einem solchen Fall eingehen würde, nicht als Bezahlung aus. Und Jorge hatte nicht mehr Geld. Dieses Vorgehen schied deshalb aus und der Gefangene hatte sich etwas anderes einfallen lassen müssen. Ob dieser neue Plan aber besser war als der andere, musste sich erst zeigen.

Der Soldat riss überrascht die Augen auf, als er das Goldstück im Licht der Fackel blitzen sah.

»Das ist ein Goldgulden. Der reicht für viele Krüge Wein und mehr. Du holst dir und mir einen Krug und lässt für eine Nacht die Klappe hier offen, damit wir uns unterhalten können, während ich ihn trinke. Und damit ich etwas Licht in meiner Zelle habe und nicht so allein bin. Du kannst dir auch noch Branntwein kaufen. Es ist empfindlich kalt in der Nacht und er wird dich wärmen. Der Rest des Geldes ist dein.«

»Was hält mich davon ab, zu dir in die Zelle zu kommen und dir den Gulden einfach abzunehmen?«

»Um ihn zu bekommen, musst du dich mir nähern. Deine Lanze kannst du nicht benutzen, denn du darfst mich nicht verletzen. Solange ich nicht tot bin, kann ich reden und deinen Vorgesetzten den wirklichen Grund nennen, warum du meine Zelle betreten hast. Natürlich, du könntest mir drohen, mich zu erstechen. Die Drohung allein schreckt mich nicht. Du wirst deinen Worten also Taten folgen lassen müssen. Das würde aber deinem Offizier nicht gefallen, vermute ich.«

Der Soldat verzog das Gesicht. Volltreffer!

»Ich sehe es deiner Nasenspitze an, dass ich richtigliege. Also müsstest du dich auf deine Körperkräfte verlassen. Wer wohl stärker ist? Du oder ich?«

»Ich könnte meinen Kameraden um Hilfe bitten.«

»Auch das, nur willst du mit ihm teilen? Was, wenn er sich nicht an die Abmachung hält und dich übers Ohr haut? Er scheint mir kräftiger zu sein als du. Jünger ist er obendrein. Vielleicht gehst du am Ende leer aus?«

Der Soldat dachte nach. Seine Miene hellte sich auf. »Gut. Gib mir den Goldgulden und ich erfülle deinen Wunsch.«

»Und steckst ihn dir in die Tasche und ich sitze weiterhin auf dem Trockenen?« Jorge las im Gesicht seines Gegenübers wie in einem offenen Buch. Genau das war dessen Absicht gewesen. »Nein, so haben wir nicht gewettet. Du leistest einen Eid, dass du mich nicht betrügen wirst – auf die Bibel oder zur Not auf ein Kreuz.«

Jetzt kam es darauf an, wie sehr sich der Wachsoldat an einen heiligen Schwur gebunden fühlte. Waren ihm die Höllenqualen, die einem Eidbrüchigen drohten, egal, war Jorge nicht nur seinen Gulden los, sondern auch sein Plan wäre gescheitert. Sicherheitshalber setzte er nach: »Bedenke, was ein Meineid bedeutet. Du willst dich doch sicher nicht versündigen für den Gegenwert eines Kruges Wein?«

Ohne Zögern schüttelte der Mann heftig den Kopf, knöpfte sein Hemd auf und zog ein kleines Kreuz hervor, welches er abnahm und hingebungsvoll küsste. Jorge atmete erleichtert auf. Dieser Soldat schien ein gottesfürchtiger Mann zu sein.

»Und nun schwöre auf das Kreuz.«

Wenig später wechselte ein Goldgulden den Besitzer. Die Klappe wurde zugeschlagen und Jorge wartete mit pochendem Herzen im Dunkel darauf, dass der Soldat sein Wort hoffentlich auch einhielt.

Die Zeit bis zur Rückkehr des Wächters kam ihm endlos vor. Doch schließlich vernahm er Schritte, die Klappe wurde aufgestoßen und ein Krug durch die Öffnung geschoben.

»Hier, trink. Ich lasse die Klappe wie verabredet auf. Morgen vor der Wachablösung gibst du mir den Krug zurück.«

»So soll es sein.«

Der Soldat schlurfte zu seiner Bank. Jorge sah ihm nach. In der Rechten hielt auch er einen Krug ähnlich dem, der in der Klappenöffnung stand, und in der Linken trug er ein tönernes Gefäß. Darin wurde üblicherweise Branntwein abgefüllt. Wenig später hörte Jorge, wie der Soldat das Gefäß entkorkte. Jetzt musste er nur noch Geduld beweisen.

Stunden waren vergangen, als etwas im Gang vor seiner Zelle zu Boden fiel und klirrend zerbrach. Das musste die Flasche gewesen sein. Kurz darauf klang lautes Schnarchen an Jorges Ohr.

Um seine Nerven zu beruhigen, nahm der junge Mann auch einen großen Schluck Wein. Es war der erste aus dem Krug und würde auch sein letzter sein.

Dann schob er seinen linken Arm durch die Öffnung. Seine Finger suchten das Schloss auf der anderen Seite der Tür. Da war es! Er konnte das Schlüsselloch ertasten. Jorge zog seinen Arm zurück. Jetzt galt es! Er konnte nur hoffen, dass es sich um einen einfachen Verschluss handelte, der sich mit dem Dietrich öffnen ließe.

Er griff den verformten Nagel und steckte seinen Arm wieder durch die Klappe. Aufgeregt wie er war, stieß er mit dem Werkzeug an die Tür. Fast wäre ihm sein selbst gebauter Schlüssel aus den Fingern gerutscht und unerreichbar für ihn im Gang auf den Boden gefallen. Im letzten Moment konnte Jorge den Dietrich wieder fassen und die Faust um ihn ballen. Er musste sich beruhigen!

Der zweite Versuch klappte. Jorge führte den Nagel vorsichtig in das Schloss ein und machte die Augen zu. Konzentriere dich, beschwor er sich. Bleib ganz ruhig. Du hast es damals gekonnt und kannst es immer noch. Nur ruhig.

Langsam bewegte er den Dietrich nach vorn, bis er Widerstand verspürte.

Jetzt drehen, langsam drehen.

Schweißperlen standen auf seiner Stirn.

Jetzt ein weniger kräftiger. Du musst drücken. Halt den Dietrich fest. Nicht abrutschen.

Mit einem hörbaren Klick sprang das Schloss auf. Jorge hielt den Atem an. Von der Bank kam nur das gleichmäßige Schnarchen des Wächters.

Behutsam drückte der junge Mann auf die Türklinke. Nichts geschah. Panik kroch in ihm hoch. Was hatte er übersehen? Dann fiel es ihm ein. Natürlich! Der Riegel oberhalb der Klappenöffnung. Er griff nach oben, fand das Eisen, zog seitwärts und schob so den Bolzen aus seiner Halterung. Sofort sprang die Kerkertüre auf.

Jorge warf einen eiligen Blick zur Bank. Der Wachsoldat lag mehr, als er saß, und schnarchte immer noch. Jorge lief zurück in den Kerker, kippte den Wein aus und stellte den leeren Krug in die Öffnung. So leise wie möglich verschloss und verriegelte er die Tür. Wenn er Glück hatte, ließ sich der Wächter täuschen und glaubte seinen Gefangenen nach wie vor sicher im Inneren des Kerkers verwahrt.

Auf Zehenspitzen schlich Jorge zur Treppe. Als er den Soldaten passierte, der seinen Rausch ausschlief, juckte es ihn in den Fingern, sich sein restliches Geld wieder anzueignen. Dann aber siegte die Vernunft. Er durfte sein Schicksal nicht herausfordern.

Schnell hastete Jorge die Treppe hinauf und fand die Tür, die in den Gang führte. Für einen Moment schlug sein Herz bis zum Hals. Was, wenn auch sie verschlossen war? Mit zitternden Händen presste er die Klinke hinunter. Knarrend öffnete sich der Weg in die Freiheit.

Ohne Schwierigkeiten erreichte er das Freie. Es war sternklar und kalt. Der Mond hatte fast seine volle Größe erreicht. Jorges Atem kristallisierte in seinem Licht zu Schwaden, als er an der Stadtmauer entlanglief. Fast wäre er an einem Aufgang vorbeigehastet, der auf die Mauerkrone führte. Zwei, drei Stufen auf einmal nehmend, lief er nach oben. Dort orientierte er sich einen Moment. Wachen waren keine zu sehen. Jorge hastete nach links. Kurz darauf hatte er eine geeignete Stelle gefunden, an der ihm die Mauer nicht ganz so hoch erschien. Er schwang sich über die Brüstung, hielt sich noch einen Moment fest und ließ sich dann fallen. Hart schlug er auf dem gefrorenen Boden auf, verletzte sich aber nicht. Jorge rappelte sich auf, schaute noch ein letztes Mal auf die Mauer, die drohend hinter ihm in den Nachthimmel ragte. Er erschrak. In einem vergitterten Kasten, einige Schritte über dem Boden, hockte ein Mann und sah auf ihn herunter. Es dauerte einen Moment, bis Jorge realisierte, dass es ein Toter war, der dort im Käfig saß. Sein Gesicht hatte keine Augen mehr. Auch die Lippen fehlten.

Und aus dem zerrissenen Mund bleckten einige Zähne. Die Hände, die das Gitter immer noch umklammert hielten, waren teilweise skelettiert. Jorge meinte, die Fingerknochen zu erkennen. Ihn schauderte. Aber er konnte seinen Blick nicht von dem Toten lösen, der da zur Warnung an der Stadtmauer hing. Was hatte der arme Tropf verbrochen, dass er so ausgestellt wurde?

Schließlich gab Jorge sich einen Ruck und lief los, Richtung Osten, so wie es Christian Cornelsen geraten hatte.

11

Lübeck, 4. Oktober 1506

Vier der einflussreichsten Lübecker Bürger trafen sich nach der sonntäglichen Messe in der Marienkirche unter den Rathausarkaden, durch die gemauerten Pfeiler geschützt vor neugierigen Blicken. Aber diejenigen, die über den Marktplatz am Rathaus vorbeieilten, hatten eh genug damit zu tun, sich vor den Regenschauern in Sicherheit zu bringen, die ein kalter Wind vor sich hertrieb.

»Wir hätten doch ins Rathaus gehen sollen«, knurrte das langjährige Ratsmitglied Heinrich Witte.

»Unsere Unterredung dauert nicht lange. Eine Besprechung im Rathaus hätte möglicherweise die Aufmerksamkeit anderer Mitglieder des Rates erregt. Das wollten wir vermeiden. Noch ist es zu früh, um das, was wir Euch mitzuteilen haben, an die Öffentlichkeit gelangen zu lassen. Zu schnell wird vieles zerredet und breitgetreten, was besser in kleiner Runde bleiben sollte.« Tidemann Berck schaute zu dem anderen Bürgermeister Hartwig von Stiten, der das Gesagte mit einem kurzen Nicken bestätigte. »Obwohl Ihr nicht im Rat sitzt, ist uns Eure Meinung wichtig, Herr Wibbeking. Deshalb haben wir Euch gebeten, ebenfalls an diesem Treffen teilzunehmen. Nur eine kurze Frage vorab: Habt Ihr mittlerweile etwas von Eurem Bruder gehört?«

Der Angesprochene schüttelte den Kopf. »Nein. Die Besatzung der *Lisa* hat drei Tage nach ihm und seinem Begleiter in Reval gesucht, sie aber nicht gefunden. Auf Anraten Sievert Spanheims sind sie ausgelaufen. Zu Recht, wie ich meine. Was hätten sie auch sonst tun sollen?«

»Und es gab keine Spur von den Verschwundenen?«

»Nein, nur einen vagen Hinweis, dass sie am Hafen gesehen worden sein sollen. Einer der Stadtsoldaten meinte, sich an die beiden zu erinnern. Aber ihre Spur verlor sich.«

»Könnte Euer Bruder nicht mit unbekanntem Ziel abgereist sein?«

»Und beide lassen ihren gesamten Besitz in der Schenke zurück? Das kann ich mir nicht vorstellen.«

Witte schaltete sich ein. »Wie könnt Ihr so sicher sein, dass ihre Sachen noch im Gasthaus waren?«

»Der Steuermann der *Lisa* hat mir bestätigt, die Truhe meines Bruders persönlich Spanheim ausgehändigt zu haben für den Fall, dass Clas wieder auftaucht. Aber ich habe schon fast den Glauben verloren. Sieben Schiffe sind seitdem in Reval gewesen und kein Mann der Besatzungen hat auch nur den geringsten Hinweis auf die Verschwundenen gefunden, trotz einer Belohnung, die ich ausgelobt habe. Die beiden sind wie vom Erdboden verschluckt. Ich befürchte das Schlimmste.«

»Was glaubt Ihr?«, fragte von Stiten.

»Möglicherweise sind sie überfallen worden.«

»Verdächtigt Ihr die Dänen?«

Ehe Wibbeking antworten konnte, mischte sich Witte ein: »Das kann ich mir nicht vorstellen. Bei allem Streit, den wir mit ihnen haben, haben sie sich bisher immer an die Verabredungen gehalten: keine Anklagen gegen Bürger von Hansestädten ohne vorherige Konsultation, keine Verurteilungen und erst recht keine Festnahmen. Nein, die Dänen sind unser Gegner, aber sie sind keine Barbaren.«

»Barbaren sind sie bestimmt nicht«, erwiderte Berck. »Aber der Bruch von Verträgen gehört ebenso zu ihrem Handwerk wie zu unserem.«

»Womit wir bei dem Anlass unserer kurzen Zusammenkunft wären«, warf Hartwig von Stiten ein. »Uns ist zu Ohren gekommen, dass König Johann einen Brief an unseren König Maximilian gerichtet hat. Darin beschwert er sich über die ungehorsamen schwedischen Stände und fordert Maximilian auf, die Acht über die Schweden und alle, die ihnen helfen, zu verhängen. Wie es heißt, wird Maximilian dem Ansinnen folgen und tatsächlich die Acht aussprechen. Das würde unseren Handlungsspielraum empfindlich beeinträchtigen.«

»Es wird nichts so heiß gegessen, wie es gekocht wird«, widersprach Witte. »Der Papst hat im vergangenen Jahr den Schweden ebenfalls mit dem Kirchenbann gedroht. Ich kann mich nicht entsinnen, dass uns diese Ankündigung sonderlich beeindruckt hätte.«

»Da sprecht Ihr einen wichtigen Punkt an«, erklärte Tidemann Berck. »Auch seiner Heiligkeit hat Johann angeblich geschrieben und verlangt, nun tatsächlich den Bann auszusprechen. Kommt es dazu, stehen wir mit dem Rücken an der Wand. Der Papst und der eigene König sind mächtige Gegner, die wir nicht unterschätzen dürfen.«

»Zumal wir uns ja auch in unseren eigenen Reihen nicht einig sind.« Von Stiten schaute Konrad Wibbeking an.

»Wenn Ihr damit auf meine ablehnende Haltung auf dem *Hansetag* gegenüber Verhandlungen mit den Dänen anspielt, habt Ihr recht«, erwiderte dieser.

»Das dürfte ja wohl auch der wahre Grund gewesen sein, warum Euer Bruder nach Reval gereist ist. Er hatte vor, mit Spanheim Mittel und Wege zu finden, die dänische Blockade zu unterlaufen, oder irre ich mich?« Als Wibbeking schwieg, setzte von Stiten fort: »Und nun ist Euer Bruder verschwunden. Da seht Ihr, welche Folgen Euer abenteuerliches Handeln haben kann. Und das soll eine Strategie für die Hanse sein? Nie und nimmer!«

»Ihr macht mich für meines Bruders Verschwinden verantwortlich?«, brauste Wibbeking auf. »Wie könnt Ihr es wagen ...?«

»Meine Herren«, versuchte der andere Bürgermeister, zu vermitteln. »Es führt zu nichts, wenn wir uns gegenseitig an die Gurgel gehen. Die Lage ist zu ernst, als dass wir uns von persönlichen Belangen leiten lassen dürfen. Was ist Eure Meinung zu diesen neuen Entwicklungen, werter Herr Wibbeking?«

Konrad Wibbeking atmete tief durch. Dann hatte er sich wieder in der Gewalt, warf aber dennoch von Stiten einen empörten Blick zu. »Ich hielt es damals tatsächlich für einen Fehler, mit den Dänen zu verhandeln. Aber nach dem, was ich heute erfahren habe, muss ich meine Meinung überdenken.«

Berck unterbrach ihn. »Da stimme ich Euch aus ganzem Herzen zu. Wir können nicht Krieg gegen die Dänen führen, wenn Kirche und Reich nicht hinter uns stehen. Wobei die Meinung des Papstes nicht entscheidend ist. Rom ist weit und besitzt keine Flotte. Aber Johann hat mit den Niederländern und den Königen von Frankreich und Schottland starke Verbündete. Letzterer soll sogar eigene Schiffe in

Marsch gesetzt haben, ausgestattet mit Kaperbriefen des Dänenkönigs. Wenn uns dann der eigene Monarch in den Rücken fällt, können wir aus einem solchen Konflikt nicht als Sieger hervorgehen, unabhängig davon, was wir durch den Wegfall des Schwedenhandels an Gewinnen verlieren.«

»Das ist ein weiteres Thema«, bemerkte von Stiten. »Wir haben uns unter fast allen Bergenfahrern umgehört. Käme es zu einer vollständigen Blockade durch die Dänen, würde das unseren Norwegenhandel empfindlich treffen. Die finanziellen Verluste, die wir dadurch erleiden würden, könnten durch den Schwedenhandel bei Weitem nicht ausgeglichen werden.«

Hermann Witte sprach nun wieder Wibbeking an: »Verstehe ich Euch richtig: Ihr sprecht Euch für Verhandlungen aus?«

»Unter Vorbehalt, ja. Aber die sind ja ohnehin schon vereinbart oder hat Johann einen Rückzieher gemacht?«

»Nein«, erwiderte von Stiten. »Wir treffen wie vorgesehen am sechsten Dezember in Segeberg mit König Johann zusammen.«

»Was fragt Ihr mich dann? So weit waren wir schon auf dem *Hansetag.*«

Berck grinste. »Nach außen sicherlich. Aber man kann Verhandlungen führen mit dem Ziel, zu einer Einigung zu kommen, oder in dem Bestreben, sie scheitern zu lassen.«

Wibbeking dachte einen Moment nach. »Ihr wolltet mit dem Gesprächsangebot Zeit gewinnen?«

»Das auch«, erklärte von Stiten. »Aber wir mussten vor allem davon ausgehen, dass jedes Wort, welches auf dem *Hansetag* gesprochen wurde, unverzüglich auch Johanns Ohren fand. Da wollten wir ihn lieber in Sicherheit wiegen und nicht mit einer Ablehnung vor den Kopf stoßen. Wie Ihr seht, war das die richtige Entscheidung. Herr Witte, was meint Ihr?«

Ohne nachdenken zu müssen, antwortete der Ratsherr: »Ernsthaft verhandeln.«

»Das ist auch unsere Meinung«, bekräftigte Tidemann Berck das Gesagte. »Ohne Bann und Acht hätten wir uns auf einen Konflikt einlassen können. Aber so schadet ein Krieg nur unseren wirtschaftlichen Interessen. Hoffen wir, dass wir in Segeberg eine befriedigende Lösung finden können. Denn sonst kommt es über kurz oder lang zu Kämpfen um die Freiheit der Handelswege. Noch einmal die Frage: Ihr seid alle mit diesem Vorgehen einverstanden?«

Niemand widersprach.

»Gut. Dann werden wir diesen Plan auch den anderen Ratsmitgliedern mitteilen. Lasst mich Euch noch auf einen Becher heißen Wein einladen. Es ist doch ziemlich zugig hier im Freien.«

»Mein Reden«, brummte Heinrich Witte, als sie den Schutz der Arkaden verließen.

12

Bei Kiel und Lübeck, 5. Oktober bis 7. Oktober 1506

Den Rest der Nacht verbrachte Jorge, vor Kälte schlotternd, in einem verfallenen Schober, der kaum Schutz vor dem Wind bot, der von der Ostsee her blies.

Nach diesen durchfrorenen Stunden war ihm klar, dass er sich dickere Sachen besorgen musste. Auch deshalb, weil er in seiner vornehmen Kleidung auffallen würde wie ein bunter Hund, obwohl sie stark verschmutzt und an einigen Stellen zerrissen war. Jetzt ärgerte er sich darüber, dass er dem betrunkenen Kerkerwächter das Geld gelassen hatte. Er hätte es gut gebrauchen können.

Als die Sonne hinter einer diffusen Wolkendecke aufging, roch es nach Schnee. Jorge schlug heftig mit den Armen und sprang auf der Stelle, um seine steifen Glieder zu erwärmen. Dann trat er ins Freie.

Der Schober stand auf einer Anhöhe oberhalb eines Sees. Von dort hatte der Flüchtige einen guten Ausblick. Die Türme von Kiel waren jedoch nicht zu sehen. Bewaldete Hänge versperrten den Blick nach Nordwesten. Im Süden stieg aus einer Senke eine Rauchfahne in den Himmel. Weiter dahinter konnte Jorge eine Ansammlung von Häusern ausmachen. Er nahm sich vor, diese Gegend zu meiden. Wo sich ein Dorf befand, waren Straßen, auf denen sich mögliche Suchtrupps bewegen könnten. Und seinen Häschern wollte er nicht wieder in die Hände fallen.

Sein Magen knurrte und sein Mund war trocken. Gegen den schlimmsten Durst half das Ablutschen der mit dickem Raureif überzogenen Blätter. Nur seinen Hunger konnte Jorge nicht stillen. Also machte er sich auf, den Ursprung des Rauchs zu ergründen.

Der junge Mann näherte sich der Senke von Westen her. Sie war von niedrigen Bäumen und Büschen umwachsen. Ein kleiner Kotten duckte sich am tiefsten Punkt der Mulde und war so vor den Winden geschützt. Um das Holzhaus herum waren Beete und schmale Felder von den Bewohnern angelegt worden, die allerdings vollständig abgeerntet schienen. An der östlichen Seite wurde das Gelände durch den See begrenzt, von dessen Oberfläche Nebelschwaden aufstiegen. An einem einfachen Anleger lag ein Ruderboot. Keine Menschenseele war zu sehen.

Nur an einer Stelle schlängelte sich ein schmaler Pfad

nach Norden. Jorge entschloss sich, ihn zu meiden, und zwängte sich durch das dichte Unterholz. So konnte er nahe an den Hof herankommen, ohne entdeckt zu werden. Als ihn nur noch wenige Schritte vom Feldrand trennten, vernahm er Stimmen. Sofort duckte er sich. Eine Frau rief nach einem Kind. Tatsächlich lief kurz darauf ein halbwüchsiger Junge mit einem Eimer in der Hand um eine der Hausecken und verschwand im Inneren des Gebäudes. Gespannt harrte Jorge in seinem Versteck aus. Er musste nicht lange warten, denn schon bald öffnete sich die Tür und der Knabe trat an der Seite einer Frau ins Freie. Beide trugen große Körbe, deren Inhalt mit Tüchern abgedeckt war, und prall gefüllte Rucksäcke. Jorge überlegte, welcher Tag heute war. Montag vielleicht? Es sah so aus, als ob die Frau mit ihrem Sohn zu einem Markt in der Nähe unterwegs war, um dort ihre Waren zu verkaufen.

Als die beiden hinter der Anhöhe verschwunden waren, wartete Jorge noch eine Zeit lang. Dann ließ er das Unterholz hinter sich und lief zum Haus. Vorsichtig ging er zur Tür und klopfte. Als niemand reagierte, sah er sich erneut suchend um, schob den Riegel beiseite, öffnete und ging hinein.

Das Feuer im Kamin glimmte noch. Der Raum war mit einer breiten Schlafstatt, einem Tisch, vor dem zwei Bänke standen, und einer Truhe recht spärlich möbliert. Über dem Kamin hingen zwei Kupferpfannen und ein Topf an der Wand, neben der Tür einige Reusen, Netze und Kescher. Dies hier war ohne Zweifel das Haus eines Fischers.

Eine Tür öffnete sich zu einem Nebenraum, in dem Vorräte lagerten. Einige Eier, ein Sack Mehl, eine einsame Wurst sowie Dörrfische hingen an Haken von der Decke. Jorge lief das Wasser im Mund zusammen. Er widerstand dem Bedürfnis, die Vorräte zu stehlen. Hier wohnten keine reichen Leute. Und wenn er sich satt aß, mussten die Bewohner hungern.

Ein Geräusch ließ ihn zusammenzucken. Er hastete zurück in die Stube und schaute durch das Fenster, jederzeit bereit, die Flucht zu ergreifen, sollte sich jemand nähern. Doch er sah niemanden. Und als er das Geräusch ein zweites Mal hörte, wusste Jorge, was ihn aufgeschreckt hatte. Das Meckern war eindeutig. Irgendwo in einem Verschlag neben dem Haus wurde eine Ziege gehalten. Er hatte sie wohl aufgeschreckt.

Jorge warf einen Blick in die Truhe. Sie enthielt Kleidung. Wieder zögerte er. Dann aber hatte er seinen Entschluss gefasst. Er griff hinein und zog Hose, Hemd und einen groben Überwurf hervor. Probeweise hielt er sich die Sachen an. Das könnte passen. Schnell streifte er sein Gewand ab und das des Fischers über. Es passte tatsächlich einigermaßen. Zwar war die Hose etwas zu kurz, aber sie schien warm zu sein, und das war die Hauptsache.

Jorge verspürte kein schlechtes Gewissen. Selbst verschmutzt und zerrissen war der Wert seiner Kleidung mehrfach höher als der jener, die er jetzt trug. Gesäubert und geflickt würde ihr Verkauf auf dem Markt einiges einbringen. Von dem Erlös könnten die Fischerleute neue Kleidung erwerben und behielten sogar noch etwas Geld übrig. Es war also ein für sie vorteilhaftes Geschäft.

Erst jetzt entdeckte Jorge den Krug, der auf dem Kaminsims stand und offenbar Ziegenmilch enthielt. Er roch daran. Milch gibt eine Ziege jeden Tag, dachte er sich, setzte an und trank den Krug in einem Zug aus. Befriedigt strich er sich mit dem Handrücken über den Mund. Er hatte sich aufgewärmt, etwas Nahrhaftes im Magen und unauffällige, vor allem aber warme Kleider. Alles andere würde sich finden.

Eilig verließ er den Hof, verriegelte die Haustür wieder und machte sich auf den Weg zum Meer, welches er wenige Stunden später erreichte. Erst dann wandte er sich, wie ihm Cornelsen geraten hatte, Richtung Süden. Jorge suchte sich schmale Wege, Pfade nur, und orientierte sich am Stand der Sonne – wenn er sie denn unter der Wolkendecke ausmachen konnte. War sie nicht zu sehen, verließ er sich auf sein Gefühl in der Hoffnung, dass es ihn nicht tröge.

Gegen Abend sah er in der Ferne die Spitze eines Kirchturms. Er wich deshalb an einer Kreuzung nach Osten aus, fort von dem Dorf, und marschierte mitten durch ein kleines Waldstück, dessen Büsche bis an den Wegesrand wucherten.

So sah er die drei Frauen und den Mann erst, als er nach einer Kurve unmittelbar auf sie zulief. Für eine Flucht war es zu spät. Sie hätte nur die Aufmerksamkeit der Bauern vor ihm erregt. So grüßte er höflich, als sie sich fast erreicht hatten, und fragte: »Seid ihr hier aus der Gegend? Ich glaube, ich habe mich verlaufen.«

»Wohin willst du denn?«, antwortete der Mann freundlich.

»Nach Lübeck. Das heißt«, korrigierte Jorge sich sofort, »nicht direkt nach Lübeck, sondern zur Travemündung. Mein Onkel lebt dort.«

»Da bist du etwas zu weit nach Osten geraten.« Der Bauer zeigte auf die Kirche am Horizont. »Das da ist Schönwalde, dort verläuft die Straße nach Lübeck.«

»Und wie komme ich von hier aus weiter?«, erkundigte sich Jorge.

»Geradeaus nach Süden. In gut drei Stunden erreichst du die Lübecker Bucht. Dann musst du immer südwestlich der Küste entlang.«

»Und ist dieser Weg sicher?«

»Wie man's nimmt.« Der Bauer schaute ihn prüfend an. »Du reist ohne Gepäck«, stellte er fest. Die Skepsis in seiner Stimme war nicht zu überhören.

»Ich war mit einem Fremden unterwegs, den ich an einem See einen Tagesmarsch von hier entfernt getroffen habe«, log Jorge.

»Am Selenter See?«

»Ich weiß nicht genau. Er war einige Meilen lang und vielleicht eine Meile breit.«

»Das ist er.«

»Wir haben in einer verfallenen Scheune übernachtet. Heute Morgen war er fort und mit ihm mein Bündel.«

Der Mann schien diese Erklärung zu akzeptieren. »In etwa dein Alter? Allerdings besser gekleidet?«

Jorges Gedanken rasten. Der Mann schien etwas zu wissen. Er wollte es unbedingt in Erfahrung bringen. »Ja, genau«, erwidert er deshalb. »So sah er aus. Warum fragst du?«

»Bewaffnete des Herzogs suchen nach einem solchen Kerl. Sie sind uns hinter Schönwalde begegnet und ritten Richtung Lübeck.«

Jorges Herz machte einen Sprung. Seine Weitsicht hatte sich als richtig erwiesen. »Soldaten? Dann dürfte der Weg nach Lübeck ja sicher sein. Wie, sagtest du, komme ich auf die Straße dorthin?«

»Etwa eine Meile von hier ist eine Weggabelung. Dort wende dich nach rechts und du triffst südlich von Schönwalde auf die Straße. Folge ihr und gut zwei Tagesmärsche später stehst du wieder am Meer.«

»Danke für den Rat«, meinte Jorge.

»Aber beeile dich. Bald ist es stockdunkel und du kannst bei dem Wetter die Hand nicht mehr vor Augen sehen.«

»Ich werde es beherzigen.«

»Hast du eigentlich heute schon etwas gegessen?«, fragte eine der Frauen.

»Nein«, gestand Jorge und lächelte verlegen. »Mein Proviant war in meinem Beutel.« Er gewöhnte sich an das Lügen. Trotzdem schämte er sich.

Die Frau öffnete den Rucksack ihrer Begleiterin und zog einen Kanten Brot hervor. »Es ist schon etwas trocken. Ich wollte es eigentlich an die Hühner verfüttern. Aber jetzt ...« Sie reichte das Brot Jorge.

»Danke.«

Bald erreichte der junge Mann die Gabelung, an der er natürlich nicht nach rechts, sondern weiter geradeaus ging. Wenig später fand er einen Unterschlupf unter einigen Tannen, deren Zweige tief hinunterhingen und fast bis auf den Boden reichten. Er brach einige der Äste ab, baute sich damit ein einfaches Lager, auf das er sich setzte, und kaute langsam und mit Genuss das trockene Brot. Schließlich wickelte er seinen Umhang enger um sich und war kurz darauf fest eingeschlafen.

Am Abend des übernächsten Tages stand Jorge vor dem Haus der Wibbekings in der Königsstraße. Der Hausherr war gerade beim Abendessen, als die Magd Jorge zu ihm führte.

Freudig überrascht sprang Konrad Wibbeking vom Tisch auf. »Jorge! Ich kann es kaum glauben! Als ich aus Reval hörte, ihr beide wäret verschwunden, habe ich mir Sorgen gemacht, inzwischen befürchtete ich das Schlimmste. Und nun seid ihr doch noch wohlbehalten zurückgekehrt. Gott sei Dank!« Er schaute zur Tür. »Wo bleibt Clas?«

Jorge biss sich auf die Lippen und schluckte.

Konrad Wibbeking bemerkte seine Verzweiflung. Der

Kaufmann kam auf ihn zu und griff mit beiden Händen Jorges Schultern. »Mein Bruder ist nicht bei dir?«

Der Rückkehrer schüttelte müde den Kopf.

»Was ist passiert?«

»Ich … ich weiß es nicht.«

»Was heißt das? Wart ihr nicht zusammen unterwegs?«

»Doch, schon. Aber …« Jorges Sprache versagte.

»Nun rede!«

»Es war vor etwa einem Monat. Wir saßen in einem der Gasthäuser Revals, als wir die Nachricht erhielten, Sievert Spanheim wolle uns am Hafen treffen. Wir sind sofort aufgebrochen, aber nicht der Händler, sondern Dänen erwarteten uns. Sie sind mit Knüppeln über uns hergefallen. Ich wurde getroffen und bin ohnmächtig geworden. Doch bevor ich fiel, habe ich gesehen, dass Clas ebenfalls zu Boden stürzte. Dann weiß ich nichts mehr. Aufgewacht bin ich auf einem Schiff. Später wurde ich in Kiel verhört.«

»Von wem?«

»Sie haben mir ihre Namen nicht genannt. Sie waren gekleidet wie Ratsmitglieder der Stadt.«

»Wessen haben sie dich beschuldigt?«

Jorge zögerte mit der Antwort.

»Nun sprich schon«, drängte Wibbeking.

»Sie haben behauptet … Ich versichere Euch, nichts davon ist wahr!«

»Was ist nicht wahr?«

Jorges Zähne mahlten. »Ich habe Clas nicht umgebracht«, stieß er endlich hervor.

»Clas ist tot?« Konrad Wibbeking wurde bleich im Gesicht.

»Das haben die Männer in Kiel jedenfalls behauptet. Sie sagten, wir hätten uns beim Würfelspiel gestritten und ich hätte ihn ermordet, um meinen Spielverlust zurückzuerlangen.«

»Ihr habt gewürfelt?«

»Nein, das haben wir nicht getan. Wir haben zu Abend gegessen, als ein Junge uns die angebliche Nachricht Spanheims überbrachte.«

»Wie sollst du Clas ermordet haben?«

»Sie behaupten, ich hätte ihn ins Herz gestochen. Mit meinem Dolch. Aber das stimmt nicht, ich …«

Wibbeking hob den Arm. »Wusstest du, dass Clas ursprünglich Offizier werden wollte, bevor er sich für das Leben als Bergmann entschied?«

Jorge schüttelte den Kopf.

»Er ist an der Waffe ausgebildet worden. Du hättest ihn niemals von vorn erstechen können, ohne zumindest selbst verletzt zu werden. Außerdem verabscheute mein Bruder jede Form des Glücksspiels. Nein, diese Anklage gegen dich wurde erfunden, da bin ich mir sicher.«

»Ihr glaubt mir also?«, erkundigte sich Jorge erleichtert.

»Selbstverständlich. Nur sorge ich mich jetzt noch mehr um meinen Bruder. Er war sicher nicht an Bord des Schiffes?«

»Ich habe ihn zumindest nicht gesehen.«

»Was ist in Kiel passiert?«

Jorge berichtete von seiner Kerkerhaft, dem Tod Cornelsens und seiner Flucht.

Als er geendet hatte, fragte Wibbeking: »Wann hast du zuletzt etwas gegessen?«

»Vor zwei Tagen.«

Wibbeking deutete zum Tisch. »Iss dich satt. Danach suchen wir Ratsherrn Witte auf. Er muss deine Geschichte hören.«

Heinrich Witte wohnte ebenfalls in der Königsstraße. Gemeinsam gingen Konrad Wibbeking und Jorge zu dem nur wenige Schritte entfernten Haus schräg gegenüber.

Als sie in die Diele geführt wurden, riss der junge Mann überrascht die Augen auf. Das Wohnhaus der Wibbekings empfand er schon als großzügig, Wittes Wohlstand jedoch schien den von Jorges Gönner noch zu übertreffen. Säulen mit geschnitzten Ornamenten stützten die schweren Deckenbalken. Die Holzdielen wiesen kunstvolle Malereien auf, die Szenen aus der Heiligen Schrift zeigten. Die Wände schmückten Tapeten aus Leder und an der Stirnseite des Raumes führte eine geschwungene, ebenfalls mit Schnitzereien verzierte Treppe in die oberen Etagen des Hauses. Am auffälligsten war ein mehr als mannshoher Schrank, dessen Intarsien beeindruckende Muster aufwiesen und der halb offen stand. Darin befanden sich zahlreiche Bücher mit Lederrücken, wie Jorge fasziniert erkannte. Zu gerne hätte er die Gelegenheit gehabt, sie zu lesen, wenigstens etwas in ihnen zu blättern. Aber deshalb waren sie nicht hier.

»Entschuldigt die späte Störung«, begann Konrad Wibbeking. »Dieser junge Mann hier ist Jorge von Linden. Vermutlich habt ihr ihn auf dem *Hansetag* gesehen. Er hat meine Schreibarbeiten erledigt.«

Witte nickte. »War er nicht mit Eurem Bruder in Reval?«

»So ist es.«

»Dann ist Clas wieder wohlbehalten in Lübeck?«

»Leider nein. Aber lasst zunächst meinen Gehilfen sprechen. Danach werdet Ihr besser verstehen.«

Zum zweiten Mal an diesem Abend berichtete Jorge von seinen Erlebnissen.

Hermann Witte hörte aufmerksam zu, fragte hier und da nach. Als Jorge geendet hatte, bemerkte er: »Es tut mir leid um Christian Cornelsen. Wir wollten ihn gegen einen holsteinischen Spion austauschen, aber die Dänen haben sich nicht darauf eingelassen. Er sei bereits tot, wurde uns übermittelt. Cornelsen war ein mutiger Mann. Und du bist dir ganz sicher, dass er gesagt hat, jedes Entgegenkommen unsererseits König Johann gegenüber würde unweigerlich den Bruch mit den Schweden bedeuten?«

»So ist es.«

Witte schien noch nicht ganz überzeugt. »Eine Frage habe ich: Wie kannst du dir sicher sein, mit Cornelsen gesprochen zu haben? Es könnte doch jemand anderes im Kerker mit dir geredet haben.«

»Jemand, der sich als Cornelsen ausgegeben hat, meint Ihr?« Als Witte nicht antwortete, setzte Jorge fort: »Und einfach so gestorben ist? Das glaubt Ihr doch wohl selbst nicht.« Für einen Moment erschrak er über seine unbedachte Bemerkung. Dann sprach er weiter. »Mir scheint, dass Ihr meinen Worten keinen Glauben schenkt. Cornelsen hat das geahnt. Deshalb hat er mir aufgetragen, Euch zu sagen, dass er nicht vergessen habe, dass Ihr es wart, der ihn von seiner letzten Reise hat abbringen wollen. Ich weiß zwar nicht, was er damit gemeint hat, aber genau das ist seine Rede gewesen.«

Witte atmete tief durch, ging mit schweren Schritten zum Tisch und setzte sich auf die Bank. »Cornelsen war sehr krank. Ich glaube, es war die Schwindsucht, die ihm zu schaffen machte. Deshalb wollte ich zunächst nicht, dass er die Gefahren und Anstrengungen einer weiteren Fahrt auf sich nehme. Er hatte nach meiner Überzeugung bereits genug für Lübeck und die Hanse getan. Schließlich habe ich ihn dann aber sogar in seinem Anliegen bestärkt.« Witte stützte den Kopf auf seine rechte Faust und sagte leise: »Ich hätte nicht zustimmen dürfen und meinen Einfluss gegen seine Reise geltend machen müssen. Vielleicht würde Cornelsen dann noch leben.«

»Vermutlich nicht«, mischte sich Wibbeking in das Gespräch ein. »Ich bin mir sicher: Cornelsen wusste sehr genau, was er tat. Euch trifft keine Schuld.«

Das Ratsmitglied stand auf und straffte sich wieder. Die eben noch gezeigte Trauer erschien verflogen. Er wandte sich an Jorge. »Vergessen wir das. Du hast jedenfalls Mut und Umsicht bewiesen und uns nicht nur einen Vorteil in den anstehenden Verhandlungen mit König Johann gebracht, sondern auch wichtige Informationen besorgt. Ich bin mir sicher, der Rat wird das, was du uns von Cornelsen übermittelt hast, bei seinen Entscheidungen berücksichtigen.« Er sprach Wibbeking direkt an. »Seit wann steht der junge Mann in Euren Diensten?«

»Seit etwa einem halben Jahr.«

»Und hat der Hanse und der Stadt schon mehr geholfen als andere in einem halben Leben. Was würdet Ihr, Herr von Linden, dazu sagen, Bürger von Lübeck zu werden?«

Jorge war sprachlos.

Witte interpretierte sein Schweigen falsch: »Solltet Ihr Euch um das Bürgergeld Sorgen machen: Ich bin mir sicher, dass der Rat meiner Empfehlung folgen wird und wir in Eurem Fall auf die Zahlung verzichten können. Nur um den Eid werdet Ihr nicht herumkommen. Nun, was sagt Ihr?«

Der Kloß in Jorges Hals wollte nicht weichen. Deshalb nickte er nur.

Der Bürgermeister schmunzelte. »Gut, dann sei es so.«

ENDE UND ANFANG

Oktober 1506 bis Oktober 1509

1

Lübeck, 8. Oktober 1506

Marlein musste sich eingestehen, dass ihr das Leben als Verlobte Spaß zu machen begann. Albrecht Schulten umwarb sie heftig, machte ihr kleine Geschenke, überhäufte sie mit Komplimenten – aber ohne ihr in irgendeiner Weise zu nahe zu treten. Er hielt sich an ihre Abmachung und behandelte sie mit ausgesuchter Höflichkeit.

Leider hatte sie den Schulbesuch einstellen müssen – eine Verlobte, die in den Stand der Ehe treten wollte, konnte nicht die Schulbank drücken, mochte sie auch jünger sein als die meisten ihrer Freundinnen. Es hatte erst eines Machtwortes ihres Onkels und der Überredungskunst ihrer Tante bedurft, bis sie sich bereit erklärt hatte, zukünftig auf den Unterricht zu verzichten. Allerdings hatte ihre Verwandtschaft nichts dagegen einzuwenden, dass sie sich von ihrer Freundin Juliana Christiansen über den Unterricht informieren ließ und die der Klasse gestellten Aufgaben zu Hause zu lösen versuchte – was ihr auch fast immer gelang.

Die Hochzeit war für den Sommer des kommenden Jahres geplant. Der genaue Termin sollte zwischen ihrem Verlobten und ihrem Vater bei dessen nächstem Besuch festgelegt werden. So hatte es Jobst van Enghusen entschieden und seinem Bruder schriftlich mitgeteilt. Nun warteten alle gespannt auf die Antwort von Marleins Vater. Besonders ungeduldig war ihr Onkel, hatte er doch heftige Kritik seines älteren Bruders einstecken müssen, weil er dem Mädchen in

Hinricks Augen zu viele Freiheiten gewährte. Nun jedoch war ein respektabler Ehemann für sie gefunden und diesen Erfolg gedachte Jobst, für sich in Anspruch zu nehmen.

Das nasskalte Wetter der letzten Tage war vorbei. Von einem tiefblauen Himmel schien die Sonne. Zwar fand sich morgens Raureif auf den Feldern vor der Stadt und es wurde tagsüber nicht mehr richtig warm, aber das sonnige Wetter ließ das Leben in den Gassen und auf den Plätzen der Stadt wieder erblühen, ganz so, als ob Lübeck noch einmal die letzten Sonnenstrahlen genießen wollte, ehe aus Nordosten der Winter über die Hansestadt hereinbrach.

Auch die frischgebackene Verlobte zog es ins Freie. Als ihre Tante die Frau im Fischerviertel aufsuchen wollte, um neue Kräuter zu kaufen, bat Marlein darum, sie begleiten zu dürfen.

Irmla van Enghusen tat die lang ersehnte Schwangerschaft sichtlich gut. Sie lachte und scherzte mit ihrer Nichte, so als ob sie gleichaltrig wären. Und sie fühlte sich, trotz der Anfälle morgendlichen Unwohlseins, gesund und freute sich auf ihr Kind.

Die beiden gingen Richtung Dom im Süden, ließen den Markt und das Rathaus rechts liegen und standen bald vor dem Mühlenteich. Von dort waren es nur noch ein paar Schritte bis zum Haus der Kräuterfrau. Während Irmla in dem Gang verschwand, setzte sich Marlein an das Ufer der Trave und sah den Fischern zu, die von ihren niedrigen Booten aus die Netze auswarfen. Es waren nicht viele auf der Untertrave unterwegs. Hier waren die Bestände weitgehend leer gefischt. Die meisten der Fischer zogen es deshalb vor, ihr Glück nördlich auf der Obertrave weit außerhalb der Stadt zu versuchen. Auf der Untertrave fischten nur die

Alten und Schwachen; die, die den anstrengenden Weg zu den Fischgründen nahe der Travemündung scheuten.

Irmla van Enghusen war nicht lange fort gewesen. Als sie wieder auf die Straße trat, blinzelte sie in die Sonne. »Komm«, sagte sie zu ihrer Nichte. »Wir bleiben am Fluss. Die Luft ist besser und die Sonne wärmt.« Sie griff zu Marleins Haube, rückte sie zurecht und versteckte das widerspenstige rote Haar der jungen Frau darunter. »So, jetzt ist es besser«, meinte sie lachend und zog ihre Nichte mit sich.

Die beiden Frauen passierten das Holstentor. Die Glocken von Sankt Petri verkündeten, dass die Mittagszeit anbrach. An den Anlegeplätzen hatten die Hafenarbeiter das Be- oder Entladen der Schiffe unterbrochen und hockten in der Sonne, um ihre Suppe zu löffeln.

»Schau, die *Lisa*.« Irmla van Enghusen zeigte auf einen Dreimaster, der tief im Wasser lag. »Sie gehört den Wibbekings. Es geht das Gerücht, dass einer der Brüder auf einer der letzten Fahrten verschwunden ist.«

»Wie das?«, wollte Marlein wissen.

»Wie gesagt, es ist nur Gerede. Es heißt, es wäre in Reval passiert.« Irmla zuckte mit den Schultern. »Hier rechts, das ist das Lagerhaus der Wibbekings.«

Marlein war das stattliche Gebäude schon früher aufgefallen. »Es hat zwei Etagen mehr als unseres«, stellte sie fest. »Und zwei Flaschenzüge. Auch der Kran am Kai gehört ihnen.«

Irmla sah zu Marlein hinüber. »Woher weißt du das?«

»Aus der Schule. Wir haben über die großen Lübecker Handelshäuser gesprochen.«

»Ach so.«

Die beiden gingen weiter. Marlein spürte die Blicke der Männer in ihrem Rücken. Im Gegensatz zu früher störten die sie nicht besonders. Werde ich etwa erwachsen?, fragte sie sich insgeheim. Oder habe ich mich nur daran gewöhnt?

Jemand sprang aus dem Lagerhaus an ihnen vorbei, lief zur *Lisa* und stürmte über die Stelling auf das Schiff. Das lange braune Haar des jungen Mannes flatterte im Wind und erlaubte den Blick auf abstehende Ohren.

Marlein schien es, als bliebe ihr für einen Moment das Herz stehen. Das Bild des vorbeilaufenden Mannes wirkte so seltsam vertraut, holte tief vergrabene Erinnerungen hervor. Konnte das sein? Sie schüttelte den Kopf. Und als der Läufer im Bauch des Schiffes untertauchte, verblasste auch die Erinnerung an einen Jungen im fernen Hattingen so schnell, wie sie gekommen war.

»Was ist?«, erkundigte sich ihre Tante. »Du siehst aus, als hättest du ein Gespenst gesehen.«

»Habe ich auch. Mir schien, als sei gerade Jorge an uns vorbeigelaufen.«

»Jorge?«

»Mein Freund aus Hattingen. Er war zusammen mit Aron der einzige wirkliche Freund, den ich jemals hatte.«

»Und den hast du eben gesehen?«

»Ich weiß, es klingt seltsam. Aber ich meinte, Jorge zu erkennen.«

»Du hast recht, das klingt wirklich seltsam.« Ihre Tante schaute sie prüfend an. »Dass solche Erlebnisse nicht zur Regel werden.«

Marlein blieb stehen und fasste Irmla an der Hand. »Ich sollte mich nach dem jungen Mann von eben erkundigen.«

»Das wirst du schön bleiben lassen.« Irmla van Enghusen packte die Hand ihrer Nichte fester. »Es ziemt sich nicht für eine junge Frau, sich nach Männern zu erkundigen. Und für eine verlobte junge Frau erst recht nicht. Nun komm.«

Widerstrebend musste sich Marlein eingestehen, dass ihre Tante recht hatte. Aber so schnell gab sie sich nicht geschlagen. »Kannst nicht du …?«

»Auch eine verheiratete Frau fragt nicht nach fremden Männern. Los jetzt! Das Essen wartet.«

Marlein aß nur wenig. Das Erlebnis am Kai ließ sie nicht los. Sie überlegte hin und her. Schließlich hatte sie einen Entschluss gefasst.

Am Nachmittag ging sie zum Lagerhaus der van Enghusens und sprach mit einem der Arbeiter, den sie seit Jahren kannte. Der Mann war Marlein zu Dank verpflichtet. Vor etwa einem Jahr hatte er durch Unachtsamkeit ein Fass Wein fallen gelassen, das daraufhin zerbrochen war. Marlein, die wusste, dass der Mann eine kranke Frau und drei hungrige Kinder ernähren musste, hatte ihrem Onkel vorgeschwindelt, sie habe mit dem Fass gespielt, es hin und her gerollt und dabei sei es aus der Ladeluke im ersten Stock zu Boden gefallen. Ihr war, von dem strikten Verbot abgesehen, weiter im Lagerhaus herumzutollen, nichts weiter geschehen. Und der Lagerarbeiter hatte seine Stellung behalten.

Ihn sprach sie an und bat ihn, Auskünfte über den jungen Mann einzuholen, der augenscheinlich im Dienst der Wibbekings stand. Vor allem interessiere sie sich für seinen Namen und seine Herkunft. Der Arbeiter lief los, sichtlich froh, Marlein diesen Wunsch zu erfüllen, konnte er doch so einen Teil seiner Schuld abtragen.

Ungeduldig wartete Marlein auf die Rückkehr des Mannes. Und es dauerte nicht lange, bis er ihr Bericht erstatten konnte.

»Sein Name ist Jorge«, erklärte er.

Jorge. Ihr wurde schwindelig.

»Er stammt aus dem Erzgebirge.«

Marlein hatte von den dortigen Silberminen im Unterricht gehört. Das Erzgebirge war weit entfernt von Hattingen. Wenn das stimmte, konnte der Mann nicht ihr Jorge sein, trotz der Ähnlichkeit und trotz des identischen Vornamens. Ihr waren in der Vergangenheit schon viele Jorges begegnet, schließlich war das ein gängiger Vorname.

»Kein Zweifel möglich?«, fragte sie nach.

Der Mann schüttelte den Kopf. »Er ist mit einem der Herren Wibbeking gekommen, erzählen sich die Leute. Er hat wie sein Herr in den Silbergruben gearbeitet.«

Betrübt bedankte Marlein sich. Sie war einer Verwechslung aufgesessen und schalt sich ein dummes Ding. Was für einen Unsinn sie sich da zusammengereimt hatte. Wie sollte Jorge von Hattingen nach Lübeck gekommen sein, ausgerechnet in ihre Hansestadt?

2

Lübeck, 14. bis 15. Oktober 1506

Marten up de Halles Schiff lief seinem Anlegeplatz unweit des Burgtors entgegen. Kaum waren die Leinen festgemacht und die Kogge vertäut, sprang Clas Wibbeking schon über die Stelling auf den Kai und lief los.

Ohne sich um die erstaunten Blicke derjenigen zu kümmern, die jetzt in den frühen Abendstunden auf Lübecks Straßen unterwegs waren, rannte er die Königsstraße hinunter zu dem Haus, das sein Bruder und er bewohnten.

Der Kaufmann drückte die Eingangstür auf und stürmte

durch die Diele zur Dornse, wo sein Bruder die Geschäftskorrespondenz erledigte.

»Clas!« Konrad Wibbeking erhob sich langsam und ging schlurfend auf seinen jüngeren Bruder zu. Sie fielen sich in die Arme. Minutenlang sprachen sie kein Wort. Nur leises Schluchzen war zu hören.

»Gelobt sei der Herr, dass du wohlbehalten zu mir zurückgekehrt bist«, flüsterte Konrad endlich, während ihm Freudentränen über die Wangen liefen. »Wenn dir etwas zugestoßen wäre – ich hätte mir nie verziehen, dich auf diese Mission geschickt zu haben.«

»Glücklicherweise ist alles gut ausgegangen ...« Clas stockte. »Jorge ist verschwunden. Vermutlich haben die Dänen ihn entführt.«

Sein Bruder lächelte. »Du irrst.«

Clas schaute Konrad erstaunt an.

»Jorge ist in Lübeck. Er konnte aus dänischer Kerkerhaft fliehen und hat wichtige Nachrichten überbracht. Am wichtigsten aber ist er selbst.«

»Wieso?«

»Er ist der lebende Beweis, dass die Dänen die Unseren entgegen allen Vereinbarungen einkerkern. Und das kann uns in den anstehenden Verhandlungen nur nutzen.«

»Tun wir das umgekehrt nicht auch?«

»Sicher. Aber wir können das Fehlverhalten der Dänen dank Jorge nun auch belegen.«

Clas lachte auf. »Und du und der ganze Rat behaupten, lediglich Händler sein zu wollen. Ihr seid auch nicht besser als die Gesandten und Geheimräte, die in salbungsvollen Worten ihre Gegenüber über den Tisch zu ziehen versuchen.«

»Da magst du recht haben. Aber ist genau das nicht unsere Aufgabe? Die Interessen Lübecks zu wahren?«

»Wie immer bist du mir überlegen, Bruder. Wo ist Jorge?«

»Im Lagerhaus. Aber erzähle zunächst, wie es dir ergangen ist.«

Als Clas seinen Bericht beendet hatte, fragte Konrad: »Und dieser Danziger Kaufmann, der dich gefunden hat, nannte sich Sebolt Vanderbill?«

»Ja. Warum fragst du?«

»Ich wollte mich nur vergewissern, denn ich kenne ihn. Ein treuer Gefolgsmann Spanheims. Er unternimmt keinen Schritt, ohne Spanheim vorher davon in Kenntnis gesetzt zu haben.«

»Spanheim hat mich verraten. Wenn er es jemals wagen sollte, seinen Fuß auf lübischen Boden zu setzen, werde ich ihn höchstpersönlich vor den Richter schleifen.«

»So dumm wird er nicht sein. Jetzt, da er vermutlich weiß, dass du wieder sicher in Lübeck bist, kann er sich seinen Teil zusammenreimen. Er wird in Reval bleiben oder möglicherweise versuchen, zu König Johann zu gelangen. Der Winter naht. In Reval fühlt er sich sicher. Vor dem Frühjahr unternimmt er bestimmt nichts. Und bis dahin«, bemerkte Konrad Wibbeking nachdenklich, »wird noch viel Wasser die Trave hinunterfließen.« Er musterte seinen Bruder. »Schlecht haben dich diese Fischer jedenfalls nicht ernährt. Du scheinst kein Gewicht verloren zu haben.«

Clas grinste über das ganze Gesicht. »Das nicht. Aber es gab fast ausschließlich Hering – als Suppe, getrocknet, gekocht oder gebraten. Mein Bedarf an diesem Fisch ist für die nächsten Monate gedeckt. Jorge ist noch im Lagerhaus, sagst du?«

Konrad nickte zur Bestätigung.

»Ich werde gleich zu ihm gehen.«

Kaum hatte Clas das Haus verlassen, brach auch Konrad auf. Sein Weg führte ihn zunächst ins Rathaus, wo er erfuhr, dass sich die Bürgermeister in der Trese aufhielten, wo die Stadt alle wichtigen Dokumente aufbewahrte. Es waren nur wenige Schritte bis zu Sankt Marien, in deren erstem Stock sich das Archiv über der Bürgermeisterkapelle befand.

Wibbeking stieg die schmale Treppe im Wendelstein empor und erreichte eine durch mehrere Schlösser und Riegel gesicherte Tür. Er klopfte und Hartwig von Stiten öffnete.

»Hättet Ihr einen Moment Zeit für mich?«, bat Wibbeking.

»Sicher.« Von Stiten ließ den Kaufmann eintreten. »Wir sind ohnehin fertig.«

Tidemann Berck räumte einige in Leder gebundene Bücher in einen Schrank und verschloss ihn danach sorgfältig. Dann wandte auch er sich dem Besucher zu.

»Ich habe ein Anliegen, welches ich mit Euch unter größter Vertraulichkeit besprechen möchte«, begann Wibbeking. »Heute ist mein Bruder aus Reval zurückgekehrt.«

Die Mienen der Bürgermeister hellten sich auf. Von Stiten klopfte Wibbeking erfreut auf die Schulter.

»Allerdings sind die Nachrichten, die er mir übermittelt hat, alles andere als beruhigend.« Er erzählte den Ratsmitgliedern kurz, was Clas ihm mitgeteilt hatte. »Es hat sich also erwiesen, dass unser Gehilfe Jorge richtig mit dem lag, was er uns von seinen Gesprächen mit Cornelsen während der Gefangenschaft berichtet hat. Spanheim arbeitet nicht nur für uns, sondern auch für die Dänen. Er wollte meinen Bruder ans Messer liefern. Es ist nur einem glücklichen Umstand zu verdanken, dass Clas überlebt hat und seinen Häschern entkommen konnte.«

»Das bringt uns in der Tat in eine mehr als unangenehme Lage«, erwiderte Berck nach kurzem Nachdenken. »Glücklicherweise ist Spanheim nicht in unsere Verhandlungsstrategie für Segeberg eingeweiht.«

»Aber er weiß von unseren schwedischen Verhandlungspartnern, kennt ihre Namen und war bei mehr als einem der Treffen dabei. Sicher ist König Johann mittlerweile über jedes Detail dieser Beratungen informiert«, warf von Stiten ein.

»Vermutlich«, stimmte Wibbeking zu.

»Wir dürfen diesen Verrat nicht hinnehmen«, empörte sich von Stiten weiter. »Wir müssen Spanheim nach Lübeck bringen, ihm den Prozess machen und ihn wegen Hochverrats hinrichten!«

»Spanheim ist vorsichtig«, gab Berck zu bedenken. »Er war seit Jahren nicht mehr in Lübeck. Er wird ahnen, was ihm droht, und unserer Einladung nicht folgen. Unser Wunsch allein reicht leider auch nicht für den Deutschen Orden aus, um ihn verhaften und an uns ausliefern zu können. Er hat sich in Reval nichts zuschulden kommen lassen. Nein, obwohl ich Eure Auffassung teile, befürchte ich, dass uns nichts anderes übrig bleiben wird, als uns mit seinem Verrat abzufinden.«

»Das können wir nicht tun!«, erregte sich von Stiten mit hochrotem Kopf. »Es muss eine Möglichkeit geben, ihn seiner Strafe zuzuführen.«

»Genau darüber wollte ich mit Euch sprechen.« Wibbeking senkte die Stimme, als ob er unerwünschte Zuhörer befürchtete. »Wie Ihr wisst, sitzt im städtischen Kerker ein Mörder ein. Der Mann war früher Offizier und hat als Söldner jedem gedient, der ihn gut bezahlte. Er hat im Streit in einer Schenke einen anderen Mann erschlagen. Auf ihn wartet der Henker. Der Kerl versteht sich auf das Töten. Wenn der Rat bereit wäre, ihn zu begnadigen, bin ich mir sicher, ihn davon überzeugen zu können, unser Problem aus der Welt zu schaffen.«

Berck schaute den Kaufmann entgeistert an. »Ihr wollt Spanheim ermorden lassen?«

»Was habt Ihr denn anderes vorgeschlagen?«, erwiderte Wibbeking ungerührt.

»Herr von Stiten schlug vor, ihn vor Gericht zu stellen. Darin bin ich mit ihm einig. Ich glaube nur nicht, dass uns das gelingen könnte.«

»Nun, stellt ihn vor Gericht. Und lasst ihn in Abwesenheit verurteilen. Ob das Urteil dann in Lübeck, Reval oder sonst wo vollstreckt wird, dürfte ziemlich einerlei sein, findet Ihr nicht auch?«

»Und der Mörder im Kerker?«

»Der Rat kann ihn begnadigen.«

»Er wird, kaum dass er auf freiem Fuß ist, Fersengeld geben und das Weite suchen.«

»Nicht unbedingt.« Wibbeking klopfte auf seine Geldkatze. Es klimperte leise. »Ich werde ihm, sofern Ihr zustimmt, ein Angebot machen, das er nicht ablehnen kann.«

Die beiden Bürgermeister sahen sich an. Wortlos stellten sie eine Übereinkunft her. Dann nickten sie.

Wenig später betrat Konrad Wibbeking den städtischen Kerker.

»Jorge!« Clas Wibbeking fand seinen Freund in der oberen Etage des Lagerhauses, wo dieser den Warenbestand prüfte.

Überrascht ließ der junge Mann die Liste, die er in der Hand hielt, zu Boden fallen. Dann umarmten sie sich.

»Ich dachte schon, du wärest tot«, stammelte Jorge.

Clas zeigte auf einen großen Stoffballen. »Komm, setzen wir uns dorthin und tauschen unsere Erlebnisse aus.«

Zuerst sprudelten die Worte nur so aus Jorges Mund. Dann war Clas an der Reihe. Als auch er geendet hatte, meinte sein Freund: »Du hättest mich darüber in Kenntnis setzen sollen, dass der Zweck unserer Reise nicht nur Handelsgeschäfte waren, sondern du auch über Spanheim Kontakt zu den Schweden herstellen wolltest. Ich diente ja wohl nur als Ablenkung.«

Clas nickte beschämt. »Du hast recht. Aber Konrad und ich hielten es für sicherer, dich nicht einzuweihen.«

»Ihr habt mir nicht vertraut.« Jorge wirkte geknickt.

»Nein, das war es nicht«, verteidigte sich Clas. »Wir waren uns nur nicht sicher, ob du …«

»Ob ich was?«

Der Kaufmann seufzte. »Wir hatten Angst, dass du uns durch eine unbedachte Äußerung verraten würdest.«

»Also doch fehlendes Vertrauen.«

»Eher fehlende Erfahrung.«

Jorge reichte diese Erklärung zwar nicht, er gab sich aber trotzdem damit zufrieden. Er hatte gesagt, was zu sagen war. Weitere Beschwerden seinerseits würden zu nichts führen. Und außerdem freute er sich ja, dass auch Clas wohlbehalten aus Reval zurückgekehrt war.

Wibbeking boxte Jorge freundschaftlich in die Seite. »Komm, lass uns den Zwist begraben. Ich verspreche, mich zukünftig anders zu verhalten. Und jetzt lass uns etwas trinken gehen. Das Zählen der Waren kann auch bis morgen warten.«

Doch nach der durchzechten Nacht musste am nächsten Tag der andere Schreiber Jorges Arbeit übernehmen. Denn die beiden Freunde lagen, als die Sonne aufging, immer noch wie betäubt in ihren Betten.

Lautes Klopfen ließ Jorge hochschrecken. Er brauchte recht lange, um sich zu orientieren. Mühlsteine drehten sich in seinem Kopf und zermalmten jeden vernünftigen Gedanken zu Brei. Langsam schob er sich vom Lager, stolperte nach dem Aufstehen über seine Stiefel und stellte fest, dass er nur seine Unterkleidung trug. Aber das war ihm egal, denn das Klopfen wurde lauter und er wollte nur, dass dieser infernalische Lärm endlich aufhörte und er sich wieder hinlegen konnte. Also schlich er zur Tür und öffnete.

Davor stand jemand in einem weiten braunen Umhang. Irgendwo in seinem pochenden Schädel regte sich Erkennen.

»Anne?«, fragte er schließlich erstaunt.

»Ja.«

»Was machst du hier?«

»Ich wollte dich sehen.«

So sehr er sich auch bemühte, es gelang ihm nicht, klar zu denken. »Sehen willst du mich ... Ja ... Also ...«

»Willst du mich nicht hineinlassen?«, fragte sie, als er sie bloß mit trübem Blick anstarrte.

»Wie? Ach ja, natürlich.« Jorge trat beiseite. »Willst du deinen Umhang nicht ablegen? In meiner Kammer ist es warm, wie du weißt.«

Anne schaute ihren früheren Liebhaber an und musste lächeln. Er stand da vor ihr in Unterwäsche, mit bloßen Füßen auf den Holzdielen, das Haar wirr, und knetete nervös seine Finger. Wenn er sprach, flog eine Alkoholwolke aus seinem Mund und ließ sie erschaudern. »Nein, ich behalte meinen Mantel lieber an.« Jorge hatte sie Monate nicht gesehen. Ihm würde die Veränderung an ihr sofort auffallen. Und sie wollte nicht, dass er etwas von ihrem Zustand ahnte. Wenn er sie bäte, bei ihm zu bleiben, sollte das allein ihretwegen sein. Und nicht deshalb, weil er sich für ein Kind verantwortlich fühlte, das sie beide damals nicht gewollt hatten. Nein, er sollte sie um ihrer selbst willen zu seiner

Frau machen, nicht aus Verantwortungsgefühl. Sie wusste, dass Gerlin sie ausgelacht hätte, wenn sie von diesen Überlegungen gewusst hätte. Eine Träumerin hätte sie ihre Schwester gescholten, unwillig, den Realitäten des Lebens ins Gesicht zu sehen. Männer musste man zu ihrem Glück zwingen. Das war Gerlins unverrückbare Auffassung. Kein Mann heiratete lediglich aus Liebe. Eine Heirat war ein Geschäft, das auf Gegenseitigkeit beruhte. Der Mann bot im günstigsten Fall Sicherheit und Anerkennung, die Frau im Gegenzug Vergnügen und die Aussicht auf Erben. So und nicht anders lautete die Übereinkunft zwischen den Geschlechtern. Alles andere wäre Wunschdenken. Und daran würde sich niemals etwas ändern.

Auf dem langen Weg nach Lübeck hatte Anne sich ausgemalt, wie wohl ihr Wiedersehen ausfallen würde. Alles hatte sie für möglich gehalten: schroffe Ablehnung und herzlichste Aufnahme. Diese Gleichgültigkeit jedoch hatte sie nicht vorhergesehen. Sie war enttäuscht. Jorge schien sich nicht besonders über ihre Anwesenheit zu freuen.

»Bleibst du länger in der Stadt?«, wollte Jorge wissen und hätte sich für die dämliche Frage sofort ohrfeigen können.

»Nein«, erwiderte Anne und raffte ihren Umhang. »Ich bin schon wieder fort. Ich wollte dir nur guten Tag sagen.« Sie drehte sich schnell zur Seite, damit Jorge nicht sah, dass ihre Augen feucht wurden. Es war ein Fehler gewesen, nach Lübeck zu kommen, dachte sie. Sie hätte in Hamburg bleiben sollen. Jorge hatte sich mit dem Verlust bereits abgefunden oder ihr die damalige Abreise nicht verziehen. Egal. Sie glaubte nun zu wissen, dass sie nie eine glückliche Ehe geführt hätten. Es war Zeit, zu gehen. Grußlos verließ sie die Kammer und ließ einen völlig verkaterten und noch perplexeren Jorge zurück.

3

Lübeck, 12. Dezember 1506

Das Kind in ihrem Bauch machte sich schon kräftig bemerkbar. Es strampelte herum und sie war überzeugt davon, bald einem starken Jungen das Leben zu schenken, dem Erben, den Jobst und sie so sehnsüchtig erwarteten.

Irmla van Enghusen machte sich auf, um zu der Kräuterfrau zu gehen. Die regelmäßigen Besuche dort waren ihr zur angenehmen Gewohnheit geworden. Sie verstand sich gut mit der Kräuterkundigen, insgeheim bezeichnete Irmla sie sogar als Freundin. Natürlich wären ihr diese Worte nie über die Lippen gekommen, zu groß war der gesellschaftliche Unterschied zwischen der reichen Kaufmannsfrau und dem Kräuterweib, welches nicht nur von den Geistlichen der Stadt ob seines Treibens misstrauisch beäugt wurde.

Auch Jobst sah die ständigen Besuche seiner Frau in dem Gang an der Untertrave mit gemischten Gefühlen, hielt sich allerdings mit einer Bewertung zurück. Zu offensichtlich war, dass die regelmäßigen Kräuteraufgüsse, die Irmla zubereitete, ihr und dem ungeborenen Kind gut bekamen. Deshalb tat er so, als würde er den monatlichen Einkauf seiner Frau nicht bemerken.

Natürlich wusste Irmla, dass ihr Ehemann dem Kontakt zu der Heilkundigen skeptisch gegenüberstand. Er hoffte schließlich, irgendwann in den Rat der Stadt berufen zu werden, und dafür war der Umgang seiner Gattin mit einer Frau von eher zweifelhaftem Ruf nicht gerade förderlich.

Umso mehr erfüllte sie Dankbarkeit darüber, dass Jobst ihre Aufenthalte dort übersah.

Nachts fror es Stein und Bein, tagsüber taute die Wintersonne, die von einem tiefblauen Himmel schien, ein wenig des Schnees, der schwer auf den Dächern der Stadt lag. Dann liefen Rinnsale geschmolzenen Wassers die Schindeln hinunter, tropften auf die Straße und bildeten des Nachts lange Eiszapfen. Das Wechselspiel von Frost und Sonne ließ die Zapfen Tag für Tag weiterwachsen und an den Dachkanten fast aller Häuser der Stadt hingen Dutzende der Eisgebilde, viele von beeindruckender Länge. Sie glitzerten in der Sonne. In manchen fingen sich die Sonnenstrahlen so, dass sie die Menschen blendeten, wenn diese hochschauten. Von Zeit zu Zeit kam es vor, dass einer der Kegel aus gefrorenem Wasser abbrach, zu Boden fiel und mit einem lauten Knall in Hunderte Eisstückchen zerbrach. Vor allem in der Mittagszeit, wenn die Sonne am höchsten stand, konnte es auch passieren, dass Teile der Schneemassen von den Dächern abrutschten und unvorsichtige Passanten unter sich begruben. Vor allem Kinder beobachteten mit unverhohlener Schadenfreude, wie die so Getroffenen fluchend und schimpfend den Schnee aus ihren Kleidern klopften.

Der Leinenbeutel mit den Kräutern stand schon für sie bereit, als Irmla van Enghusen die Behausung der Kräuterfrau betrat. Irmla zog einen leeren Beutel aus ihrer Tasche und legte ihn auf den Tisch. Daneben platzierte sie den Lohn, der der Frau für ihre Dienste zustand. So hielten sie es seit Monaten. Im Austausch für einen leeren Beutel und einen Albus gab es ein prall gefülltes Kräutersäckchen.

»Ihr seht gut aus. Die frische Luft scheint Euch und dem Kind zu bekommen.«

»Da habt Ihr recht. Ich fühle mich auch gut.« Irmla strich

sich liebevoll über den Bauch. »Nur manchmal wünschte ich, mein Kind wäre nicht ganz so lebhaft. Kaum bin ich eingeschlafen, scheint es aufzuwachen, und gibt mir mit heftigem Strampeln zu verstehen, dass es hinauswill in die Welt. Aber es wird sich noch einige Wochen gedulden müssen, wenn meine Berechnungen stimmen.«

»Wann ist es Eurer Meinung nach so weit?«

»Um Ostern herum.«

Es war stickig in dem Häuschen und Irmla war froh, als sie wieder im Freien stand. Sie entschloss sich, im nahe gelegenen Dom eine Kerze zu entzünden, um die Jungfrau Maria um Beistand für sich und ihr Kind zu bitten.

Als sie die Kirche wieder verließ, stand die Sonne hoch am Himmel. Die Kaufmannsfrau wählte den kürzeren Weg durch die Stadt und nicht an der Trave entlang, denn das Gehen fiel ihr immer schwerer. In der Nähe der Fleischhauergasse musste sie einen Moment ausruhen.

Von der anderen Straßenseite winkte ihr eine Nachbarin zu. Diese Frau war im Viertel berüchtigt für ihr Lästermaul. Es gab kein Ereignis in der Stadt, das nicht ausgiebig von ihr kommentiert wurde, kein Gerücht, das sie nicht, mit allerlei Beischmückungen versehen, genüsslich weitertratschte. Normalerweise mied Irmla jeden Kontakt zu dieser Frau. Aber nun war es für eine Flucht zu spät.

Die Nachbarin überquerte die Straße und fing bereits aus einer Entfernung von einigen Schritten an, zu schwadronieren: »Habt Ihr schon gehört, dass diese Person, über die wir uns kürzlich unterhalten haben, allein im Badehaus war? Ohne ihren Mann im Schwitzbad. Das ist doch unerhört!«

Irmla konnte sich nicht an ein solches Gespräch erinnern, nickte trotzdem höflich. Das stellte sich schnell als Fehler heraus, da die Nachbarin Irmlas Kopfnicken als ehrliches Interesse wertete. Sie redete wie ein Wasserfall über die heutige Unmoral, steigende Brotpreise, die neueste Mode aus dem Burgund, das Wetter und das bevorstehende Weihnachtsfest.

Ob es nun am Redeschwall der Frau lag oder ihre Aufmerksamkeit aus anderem Grunde abgelenkt war, die Schwangere überhörte das leichte Knacken, mit dem ein schwerer Eiszapfen hoch über ihren Köpfen von der Dachkante abbrach und zu Boden fiel. Mit der Spitze zuerst bohrte sich der Eiskegel in ihre Schädeldecke. Irmla van Enghusen fiel wie vom Blitz gefällt zu Boden. Das hysterische Schreien der Nachbarin hörte sie schon nicht mehr.

Als Jobst van Enghusen den Leichnam seiner Frau auf dem Karren liegen sah, gefror sein Gesicht zu einer fahlgrauen Maske. Langsam und ohne ein Wort zu sagen, ging er zu der Toten, küsste sie auf die blutverschmierte Stirn, packte dann den leblosen Körper und trug ihn in die Dornse. Dort legte er den Leichnam auf dem Tisch ab, verriegelte die Tür und verließ das Kontor in den nächsten drei Tagen nur, um seine Notdurft zu verrichten. Er aß und trank nichts und öffnete weder für Marlein, Albrecht Schulten, den Pfarrer noch irgendjemand sonst die Tür.

Als er sein selbst gewähltes Gefängnis endlich wieder verließ, um seiner Frau die Totenmesse lesen zu lassen und sie auf dem Friedhof der Stadt zu beerdigen, war Jobst van Enghusen nicht mehr derselbe.

Mit steinerner Miene nahm er vor Sankt Marien die Beileidsbekundungen der Trauergäste entgegen, sprach aber mit keinem. Obwohl ein Bruch aller Traditionen, verzichtete er darauf, an dem anschließenden Leichenschmaus teilzunehmen, und überließ die Rolle der Gastgeberin Marlein.

Auch in Zukunft sollte er jedweden gesellschaftlichen Kontakt meiden und sich immer mehr aus dem öffentlichen Leben zurückziehen. Mit seiner Frau begrub er ebenfalls die Hoffnung auf einen Sitz im Rat. Innerlich abgestorben, gab sich Jobst van Enghusen hinter einer Mauer aus Ablehnung und eisigem Schweigen seiner Trauer hin.

4

Brilon, 10. Januar 1507

Mehrmals hatten Brid in den vergangenen Jahren Freier geschwängert. Unter den Huren wie auch den sogenannten sittsamen Bürgern herrschte übereinstimmend die Auffassung, dass Frauen nur dann empfangen könnten, wenn sie der Geschlechtsakt ebenso erregte wie die Männer. Brid wusste es besser. Bei keinem der Kerle, die ihren Samen in ihren Leib gepflanzt hatten, hatte sie Wollust empfunden, im Gegenteil. Was sie tat, war anstrengende Arbeit, die sie nur mit Widerwillen ausübte. Aber sie hatte keine andere Wahl. Und wenn sie für einen Mann die Beine breitmachte, tat sie es für gute Silberpfennige, nicht aus Liebe.

Dank der Hilfe einer älteren Dirne war es Brid immer gelungen, die ungewollte Leibesfrucht abzutreiben. Die erfahrene Hübschlerin hatte ihr geraten, Sadebaum mit Sellerie, Fenchel und Petersilie in Wein zu kochen und große Mengen davon zu trinken. Zusätzlich sollte sie noch Rainfarn, Fieberkraut und Beifuß mit Butter vermischen und sich auf den Nabel legen. Diese Mittel hatten immer funktioniert, allerdings um den Preis schwerer Ermattung und Unwohlseins.

Beim ersten Mal waren die Folgen der Abtreibung so schlimm gewesen, dass Brid tagelang auf Leben und Tod lag. Sie hatte zu viel von dem Trank zu sich genommen. Aber sie hatte sich erholt. Von da an führte sie sich stets in Essig getauchte Schwämme ein, um den Samen ihrer Freier abzutöten.

Im Sommer vor drei Jahren hatte der Hurenwirt zu Brids Überraschung um ihre Hand angehalten. Da mit der Hochzeit auch ihre Arbeit als Dirne enden sollte, hatte sie eingewilligt. Die Heirat verschaffte ihr endlich die Möglichkeit, ohne Hurenlohn leben zu können.

Erwartungsgemäß war der Pfarrer der Propsteikirche Sankt Petrus und Andreas nicht bereit gewesen, sie in seinem Gotteshaus zu trauen. Also hatten sie sich ihr Eheversprechen im nicht weit entfernten Olsberg gegeben. Der dortige Pfarrer vergaß seine Bedenken, als er einige Silberpfennige in seiner Hand spürte.

Warum der Hurenwirt sie zur Frau haben wollte, blieb Brid rätselhaft. Im Grunde behandelte er sie nicht anders als früher. Er schlug sie nie, sprach nur das Nötigste mit ihr und gab sich ansonsten seinen eigentlichen Leidenschaften hin: dem Saufen und dem Kartenspiel. Auch den Schlüssel für die Truhe, die neben seinem Lager stand und mit einem schweren Schloss gesichert war, gab er niemals aus der Hand.

Natürlich empfand Brid rein gar nichts für ihren Ehemann. Aber das war bei ihren Freiern nicht anders gewesen. Glücklicherweise musste sie sich ihm nicht jeden Tag hingeben, sondern nur dann, wenn es sein schwaches Herz erlaubte und er nicht bis spät in der Nacht beim Glücksspiel hockte. Das geschah höchstens einmal in der Woche. Es hätte schlimmer kommen können.

Nach und nach stellte Brid fest, dass ihr Ehemann von der Hand in den Mund lebte. Er widersprach nicht, als sie vorsichtig begann, diesen Zustand zu ändern. Sie legte von allen Einnahmen, die Schenke und Dirnen einbrachten, Woche für Woche den zehnten Teil beiseite, behielt die Ausgaben im Auge, hielt die Mägde zur sparsamen Verwendung der Nahrungsmittel an und wagte es schließlich sogar, ihrem Mann vorzuschreiben, was er am Abend am Spieltisch verlieren durfte.

Das Hurenhaus erwies sich als Goldgrube. Im Laufe der Monate wuchs das gemeinsame Vermögen langsam, aber stetig. Und nach dem ersten Jahr reichte ihr Wohlstand an den der alteingesessenen Briloner Bürger heran.

Nur mit ihrem Ansinnen, die Mengen an Bier und Wein festzulegen, die ihr Angetrauter abends in sich hineingießen durfte, scheiterte Brid kläglich. Nicht, dass er ihr widersprach. Nein, er nickte nur, wenn sie auf ihn einredete, brummte etwas Unverständliches und machte so weiter wie bisher. Nach mehreren erfolglosen Versuchen gab sie auf. Anscheinend hatte ihr Mann den festen Vorsatz, sich um sein Leben zu saufen. Und da es außer Brid keine Erben für Haus und Hof gab, ließ sie ihn schließlich gewähren.

Vor drei Monaten dann hatte der ungesunde Lebenswandel ihres Mannes seinen Tribut gefordert. Während des Mittagessens griff der Wirt sich mit schmerzverzerrtem Gesicht an die Brust, stöhnte kurz auf, verdrehte die Augen und war tot.

Ihr Mann war noch nicht unter der Erde, als Brid ihre Neugier nicht mehr länger bezähmen konnte: Was befand sich in der verflixten Truhe, über die der Verstorbene so sorgsam gewacht hatte? Sie schnappte sich den Schlüssel und lief in ihre Schlafkammer, um nachzuschauen, welche Geheimnisse darin warteten.

Und sie wurde nicht enttäuscht. Entgegen ihrer bisherigen Ansicht, ihr Mann sei ein nichtsnutziger Säufer und Verschwender gewesen, fand sich neben allerlei Tand auch ein Beutel mit mehreren Dutzend Goldmünzen in dem Versteck. Ein kleines Vermögen! Genug, um bis zum Ende ihrer Tage ein sorgenfreies Leben führen zu können.

Der Pfarrer war bereit, ihren Mann auf dem Friedhof der Stadt zu beerdigen, wollte ihm aber keine Messe lesen. Natürlich blieben die ehrbaren Bürger dem Begräbnis fern. All die, die sich Abend für Abend im Hurenhaus mit den Karten und den Mädchen vergnügten, wollten bei Tage nichts von ihren nächtlichen Aktivitäten wissen.

So standen neben Brid nur Dirnen und Mägde am Grab und schauten sie fragend an. Brid wusste, worüber sie sich Sorgen machten. Deshalb versicherte sie ihnen auf dem Weg zurück ins Hurenhaus, dass sich für sie nichts ändern würde. Das Hurenhaus werde weitergeführt. Und zwar unter ihrer Leitung.

Einige scheinheilige Ratsherren hatten versucht, ihr den Betrieb zu untersagen und sie aus der Stadt zu weisen. Der diskrete Hinweis jedoch, dass dann die Dirnen die Namen der Stammkunden des Hauses in den Straßen der Stadt lautstark verkünden würden, hatte diesen Vorstoß im Sande verlaufen lassen.

Brid war entschlossen, sich ihren Platz in der Gemeinschaft der Briloner Bürger zu erkämpfen. Sie tat nichts Unrechtes, im Gegenteil! Ihre Mädchen bedienten nicht nur die Gelüste der ledigen Männer der Stadt, sondern verschafften auch denen Erleichterung, die trotz offiziellen Verbots mit hochgeschlagenen Kapuzen heimlich zur Hintertür des Hurenhauses hereinkamen und es auf diesem Wege auch wieder verließen: Geistliche, Ratsherren und sogar Bürgermeister zählten zu ihren Gästen – genau die hohen Herren, die verheirateten Männern per Ratsbeschluss verboten hatten, die Dienste von Huren in Anspruch zu nehmen.

Heute wollte Brid es riskieren. Nicht, weil sie so gläubig war. Nein, es ging ihr ums Prinzip. Sie war keine größere Sünderin als die Scheinheiligen, die Wasser predigten und Wein soffen. Sie würde zur Messe gehen, sich einen Sitzplatz in den Bankreihen suchen und wie alle anderen ehrbaren Frauen auch um Gottes Gnade bitten. Wer wollte ihr das verweigern?

Schon auf dem Weg zur Propsteikirche tuschelten die Leute, als sie ihrer ansichtig wurden. Als Brid in ihrer besten Kleidung das Gotteshaus betrat und im Mittelgang stehen blieb, um einen Platz zu finden, erstarb das übliche Gemurmel. Alle Augen waren ihr zugewandt. In den Gesichtern der Gläubigen las sie Ablehnung und Abscheu.

Trotzdem setzte sie sich auf die Bank. Demonstrativ rutschten die neben ihr Sitzenden weg, einige standen sogar auf, um woanders der Messe zu lauschen.

Sehr schnell vernahm Brid die ersten offenen Unmutsäußerungen, vor allem von Frauen. Zischend zunächst, leise. Dann drohender, lauter. Bald schon waren die Rufe nicht mehr zu überhören.

»Unerhört!«

»Raus mit dieser Person!«

»Was hat eine Dirne im Haus Gottes zu suchen?«

Die Beschimpfungen rollten einer Welle gleich durch das Kirchenschiff, wurden an manchen Stellen heftiger, dann wieder weniger, brachen sich an den Wänden, kehrten mit größerer Wucht zu Brid zurück und fielen schließlich über sie her. Stoisch saß sie auf ihrem Platz, bis sie es schließlich doch nicht mehr aushielt. Mit hochrotem Kopf sprang sie auf, stemmte die Hände in die Hüfte, schaute auffordernd in die Runde und rief, so laut sie konnte: »Was wollt ihr? Was? Wer von euch will den ersten Stein werfen? Nur zu. Aber Obacht. Ich werfe zurück.«

Das Raunen erstarb.

Es war der Pastor persönlich, der im vollen Ornat zu ihr trat.

Gespannt verfolgte die Kirchengemeinde das Geschehen.

»Du störst die Gläubigen«, meinte der Geistliche mit sorgenvoller Miene.

»Das ist mir egal«, antwortete Brid wütend. »Wenn Gott etwas gegen meine Anwesenheit hat, kann er es mir ja mitteilen. Ansonsten bleibe ich hier.«

»Gott spricht durch mich«, erwiderte der Prediger verärgert.

»Auch dann, wenn ihr meine Mädchen besteigt?«, gab Brid angriffslustig zurück.

Der Priester wurde rot. »Nicht so laut«, bat er.

»Warum? Ich habe nichts zu verbergen. Es weiß hier jeder, dass ich in einem Hurenhaus arbeite und wohne.« Trotzdem senkte sie jetzt ihre Stimme. »Kann man das auch von Euch sagen, Vater?«

»Was verlangst du für dein Schweigen?«

»Ich stelle keine Bedingungen. Ich möchte nur in Ruhe und der gebotenen Stille meine Gebete verrichten. Das ist alles und sollte schließlich auch in Eurem Interesse sein oder irre ich mich?«

Ein Soldat der Stadtwache, den jemand herbeigerufen hatte, trat durch die Kirchenpforte und näherte sich. Mit einer schnellen Handbewegung gab ihm der Geistliche zu verstehen, dass es keinen Grund für sein Eingreifen gäbe. Dann nickte er Brid verlegen zu, drehte sich um und verschwand wortlos in der Sakristei.

Ein ungläubiges Wispern durchlief das Kirchenschiff. Aber die Beschimpfungen hörten auf.

Brid war zwar immer noch kein anerkanntes Mitglied der Gemeinde, der erste Schritt jedoch war getan.

5

Reval, 15. bis 25. Februar 1507

Mehrere Wochen war er unterwegs gewesen, hatte sich an einigen Tagen durch mannshohe Schneeverwehungen kämpfen müssen. Sein Pferd hatte sich südlich von Ventspils den Hinterlauf gebrochen und er musste ihm die Kehle durchschneiden und zu Fuß weitergehen. Zweimal wäre er fast ertrunken, als er Eisflächen überqueren wollte, die sein Gewicht nicht trugen. Den kleinen Finger der rechten Hand hatte er abgeschnitten, als dieser erfroren und schwarz geworden war. Aber allen Unbilden zum Trotz stand er jetzt vor den Mauern der Stadt Reval.

Trotz des starken Schneetreibens schlug er die Fellkapuze zurück und setzte sich unweit des Stadttores auf einen Baum, den der letzte Wintersturm umgerissen hatte. Das Schlimmste hatte er hinter sich gebracht. Gegen die Strapazen seiner Reise war das, was ihm jetzt noch zu tun blieb, eine Kleinigkeit. Wenn er diesen Auftrag erfüllt hatte, wartete neben einer prall gefüllten Börse auch die Freiheit auf ihn. Sicher, auch jetzt schon konnte er gehen, wohin er wollte. Aber für wie lange? Sein Auftraggeber hatte ihm unmissverständlich zu verstehen gegeben, dass er alles daransetzen würde, seiner habhaft zu werden, sollte er seine Zusage nicht einhalten und ihn zu betrügen versuchen. Dann würde ihn nichts und niemand mehr vor dem Galgen retten. Nein, er wollte nach Lübeck zurückkehren, seinen bescheidenen

Wohlstand genießen und zukünftig das Leben eines ehrbaren Bürgers führen. Vielleicht fand er eine Frau, der seine Vergangenheit egal war oder die angesichts der Belohnung, die ihn erwartete, bereit war, darüber hinwegzusehen.

Zunächst aber musste er das erledigen, wofür er hergekommen war. Er rückte den schweren Rucksack zurecht und ging zum Stadttor, wo ihn der Wachsoldat kritisch beäugte.

»Was hast du in dem Sack auf deinem Rücken?«, fragte der Wächter.

»Eine Armbrust«, antworte er wahrheitsgemäß. Eine Lüge wollte er nicht riskieren, denn sollte der Soldat sein Bündel überprüfen, würde er unweigerlich auf die Waffe stoßen. Dann hätte er mehr als eine unangenehme Frage zu beantworten. »Und Fallen. Ich bin Jäger und möchte mich einige Tage in Reval ausruhen, meinen Proviant auffüllen und auf besseres Wetter warten, ehe ich weiter nach Osten ziehe.«

»Hast du Geld?«, wollte der Posten wissen.

Der Mann verstand sofort und ließ einen Silberpfennig in die Hand des Torwächters gleiten.

»Du kannst passieren«, bekam er zur Antwort.

Er quartierte sich in einem heruntergekommenen Gasthaus kurz hinter der Stadtmauer ein. Hier stiegen nur wenige Reisende ab und die waren froh, wenn sich keiner für sie interessierte. Niemand stellte Fragen, wenn man nur seine Zeche beglich, keinen Streit vom Zaune brach und sich ansonsten unauffällig verhielt – genau die richtige Unterkunft für einen Mann wie ihn.

Vier Tage später hatte er genug über die Personen, die er töten sollte, in Erfahrung gebracht. Er wusste, wo sie wohnten, wann sie üblicherweise ihr Haus verließen, welche

Schenken sie bevorzugten, welche Wege sie gingen und wann sie alleine unterwegs waren.

Er hatte in seinem Leben schon häufiger Menschen umgebracht: auf Befehl und völlig legal getötet in Kriegen, berechnend und nur auf den eigenen Vorteil bedacht gemordet in Friedenszeiten. Das Töten selbst war keine große Sache, hatte man sich erst einmal an den flehenden Blick der Sterbenden, ihre letzten Seufzer und ihre verzweifelten Schreie gewöhnt. Nein, die Kunst bestand darin, so unauffällig wie möglich zu töten, lautlos und schnell, um ausreichend Zeit für die eigene Flucht zu haben. Nicht der Mord an sich war das Problem, sondern das Davonkommen. Nur wer alles gut plante, konnte hoffen, nicht am Galgen zu landen. Und er wollte nicht aufs Schafott, sondern den Rest seiner Tage als wohlhabender Mann in Lübeck verbringen.

Sebolt Vanderbill starb als Erster. Der Händler machte den Fehler, sich nach einem Besuch im Hurenhaus mit viel Wein und noch mehr Bier auf dem Heimweg an einer Hausecke zu erleichtern. Kaum hatte er mit einem seligen Lächeln zu pinkeln begonnen, spürte er das scharfe Messer an seiner Kehle. Ein tiefer Schnitt, ein erstickter Schrei und Vanderbill sank zu Boden. Sein Blut vermischte sich mit der eigenen Pisse.

Niemand hatte sein Sterben in der Dunkelheit bemerkt, niemand sein Stöhnen gehört. Und als seine steif gefrorene Leiche am nächsten Morgen entdeckt wurde, hatte der Neuschnee jedwede Spur der Tat verschluckt.

Der gedungene Mörder wartete einige Tage, bis sich die Aufregung in der Stadt ob des Verbrechens gelegt hatte, die Menschen wieder ihren Alltagsgeschäften nachgingen und des Abends oder Nachts unterwegs waren, ohne ständig über ihre Schulter zu gucken.

Dann fasste er Sievert Spanheim ins Auge. An den Händler kam er nicht so einfach heran wie an seinen Geschäftspartner, sein Tod erforderte eine umsichtige Vorbereitung. Der Kaufmann, schon immer auf der Hut vor unsichtbaren Feinden, verließ sein Haus nie in der Dunkelheit und war auch sonst darauf bedacht, sich auf den Wegen und Plätzen Revals nur in Begleitung seiner Gehilfen zu zeigen. Ein Anschlag auf offener Straße schied also aus, da ihm die Umstände kaum Fluchtmöglichkeiten offenließen. Blieb nur Spanheims Haus, aber das war durch schwere Holztüren gut gesichert. Ein Eindringen wäre zwar möglich, verursachte jedoch Lärm, von dem die Nachbarschaft geweckt würde.

Deshalb verbrachte der Auftragsmörder mehrere Nächte auf dem Dach eines Holzschuppens im Hof des Hauses seines nächsten Opfers, von dem aus er den Brunnen und den Abtritt gut einsehen konnte. An zwei Abenden scheiterte das Attentat am dichten Schneetreiben, das ihm die Sicht nahm. In der dritten Nacht jedoch, die Wolkendecke war aufgerissen und der Vollmond beleuchtete den Hof, bot der schlaftrunkene Spanheim auf dem Weg zum Abort ein perfektes Ziel.

Der Bolzen der Armbrust durchbohrte die Brust des Kaufmanns und fällte ihn wie einen Baum. Der Mörder sprang von seinem Hochsitz und lief zu dem Sterbenden. Dann beugte er sich zu Spanheim hinunter, hielt ihm, als dieser um Hilfe rufen wollte, mit der linken Hand den Mund zu und zückte mit der rechten sein Messer.

»Ich soll dir etwas ausrichten«, flüsterte er dem Todgeweihten zu. »Einen Wibbeking betrügt man nicht.«

Dann schnitt er ihm die Kehle durch.

Als Spanheims Leiche gefunden wurde, war der Auftragsmörder schon weit vor der Stadt, unterwegs nach

Lübeck, um den zugesagten Lohn von Konrad Wibbeking in Empfang zu nehmen und zukünftig ein sorgenfreies Leben zu führen.

6

Lübeck, 18. Mai 1509

Konrad Wibbeking hatte in den vergangenen zweieinhalb Jahren seine Position erneut überdacht und sich gegen weitere Verhandlungen mit dem dänischen König ausgesprochen. Er glaubte nun nicht mehr daran, dass König Johann wirklich an einer gütlichen Einigung interessiert war. Die Freiheiten, die sich dänische und auch schottische Kaperfahrer gegenüber den hansischen Kaufleuten herausnahmen, hatten trotz des Vertrages von Segeberg, der im Dezember 1506 unterzeichnet worden war, nicht abgenommen, im Gegenteil. Immer wieder wurden einzelne Schiffe aufgebracht und ihre Ladung beschlagnahmt, uralte Handelsprivilegien infrage gestellt und auch das Recht der hansischen Kontore in Bergen, Brügge und London, über ihre Bürger unabhängig selbst zu urteilen, nicht beachtet. Das widersprach den Vereinbarungen, die in Segeberg getroffen worden waren. Selbst nachdem sich Vertreter der Hanse durch Vermittlung der Herrscher von Frankreich und Schottland im Juli 1507 in Nyköping mit König Johann getroffen hatten, um einen endgültigen Frieden zu verabreden, hörten diese Nadelstiche nicht auf.

Für Konrad Wibbeking kam das Abkommen von Nyköping einer Kapitulation gleich. Die Hanse hatte wie in Segeberg zugesagt, die Schweden nicht mehr zu beliefern und ihre Waren abzunehmen, eingewilligt, vor dänischen Ausliegern die Segel zu streichen und deren Besatzungen zu Kontrollzwecken an Bord zu lassen. Im Grunde war die Strategie der Hanse, durch die Verhandlungen in Segeberg Zeit zu gewinnen, gescheitert.

Diese Vertragsbedingungen, die Konrad Wibbeking für unzumutbar hielt, sollten so lange andauern, bis die schwedischen Stände ihre Köpfe beugten und Johann als ihr Oberhaupt akzeptierten.

Wibbeking war mit seiner Meinung zunächst isoliert. Die Ratsherren, allen voran die Bürgermeister, hatten argumentiert, dass der Konflikt zwischen König Johann und Svante Sture bald beigelegt werden könnte, wenn Lübeck nur als Vermittler auftreten würde. Nur deshalb habe man in Segeberg und Nyköping unterschrieben.

Konrad Wibbeking hingegen befürchtete, dass Christian Cornelsen recht behielte mit seiner Warnung, dass Schweden ein Einlenken Lübecks als Verrat auffassen und sich möglicherweise auf die Seite Johanns schlagen werde. Und genau das drohte nun einzutreten. Der dänische König hatte die Schweden zu Verhandlungen nach Kopenhagen eingeladen. Und die Schweden hatten zugesagt.

Die Stimmung im Stadtrat kippte. Dazu trug bei, dass der unerklärte Krieg zwischen Lübeck als dem herausragenden Vertreter der Hanse und König Johann immer mehr zu einem offenen zu werden drohte. Anfang Mai hatte der Rat eine Abkehr von seiner bisherigen Position vollzogen und eine Flotte nach Reval geschickt, um von dort den Handel mit Schweden abzuwickeln. Nur war dieses Vorhaben nicht geheim geblieben und dänische Kaperschiffe hatten die Blockadebrecher angegriffen und teilweise aufgebracht. Waren konnten nicht nach Schweden gelangen. Und so sahen diese auch keine Notwendigkeit, ihren Verständigungskurs gegenüber Johann zu ändern.

Als diese Nachricht die Lübecker Ratsherren erreichte, schlugen die Wogen der Empörung hoch. Der Rat traf sich zu einer Dringlichkeitssitzung, die die Bürgermeister leiteten und zu der auch angesehene Bürger der Stadt wie Wibbeking geladen waren.

Zunächst berichtete von Stiten über die Geschehnisse östlich vor Fehmarn. Dann informierte er die anderen Ratsmitglieder über das, was lübische Spione am Hof des dänischen Königs in Erfahrung gebracht hatten: »Johann denkt mit seinen Beratern derzeit darüber nach, den deutschen König Maximilian um Unterstützung seines Krieges gegen uns zu bitten. Gleichzeitig wird er sich erneut der Hilfe des Schotten versichern. So lauten jedenfalls die übereinstimmenden Berichte, die wir erhalten haben.«

»Maximilian wird doch wohl nicht einknicken?«, erkundigte sich Heinrich Witte besorgt.

»Noch gilt seine Zusage vom Februar, in der er den Schweden seine Unterstützung angetragen und allen Ostseestädten bei Strafe verboten hat, mit dem Dänen zu paktieren. Nur wie lange das noch so bleibt …« Von Stiten wiegte vorsichtig den Kopf.

»Sprecht Eure Bedenken bitte offen aus«, bat Konrad Wibbeking, obwohl er nur als Gast an der Sitzung teilnahm.

»Es erreichen uns Nachrichten der Schweden, die uns Sorgen machen. Die schwedischen Stände erwägen offenbar, sich auf Johanns Seite zu schlagen, sollte es zu einer offenen Fehde der Hanse mit dem Dänenkönig kommen.«

Es dauerte einen Moment, bis allen Ratsmitgliedern die Tragweite dieser Aussage bewusst wurde. Der Bruch zwischen dem Städtebündnis und Schweden stand unmittelbar bevor. Und genau das wollte die Hanse eigentlich um jeden Preis vermeiden. Einige sprangen auf und viele redeten durcheinander.

»Das ist einfach unerhört. Nach allem, was wir für die Schweden getan haben!«

»Wir sollten jede Lieferung an diese Wortbrüchigen sofort einstellen.«

»Was ist mit unseren Handelsbeziehungen? Die Konflikte mit Dänemark drehen sich doch nur vordergründig um die Schweden. Es geht um den freien Handel!«

Der Rathaussaal hallte wider von den Rufen der Anwesenden.

Tidemann Berck hob beide Arme und versuchte, sich gegen die Unruhe durchzusetzen.

»Meine Herren! Ich bitte Euch! Setzt Euch wieder und lasst uns unsere Meinungen über den Vorfall austauschen.«

Nur langsam kehrte wieder Ruhe ein.

Schließlich ergriff Wibbeking das Wort: »Das deckt sich mit dem, was uns Cornelsen schon vor Jahren mitteilen ließ. Wir sollten uns darauf vorbereiten, dass die Schweden die Seiten wechseln.«

Die Ratsmitglieder schwiegen betreten. Dann meinte von Stiten: »Es gibt weitere schlechte Nachrichten. Unsere Informanten wollen in Erfahrung gebracht haben, dass der schwedische Reichsrat sich bereit erklärt hat, König Johann monatlich einen erheblichen Geldbetrag zu zahlen. Die Schweden haben ganz eindeutig kalte Füße bekommen. Sie fürchten die Rüstungsanstrengungen der Dänen und haben Angst, einen Krieg zu verlieren.«

»Und es kommt noch schlimmer.« Bürgermeister Berck war aufgestanden, um seinen Worten mehr Gewicht zu verleihen. »Johann hat der Hanse neue Zölle auferlegt, nicht aber den Niederländern. Und er wird seinen Ausliegern weiterhin befehlen, unsere Handelsschiffe zu kapern. Ich sage Euch: Wir dürfen diese Zumutungen nicht länger hinnehmen. Reagieren wir nicht, wird der Däne sich neue Restriktionen ausdenken. Es geht nicht mehr nur um Schweden oder Lübeck. Es geht um die Hanse!«

Beifall wurde laut.

Tidemann Berck stand noch immer. »Ich schlage Euch deshalb vor: Vergelten wir Gleiches mit Gleichem. Setzen wir die dänischen Schiffe fest, die in unseren Häfen ankern. Beschlagnahmen wir die Waren dänischer Kaufleute. Versichern wir uns der Unterstützung der anderen Hansestädte. Und bereiten wir uns auf einen Krieg vor!«

Jetzt war der Beifall lauter als zuvor. Konrad Wibbeking lehnte sich zufrieden zurück. Endlich schienen die Ratsmitglieder zur Besinnung zu kommen. Der Kaufmann war sich sicher: Die Hanse, allen voran Lübeck, konnte die dänischen Übergriffe nicht länger ohne Gegenwehr hinnehmen. Würden sie kuschen und Johann gewähren lassen, wäre es bald vorbei mit ihrer Vormachtstellung. Das durfte nicht passieren. Selbst wenn das Krieg bedeutete.

7

Lübeck, 20. Mai 1509

Marleins Hochzeit hatte schon mehrmals verschoben werden müssen. Zweimal hatten die angekündigten Seereisen Schultens länger als ursprünglich geplant gedauert und es war nicht genug Zeit für die Vorbereitungen geblieben. Und einmal hatte der angeschlagene

Gesundheitszustand ihrer Mutter die anstrengende Fahrt nach Lübeck unmöglich gemacht. Da gleichzeitig aber Albrecht Schulten darauf bestanden hatte, die Trauung in seiner Geburtsstadt Lübeck zu vollziehen, hatte Marleins Vater jeweils zähneknirschend eingewilligt, einen neuen Termin zu finden.

Hinrick van Enghusens Unmut lag darin begründet, dass er Marleins Einwilligung zur Eheschließung nicht so recht traute und insgeheim befürchtete, sie könnte es sich zu guter Letzt noch anders überlegen und Scherereien verursachen. Natürlich glaubte er, mit seiner rebellischen Tochter fertigzuwerden, aber eine Hochzeit aus freiem Willen war ihm lieber als eine durch ihn erzwungene.

Der eigentliche Grund für seine Zustimmung, Marlein in Lübeck zu verheiraten, war banal: Er hatte als Brautvater die Kosten zu tragen und auch noch eine Mitgift zu finanzieren. In Hattingen würde die halbe Stadt erwarten, eingeladen zu werden. In Lübeck gehörten die van Enghusens und Schultens nicht zum ersten Kreis der ansässigen Familien und die Zahl der Hochzeitsgäste dürfte deshalb deutlich geringer ausfallen. Weniger Mäuler, die es zu stopfen galt, bedeuteten auch weniger Kosten – ein Umstand, der Hinrick mehr als recht war.

Als seine Frau Ella ihm mit brüchiger Stimme eröffnet hatte, dass sie sich außerstande sehe, auch den vierten anvisierten Termin wahrzunehmen, und erneut darum gebeten hatte, ihre Tochter doch vor dem Altar von Sankt Georg in Hattingen zu verheiraten, war ihm der Kragen geplatzt. »Dann findet diese vermaledeite Hochzeit eben ohne dich statt«, hatte er gemeint und war fortan nicht mehr bereit gewesen, über dieses Thema auch nur nachzudenken. Zu seiner Überraschung machte auch Ella keine weiteren Anstalten mehr, ihn zu überzeugen. Also war die Hochzeit auf den kommenden Sonntag festgesetzt worden.

Albrecht Schulten bewohnte ein kleines Haus in der Fischergrube unweit der Stadtmauer. Da zum Haushalt nur eine Magd gehörte, halfen die Bediensteten der van Enghusens aus.

Schon seit Tagen wurde gebacken, gesotten und gebraten. Dutzende Hähne verloren ihr Leben, zehn Schweine und drei Kälbchen dazu. Alles verarbeiteten die Dienstkräfte zu erlesenen Speisen. Die Mägde besorgten eingesalzenen Fisch und zahlreiche Rebhühner. Fässerweise Bier und Wein lagerten schon seit Wochen im tiefsten, besonders kühlen Keller des Hauses. Gewürze wurden gekauft, frisches Obst in Honig karamellisiert. Den Gästen sollte es an nichts fehlen.

Hinrick van Enghusen hatte es in der Erwartung, dass sich seine Überlegung hinsichtlich der Gästeanzahl als richtig erwiese, seinem zukünftigen Schwiegersohn und Marlein überlassen, die Einladungen für das Fest auszusprechen. Nicht berücksichtigt hatte er allerdings, dass allein seine Tochter durch ihren Schulbesuch mehr als ein Dutzend Familien kannte, die selbstverständlich alle zum Fest erwartet wurden. Und auch Albrecht Schulten wollte sich nicht nachsagen lassen, jemanden ausgeschlossen zu haben. Schließlich war er wie sein Partner Mitglied des *Schiffergelags* und damit nicht frei von gesellschaftlichen Verpflichtungen.

Als Hinrick van Enghusen einige Tage vor der Trauung ohne seine Frau in der Hansestadt eintraf, musste er erfahren, dass weit über zweihundert Gäste erwartet wurden, eine Anzahl, die in Hattingen vermutlich nie zusammengekommen wäre. Aber was blieb ihm anderes übrig, als gute Miene zum bösen Spiel zu machen und immer wieder seinen Geldbeutel zu zücken? Schon bald war seine Barschaft erschöpft und er musste mit verlegenem Gesicht bei seinem Bruder um Kredit nachsuchen, den ihm dieser breit grinsend gewährte.

Das Wohnhaus Schultens war für den Gästeansturm zu klein. Also wurden mit einer Sondergenehmigung des Rates – was selbstredend zusätzliche Einladungen erforderlich machte – vor dem Haus und im Hof große Zelte gespannt, um die Geladenen vor möglichen Regengüssen zu schützen. Auch die Hochzeitsordnung der Stadt, die nicht nur die Dauer der Feierlichkeiten und die Anzahl der Gäste reglementierte, sondern den Höchstwert der zu überreichenden Geschenke festlegte, wurde wegen der geladenen Ratsherren nicht so streng ausgelegt wie üblich.

Sankt Marien war wegen der Hochzeit an diesem Sonntag noch besser besucht als sonst. Schon eine Stunde vor Beginn der Messe drängten sich Schaulustige vor dem mächtigen Backsteinbau, nur um das Brautpaar zu sehen und vielleicht noch eine Einladung zu ergattern.

Marlein trug einen fast schwarzen Rock, der in dichten Röhrenfalten fiel und plissiert war, um fülliger zu erscheinen. Das gleichfarbige Oberteil betonte vorteilhaft ihre Figur. Über dem breiten, rechteckigen Ausschnitt lag eine dreireihige schwere Kette aus Gold um ihren Hals – ein Geschenk ihres Vaters zur Hochzeit und gleichzeitig ein nicht unwesentlicher Bestandteil ihrer Mitgift. Der Goller, ein ebenfalls schwarzes, kurzes Jäckchen mit hoch stehendem Kragen, vervollständigte ihre Garderobe.

Jobst van Enghusen hatte eine Witwe aus der besseren Gesellschaft gebeten, seine Nichte bei der Auswahl ihrer Kleidung zu beraten. Marlein hatte Kriege mit dieser Frau ausgetragen, die sie in neue, sehr moderne, aber schrecklich unbequeme Schuhe hatte zwängen wollen. Marleins Drohung, eher die Hochzeit platzen zu lassen, als diese Marter zu ertragen, hatte die Beraterin schließlich kapitulieren lassen. Außerdem fiel Marleins Kleid so weit und war so lang, dass man ihre Schuhe darunter ohnehin nicht sehen konnte.

Auch Albrecht hatte sich neu eingekleidet. Sein Wams und seine Schaube waren dunkelblau, sein Barett schwarz und mit einer wippenden weißen Feder verziert. Die Ärmel seines Wamses, in deren breite Schlitze helle Seide eingenäht war, standen weit ab. Seine Aufmachung wurde durch Beinlinge aus rot gefärbtem Leinen abgerundet. Er trug einen vorne breiten Kuhmaulschuh aus gefärbtem Leder.

Marlein konnte der Hochzeitszeremonie kaum folgen, so aufgeregt war sie. Nicht deshalb, weil sie nun bald eine verheiratete Frau sein sollte, sondern weil sie sich fragte, ob Albrecht zu ihrer Vereinbarung auch nach der Eheschließung stehen würde und was sie tun solle, falls dem nicht so wäre und er sie in der Hochzeitsnacht heimsuchte. Sicher würde er auf der Feier heftig dem Wein zusprechen – wie vermutlich die meisten Gäste. Und zu viel Rebensaft hatte schon manchen Mann alle Vorsätze vergessen lassen. Was also sollte Marlein tun, sollte es wirklich zu einer solchen Situation kommen? Um Hilfe rufen konnte sie schlecht. Sich wehren? Albrecht war bestimmt stärker als sie, selbst in betrunkenem Zustand. Sich einschließen? Auch das war nur schwer möglich, geleiteten sie doch enge Verwandte und Freunde bis zur gemeinsamen Schlafkammer. Nein, Marlein blieb nichts anderes übrig, als auf Albrechts Wort zu vertrauen.

Trotzdem fragte sie sich während der Zeremonie nicht nur einmal, ob es so eine gute Idee gewesen war, ihrem Vater die Hochzeit vorzuschlagen. Vielleicht hätte sie ihn ja trotz seines Widerstandes doch noch überzeugen können, eine Heirat einige Jahre aufzuschieben. Nur hätte das ihr grundsätzliches Problem auch nicht gelöst.

Die junge Frau seufzte leise. Nein, es blieb ihr nichts anderes mehr übrig, sie war Gefangene ihrer Zusage. Und deshalb sagte Marlein, als der Priester sie fragte, ob sie Albrecht Schulten das Eheversprechen geben wolle, laut und vernehmlich: »Ja.«

Glücklicherweise blieben ihre Befürchtungen grundlos. Als sie spät in der Nacht mit den besten Wünschen der Anwesenden für einen erfolgreichen Verlauf die Kammer betraten und die Tür hinter sich schlossen, schaffte es Albrecht gerade noch bis zum Bett. In voller Montur fiel er auf das Lager und war kurz darauf so fest eingeschlafen, dass er nicht einmal bemerkte, dass ihm Marlein die Schuhe auszog und das Wams lockerte.

Beruhigt legte sie sich neben ihn. Die erste Nacht ihrer Ehe dürfte sie überstanden haben.

8

Lübeck, 21. Mai 1509

In den letzten Jahren war Jorge immer mehr in die Rolle eines Juniorpartners der Wibbekings hineingewachsen. Er wickelte selbstständig Geschäfte ab, durfte Verträge ohne Rücksprache mit den beiden Brüdern unterzeichnen und war schon lange aus der Rolle eines einfachen Schreibers hinausgewachsen.

Mittlerweile reichte eine Geldbörse nicht mehr aus, um die Provisionen und Prämien zu verwahren, die er von den Wibbekings für seine Arbeit erhielt. Also hatte er sich eine hölzerne Truhe besorgt, sie kunstvoll bemalen lassen, mit Schloss und Riegel gesichert und in seiner Kammer aufgestellt. Da er, von seiner Kleidung abgesehen, kaum Ausgaben hatte, füllte die Geldtruhe sich stetig. Und als er seine Barschaft vor einigen Monaten zum letzten Mal einer Inventur unterzogen hatte, war ihm klar geworden, dass er wohlhabend war.

Außerdem hatte Heinrich Witte Wort gehalten. Ein halbes Jahr nach seiner Flucht aus dem dänischen Kerker wurden ihm vom Rat der Stadt Lübeck die Bürgerrechte verliehen. Zum ersten Mal in seinem Leben hatte Jorge einen Ort gefunden, an dem er bleiben konnte.

Manchmal dachte er noch an Anne. Kaum hatte sie damals seine Kammer verlassen, hatte er sich hastig angezogen und sie erfolglos gesucht. In den ersten Wochen und Monaten nach diesem Besuch hatte er sich den Kopf darüber zermartert, weshalb sie wohl gekommen war, aber keine Antwort gefunden. Irgendwann verblasste die Erinnerung an die Lautenspielerin und wurde so flüchtig wie ein leiser Sommerwind.

Die letzten vier Wochen war er im Auftrag der Wibbekings am Rhein unterwegs gewesen, hatte danach mit Brügger Kaufleuten alte Verträge überarbeitet und erneuert und war heute erst spät am Abend wieder in Lübeck eingetroffen.

Jetzt saß er in der Dornse der Wibbekings den beiden Brüdern gegenüber und berichtete von seiner Reise.

»Gut gemacht«, lobte ihn Konrad, nachdem Jorge seinen Bericht beendet hatte.

Clas hatte mit geröteten Augen das Gespräch verfolgt, sich aber nur einsilbig daran beteiligt.

Jorge sprach ihn an: »Du siehst schlecht aus. Geht es dir nicht gut?«

Konrad lachte auf. »Ich habe es dir gesagt«, wandte er sich

an seinen Bruder. »Du hättest die Feier mit mir verlassen sollen. Aber du hast ja mal wieder kein Ende gefunden.«

»Wer hat gefeiert?« Jorge schaute Clas belustigt an.

»Ich war Gast der van Enghusens. Ihre Pflegetochter hat geheiratet.«

»Ach. Wen denn?«

»Albrecht Schulten. Kennst du ihn?«, wollte Clas mit müder Stimme wissen.

»Kennen wäre übertrieben. Ebenso wie Herrn van Enghusen habe ich ihn einige Male gesehen, aber nie mehr als höfliche Worte mit ihm gewechselt.«

Jorge erinnerte sich an das Mädchen, welches er in Sankt Marien gesehen hatte. »Hat sie ihr blondes Haar immer noch zum Dutt hochgebunden?« Er korrigierte sich sofort. »Ach nein, als verheiratete Frau muss sie ja jetzt eine Haube tragen.«

»Wieso blond?«, fragte Clas zurück. »Die junge Frau Schulten hat feuerrotes Haar.«

Jorge schluckte. »Wir reden von der Pflegetochter der van Enghusens?«

»Ja, natürlich.«

»Kennst du ihren Vornamen?«

»Marlein. Sie lebt schon seit Jahren in Lübeck.«

Seit Jahren schon. Jorge war, als hätte ihm jemand einen Schlag in den Magen versetzt. Er atmete tief durch. »Haben die van Enghusens noch ein Pflegekind?«

»Nicht, dass ich wüsste. Ich habe übrigens den Vater der Braut kennengelernt. Er ist vor allem im Stoffhandel tätig. Du solltest ihn bei Gelegenheit aufsuchen. Er lebt in Hattingen. Hast du mir nicht erzählt, dass du auch aus dieser Stadt stammst?«

Jorge konnte nur noch nicken.

»Was ist mir dir?«, erkundigte sich sein Freund besorgt. »Du bist ja ganz bleich geworden.«

»Nichts«, versicherte Jorge, während seine Gedanken rasten. »Ich habe nichts.«

Unter dem Vorwand, Schlaf nachholen zu müssen, verabschiedete der junge Mann sich. Langsam trottete er zum Lagerhaus und begab sich in seine Kammer. Er hatte sich damals am Kai also nicht geirrt. Marlein war in Lübeck. Sie lebten seit Jahren in derselben Stadt und waren sich nie begegnet, von diesem einen Mal abgesehen. Und er hatte sogar Nachforschungen angestellt, nur um zu glauben, sich getäuscht zu haben.

Wie lange hatte er seine Freundin nicht gesehen? Er rechnete nach. Rund acht Jahre war ihre letzte Begegnung her. Sie war damals ein kleines Mädchen gewesen, etwa zehn Jahre alt. Dann müsste sie heute achtzehn sein, eine junge Frau. Er fragte sich, warum ihn die Nachricht von der Hochzeit so berührte. Sie waren Kinder gewesen. Und acht Jahre waren eine lange Zeit. Bestimmt hatte sie ihn vergessen. Also, warum war er so aufgewühlt? Jorge gab sich die Antwort selbst: Außer Marlein und vielleicht Brid, der ältesten Tochter seiner Pflegeeltern in Alte Schee, gab es niemanden mehr, den er von früher kannte. Nein, korrigierte er sich. Da waren auch noch die Dominikaner aus dem Haus der grauen Mönche. Und Anne. Sie war zwar zurückgekehrt, dann aber wieder verschwunden. Jorge wusste, dass er daran nicht unschuldig war. Er hatte sich mittlerweile damit abgefunden, dass die Musikantin ihr Leben nicht mit ihm teilen würde. Bruder Albertus würde sicher noch in seinem Kloster in Soest leben, Marlein war hier in Lübeck. Aber wo steckte Brid?

Brid. Er dachte in den letzten Monaten häufiger an sie. Im Gegensatz zu ihr hatte er es gut getroffen, war wohlhabend geworden und erntete Anerkennung für seine Arbeit. Musste sie dagegen immer noch als Hübschlerin arbeiten? Er könnte sie zu sich holen, ihr ein Heim bieten. Aber wollte sie das überhaupt? Ein solches Angebot hatte sie schon einmal zurückgewiesen. Wie immer riefen diese Überlegungen ein seltsames Gefühl der Trauer in ihm hervor. Möglicherweise war sie ja auch bereits gestorben. Er wusste es nicht. Was Jorge jetzt jedoch mit Gewissheit wusste, war, dass Marlein in Lübeck lebte. Sie war nun das einzige Bindeglied zu seiner Vergangenheit, die einzige Verbindung zu der Stadt, in der er einige schöne Jahre hatte verbringen dürfen und in der seine leiblichen Eltern begraben waren. Die Gedanken an Marleins Freundschaft hatten ihn viele Jahre auf seiner Wanderschaft begleitet. In mancher Nacht, die er zusammengekauert unter Büschen verbracht hatte, waren es die Erinnerungen an ihr Lachen und ihren strahlenden Blick gewesen, die ihm geholfen hatten, seine Ängste zu vertreiben, und ihm angenehme Träume beschert hatten. Er musste mit Marlein sprechen. Und zwar sofort.

Als Jorge zu ihrem Haus in der Fischergrube kam, blieb er überrascht stehen. Mägde und Knechte wuselten umher und waren damit beschäftigt, die Spuren der Feier zu beseitigen. Überall wurde geputzt und gefegt, große Stoffplanen zusammengelegt und Holzstützen geschleppt. Kräftige Männer trugen leere Fässer aus dem Haus und stapelten sie auf einem Karren, vor dem ein Ochsenpaar geduldig wartete. Und inmitten des ganzen Trubels stand Albrecht Schulten und erteilte mit lauter Stimme Anweisungen.

Jorge verließ der Mut. Er hatte nicht daran gedacht, dass sich noch so viele Menschen im Haus der Schultens aufhielten. Er würde ein andermal wiederkommen. Zu einem Zeitpunkt, an dem Marlein hoffentlich allein im Haus war, ohne so viele Bedienstete und vor allem ohne Ehemann. Er hatte jetzt acht Jahre auf ein Wiedersehen gehofft, da kam es auf einige Tage oder Wochen mehr nun auch nicht an. Also zog Jorge sein Barett tiefer ins Gesicht, drehte sich um und ging die Straße hinunter zurück Richtung Stadtmauer.

9

Hattingen, 15. Juni 1509

Mehr als drei Wochen waren seit der Hochzeit seiner Tochter vergangen, als Hinrick van Enghusen gegen Mittag durch das Weiltor in seine Heimatstadt ritt.

Am Himmel über der Ruhr türmten sich fast schwarze Gewitterwolken drohend auf. Van Enghusen würde sich beeilen müssen, wollte er noch vor dem Regenguss trockenen Fußes sein Haus erreichen. Trotzdem saß er ab und führte seinen Wallach eng am Zügel. Der Rat sah es nicht gern, wenn sich auf den Hauptstraßen Reiter auf dem Rücken ihrer Pferde bewegten. Vor allem an Markttagen waren die Straßen oft voller Menschen, die Lasten trugen, Karren zogen oder Ochsengespanne über die holprigen Wege steuerten. Zwischen ihnen spielten Kinder, wühlten Schweine nach Fressbarem, pickten Hühner nach Körnern und streunten herrenlose Hunde herum. Fliegende Händler boten mit lautem Geschrei ihre Waren an, vor den heruntergeklappten Fensterläden der Handwerker bildeten sich ab und zu Menschentrauben. Einige von ihnen hatten ihre Werkstätten gleich auf die Straße verlegt. Dann waren da noch die Bettler, die um mildtätige Gaben baten, und die Mägde, die für ihre Herrschaft Besorgungen erledigten. Kurz: Manchmal herrschte drangvolle Enge auf Hattingens Wegen und Plätzen. Schon häufiger war es vorgekommen, dass deshalb die Pferde scheuten, ihre Reiter abwarfen und durchgingen. Bei ihrer Flucht hatte es zum Teil schwere Verletzungen unter den Passanten gegeben.

Auf dem Weg zu seinem Haus begegnete Hinrick Bekannten, die ihn höflich grüßten. Es kam ihm ein wenig seltsam vor, dass niemand stehen blieb, um einige Worte mit ihm zu wechseln, er schob dieses Verhalten aber auf das drohende Gewitter. Wer wollte sich schon nass regnen lassen? Geschäftig hasteten seine Bekannten vorbei, warfen ihm bestenfalls einen verstohlenen Blick hinterher.

Van Enghusen führte sein Pferd in den Hof und band es an dem Eisenring fest, den er für diesen Zweck hatte anbringen lassen. Er sattelte ab und wischte den Wallach trocken, eine Arbeit, die er grundsätzlich selbst erledigte und nie einem Knecht überließ. Schließlich stellte er dem Gaul einen Eimer mit frischem Wasser und Hafer hin. Erst dann betrat er durch den Hintereingang das Haus und ging in die Küche.

Stirnrunzelnd bemerkte er, dass das Feuer im Kamin erloschen war. Die Kochtöpfe standen, säuberlich gereinigt, an den vorgesehenen Plätzen, aber keine Speisen brutzelten darin. Auch in der Diele stand auf dem langen Tisch nicht ein Krug oder Becher, alles wirkte aufgeräumt und unbenutzt, so als ob das Haus nicht bewohnt sei.

»Ella?«, rief er vom Fuße der Treppe aus in die obere Etage hinauf. »Ich bin zurück.«

Es dauerte nur einen Moment, bis das pausbäckige Gesicht der Magd Elsbeth oben an der Treppe auftauchte. Sie trug einen Eimer in der Hand und hatte augenscheinlich gerade geputzt.

»Wo ist meine Frau?«, wollte Hinrick van Enghusen von ihr wissen.

Langsam stellte Elsbeth den Eimer ab. Dabei schwappte etwas Wasser auf die Bodendielen, wie der Hausherr ungehalten bemerkte. Aber noch bevor er seine Bedienstete zurechtweisen konnte, brach die Magd völlig unvermittelt in Tränen aus.

»Na, so schlimm ist das mit dem Wasser nun auch nicht. Wische es auf und die Sache ist vergessen«, versuchte van Enghusen, das weinende Mädchen zu beruhigen.

»Das ist es nicht, Herr. Es ist …« Elsbeth bekam kein Wort mehr heraus.

»Komm zu mir herunter und sprich in ganzen Sätzen, damit ich verstehen kann, warum du so aufgelöst bist.«

Gehorsam folgte die Magd der Aufforderung. Als sie vor van Enghusen stand, hob sie den Kopf und sah ihm ins Gesicht.

»Nun rede schon.«

»Eure Frau, Herr. Sie ist …« Wieder flossen Tränen.

»Was ist mit ihr?«

»Sie, sie … sie ist tot«, stammelte die Magd.

Es dauerte etwas, bis Hinrick van Enghusen wirklich verstand, was ihm da mitgeteilt wurde. Dann stürmte er an Elsbeth vorbei die Treppe hoch, riss die Tür zum Kontor auf, dann zu ihrer Schlafkammer und dann zu den Räumen, die früher Lucas und Marlein bewohnt hatten. Alle sahen so aus, als ob sie schon lange nicht mehr betreten worden waren.

Er stürmte wieder nach unten und packte Elsbeth mit beiden Händen. »Wann ist sie gestorben? Und wie?«

Die Magd schüttelte nur den Kopf. »Ich war nicht dabei. Ich soll Euch vom Pastor bestellen, Ihr möchtet ihn nach Eurer Rückkehr aufsuchen. Er wird Euch alles erklären.« Das Mädchen schluchzte laut auf. Von ihm würde er nicht sehr viel mehr erfahren können, erkannte van Enghusen. Kreidebleich lief er zur Tür, um die Pfarrei aufzusuchen.

Er fand Pfarrer Bernd in der Sakristei. Der Geistliche hatte vor einige Jahren Pastor Lucius abgelöst. Van Enghusen war damals froh über diese Entscheidung des Bischofs gewesen. Lucius hatte als kompromissloser Verfechter des wahren Glaubens gegolten und war manchmal zu kompromisslos gewesen, wie Hinrick fand.

»Werter Herr van Enghusen«, begrüßte ihn der Geistliche mit ausgestreckten Armen. »Welchen schrecklichen Verlust habt Ihr erlitten.«

»Was ist passiert?« Hinricks Stimme klang brüchig. »Die Magd hat mir gesagt, Ihr könntet mir alles erklären.«

Der Priester nickte bedächtig. »Das kann ich.«

»Dann tut das bitte.«

Der Kirchenmann stellte den Kerzenständer, den er in der Hand hielt, behutsam auf dem Tisch ab. Dann zeigte er auf die Bank an der gegenüberliegenden Wand. »Wir sollten uns setzen.«

Ungeduldig nahm der Bürgermeister Platz.

»Zwei Tage nach Eurer Abreise ließ Eure Frau den Bader kommen. Es ging ihr nicht gut. Sie fühlte sich schlapp und müde, mochte nichts essen und hatte das Fieber. Der Bader hat sie zur Ader gelassen, ihr einen kalten Umschlag gemacht und ein Kreuz auf ihre Brust gelegt. Mehr konnte er nicht tun. Als es ihr immer schlechter ging, hat eine Eurer Mägde mich gerufen. Als ich am Lager Eurer Frau stand, hat sie mich schon nicht mehr erkannt. Mit dem Segen unseres Herrn ist sie friedlich eingeschlafen. Wir haben sie am nächsten Tag in aller Stille beerdigt.«

Hinrick van Enghusen schluckte. »Wo liegt sie?«

»Ich zeige es Euch später. Zunächst sollt Ihr noch wissen, dass ich bis auf die Magd Elsbeth Eure Bediensteten nach Hause geschickt habe. Es wusste ja keiner, wann Ihr zurück nach Hattingen kommen würdet. Und für die anderen war keine Arbeit da. Sie wären nur unnütze Esser gewesen, die Euer Geld verprasst hätten.«

Van Enghusen senkte den Kopf. »Ich danke Euch für Eure Weitsicht. Können wir jetzt zum Grab meiner Frau gehen?«

Als van Enghusen später wie betäubt wieder in seinem Haus in der Stube saß, wurde ihm klar, warum sich keiner seiner Bekannten mit ihm hatte unterhalten wollte. Niemand hatte Neigung verspürt, der Überbringer der schlechten Botschaft zu sein.

Hinrick van Enghusen stand auf, ging in sein Kontor, griff zu Tinte, Federkiel und Papier, um seinem Bruder und Marlein die Nachricht von Ellas Tode zu übermitteln. Dann machte er sich nach Werden auf, damit die dortigen Mönche den Brief mit ihren Boten nach Lübeck bringen konnten.

10

Lübeck, 18. Juni 1509

Schon mehrmals seit seiner Rückkehr hatte Jorge vor dem Haus in der Fischergrube gestanden, aber immer hatte ihm der Mut gefehlt, an der Tür zu klopfen. An diesem Morgen nun hatte er sich fest vorgenommen, Marlein aufzusuchen.

Seine Hand schwitzte leicht, als er den gusseisernen Löwenkopf anhob, um ihn auf das Türblatt fallen zu lassen. Er erschrak, als er das dumpfe Geräusch hörte, welches beim

Aufprall von Eisen auf Holz entstand. Es schien ihm laut wie ein Kanonenschuss.

Wenig später öffnete eine Magd. Für einen kurzen Moment erwog Jorge, sich unter einem Vorwand zu verabschieden. Schließlich aber nahm er seinen ganzen Mut zusammen und sagte: »Ich möchte Marlein Schulten sprechen.«

»Und Ihr seid, werter Herr?« Die Magd schaute ihn neugierig an.

»Jorge. Jorge von Linden.«

»Bitte wartet hier.« Die junge Frau lehnte die Tür an und verschwand im Inneren des Hauses.

Kurz darauf hörte Jorge einen erstickten Schrei, dann eilige Schritte. Die Tür wurde aufgerissen und Marlein stand in der Öffnung. Ungläubig schaute sie ihn an. Ihre Augen füllten sich mit Tränen, als sie ihn erkannte. »Jorge«, stammelte sie, von Gefühlen überwältigt. »Wieso …?«

Er konnte den Blick nicht von ihr lösen. In ihren Augen erkannte er das junge Mädchen, mit dem er auf der Mauer am Weingarten Latein und Rechnen gelernt hatte, seine Freundin, die ihn vor den Unterstellungen ihres Bruders beschützt und die gemeinsam mit ihm Aron verabschiedet hatte, als dieser aus Hattingen vertrieben worden war. Und er sah die hübsche Frau, zu der sie herangewachsen war.

Jorge widerstand dem Impuls, sie in die Arme zu nehmen. Schließlich war sie verheiratet. »Darf ich eintreten?«, fragte er stattdessen.

»Oh, ja. Entschuldige. Natürlich.« Marlein trat beiseite und streckte Jorge zögernd die Hand entgegen, nachdem die Tür hinter ihm ins Schloss gefallen war. »Es ist so schön, dich wiederzusehen«, meinte sie lächelnd.

Als er ihre Hand ergriff, um den Gruß zu erwidern, kribbelte es in ihrem Bauch. Was war das für ein fremdes, angenehmes, aufregendes Gefühl? »Lass uns in die Stube gehen«, sagte sie und entzog sich seiner Berührung.

Der Fußboden des Raumes, den Jorge betrat, war wie in den meisten Bürgerhäusern, die er kannte, mit Holzdielen belegt, auf die Binsen und grüne Blätter gestreut worden waren. Die Wände zierten Holzpaneele, über denen Ledertapeten hingen, die, wie bei den Kaufleuten üblich, aus Flandern stammten. An der Wand neben den Fenstern standen ein Tisch samt Bank, auf der handgestickte Kissen lagen; ein übermannshoher Schrank befand sich an der Wand gegenüber. Direkt neben der Tür entdeckte Jorge einen massiven Lehnstuhl mit geraden, schlichten Seiten- und Rückenteilen. Der Raum zeugte von Wohlstand, jedoch nicht von Reichtum.

»Schön hast du es hier«, meinte Jorge, weil ihm nichts Besseres einfiel, um die drohende Sprachlosigkeit zu überbrücken.

»Danke.« Verlegen standen sie nebeneinander und sahen auf den Boden. Keiner sagte ein weiteres Wort. Glücklicherweise betrat die Magd den Raum, erkundigte sich nach ihren Wünschen und riss sie so aus ihrer Lethargie.

Marlein deutete zur Bank. »Setzen wir uns.« Als sie Platz genommen hatten, brachte die Magd verdünnten Wein. Kaum war die Bedienstete wieder gegangen, platzte es aus der jungen Frau heraus: »Erzähle!«, bat sie. »Wie bist du nach Lübeck gekommen? Und wie hast du mich gefunden? Wie ist es dir in den Jahren ergangen? Wo warst du?« Die Fragen sprudelten nur so aus ihr heraus.

Jorge lachte lauthals auf. Das Eis zwischen ihnen war gebrochen. Das war die Marlein, die er kannte: wissbegierig, impulsiv. »Ich lebe schon seit Jahren in Lübeck.«

Ihre Augen weiteten sich vor Erstaunen.

»Ich habe dich auch schon einmal in der Stadt gesehen, war mir aber nicht sicher, ob du es warst.«

»Warum hast du mich nicht angesprochen?«

»Ich habe mich nicht getraut. Und es wäre unschicklich gewesen.«

Jetzt ließ Marlein ihr helles Lachen hören. »Unschicklich? Wir kennen uns seit Kindestagen.«

»Das schon. Aber du bist eben kein Kind mehr. Und ich auch nicht«, meinte Jorge.

»Wann bist du mir begegnet? Und wo? Nun mach schon, du musst mir alles erzählen.«

Sie neigte ihren Kopf leicht zur Seite. Dann stützte sie ihn mit der linken Hand ab und sah ihn auffordernd an, ganz so, wie sie es in Hattingen getan hatte, wenn er ihr aus der Schule berichtet hatte. Jorge wurde warm ums Herz und er begann, zu sprechen. Er erzählte ihr von seiner Wanderung die Ruhr entlang, von dem tollen Steffen, von Aron und seiner Hinrichtung, von den Jahren auf der Straße, von seiner Reise nach Reval und der Kerkerhaft in Kiel. Nur die Auseinandersetzung, die zum Tod ihres Bruders Lucas geführt hatte, verschwieg er. Allerdings erzählte er von Cerbus. Er schwindelte ihr vor, sein Hund sei von Straßenräubern erstochen worden. Je länger er berichtete, desto seltener wurden Marleins Rückfragen. Schließlich füllten sich ihre Augen mit Tränen. Als er geendet hatte, fragte sie: »Hat Aron gelitten?«

»Ich glaube nicht. Jedenfalls nicht im Moment seines Todes. Er hat um seine Eltern getrauert, das ja.«

»Und sein Tanach?«

»Den habe ich immer noch.«

Marlein dachte einen Moment nach. »Hast du einen neuen Hund?«

Jorge schüttelte traurig den Kopf. »Nein. Irgendwann würde auch er sterben. Und ich habe in meinem Leben schon zu viele von denen verloren, die mir nahestanden. Auch wenn es nur ein Tier war, ich habe Cerbus geliebt.« So wie dich, wollte er erst sagen, verkniff sich jedoch den Vergleich. Er erschien Jorge dann doch zu unpassend. »Und jetzt erzähle von dir«, wechselte er das ihm unangenehme Thema. »Wie ist es dir ergangen?«

»Ich habe nicht so viel erlebt wie du. Ich bin all die Jahre nur in Lübeck gewesen. Ich bin zur Schule gegangen und kann jetzt lesen und schreiben, kaufmännisches Rechnen und Latein beherrsche ich auch«, sagte Marlein voller Stolz.

»Das ist ja großartig.« Jorge strahlte seine alte Freundin an, sprach aber nicht weiter. »Und dein Mann?«, erkundigte er sich dann leise.

»Was soll mit ihm sein?«

Er zögerte mit der Antwort.

»Nun raus damit«, forderte sie ihn auf.

»Hast du ihn aus freien Stücken geheiratet oder hat dein Vater dich zu dieser Ehe gezwungen?«

Marlein erstarrte. Dann zischte sie: »Das geht dich nichts an!« Als sie Jorges bestürzten Gesichtsausdruck sah, tat ihr der Ausbruch sofort wieder leid. Sie hatte ihn nicht kränken wollen. Und schließlich war sie es ja gewesen, die ihn geradezu genötigt hatte, diese Frage zu stellen. Es war ihr unangenehm, mit Jorge über ihre kurze Ehe zu sprechen. Außerdem durfte niemand außerhalb der Familie von der Absprache erfahren, die sie mit Albrecht Schulten getroffen hatte.

»Entschuldige«, erwiderte Jorge kleinlaut. Da erkannte Marlein den kleinen Junge von damals.

Die Magd klopfte und betrat das Zimmer. Sie entzündete Kerzen. Schließlich sah sie ihre Herrin fragend an. Die schüttelte den Kopf. »Nein. Unser Gast bleibt nicht zum Essen.«

Jorge schaute verblüfft durch das Fenster nach draußen. Die Dämmerung ging bereits in das Dunkel der Nacht über. Nur wenige Menschen waren noch auf der Straße unterwegs. Sie mussten Stunden hier gesessen und einander von ihrem Leben erzählt haben. Jorge erhob sich, um sich zu verabschieden.

»Wir sehen uns doch wieder?«, fragte Marlein mit banger Stimme.

»Sicher, warum denn nicht?«, erwiderte ihr Gast.

Eine Tür schlug. Schwere Schritte kamen aus der Diele. Leises Getuschel war zu vernehmen, das der Magd – und das Marleins Ehemannes. Die Tür wurde aufgestoßen und Albrecht Schulten betrat die Stube. Er warf sein Barett schwungvoll auf die Bank neben Jorge. Die besitzergreifende Geste war eindeutig. Das hier gehört mir, wollte er damit sagen. Die Bank. Das Haus. Und die Frau.

»Ich sehe, wir haben Besuch?«

Jorge stand auf und deutete eine Verbeugung an. »Jorge von Linden.«

»Ich weiß, wer Ihr seid. Wolltet Ihr zu mir? Dann wäret Ihr besser in mein Kontor im Lagerhaus gekommen.«

»Nein, ich … ich habe Marlein besucht.«

»Marlein?« Schulten zog die Augenbrauen hoch.

»Ich meine, Eure Frau.«

»Und was, wenn ich fragen darf, wolltet Ihr von meiner Frau?« Schultens Tonfall war feindselig.

»Wir kennen uns von früher, aus Hattingen.«

»Das ist keine Antwort auf meine Frage.«

»Ich wollte sie wiedersehen.«

Marlein mischte sich ein. »Albrecht, Herr von Linden ist zufällig vorbeigekommen. Er …«

»Zufällig?«, blaffte ihr Ehemann. »Das glaubst du doch

wohl selbst nicht. Außerdem solltest du eine Unterhaltung unter Männern nicht unterbrechen, solange du nicht gefragt wirst.«

Marlein senkte angesichts der Zurechtweisung ihres Mannes den Kopf. Widerspruch würde die Situation nur weiter verschärfen.

Jorge spürte Ärger in sich aufsteigen, nahm sich aber zusammen. Es war Schultens Haus, in dem er sich befand. Und Marlein war seine Frau. »Ich wollte mich ohnehin verabschieden.«

»Ihr tut gut daran. Solltet Ihr erneut das Bedürfnis nach einem Gespräch mit meiner Ehefrau verspüren, lasst es mich wissen. Ich entscheide dann, ob und wann Ihr mein Haus betreten dürft. Auf Wiedersehen, Herr von Linden.«

»Ich bringe unseren Gast zur Tür«, sagte Marlein hastig, wurde aber von Schulten daran gehindert.

»Das wird nicht nötig sein. Er findet sicher selbst hinaus, nicht wahr?«

»Natürlich.« Jorge stakste unsicheren Schrittes zur Tür und warf einen letzten Blick auf Marlein, die eingeschüchtert in einer Ecke des Raumes stand und ihm nachschaute. »Auf Wiedersehen«, sagte er.

Die junge Frau nickte unmerklich. Albrecht Schulten schwieg.

Kaum hatte Jorge das Haus verlassen, machte Schulten einige Schritte auf seine Frau zu und schlug ihr, noch ehe sie überhaupt reagieren konnte, so fest ins Gesicht, dass sie strauchelte. »Du wirst diesen Kerl nie wieder sehen, hast du das verstanden? Wenn du denkst, du könntest mir dank unserer Abmachung Hörner aufsetzen, hast du dich getäuscht!«

Tränen des Schmerzes und der Wut flossen über Marleins

Wangen. »Du tust mir Unrecht«, versuchte sie eine Erklärung. »Er ist ein alter Freund, nichts weiter.«

Erneut traf sie ein Schlag und Marlein prallte mit dem Kopf gegen die Wand.

»Du wirst bis auf Weiteres das Haus nicht verlassen«, befahl Schulten mit zornrotem Gesicht. »Und solltest du diesen von Linden noch einmal wiedersehen, werde ich dich und ihn des Ehebruchs beschuldigen. Die Magd hat mich darüber verständigt, dass du mit einem fremden Mann in der Stube sitzt und ihr euch gegenseitig schöne Augen macht.«

Diese Schlange, dachte Marlein.

»Ich sehe es dir an, dass du mich nicht ernst nimmst«, schnaubte Schulten. »Täusche dich nicht, das ist keine leere Drohung.«

»Pah«, erwiderte Marlein und warf ihren Kopf zurück. »Wer wird dir diese Lügen glauben?«

»Das Gericht. Die Magd wird meine Zeugin sein. Dann wollen wir sehen, wer von uns beiden Gehör findet. Ein Weib, das noch grün hinter den Ohren ist, oder ein angesehener Bürger der Stadt.«

Marleins Gedanken rasten. Albrecht meinte es ernst, dessen war sie sich sicher. Was, wenn sie und Jorge tatsächlich des Ehebruchs beschuldigt würden? Auf ein solches Vergehen standen harte Strafen: der Pranger, die Peitsche oder noch Schlimmeres. Wollte sie Jorge und sich dem aussetzen? Marlein schalt sich eine Närrin, dass sie ausgerechnet diesen Mann geheiratet hatte. Und die Idee hatte nicht einmal von anderen, sondern von ihr selbst gestammt. Sie hatte sich in Schulten getäuscht und musste nun die Folgen tragen, damit würde sie leben müssen. Auf keinen Fall aber durfte sie Jorge gefährden. Deshalb murmelte sie leise und wie unter Zwang: »Ich beuge mich Eurem Willen, Herr.« Zumindest bis auf ein letztes Mal, dachte sie. Einmal musste Marlein Jorge noch treffen.

11

Hattingen, 8. August 1509

Hinrick van Enghusen war enttäuscht, dass weder sein Bruder noch seine Tochter nach Hattingen gekommen waren, um mit ihm zum Grab seiner Frau zu gehen. Möglicherweise hat sie mein Schreiben nicht erreicht, oder andere Gründe hinderten sie, zu kommen, dachte er sich.

Es war einsam geworden im Haus am Hattinger Markt: die Frau gestorben, die Tochter im fernen Lübeck verheiratet, der Sohn spurlos verschwunden. Nicht zum ersten Mal fragte sich van Enghusen, was ihn eigentlich noch in der Stadt hielt. Aber immer wieder gab er sich dieselbe Antwort: seine Geschäfte, seine politischen Ambitionen und das Ansehen, welches er in Hattingen genoss.

In den letzten Jahren hatte Hinrick seine geschäftlichen Aktivitäten immer stärker auf den Stoffhandel verlegt. Der Kauf und Verkauf von Schlachtvieh spielte nur noch eine untergeordnete Rolle. Und er war gut damit gefahren. Seine jährlichen Ausgaben hatten sich verringert und seine Kalkulation hing nicht mehr von den Entscheidungen des Rates ab, der die Fleischpreise bewusst nicht erhöhte, um Unmut in der Bevölkerung zu vermeiden. Also hatte van Enghusen alle Verträge über das von ihm gepachtete Weideland nach und nach aufgelöst und die meisten der Wiesen, die ihm gehörten, an wohlhabende Bauern verkauft.

Nur für die Wiese am Hilinciweg nördlich der Ruhr am Anstieg hinauf nach Linden hatte sich kein Käufer gefunden. Und so hatte er sich entgegen früherer Überlegungen doch entschlossen, dort ein Gasthaus zu errichten. Dank des Weinhauses, welches Hinrick inzwischen seit Jahren betrieb, verfügte er über ausreichend Erfahrung für sein Vorhaben. Er hatte die Herberge aus massivem Stein errichtet, den er aus seinem eigenen Steinbruch bezogen hatte. Holz war knapp und damit teuer geworden. Zu viele Wälder waren gerodet und verbrannt worden, um Ackerflächen zu schaffen, zu viele Häuser aus Holz erbaut. Die Wege, um frisch geschlagene Stämme in die Städte zu transportieren, wurden lang und länger. Und damit stiegen die Kosten. Van Enghusen aber hatte die Steine preiswert aus Markt Herdecke bezogen.

Vor etwa einem Jahr war die Schenke *Zum Hirschen* fertig geworden. Im Erdgeschoss lag der große Gastraum, im ersten Stock mehrere Kammern für Reisende, die für die Nacht ein Dach über dem Kopf suchten, sowie die Unterkünfte für einige der Mägde. Pferdeställe standen neben dem Haus und eine Tränke, die aus einem tiefen Brunnen gespeist wurde. Am Bau dieser Wasserquelle wäre Hinricks Vorhaben fast gescheitert, denn obwohl die Handwerker immer tiefer gegraben hatten, waren sie nicht auf das feuchte Element gestoßen. Van Enghusen hatte schon aufgeben wollen, da meldeten ihm seine Arbeiter eines Abends, dass sie endlich eine Ader gefunden hatten. Am nächsten Morgen spendete der Brunnen ausreichende Mengen des erhofften Wassers.

Das erste Geschäftsjahr des neuen Gasthofes war besser verlaufen als erwartet. Es hatte sich als Glücksfall erwiesen, dass die Brücke über die Ruhr immer noch nicht neu errichtet worden war. Der Rat der Stadt stritt sich weiterhin mit den Landräten des Herzogtums Kleve darüber, wer denn nun die Baukosten dafür übernehmen müsse, bisher ohne jedes Ergebnis.

So waren alle Reisenden nach wie vor auf die Fähre angewiesen. Allerdings stellte diese mit Einbruch der Dunkelheit den Betrieb ein. Deshalb mussten die Menschen, die von Bochum kamen und über die Ruhr wollten, sich sputen, um rechtzeitig am Fluss zu sein. Denn sonst blieb ihnen nur der Rückweg in die Stadt, eine Nacht im Freien an der Ruhr oder eben das Gasthaus *Zum Hirschen*. Und für Letzteres entschieden sich die meisten derjenigen, die über die erforderlichen finanziellen Mittel verfügten.

Van Enghusen beschäftigte eine Vertrauensperson, die den *Hirschen* bewirtschaftete. Immer montags und donnerstags ritt der Kaufmann in den Nachmittagsstunden von Hattingen zum kleinen Hellweg, um im Gasthaus nach dem Rechten zu sehen und die Einnahmen zu kontrollieren. Seit dem Tod seiner Frau blieb Hinrick meistens länger als notwendig, trank noch ein, zwei Becher Wein und nahm sein Abendessen dort zu sich.

So auch an diesem Abend. Ein lauer Wind säuselte durch das Ruhrtal und brachte die erhoffte Abkühlung nach einem heißen Tag. Van Enghusen, den außer Einsamkeit in seinem Haus nichts erwartete, machte sich erst kurz nach Einbruch der Dämmerung auf den Rückweg. Da sein Pferd neu beschlagen werden musste, hatte er den Wallach in Hattingen gelassen und war zu Fuß unterwegs.

Vom Hang aus sah er die Fähre, die an der Südseite des Flusses ablegte. Nur wenige Reisende waren darauf. Es dürfte nicht viel Zeit in Anspruch nehmen, diese nebst ihres Hab und Guts ans Ufer zu lassen. Sobald die Wartenden am Nordufer die Fähre betreten hatten, würde diese zu ihrer letzten Fahrt am heutigen Abend ablegen. Hinrick musste sich beeilen, wollte er nicht zurück zum *Hirschen* laufen, um dort zu übernachten.

Van Enghusen beschleunigte seinen Schritt. Noch eine letzte Biegung des Weges, den folgenden Abhang hinunter und durch den kleinen Busch, dann lägen die Ruhrwiesen vor ihm.

Plötzlich sprang eine Gestalt aus dem Halbdunkel auf den Weg, ein Messer in der Rechten. Sie war fast ebenso groß wie der Kaufmann und hatte sich eine Kapuze tief ins Gesicht gezogen. Van Enghusen machte einige Schritte zurück und tastete nach seinem Messer, welches in einer Lederscheide an seinem Rücken steckte. Er führte die Waffe immer mit sich, wenn er die Einnahmen vom *Hirschen* holte. Seine Ratsfreunde hatten sich schon des Öfteren über ihn lustig gemacht. Die Gefahr eines Überfalls auf einer verkehrsreichen Straße wie dem Hilinciweg und noch dazu in Sicht- und Rufweite der Stadtsoldaten an der Flussfähre hielten sie für unwahrscheinlich. Aber van Enghusen hatte sich nicht beirren lassen. Und heute war er froh darüber.

Der Bürgermeister zog ebenfalls sein Messer. Dessen Klinge war länger und breiter als die des Gauners, der ihm gegenüberstand. Allerdings war der Mann kräftiger als er und vermutlich auch kampferfahrener. Außer den monatlichen Übungen seiner Bürgerwehrrotte hatte Van Enghusen ein Messer nie für etwas anderes benutzt als zum Fleischschneiden. Aber das wusste der Kerl, der ihn jetzt bedrohte, ja nicht.

»Stehenbleiben. Und den Beutel her, sofort!«, forderte der Räuber.

»Ich denke nicht daran«, erwiderte van Enghusen und spürte, wie sich sein Pulsschlag beschleunigte. »Du wirst ihn dir schon holen müssen.« Gleichzeitig schrie er, so laut er konnte, in der Hoffnung, dass ihn tatsächlich die zwei Soldaten an der Fähre hören würden: »Hilfe! Räuber!«

»Halt die Schnauze«, zischte der Gauner und sprang auf ihn zu. Blitzschnell schoss sein rechter Arm vor. Im letzten Augenblick gelang es dem Kaufmann, sich beiseitezuwerfen. Ein heftiger Schmerz durchzog seinen linken Oberarm. Er war getroffen worden. Doch nun war van Enghusen im Vorteil, denn durch die Wucht seines Vorstoßes war der Räuber neben den Kaufmann zum Stehen gekommen. Seine linke Seite war ungeschützt. Und genau dort traf im Gegenzug van Enghusens Messer seinen Kontrahenten.

Der Räuber schrie auf. Sein Hemd färbte sich rot. Mit schmerzverzerrtem Gesicht drehte er sich zu dem Kaufmann, um erneut zuzustechen. Noch bevor er einen Gegenangriff starten konnte, verdrehte er die Augen, stieß einen erstickten Schrei aus und fiel zu Boden.

Schwer atmend sah van Enghusen zu, wie der Mann vor seinen Füßen starb. Dann hörte er Schritte. Die Soldaten kamen den Hang heraufgelaufen.

Als sie den Bürgermeister fast erreicht hatten, wurde van Enghusen plötzlich übel. Seine Brust schmerzte. Das Herz schlug ihm bis zum Hals und ihm wurde schwarz vor Augen.

Er erwachte in einer der Kammern des *Hirschen*. Der Bader aus Hattingen und der Wirtschafter schauten ihn besorgt an. Im Hintergrund stand der Kommandant der Stadtwache, seinen Helm in der Hand.

»Was ist geschehen?«, fragte van Enghusen. Nur langsam kehrte seine Erinnerung zurück.

»Ihr wurdet überfallen.«

»Ja, ich weiß. Und das Geld?«

»Sicher wieder in unserer Truhe«, versicherte sein Bediensteter.

»Was ist mit dem Räuber?«

»Der ist tot.«

Der Bader reichte ihm einen Becher. »Trinkt das. Es wird Euch kräftigen.«

»Was ist mit mir passiert?«

»Euer Herz hat wohl die Aufregung nicht vertragen, sich dann aber glücklicherweise doch eines anderen besonnen.« Der Bader lachte leise. »Sonst würdet ihr zusammen mit dem Gauner auf dem Karren vor dem Haus liegen und mit ihm nach Hattingen gebracht werden.«

Van Enghusen versuchte, sich aufzurichten. Der verletzte Oberarm schmerzte.

Der Bader drückte ihn sanft zurück auf das Lager. »Ihr werdet einige Tage hierbleiben und Euch erholen müssen. Ruht Euch aus. Ich werde morgen wieder nach Euch sehen.«

»Wer war der Mann?«, wollte van Enghusen wissen.

Der Kommandant antwortete: »Wahrscheinlich ein entlaufener Infanterist der Garde des Herzogs. Wir haben in einem Graben unter seinen Sachen auch einen Vorderlader gefunden. Ihr könnt von Glück sagen, dass er ihn nicht benutzt hat. Er war geladen. Solche Waffen führen nur die Soldaten des Herzogs mit sich. Aber vermutlich erschien ihm der Einsatz zu gefährlich. Die Wachen am Fluss hätten den Schuss gehört. Zwar wäret Ihr sicher tot gewesen, aber dem Mörder hätten sie bestimmt nachgestellt. Das konnte er wohl nicht riskieren. Egal, alles hat ein gutes Ende gefunden. Nun wünsche ich Euch einen ruhigen Schlaf, Herr van Enghusen.«

12

Lübeck, 21. August 1509

Albrecht Schulten hatte einen bisher unbenutzten Raum in ihrem Haus zu einer Schlafkammer umgestalten lassen. Darin wurde Marlein tagsüber eingeschlossen. Lediglich zu den Mahlzeiten am Morgen und Abend, die sie mit ihrer Körperpflege verband, und zum sonntäglichen Kirchgang durfte sie das Zimmer verlassen. Auch nachdem sie die Nachricht vom Tode ihrer Mutter erfahren hatte, verbot ihr Albrecht, den Vater zu besuchen. Fehl schlug auch Marleins Versuch, in der Messe ihren Onkel auf ihr Schicksal anzusprechen. Seit dem Tod von Irmla war Jobst van Enghusen nicht mehr der Mann, der er früher gewesen war. Andere Menschen – seine Verwandten eingeschlossen – interessierten ihn nur noch, wenn diese seinen Geschäften nützlich waren. Er gab ihr lediglich den ungewollten Rat, sie solle sich bescheiden und ihrem Mann gehorchen, dann würde sich alles finden.

Tagelang erwog Marlein, einfach während des Kirchgangs zu fliehen, verwarf diesen Plan jedoch. Ihr Mann war kräftiger und sicher auch schneller als sie. Er würde sie einholen und seine Drohung wahr machen. Und selbst wenn sie ihm entkäme, wo sollte sie hin? Zu Jorge? Dort würde sie Albrecht als Erstes suchen. Und wenn sie eine andere Zuflucht fände, wovon sollte sie leben? Nein, es blieb ihr keine Wahl. Sie musste bei ihrem Ehemann bleiben.

Hinzu kam, dass Albrecht sie nicht ständig schlecht behandelte. An manchen Tagen war er höflich wie früher, fast lieb zu ihr. Dann konnte sie sich im Haus frei bewegen, wenn auch nur, solange er anwesend war. Manchmal hatte Marlein den Eindruck, er schämte sich für das, was er ihr antat. Und auch sie selbst plagten Zweifel. Schließlich hatte sie sich als verheiratete Frau mit einem fremden, unverheirateten Mann im eigenen Haus getroffen, ohne dass jemand Drittes anwesend war. Das gehörte sich nicht, weil es in der Tat Anlass zu Vermutungen gab. Insofern konnte sie Albrecht sogar verstehen. Dann aber kamen wieder Augenblicke, in denen Marlein ihn dafür verabscheute, dass er sie ihrer Freiheit beraubte. Sie fühlte sich innerlich zerrissen.

Es dauerte Wochen, bis Marlein endlich die Gelegenheit fand, auf die sie so lange gewartet hatte. Die Magd lag an diesem Tag mit dem Fieber im Bett. Marlein hatte das Essen unter der Aufsicht ihres Mannes allein zubereitet. Jetzt saßen sie schweigend bei Tisch. Da klopfte es überraschend an ihrer Tür. Albrecht Schulten stand auf, um zu öffnen. Die junge Frau blieb allein in der Diele zurück. Sie hörte Stimmen, vernahm Schritte. Durch die Dielentür traten zwei Männer. Der eine war ihr unbekannt, der andere ein Mitglied des *Schiffergelags*.

»Es wurde eine dringende Versammlung der Gesellschaft einberufen«, erklärte ihr Schulten. »Ich muss sofort weg, begleite dich aber noch nach oben, um meinen Umhang zu holen.«

Marlein wusste, was er beabsichtigte. Unter diesem Vorwand wollte er sie wieder in ihrer Kammer einschließen. Geistesgegenwärtig antwortete sie: »Das wird nicht nötig sein. Der Umhang hängt in der Stube, ich hole ihn sofort.«

Noch bevor Albrecht reagieren konnte, verschwand sie und kehrte kurz darauf mit dem Kleidungsstück über dem Arm zurück. Sie reichte es Schulten. Dieser knurrte ein

»Danke« und Marlein sah ihm an, dass er nach einem weiteren Grund suchte, mit seiner Frau allein das Obergeschoss betreten zu können. Aber einer der Männer kam ihr unwissentlich zu Hilfe: »Wir müssen uns eilen, Albrecht. Die anderen Mitglieder dürften schon anwesend sein.«

Widerstrebend folgte Schulten den beiden zur Tür. Dort drehte er sich um und sagte in drohendem Tonfall: »Du weißt hoffentlich noch, was wir besprochen haben. Halte dich daran. Es wird sicher nicht lange bis zu meiner Rückkehr dauern.«

Marlein wartete einen Moment, bis sie sicher sein konnte, dass ihr Ehemann nicht doch zurückkehren würde. Dann warf sie sich ihren Umhang über die Schultern, raffte den Rock und lief so schnell sie konnte zum Lagerhaus der Wibbekings an der Untertrave, in dem Jorge immer noch wohnte. Es war dunkel auf den Straßen. Kaum jemand war um diese Zeit noch unterwegs. Und wenn, erkannte sie keiner, da sie keine Fackel oder Lampe mit sich führte.

Das Lagerhaus lag düster vor der Stadtmauer. Nur im Kontor flackerte das Licht einer Kerze. Marlein schlich zum erleuchteten Fenster und sah ins Innere. Sie atmete auf. Gott sei Dank! Dort hockte Jorge über Bücher gebeugt. Sie schob ihr Gesicht ganz nah zum Fenster und klopfte zaghaft an die Glasscheibe. Der junge Mann schaute hoch, entdeckte seine Freundin und ein Lächeln zeigte sich auf seinen Zügen. Er sprang auf und lief zur Tür.

Marlein schlüpfte ins Innere und umarmte Jorge. Ihr Herz pochte, als sich ihr Körper an seinen schmiegte. Aber es fehlte ihr die Zeit, dieses wunderbare Gefühl weiter auszukosten. Sie schob ihn sanft von sich. »Wir dürfen uns nicht mehr sehen, hörst du?«, stieß sie hervor. »Mein Ehemann beabsichtigt, uns sonst wegen Ehebruchs anzuklagen.«

»Na und? Wir haben nichts Unrechtes getan.«

»Das nicht, aber er wird es behaupten. Und unsere Magd wird es bezeugen.«

Jorge überlegte nur kurz. »Ich dachte, er liebt dich?«

Marlein stieß einen verächtlichen Laut aus. »Albrecht? Nein. Das Schlimmste ist, dass diese Hochzeit meine Idee war. Ich dachte, so dem Druck meines Vaters entgehen zu können. Aber ich habe mich geirrt.«

»Das verstehe ich nicht.«

»Jorge, ich habe nicht die Zeit, dir alles zu erklären. Wichtig ist nur, dass du mir versprichst, mich nie mehr aufzusuchen. Wenn du mich auf dem Kirchgang oder sonst wo treffen solltest, übersieh mich. Sprich mich unter keinen Umständen an. Versprichst du mir das?«

»Das vermag ich nicht. Wir haben uns doch gerade erst wiedergetroffen. Wie kann ich da deinem Ansinnen zustimmen?«

»Du musst.«

»Nein.« Jorge ergriff ihre Hand. »Lass uns fortgehen aus Lübeck. Jetzt gleich! Ich habe Geld, ich …«

Das konnte sie nicht zulassen. Zum ersten Mal in seinem Leben war ihr Freund angekommen, hatte eine Heimat gefunden, war ein anerkannter Bürger der Stadt geworden. Darauf durfte er wegen ihr nicht verzichten. »Nein«, erwiderte Marlein deshalb so energisch, wie es ihr möglich war. »Es ist nicht nur Albrecht. Auch ich will dich nicht mehr sehen, verstehst du? Ich möchte nicht am Pranger stehen.« Sie suchte nach den richtigen Worten, um ihn zu überzeugen. »Wegen einer angeblichen Verfehlung mit einem …« Sie schluckte, um den Kloß zu vertreiben, der ihr im Hals steckte. »Wegen einer Unschicklichkeit mit einem dahergelaufenen Mann, dessen Eltern Verbrecher waren.« Jetzt war es heraus. Marlein überkam eine unendliche Traurigkeit, als sie in Jorges verzweifeltes Gesicht schaute. Darin las sie Schmerz über ihre Behauptung. Und nur mühsam beherrschte Wut. Marlein wandte sich ab. »Nie mehr, hörst du?« Mit diesem Satz verließ sie das Lagerhaus.

Auf dem Weg zurück in die Fischergrube weinte die junge Frau hemmungslos. Sie hatte Jorge verloren, kaum dass sie ihn wiedergetroffen hatte. Er würde ihre Worte nicht vergessen, das ahnte sie. Aber wie sonst hätte Marlein ihn schützen können?

13

Eutin und Lübeck, 22. August 1509

Der Gang, der Heinrich Witte bevorstand, würde nicht einfach werden. Und das, obwohl der Bischof, zu dem er unterwegs war, in Lübeck geboren worden war und dessen Bruder bis zu seinem Tod lange Jahre der Hansestadt als Ratsherr gedient hatte. Aber der hochbetagte Wilhelm Westphal galt allgemein als halsstarrig, was viele seinem Alter von sechsundsechzig zuschrieben. Konnte die Kirche nicht endlich jüngere Geistliche für die höchsten Ämter berufen, fragte sich Witte, als er durch das Tor des Eutiner Schlosses ritt. Mussten es eigentlich immer Greise sein?

Der Bischof empfing ihn in seinem Audienzzimmer. Der Ratsherr war seit seinem Besuch vor einigen Jahren das erste Mal wieder in dem Raum. Er schaute sich verstohlen um. Die Kirche schätzte Kontinuität mehr als Veränderung. Das machte sich auch hier bemerkbar. Der Raum schien in all den Jahren unverändert geblieben zu sein.

Nach der formellen Begrüßung und dem Austausch einiger belangloser Höflichkeiten kam Witte zur Sache: »Ich möchte mit Euch über die Bedrohungen sprechen, die von den Dänen ausgehen, Exzellenz.«

»Ah, daher weht der Wind. Als mir Euer Wunsch nach einer Audienz vorgetragen wurde, hatte ich schon befürchtet, Ihr wolltet auch mich mit dieser Selbstmördergeschichte belasten.«

»Ach, das ist Schnee von gestern.«

»Ihr tut so uninteressiert. Seid Ihr nicht vor einigen Jahren deswegen bei meinem Vorgänger vorstellig geworden?«

»Ihr seid gut informiert, Exzellenz.«

»Heißt es nicht, Wissen ist Macht?«

»Ich glaube schon. Aber der Grund meines Besuches ist ein anderer.«

»Das sagtet Ihr bereits.« Der Geistliche beugte sich interessiert vor. »Die Dänen also.«

»Ja. Eure Heimatstadt benötigt die Hilfe der Kirche.«

»Inwiefern?«

»Die Dänen rüsten auf. Wir müssen dagegenhalten.«

»Was hindert Euch?«

»Unsere Mittel sind begrenzt.«

Westphal verstand sofort. »Ihr erwartet doch nicht etwa, dass das Bistum Euch zur Seite tritt?«

»Doch, das erhofft sich der Rat.«

Der Bischof lachte heiser. »Ich soll Gelder bewilligen, damit Lübeck Krieg gegen Johann und seinen Bruder Friedrich führt? Ausgeschlossen.«

Eine solche Reaktion hatte Witte erwartet, deshalb hatte er im Rat gegen diese Bitte argumentiert. Das Bistum, ursprünglich im holsteinischen Oldenburg ansässig, umfasste nicht nur die Hansestadt Lübeck, sondern ebenfalls das Gebiet, über das die Herzöge Friedrich und Johann herrschten, deren letzterer in Personalunion eben auch dänischer König war. Der Bischof als höchste geistliche Instanz konnte – selbst wenn er gewollt hätte – in diesem Konflikt unmöglich eine der beiden Seiten unterstützen. Aber die Mehrheit im Rat war der Auffassung gewesen, den Vorstoß trotzdem versuchen zu müssen.

»Ihr stammt aus Lübeck, Exzellenz. Eure Heimatstadt ist bedroht«, unternahm Witte einen letzten Versuch.

»Meine Heimat ist die Kirche«, erwiderte Westphal barsch. »Sagt das dem Rat. Ich danke für Euren Besuch, werter Herr.«

»Aber der Kaiser …«

»Wir dienen dem Papst. Hat er sich ohne Wenn und Aber auf Eure Seite geschlagen?« Der Geistliche gab selbst die Antwort. »Nein. Wenn Ihr meint, Kaiser Maximilian unterstütze Euch, wendet Euch an ihn. Soll er Euch doch Geld geben. Aber das wird er nicht tun, taktiert er doch noch mehr als der Rat und die Herzöge zusammen.«

»Exzellenz, Ihr wisst genau …«

Der Bischof unterbrach den Gesandten erneut: »Natürlich weiß ich, dass Maximilian nicht über die dafür erforderlichen Mittel verfügt. Er ist bis über beide Ohren bei den Fuggern verschuldet. Aber die heilige Kirche wird Euren Krieg nicht finanzieren.«

»Könnt Ihr dann zumindest auf Herzog Friedrich einwirken, in diesem Konflikt neutral zu bleiben?«, bat Witte. Die Herzogtümer Holstein und Schleswig umschlossen Lübeck wie ein Flickenteppich. Ein Krieg zur See war schon schlimm genug, ein lang andauernder Landkrieg wäre jedoch vermutlich nur unter großen Opfern zu gewinnen.

»Ich werde darüber nachdenken«, antwortete Bischof

Westphal und hielt Witte die Hand mit dem Ring zur Ehrerbietung hin. Die Audienz war schneller beendet, als es selbst Witte befürchtet hatte. Er war wie erwartet gescheitert.

In dieser wichtigen Frage traf sich der Rat mit anderen Honoratioren der Stadt, um das weitere Vorgehen zu beraten. Die Vertreter des Rates waren nicht begeistert, als Heinrich Witte von seinem Misserfolg berichtete, fanden aber schnell eine andere Lösung.

»Dann werden wir eben eine Sondersteuer erheben«, schlug einer vor.

Und nach längerer Diskussion billigten die Anwesenden tatsächlich diesen Vorschlag.

»Das wird aber nicht reichen, um eine genügend große Anzahl Schiffe zu kaufen, zu bewaffnen, auszurüsten und mit einer erfahrenen Mannschaft zu besetzen«, warf Tidemann Berck ein.

»Wie wäre es, wenn wir an das Ehrgefühl unserer Kaufleute appellieren?«, schlug Konrad Wibbeking vor.

»Was sollen die machen?«, rief ein anderer in den Saal. »Beten? Oder bezahlen?«

»Beides könnte nicht schaden«, entgegnete Wibbeking. »Aber ich dachte eher daran, dass sie uns ihre Schiffe zur Verfügung stellen könnten.«

Für einen Augenblick war es mucksmäuschenstill im Ratssaal. Dann aber brach ein lauter Proteststurm über Wibbeking herein. Der wartete, bis sich die Unruhe wieder gelegt hatte. »Selbstverständlich wird die Familie Wibbeking sich nicht verweigern. Wir stellen unsere *Lisa* zur Verfügung. Und natürlich übernehmen wir auch selbst die Kosten für ihre Besatzung.«

Beschämt sahen sich die anderen Kaufleute an. Einige von

ihnen verfügten über ein größeres Vermögen als die Wibbekings, manche sogar über vier und mehr Schiffe.

»Einverstanden«, erklärte nach kurzer Überlegung Bürgermeister Hartwig von Stiten. »Eines meiner Schiffe ist dabei.«

»Meins auch«, bekräftigte ein weiterer Kaufmann.

»Und das unsrige ebenfalls.«

Am Ende der Debatte befahl der Rat über zehn Schiffe. Weitere würden von dem Geld, das sie sich von der Sondersteuer erhofften, ausgerüstet werden können.

Das gestrige Gespräch mit Marlein hatte Jorge tief aufgewühlt. Im Inneren ahnte er, dass seine Freundin das, was sie ihm an den Kopf geworfen hatte, nicht so gemeint haben konnte. Aber ihre Worte hatten ihn trotzdem tief getroffen. Er war verwirrt, fühlte sich um seine Freundschaft betrogen.

Völlig am Boden zerstört, saß er im Kontor Clas gegenüber und addierte die Einnahmen der letzten Wochen. Schon mehrmals hatte er sich verrechnet, unkonzentriert wie er war. Immer wieder schweiften seine Gedanken ab zu Marlein und ihren Beweggründen. Natürlich war ihm klar, dass sie ihn vor einer Anklage wegen Ehebruchs schützen wollte. Aber warum war sie dann nicht mit ihm aus Lübeck geflohen? Weshalb blieb sie bei einem Ehemann, der versuchte, ihr das Leben zur Hölle zu machen? Das war es, was er nicht verstand.

»Du siehst aus, als ob dir jemand das Gemüt verhagelt hat«, scherzte Clas. »Was ist dir über die Leber gelaufen? Willst du darüber reden?«

Jorge schüttelte nur den Kopf.

»Wie du meinst.« Der Kaufmann sah aus dem Fenster. Dunkle Wolken türmten sich jenseits der Trave am Himmel auf. Es würde ein Gewitter geben. »Sind die Ladeluken in den oberen Stockwerken geschlossen?«, wollte er von Jorge wissen.

»Ja.«

Da der junge Mann keine Anstalten machte, weiterzureden, widmete sich auch Clas wieder dem mühseligen Addieren endloser Zahlenkolonnen.

Ein heftiger Windstoß ließ plötzlich die Fensterläden klappern. Clas sah auf und blickte nach draußen. Kleine Staubfontänen wirbelten auf der Straße vor dem Haus hoch, tanzten umher und verteilten sich schließlich in alle Himmelsrichtungen. Es blitzte. Unmittelbar darauf ließ ein Donnerschlag die beiden Männer zusammenfahren. Und plötzlich war es, als ob die Welt untergehen würde. Erst noch vereinzelt, dann immer schneller prasselten erbsengroße Hagelkörner auf den Boden, verursachten ein Trommelfeuer, während sie auf den Dächern und der Straße in tausend Teile zerplatzten. Und nach dem Hagel kam der Regen, einem Sturzbach gleich. Dazwischen zuckten Blitze vom Himmel, rollte der Donner durch die Stadt. Unwillkürlich zog Jorge den Kopf ein und auch Clas machte ein besorgtes Gesicht.

»Hoffentlich zerschlägt der Hagel nicht die Getreideernte«, meinte Clas. »Dann werden die Brotpreise steigen und die Armen hungern.«

Die Tür zum Kontor wurde aufgerissen. Konrad Wibbeking stand in der Öffnung, Wasser tropfte von seinem Barett und dem völlig durchnässten Umhang. Der Kaufmann schüttelte sich. »Brr. Hätte das Gewitter nicht warten können, bis ich im Trockenen bin?« Er streifte die nassen Sachen ab und humpelte zu seinem Platz.

»Ich dachte, der Rat hätte dich zu einer Besprechung gebeten?«

»Hat er ja auch. Aber wir sind anschließend noch zum Hafen gegangen, um uns einige Schiffe anzusehen.«

»Weshalb? Willst du eins kaufen?«

»Das nicht. Aber der Rat möglicherweise.« Konrad erzählte den beiden vom Ergebnis ihrer Beratungen.

»Und an welches unserer Schiffe hast du gedacht, werter Bruder?«

»Ich glaube, die *Lisa* ist am geeignetsten. Der Dreimaster ist schnell, wendig und kann eine große Last aufnehmen. Außerdem können wir sie mit Kanonen bestücken. Eine Kogge wird beim ersten Schuss kentern.« Er grinste schief.

»Wie viele Schiffe stehen zur Verfügung?«

»Achtzehn.«

»Und was genau ist die Aufgabe der Flotte?«, erkundigte sich Clas.

»Nahrungsmittel und Hilfsgüter nach Stockholm zu transportieren.«

»So etwas in der Art hatte ich mir schon gedacht. Wann soll ausgelaufen werden?«

»So früh als möglich, in einer Woche vielleicht.«

»Ausgeschlossen. Wie wollt ihr in einer solch kurzen Zeit die Besatzungen zusammenbekommen? Und was vielleicht noch schwieriger ist: Woher wollt ihr die Waren nehmen? Die Laderäume dieser Flotte fassen über fünftausend Tonnen!«

»Zwischen Lübeck und Stockholm liegen Bornholm und Gotland.«

Es dauerte einen Augenblick, bis Clas verstand. »Ihr wollt die Inseln überfallen«, stellte er überrascht fest.

Ein greller Blitz und ein unmittelbar darauf folgender, ohrenbetäubender Donnerschlag unterbrachen ihr Gespräch.

Konrads Augen funkelten. »Das Gewitter ist direkt über uns. Hoffen wir, dass der Blitz unsere Häuser verschont.«

Clas war aufgestanden und griff seinen Bruder beim Arm. »Nun sprich! Habe ich recht mit meiner Vermutung?«

Konrad warf einen schnellen Blick zu Jorge, der mit offenem Mund dem Dialog folgte. »Das ist streng vertraulich, Jorge.«

Der nickte verstehend. Wenn er alles richtig eingeordnet hatte, sprachen die Brüder über einen militärischen Angriff auf dänisches Gebiet.

»Du liegst richtig, Bruder.«

»Das bedeutet Krieg!«

»Das wird wohl so sein.«

Lange Zeit war nur das Prasseln der Regentropfen zu hören. Dann fragte Clas: »Wer soll die *Lisa* befehligen?«

»Ich hatte daran gedacht, unserem Steuermann das Kommando zu erteilen. Er ist ein erfahrener Seemann und kennt sich in den Gewässern aus.«

»Damit bin ich nicht einverstanden.« Clas ging zum Tisch und goss verdünnten Wein in seinen Becher. »Er ist ein ausgezeichneter Steuermann, gewiss. Jedoch kein Befehlshaber.«

»An wen denkst du statt seiner?«

»An mich.«

Konrad strich sich über das nasse Haar. »Das hatte ich befürchtet, aber, um ehrlich zu sein, auch erwartet. Ich weiß, es wird mir nicht gelingen, dich umzustimmen. Also sei es so.«

Clas hob lächelnd den Becher.

Jorges Gedanken überschlugen sich. Seine neue Heimatstadt Lübeck zog in den Krieg und sein Freund war dabei. Und was tat er? Lübeck hatte ihn mit offenen Armen aufgenommen, ohne nach seiner Vergangenheit zu fragen. Da war es nur recht und billig, wenn er etwas von dieser Schuld beglich. Außerdem: Was hielt ihn hier? Marlein zumindest war es nicht. »Ich möchte ebenfalls mitkommen«, hörte er sich sagen. »Jemand muss schließlich auf Clas aufpassen.«

Und als ob der Himmel den Schlusspunkt dieser Unterhaltung setzen wollte, ließ der bisher heftigste Donnerschlag das Haus erzittern.

14

Bei Emden, 7. September 1509

Der Regen wollte einfach nicht aufhören. Die Gruppe der Spielleute stand in tiefschwarzer Nacht ratlos an einer Wegkreuzung und stritt sich über den richtigen Weg zu ihrem Ziel.

Einer der beiden Männer zeigte mit seiner Pechfackel nach links. »Da geht es nach Norden«, lispelte er.

»Woher willst du das wissen?«, fragte eine der Frauen. »Es ist kein Stern am Himmel zu sehen. Und auch der Mond lässt sich durch diese Wolken bestenfalls erahnen.«

»Ich habe das im Gefühl«, verkündete Endres. Nur wer den Lautenspieler gut kannte, vermochte den leisen Zweifel in seiner Stimme herauszuhören. Dummerweise waren die vier Musikanten schon seit Jahren zusammen auf den Straßen und Märkten unterwegs.

»Er hat keine Ahnung«, verkündete deshalb Gerlin, der das Wasser das Gesicht hinunterlief. Sie hatte ihr langes schwarzes Haar hochgesteckt und mit einem Tuch unzulänglich vor dem Regen geschützt. »Ebenso wie wir anderen. Wir sollten uns einen Unterstand suchen und besseres Wetter abwarten.«

Die Spielleute hatten die Nacht in der Nähe der Papenburg verbracht und waren erst am Mittag aufgebrochen, um auf der nördlich gelegenen Leerburg zu spielen. Dort hatte man ihnen jedoch den Einlass verweigert und sie fortgeschickt. Die Truppe hatte daraufhin beschlossen, weiter nach Emden zu ziehen, war aber kurz darauf vom schlechten Wetter überrascht worden. In der Dunkelheit und im strömenden Regen hatten sie bald die Orientierung verloren und irrten nun schon seit Stunden durch die unwirtliche Gegend.

»Da kommt jemand«, rief plötzlich Adam. »Seht ihr das Licht dahinten?«

»Wer ist denn um diese Zeit und bei solch einem Unwetter unterwegs?« Endres machte ein besorgtes Gesicht. »Wir sollten uns lieber verstecken.«

»Dafür ist es ohnehin zu spät«, erklärte Adam. »Wenn wir ihr Licht sehen, können sie auch unsere Fackel ausmachen. Und wenn wir sie löschen, bekommen wir sie in diesem Regen nie wieder angezündet.«

Tatsächlich näherte sich ein Ochsenkarren aus der Richtung, die sie für Norden hielten. Auf dem Bock saß ein Mann, neben ihm zwei kleine Kinder. Eine vor Nässe triefende Leinendecke schützte sie nur notdürftig vor dem Regen. So wie es aussah, handelte es sich um einfache Leute. Bauern oder vielleicht auch ein Fischer mit seinen Kindern. Von ihnen drohte keine Gefahr. Die Spielleute grüßten freundlich.

Der Ochse vor dem Karren trottete an der Gruppe vorbei und der Mann auf dem Bock machte keine Anstalten, anzuhalten. Sein müder Blick war nur auf den Weg vor ihm gerichtet. Einzig das außen sitzende Kind schaute kurz zu ihnen herüber. War das Regen auf seinem Gesicht? Oder weinte es? Auf der Ladefläche des Karrens lagen zwei sorgsam verschnürte, längliche Bündel.

Adam sprach die Vorbeifahrenden an: »Wir haben uns verlaufen. Kommt ihr aus Emden?«

Der Mann auf dem Bock schüttelte nur wortlos den Kopf.

Verwundert schaute die Gruppe dem Karren nach, der langsam in der Dunkelheit verschwand.

»Was war das denn?«, fragte Gerlin.

»Seltsam«, erwiderte Anne, die den Kindern noch etwas länger nachblickte. Vor fast zwei Jahren hatte sie einem Knaben das Leben geschenkt, aber ihr Sohn war schon wenige Stunden nach seiner Geburt gestorben. Adam hatte damals ein Gebet gesprochen, den Kleinen gesegnet und begraben. Anne hoffte inständigst, dass Gott ihr Kind aufgenommen hatte, auch wenn es nicht die heiligen Sakramente empfangen konnte. Seit sie ihren Sohn verloren hatte, konnte sie kaum die Augen von fremden Kindern abwenden, obwohl sie eigentlich nie welche hatte haben wollen. Der Verlust hatte sie geprägt.

Als die Fackel, die das Gefährt beleuchtete, schon fast nicht mehr zu sehen war, drückte Adam Endres sein Bündel und Instrument in die Hand. »Halte das kurz«, meinte er nur und lief hinter dem Karren her. Kurz darauf verschluckte ihn die Dunkelheit. Die anderen blieben zurück.

Es dauerte eine Weile, bis Adam zurückkehrte. »Zuerst die gute Nachricht: Wir sind zwar nicht gerade auf dem Weg nach Emden, aber ganz in der Nähe gibt es ein Kloster, in dem Benediktinerinnen leben. Sie sind sicher bereit, uns eine Nacht zu beherbergen. Dafür müssen wir da entlang.« Der Spielmann deutete nach rechts. »Wären wir Endres' Gefühl gefolgt, hätten wir nach etwa einer Stunde am Ufer der Ems gestanden. Von dort führt nur ein Weg zurück, nämlich der, auf dem wir gekommen sind.«

»Und die schlechte Nachricht?«, wollte Anne wissen.

»Erzähle ich euch auf dem Weg zum Kloster. Wir sollten sehen, dass wir hier wegkommen. Und das schnell.« Adam ließ sich seine Sachen geben. »Kommt. Und macht die Fackel aus.«

»Aber …«

»Macht sie aus, sage ich euch. Wir werden den Weg schon finden. Immer geradeaus, hat der Fischer gesagt.«

Sie gehorchten. Es dauerte einen Moment, bis sie im Dunkeln etwas sehen konnten. Dann gingen sie los.

»Anne?«, rief Gerlin. »Träumst du im Stehen?«

Ja, sie hatte geträumt. Von einem sonnigen Tag im Erzgebirge. Und von einem gut aussehenden Burschen mit langem Haar und lustig abstehenden Ohren, dem sie seine Unschuld geraubt hatte. Was wohl aus Jorge geworden sein mochte? Komisch, dass ihr diese Erinnerung gerade jetzt einfiel. »Ich komme schon«, antwortete sie und eilte hinter den anderen her.

»Der Mann ist Emsfischer«, berichtete Adam. »Er lebt mit seiner Familie allein am Fluss. Am Nachmittag sind Bewaffnete vor seiner Kate aufgetaucht, hat er mir erzählt. Sie waren zunächst freundlich, dann aber hat der Anführer, ein Mann mit nur einem Auge, den Sohn des Fischers mit einem einzigen Hieb seiner Axt erschlagen. Der Junge war sofort tot.«

»Weshalb hat er das getan?«, fragte Gerlin, während sich Anne vor Schreck die Hand vor den Mund hielt.

»Das hat der Fischer mir nicht gesagt. Aber eines der Mädchen hat eine Andeutung gemacht. Wenn ich die Kleine richtig verstanden habe, haben die Männer versucht, die Frau des Fischers zu vergewaltigen. Noch bevor er selbst einschreiten konnte, ist sein Sohn dazwischengegangen und hat das mit dem Leben bezahlt. Die Frau musste allen zu Willen sein, vor den Augen ihres Mannes und der Kinder. Dann haben die Kerle ihr die Kehle durchgeschnitten. Die Leichen von Mutter und Sohn lagen übrigens auf dem Karren. Der Fischer bringt sie zu einer kleinen Kirche unweit von hier, um sie morgen in geweihter Erde begraben zu lassen. Er weiß selbst nicht, warum die Meuchelmörder sie verschont haben und gehen ließen. Vermutlich der kleinen Kinder wegen. Das Kreuz seiner Frau haben sie gestohlen. Es ist aus Gold und war wohl das Einzige von Wert, was die Familie besaß – vom Boot natürlich abgesehen.«

»O mein Gott.« Gerlin bekreuzigte sich.

»Was waren das für Schweine? Hat dir der Fischer das auch erzählt?« Annes Augen blitzten vor Wut.

»Vermutlich Seeräuber auf der Flucht vor den Männern Edzards des Großen.«

»Wer ist das denn?«, lispelte Endres.

»Der Graf von Ostfriesland.«

»Dann kann er aber nicht sehr bedeutend sein«, erwiderte Endres grinsend. »Sein Herrschaftsgebiet lässt sich mit etwas Anstrengungen in einem Tag durchwandern.«

»Spar dir deinen Spott. Wir sollten hoffen, dass die Soldaten des Grafen die Räuber finden, bevor die Gauner uns aufspüren. Der Fischer meint, sie hätten ihr Schiff irgendwo am Emsufer verlassen und seien zu Fuß weitergezogen. So etwas sei in der Vergangenheit häufiger vorgekommen. Dieses Mal ist allerdings etwas schiefgegangen. Die Soldaten des Grafen haben wohl das Schiff der Bande entdeckt und sie in ein Scharmützel verwickelt. Aber der Anführer und einige seiner Kumpane entkamen. Auf der Suche nach einem Schiff sind sie auf das Haus des Fischers gestoßen. Sein Kahn ist nicht gerade groß, aber groß und vor allem seetüchtig genug, um die Küste entlangzufahren. Bestimmt hatten es die Mörder darauf abgesehen.«

»Und warum wagen sich Seeräuber so weit ins Landesinnere?«, fragte Anne.

»Das wollte ich auch wissen. Sie stehen vermutlich in

Diensten von Hero Omken, dem Häuptling des Harlingerlandes. Diese ostfriesischen Herrscher befinden sich schon seit Jahrhunderten in Fehde mit dem Grafengeschlecht der Cirksena. Sie überfallen einander immer wieder auf ihren Raubzügen. Die Häuptlinge des Harlingerlandes unterstützen die Seeräuber an der Nordseeküste und geben ihnen Quartier. Im Gegenzug verschonen diese das Gebiet des Häuptlings und fallen dann und wann in den Herrschaftsbereich der Cirksena ein. So muss es auch heute gewesen sein. Also beeilt euch. Mir wäre wohler, wenn einige Meilen und dicke Klostermauern zwischen uns und der Bande liegen würden.« Adam beschleunigte seinen Schritt. Die anderen folgten ihm schweigend.

Sie mussten nicht mehr weit laufen. Nach einer Biegung sahen sie einen Lichtschein zwischen den knorrigen Ästen der Weidenbäume, die den Wegrand säumten. Bald standen sie vor dem Kloster Thedinga.

Die Musikanten läuteten an der Pforte. Eine Nonne erschien und sie baten um Obdach. Wenig später hockte die Gruppe an einem wärmenden Feuer, trocknete ihre klammen Kleider und schlürfte heißes, mit Honig gesüßtes Bier.

15

Bornholm, 8. September 1509

Die Flotte erreichte Bornholm kurz nach Mitternacht. Dieses Mal war Jorge nicht seekrank geworden. Trotzdem war er froh, wieder festen Boden unter den Füßen zu haben, denn heftige Winde hatten die Fahrt empfindlich gestört. Häufig hatten die Segel der *Lisa* wie die der anderen Schiffe gerefft werden müssen, um ein Zerreißen zu verhindern. So hatten sie länger für die Strecke benötigt als beabsichtigt.

Oberbefehlshaber der Flotte war Bürgermeister Tidemann Berck. Er war es, der die Anweisung erteilt hatte, Bornholm von Südosten anzugreifen. Der Sandstrand bei Dueodde war einer der wenigen der Insel. Er fiel flach ins Meer und bot damit ideale Bedingungen, an Land zu gehen. Was aber am wichtigsten war: Die Landungsstelle lag etwa fünfundzwanzig Meilen von Hammerhus entfernt, einer stark befestigten Burg im Nordosten der Insel, hoch über dem Meer. Ein Reiter konnte diese Strecke in zwei Stunden zurücklegen, zu Fuß brauchte man wenigstens acht. Tidemann Berck dachte nicht daran, auch nur einen Reiter entkommen zu lassen. So würde es mindestens einen Tag dauern, bis die Nachricht vom Überfall die Soldaten in Hammerhus erreichte. Dann aber wollte der Befehlshaber schon wieder auf See sein, mit Kurs auf ihr nächstes Ziel.

Mit Ausnahme der von der Stadt Lübeck ausgerüsteten und angemieteten Schiffe kommandierten die jeweiligen Eigner oder deren Beauftragte die Koggen. Zwar unterwarfen auch sie sich im Interesse der gemeinsamen Sache dem Befehl Bercks als Admiral, achteten aber trotzdem sorgfältig auf ihre Eigenständigkeit.

An Land war das anders. Dort kommandierten erfahrene Offiziere, deren Dienste sich die Stadt mit vielen Goldgulden gesichert hatte, die Truppe. Diese bestand neben einigen Söldnern hauptsächlich aus Seeleuten, die nur über geringe militärische Kenntnisse verfügten. Die Männer lockten in erster Linie die versprochene Prämie und die Aussicht auf Plünderung. Nur wenige von ihnen hatten vorher als Soldaten gedient. Zwar kannten Seeleute das Prinzip von Befehl und Gehorsam, hielten sich aber nur an Bord daran. Deshalb waren die Offiziere auf der Hinfahrt von Schiff zu Schiff übergesetzt und hatten versucht, die Besatzungen auf die Einhaltung der Disziplin einzuschwören – mit nur mäßigem Erfolg. Nur die Androhung drakonischer Strafen hielt die Männer halbwegs bei der Stange. Auch das war ein Grund, warum Tidemann Berck die Auseinandersetzung mit den regulären dänischen Truppen aus Hammerhus scheute. Bauern konnten seine Männer sicher beeindrucken, gegen ausgebildete Soldaten jedoch dürften sie chancenlos sein.

Die Schiffe liefen langsam den Strand an, allen voran Marten up de Halles *Maria*. Ihr Steuermann kannte die Gewässer rund um Bornholm besser als jeder andere, war er doch auf der Insel geboren und hatte dort jahrelang als Fischer gearbeitet. Nach einem Streit, bei dem er einen Nachbarn erschlagen hatte, war er nach Lübeck geflohen und in den Dienst up de Halles getreten.

Die Flotte hatte alle Lampen gelöscht und glitt fast lautlos durch die Dunkelheit auf die Insel zu. Glücklicherweise spendete der Mond ausreichend Licht für das Landemanöver. Silbern schimmerten die Dünen in der Ferne. Die *Maria* war etwa hundertfünfzig Schritte vom Land entfernt, als der Steuermann den Anker werfen ließ. Die anderen taten es ihm nach.

Leise wurden Befehle erteilt. Die Ruderboote, die die Schiffe im Schlepptau hinter sich herzogen, wurden längsseits gebracht und die Offiziere und Mannschaften kletterten an Tauen in sie hinein. Bemüht, so wenig Geräusche wie möglich zu machen, ruderten die Truppen zur Insel, sprangen, kaum dass die Boote auf dem Sand knirschten, auf den Strand und zogen sie so weit an Land, dass sie nicht fortgeschwemmt werden konnten.

Dann sammelten sich die rund zweihundert Mann vor den Dünen. Nur ein kleiner Teil der Soldaten war als Sicherung auf den Schiffen verblieben.

Jorge und Clas Wibbeking gehörten dem ersten Drittel der Landungstruppen an. Obwohl es kühl war, wurde dem jungen Mann warm unter seiner Rüstung. Er hatte sich eine Brigantine übergestreift, eine Art Hemd aus zahlreichen Metallplättchen, welche unter eine Lage aus starkem Leinen genietet worden waren. Mit dieser Rüstung konnte sich Jorge dank ihres geringeren Gewichts besser bewegen als mit einem Brustpanzer und sie bot mehr Sicherheit gegen Pfeile und Armbrustbolzen als das Kettenhemd. Bewaffnet war er mit seinem Langbogen und einem Messer, das in einer Scheide an seinem Gürtel hing. Clas Wibbeking war ähnlich ausgerüstet. Da er aber nicht mit einer Distanzwaffe umgehen konnte, wollte er nur sein Schwert benutzen.

Die meisten der Offiziere hatten sich einen Brustpanzer umgeschnallt, darüber zogen viele den Bischofskragen aus Eisengeflecht, einen dreieckigen Ringpanzerkragen, der Hals und Nacken decken sollte. Als weiterer Schutz kamen Arm- und Beinschienen aus Metall oder Leder und ein Eisenhut dazu. Einige der Söldner trugen ein Kettenhemd. Nur die Seeleute zogen mit dem in den Krieg, was sie am Leibe hatten, und mit den Waffen, die ihnen vertraut waren: Messer, Dolche oder Kurzschwerter. Nur wenige schleppten Armbrüste auf dem Rücken. Vorderlader waren nur einem kleinen Teil sorgsam ausgesuchter Soldaten vorbehalten, die durch besondere Eide – und zusätzliche Goldgulden – an ihre Vorgesetzten gebunden waren.

Tidemann Berck beriet sich mit seinen Offizieren. Nach einiger Zeit gaben sie den Befehl zum Aufbruch. In einer langen Kolonne marschierten die Angreifer Richtung Nordwesten. Nach etwa einer halben Stunde hörten sie einen Hund bellen. Die Truppe hatte ihr erstes Ziel erreicht: Snogebæk, ein kleines Dorf mit einem guten Dutzend Häuser.

Die Offiziere ließen einen Teil der Männer das Dorf umgehen und einkesseln. Erst als sie sicher waren, dass keiner der Bewohner ihre Reihen unbemerkt durchbrechen konnte, gaben sie den Befehl zum Angriff.

Laut brüllend stürmten die Männer vor, angeführt von ihren Offizieren. In Windeseile umstellten sie jedes Haus. Dann traten sie die Türen ein.

Die Bewohner wurden im Schlaf überrascht. An Gegenwehr war nicht zu denken. Jorge, der keine Ahnung gehabt hatte, was ihn erwartete, und mit Clas zu den Sicherungsposten gehörte, sah erschrocken zu, wie die Familien zusammengetrieben wurden. Männer, Frauen und Kinder, ausnahmslos in ihren Schlafgewändern, standen zitternd auf dem Platz in der Mitte Snogebæks, bewacht von johlenden Söldnern, die nach den jungen Frauen grapschten.

Einer der Offiziere brüllte: »Ruhe, verdammt noch mal.« Und da er diesen Befehl mit gezogener Waffe unterstützte, gehorchte die Soldateska.

»Wer von euch ist der Dorfälteste?«, fragte er dann in die Runde. »Und spricht hier jemand Deutsch?«

Ein verschüchterter Greis trat vor. »Ich verstehe Euch. Und ich bin auch der Älteste.«

Der Offizier ging auf ihn zu und hielt ihm die Spitze seines Schwertes vor die Brust. »Wir werden euch verschonen, wenn ihr tut, was wir euch sagen. Hast du das verstanden?«

Der Mann nickte verängstigt.

»Gut. Wir wollen euer Vieh und eure Vorräte. Wir lassen euch das, was ihr für eine Woche zum Leben braucht. Alles andere ist beschlagnahmt.«

Der Älteste übersetzte das Gesagte. Erstickte Schreie waren zu hören.

»Lasst euch euren Schaden von König Johann erstatten«, reagierte der Offizier ungerührt auf das Entsetzen der Bewohner. »Außerdem ist bald Erntezeit. Da könnt ihr eure Vorräte für den Winter auffüllen.«

»Aber der Boden hier ist karg und sandig«, wagte der Dorfvorsteher einen Einwand. »Hier wächst so gut wie nichts. Was also sollen wir ernten? Wir sind Fischer. Alles, was wir sonst benötigen, kaufen wir. Wenn Ihr uns unsere Vorräte nehmt, werden wir hungern, einige von uns vielleicht sogar sterben.«

»Das ist nicht unser Problem. In einer Woche könnt ihr nach Hammerhus gelangen. Dort sollen sie euch über den Winter bringen, wenn ihr es aus eigener Kraft nicht schafft.«

»Aber ...«

»Nichts aber. Eure Männer gehen jetzt nacheinander mit unseren Soldaten zu ihren Häusern und öffnen die Ställe und Vorratskammern. Versucht auch nur einer, irgendetwas zurückzuhalten, brennen wir euer Dorf nieder und meine Soldaten nehmen sich eure Frauen. Ist das klar?«

Dem Alten liefen Tränen über die Wangen.

»Dann los.« Der Offizier zeigte auf einen der Dorfbewohner. »Mit dir fangen wir an.«

16

Bei Emden, 8. September 1509

In dieser Nacht tat Schwester Hedwig Dienst an der Pforte des Klosters Thedinga. Die Nonne war in Ehren ergraut, ihr Buckel krumm und sie ahnte, dass es nicht mehr lange dauern würde, bis sie vor ihrem Herrgott stände. Die Arbeit am Klostertor tat niemand gern. Schlafen war streng verboten. Als Sitzgelegenheit in der zugigen Kammer neben der dicken Holztür, die nach draußen führte, diente lediglich eine schmale Bank. Und diese war so unbequem, dass die meisten der Nonnen die langen Stunden bis zum Morgengrauen langsam auf und ab gingen und mit dem Beten eines Rosenkranzes nach dem anderen gegen die Müdigkeit ankämpften.

Ihre Mitschwestern hatten der alten Nonne mehr als einmal angeboten, ihr diesen Dienst abzunehmen. Auch die Mutter Oberin war der Meinung, dass Hedwig diese Aufgaben besser den jüngeren Schwestern überlassen sollte. Sie aber war gegenteiliger Auffassung. Das Leiden Christi am Kreuz, so argumentierte sie, sei ungleich schmerzhafter gewesen als eine durchwachte Nacht im Stehen. Und außerdem lebten derzeit nur acht Schwestern, die Oberin eingeschlossen, in dem kleinen Kloster unweit der Ems im Moormerland. Über Langeweile konnten sie sich nicht beklagen, im Gegenteil. Sie alle mussten, um ihr Überleben zu sichern, häufig bis in die Abendstunden hinein im Klostergarten arbeiten. Die Oberin machte sich insgeheim Sorgen, ob deswegen nicht sogar die geistliche Inspiration litte, da nur wenig Zeit für die erforderlichen Exerzitien blieb. Deshalb bestand Hedwig darauf, keine Sonderstellung eingeräumt zu bekommen. Und so ging sie nun langsam in der kleinen Kammer umher und murmelte ihre Gebete.

Das Läuten der kleinen Glocke an der Außenmauer riss sie aus ihrer Routine. Es musste tief in der Nacht sein. Wer begehrte um diese Zeit noch Einlass? Die Spielleute waren seit langer Zeit die ersten Reisenden gewesen, die das Kloster aufgesucht hatten. Obwohl es der Oberin zunächst nicht recht gewesen war, hatten sie dennoch Aufnahme gefunden. Die Gruppe schlief in einem Heuschober, der an die Klosterkapelle grenzte und von dem es keinen direkten Zugang zum Kreuzgang und den Zellen der Nonnen gab. Die einzige Tür, die dorthin führte, war fest verschlossen. Einen der Schlüssel trug die Mutter Oberin immer bei sich, der andere baumelte am Bund, das am Morgen derjenigen Schwester übergeben wurde, die tagsüber die Pforte bewachte.

Ächzend verließ Hedwig die Kammer und schlurfte zur Pforte. Sie öffnete die kleine Sichtklappe und hielt ihre Kerze neben die Öffnung, um etwas erkennen zu können. Von draußen schaute ihr ein zerfurchtes, wettergegerbtes Gesicht entgegen. Ein Mund mit schwarzen Zahnstummeln war eingerahmt von einem gewaltigen, verfilzten Bart. Der Mann hatte ein schwarzes Barett auf dem Kopf, von dessen Krempe das Regenwasser tropfte, auf die breiten Schultern des Unbekannten floss und sich im Stoff des weiten Umhangs verlief. Am auffälligsten aber war die tiefe Höhle im Gesicht, in der sich einmal das rechte Auge des Fremden befunden haben musste.

»Gott zum Gruß, Schwester«, sprach sie der Unbekannte an. »Gewährt Ihr einem durchgefrorenen Wanderer Quartier?«

Hedwig zögerte. Dann erwiderte sie: »Es tut mir leid, es sind bereits Gäste bei uns. Weiteren Platz haben wir nicht.«

»Sicher die Soldaten, die vor Stunden an mir vorbeimarschiert sind?«

Die Nonne bemerkte den lauernden Unterton in der Frage des Mannes nicht. »Nein, einige Musikanten.« Sie machte Anstalten, die Klappe wieder zu schließen.

»Einen Moment.« Der Mann zog ein kleines goldenes Kreuz aus der Tasche. »Es gehörte meiner Mutter. Ich trage es immer mit mir. Es steht mir in der Not bei. Ich habe zu Gott gebetet, dass er mich zu rechtschaffenen Menschen führt, bei denen ich mich vor dem Unwetter schützen kann. Und als ich schon befürchten musste, die ganze Nacht dem Regen und dem Sturm ausgesetzt zu sein, sah ich Eure Mauern und die Kapelle.« Er streckte Hedwig das Kreuz entgegen. »Christus war es, der mich hergeführt hat. Und Ihr als seine gehorsame Dienerin wollt mir die Gastfreundschaft verweigern? Hat unser Herr nicht sogar den Niedrigsten die Füße gewaschen? Ich bitte Euch im Namen Christi: Lasst mich ein. Ich benötige auch nicht viel, nur ein Dach über dem Kopf. Wenn Ihr wollt, rolle ich mich auf dem Boden direkt neben dem Klostertor zusammen. Hauptsache, ich bin im Trockenen. Ihr werdet mich nicht sehen und nicht hören.«

Für einen Moment erwog Schwester Hedwig, die Mutter Oberin zu wecken und um Erlaubnis zu bitten. Aber dann entschied sie sich dagegen. Natürlich würde die Oberin dem nächtlichen Gast Unterkunft gewähren, einem frommen Christenmenschen, der um Hilfe in der Not bat. »Na gut«, sagte sie deshalb nach kurzem Nachdenken. »Ich lasse Euch ein.«

Sie schob die Klappe zu und verriegelte sie sorgfältig. Danach suchte sie am Bund, bis sie den schweren Schlüssel für das Tor gefunden hatte, schob ihn in das Schloss und drehte ihn. Er hakte. Hatte sie den falschen Schlüssel gewählt? Hedwig sah genauer hin. Nein, das war der richtige. Sie steckte ihn wieder in die Öffnung und probierte es erneut. Diesmal griffen die Bärte in die dafür vorgesehenen Zacken.

Schwester Hedwig drückte die Klinke hinunter und zog gleichzeitig mit aller Kraft an dem Eisenring, der darüber angebracht war. Kaum hatte sich die Tür einen Spalt geöffnet, wurde sie mit Gewalt von außen aufgestoßen.

Fast wäre sie gestürzt, als das schwere Türblatt gegen ihren Brustkorb schlug. Der heftige Wind blies die Kerze aus. Regen schlug der Nonne in das Gesicht. Kurz riss die Wolkendecke auf. Vor ihr stand grinsend der Einäugige, flankiert von mehreren Männern, die ebenso verwegen aussahen wie er.

»Gott wird es dir danken, Schwester«, sagte der Mann und stieß ihr das lange Messer in die Brust. »Und das Schöne ist: Du kannst seinen Dank sogar persönlich entgegennehmen.«

Als alle Männer im Inneren des Klosters standen, befahl der Einäugige: »Schmeißt die Alte raus. Nehmt ihr aber vorher den Schlüsselbund ab. Zündet Fackeln an und verschließt das Tor. Ich will nicht, dass jemand entkommt! Dann durchsucht das Kloster. Fesselt die Betschwestern und bringt sie in den Speisesaal. Solltet ihr auf Männer stoßen, stecht sie ab. Erst wenn sich keine Personen mehr außerhalb des Speisesaals aufhalten, stellen wir das Kloster auf den Kopf. Raum für Raum, Zelle für Zelle. So lange, bis wir ihr Gold gefunden haben. Und dann ab nach Hause, bevor uns die Soldaten dieses verfluchten Cirksena erwischen.«

Die Männer schwärmten aus.

Anne erwachte durch ein Geräusch. Sie lauschte in die Dunkelheit. Nichts war zu hören. Beruhigt legte sie sich wieder auf den Strohsack, der ihr als Lager diente. Doch dann vernahm sie leise Schritte. Die junge Frau fuhr hoch. Also hatte sie sich doch nicht getäuscht.

Noch bevor sie ihre Schwester Gerlin wecken konnte, wurde die Tür zu dem kleinen Schober aufgerissen. Das Licht einer Fackel blendete sie. Zwei oder drei Männer stürmten in den Raum. Messer blitzten. Es kam zu einem kurzen Handgemenge. Ein Schrei, der in einem Gurgeln erstarb. War das nicht Adam gewesen?

Starke Arme zerrten sie hoch. Anne schaute in ein Gesicht voller Boshaftigkeit. Fauliger Atem schlug ihr entgegen. »Wen haben wir denn da?«, fragte eine krächzende Stimme. Brutal wurde sie herumgedreht, dann riss man ihre Arme nach hinten und stieß sie auf den Gang. Aus den Augenwinkeln erkannte sie Gerlin, die ebenso behandelt wurde.

»Vorwärts«, erklang ein Befehl. Ein schmerzhafter Hieb auf ihren Nacken unterstrich die Aufforderung. Schlotternd vor Angst stolperten Anne und ihre Schwester vorwärts.

Das Refektorium war durch Fackeln hell erleuchtet. In einer Ecke hockten auf dem Boden sieben Nonnen in ihren Nachtkleidern und murmelten Gebete.

»Das sind die letzten Frauen. Zwei der Spielleute«, erstattete der Kerl, der Anne gebunden hatte, Bericht. »Die Männer, die bei ihnen waren, haben keine Probleme gemacht.« Er zeigte auf das blutige Messer, welches er immer noch in der Hand hielt. »Noch ehe sie wussten, wie ihnen geschah, schwammen sie in ihrem Blut.«

Anne stieß einen erstickten Schrei aus. Gerlin liefen Tränen über die Wangen.

Der einäugige Anführer zeigte auf die beiden Frauen. »Sie sollen sich in die Ecke hocken. Und ihr hört endlich mit dieser Beterei auf«, brüllte er unvermittelt zu den Nonnen hinüber. »Das ständige Gemurmel macht einen ja wahnsinnig.« Als die Benediktinerinnen erschrocken schwiegen, nickte er befriedigt. Dann fragte er in die Runde: »Wer von euch hat hier das Sagen?«

Er erhielt keine Antwort.

»Wie ihr wollt.« Der Bärtige stand auf, ging zu den Nonnen und zerrte eine von ihnen hoch. »Ich frage euch das nur noch einmal: Wer von euch ist hier die Oberin?«

Die Frauen schauten entsetzt auf ihre Mitschwester, sagten aber kein Wort. Anne allerdings fiel auf, dass sie Augenkontakt mit einer älteren Frau suchten, die in ihrer Mitte saß.

»Sei's drum.« Der Einäugige wandte sich an seine Leute. »Wer von euch will zuerst?«

Die Männer drängten nach vorn. Gejohle brach aus. Dann hob der Anführer die rechte Hand. »Sven, du.«

Mit einem triumphierenden Lachen schleppte der Räuber mit dem fauligen Atem die, sich heftig wehrende, Nonne auf den Gang. Gelächter war zu hören und lautes Flehen, das in ein qualvolles Wimmern überging.

»Ihr anderen nehmt Würfel. Knobelt die weitere Reihenfolge aus. Der Verlierer ist als Letzter dran und muss der Braut Christi die Kehle durchschneiden.«

Die Nonnen schrien auf, hatten sich aber kurz darauf schon wieder in der Gewalt und begannen, laut das Vaterunser zu beten. Und dieses Mal ließen sie sich auch nicht durch das Gebrüll des Einäugigen davon abbringen.

Nach einer Weile sah dieser ein, dass er mit seinem Geschrei nichts würde ausrichten können. Also blieb er still sitzen und bediente sich aus einem Krug Wein. Als dieser leer war, griff er nach dem Fässchen, welches seine Männer in der Vorratskammer aufgestöbert hatten, und füllte den Krug erneut bis zum Rand. Langsam trank er Schluck für Schluck.

Endlich kehrte der Verlierer aus dem Gang zurück und wischte sein blutiges Messer an einem Stück Stoff sauber, das Anne als einen Streifen des Nachtkleides der Nonne erkannte.

Der Anführer stand auf und strich sich mit dem Handrücken die letzten Weintropfen aus dem Bart. »Dann wieder von vorn.« Er ging zu den Nonnen, die in ihrer Angst enger zusammenrückten, und zerrte erneut eine von ihnen an den Haaren in die Mitte des Raumes. »Wer ist die Oberin?«

»Ich«, sagte diese mit dunkler Stimme und versuchte, trotz der auf dem Rücken gefesselten Hände mit Würde aufzustehen.

Der Bärtige stieß die andere Nonne von sich, sodass diese lang hinschlug und ihr Gesicht hörbar auf den Steinboden prallte. Mühsam rappelte sie sich weinend auf und kroch, heftig aus Mund und Nase blutend, in die vermeintliche Sicherheit des Kreises ihrer Mitschwestern.

»Na bitte, geht doch.« Der Anführer griff wieder zum Weinbecher und stocherte mit einem Messer zwischen seinen Zähnen herum. Dann schaute er auf. »Wo habt ihr euer Gold versteckt? Und damit meine ich nicht die drei winzigen Kelche aus eurer Sakristei und den Leuchter aus Bronze.«

»Wir haben kein Gold«, erwiderte die Oberin. »Unser ganzer Reichtum ist in unserem Herzen und besteht aus der Liebe zu Gott, Jesus und der heiligen Mutter Maria.«

Der Einäugige fletschte die Zähne, sprang auf, stürmte zu der Oberin und schlug ihr mit der Faust ins Gesicht. Es knirschte hässlich. Die Frau wankte, fiel aber nicht. Und trotz ihrer Verletzungen verzog sie keine Miene.

»Lüg mich nicht an, verdammte Betschwester«, brüllte der Anführer. »Alle Klöster schwimmen im Geld. Ihr erpresst Erbschaften, plündert die Bauern aus und sammelt die Kollekte ein. Wo ist das Gold, will ich wissen.«

Die Oberin spuckte Blut und zwei Zähne aus. »Ich kann es nur noch einmal wiederholen: Wir haben nichts außer unserem Glauben.«

»Deine Entscheidung.« Der Einäugige wandte sich an seine Männer. »Wollt ihr noch einmal? Dann greift euch eine. Dieses Mal lost denjenigen aus, der als Erster ran darf. Und der Letzte bläst auch ihr wieder das Lebenslicht aus.«

Die Bande schnappte sich eine der jüngeren Nonnen. Das Mädchen schrie und strampelte, als sie zur Tür gezerrt wurde.

»Vertraue auf Gott«, rief die Oberin ihr zu, kurz bevor sich die Tür hinter ihrer Schwester schloss. »Das ewige Leben wartet auf dich.«

»Sterben müssen wir alle«, warf der Einäugige ein. »Fragt sich nur, wie schnell.«

»Du wirst auf ewig in der Hölle schmoren«, erwiderte die Oberin.

»Vermutlich. Sag mir, wo das Gold ist, und ich lasse euch in Frieden. Drei tote Betschwestern kann ich mit meinem Gewissen gerade noch vereinbaren, bei acht wird es schon schwieriger.« Er lachte und goss sich Wein in den Schlund. »Schwieriger, aber nicht unmöglich.« Seine Männer fielen in das Gelächter ein.

Die Tür öffnete sich.

»Schon fertig?«, spottete der Anführer. Dann erkannte er diejenigen Männer, die er losgeschickt hatte, um jeden Winkel des Klosters zu durchsuchen.

»Und?«

»Nichts. Etwas Korn, weitere Fässer Wein im Keller, einige Bücher. Das ist alles.«

»Habt ihr wirklich überall nachgesehen?«

»Ja.«

Der Anführer kratzte sich am Kopf. Dann wandte er sich

einem Mann mit grauem Bart zu, der dem Treiben bisher gelangweilt zugesehen, sich aber nicht daran beteiligt hatte.

»Wann kommt die Flut?«

»Wir müssen schleunigst von hier fort, wenn wir vor Morgengrauen das offene Meer erreichen wollen. Der Sturm aus Nordwest schickt uns die Wellen entgegen und dann ist da noch die auflaufende Flut. Es wird nicht leicht werden. Wir werden mehr Zeit benötigen als üblich. Und bedenke: Die Soldaten des Grafen dürften nicht mehr weit sein. Ich rate dir, lass uns aufbrechen. Vergnügt euch mit den Frauen später. Sonst werden wir den morgigen Tag nicht überleben, fürchte ich.«

Der Einäugige überlegte nur kurz. Dann wandte er sich an die Oberin: »Du scheinst die Wahrheit gesagt zu haben oder dein Gottvertrauen ist größer als die Angst vor dem Tod. Wie auch immer, du bist eine tapfere Frau.« Mit einem breiten Lächeln stieß er ihr sein Messer direkt ins Herz.

»Sucht euch noch zwei Nonnen aus«, befahl er anschließend. »Den anderen schneidet die Kehlen durch.« Dann zeigte er auf Anne und Gerlin, die dem Morden mit wachsendem Entsetzen zugesehen hatten. »Die kommen ebenfalls mit. Aber lasst die Finger von der Schwarzhaarigen. Die gehört mir.«

17

Bornholm, 8. September 1509

Säckeweise schleppten die verängstigten Bewohner ihre Nahrungsmittel herbei, trieben Ziegen und Lämmer zusammen und steckten sich wehrende

Hühner oder schnatternde Gänse entweder in Säcke oder banden den Tieren die Beine zusammen. Sogar zwei Kühe fanden sich in einem der Ställe.

»Für arme Fischer habt ihr ziemlich viele Vorräte angehäuft«, spottete der Offizier, als die Beute immer größer wurde.

»Der Winter auf unserer Insel ist lang und hart. Lasst uns wenigstens eine der Kühe«, bat der Älteste mit bebender Stimme.

Der Soldat wischte den Einwand mit einer Handbewegung beiseite. »Schlachtet die Rinder. Und die Ziegen und Lämmer auch. Nur das Federvieh nicht. An Bord legen wir die Fleischstücke in Salz ein. Zwei Mann jeder Besatzung schaffen alles zu den Ruderbooten, bringen die Versorgungsgüter zu ihrem Schiff und kehren dann unverzüglich hierher zurück.«

Die Anweisung des Offiziers war nur folgerichtig, denn lebend ließen sich die Kühe ohne einen Kran nicht an Bord der Schiffe bringen. Nur der Transport der zerlegten Tiere war mit den zur Verfügung stehenden Mitteln überhaupt denkbar. Das in handliche Stücke zerteilte Vieh konnte von einem Mann mit einem Tau über die Bordwand gezogen werden, wehrte sich nicht strampelnd gegen diese Beförderung und vor allem weckte es mit seinem ängstlichen Brüllen oder Meckern nicht die ganze Insel auf. Also mussten die Tiere sterben.

Der befehlshabende Offizier wandte sich wieder an den Dorfältesten. »Sind das eure gesamten Vorräte?«

Der Mann nickte traurig.

»Gut. Dann werden wir euch die zugesagte Wochenration überlassen und abziehen.«

Die Ersten der Söldner murrten. Sie wollten keine Hühner oder Hirse schleppen, sondern Gold. Nur darum waren sie in diesen Krieg gezogen. Und nun sollten sie Sack für Sack wegtragen und im Bauch der Flotte verstauen, während die eigentlichen Schätze in den Truhen der Bewohner lagen? Und dort auch bleiben würden, wenn es nach dem Willen ihrer Vorgesetzten ginge? Nein, das durfte nicht sein.

»Wo habt ihr euer Gold versteckt?«, rief einer.

»Halt die Klappe«, befahl ein Offizier. »Wir sind keine Piraten, sondern beschlagnahmen Versorgungsgüter für unsere schwedischen Verbündeten.«

»Wo ist denn da der Unterschied?«, kam die Antwort aus dem Dunkel der hinteren Reihen.

Andere Seeleute unterstützten ihren Kameraden lautstark. Die anfangs noch gute Stimmung ob der verlustfreien Einnahme des Dorfes kippte. Die Männer wollten Gold sehen. Und Frauen.

Doch die Offiziere wussten, dass sie ihre Befehle nicht zurücknehmen konnten. Das würde ihre Autorität schwächen. Aber sie hatten eine solche Situation eingeplant. Also gaben sie den Soldaten mit den Schusswaffen ein Zeichen. Diese brachten ihre Vorderlader in Position, zündeten die Lunten an und hielten sich in Bereitschaft. Natürlich blieben diese Vorbereitungen den Unruhestiftern nicht verborgen.

»Wollt ihr etwa auf eure Kameraden schießen?«, riefen sie den Musketenträgern zu. »Wir sind doch im Recht. Uns wurde etwas anderes versprochen als Gerstensäcke.«

Ein Soldat, der zwei laut krähende Hähne in der rechten Hand hielt, stürmte auf den Platz. »Sie haben uns belogen«, rief er. »Da hinter den Büschen ist noch ein Stall voller Hühner, den sie uns vorenthalten wollten.«

Der Dorfälteste wurde bleich. »Der Stall gehört dem jungen Sören. Er ist heute mit seiner Familie bei Verwandten im Nachbardorf. Sie haben dort Hochzeit gehalten. So konnte er Euch nicht zu seinen Vorräten führen.«

Die Seeleute rückten vor. Die Musketenträger hoben ihre Waffen und warteten nur auf den Befehl zum Feuern.

Dann aber trat ein Kerl wie ein Baum aus den Reihen der Seeleute, baute sich vor seinem Vorgesetzten auf und meinte drohend: »Die Dorfbewohner haben sich nicht an Eure Anweisungen gehalten, Herr. Ich hoffe doch stark, dass Ihr Eure Worte von vorhin noch nicht vergessen habt?«

Der Offizier warf einen Blick hinüber zu Tidemann Berck, der abseitsstehend den Konflikt verfolgt hatte. Der Bürgermeister nickte resigniert.

»Ich hatte Euch gewarnt«, wandte sich der Offizier wieder an den Dorfältesten, der nun noch kleiner geworden zu sein schien. »Für das Folgende bin ich nicht mehr verantwortlich.« Er trat beiseite und rief mit zitternder Stimme: »Plündert und brandschatzt das Dorf. Es gehört euch.«

Jubel brach aus. Dann stürmte die Soldateska vor. Männer, die sich ihnen in den Weg stellen wollten, um ihre Familien und ihren Besitz zu schützen, wurden gnadenlos niedergemacht. Nur wer tatenlos zusah, wie sein Weib und die älteren Töchter vergewaltigt wurden, wer nichts dagegen unternahm, dass sein Haus in Flammen aufging, konnte damit rechnen, am Leben gelassen zu werden.

Die johlende Meute schleppte aus den Häusern, was nicht niet- und nagelfest war. Gold allerdings fand keiner. Die Glücklicheren von ihnen hielten triumphierend einen Beutel mit einigen Silbermünzen in die Höhe, die für nicht mehr als einen Besuch im Hurenhaus reichten. Dafür aber mussten einige der Fischer ihr Leben lassen. Die Soldaten, die leer ausgegangen waren, hielten sich dafür an den Frauen schadlos.

Im Schein der brennenden Häuser spielte sich Unglaubliches ab. Zwischen den Leichen erschlagener Dorfbewohner prügelten sich Seeleute um das Recht, ihre Beute als Erster zu besteigen. Kinder weinten, die alten Frauen und Männer waren auf die Knie gefallen und richteten Bittgebete zum Himmel. Aber Gott antwortete nicht. Er schickte keine himmlischen Heerscharen zu ihrer Verteidigung, ließ keine Blitze zwischen den Wütenden niedergehen, öffnete keine Erdspalten, um die Mörder zu verschlucken. Die Sterne funkelten wie eh und je. Und das Leiden der Bewohner von Snogebæk ging weiter.

Fassungslos beobachteten Jorge und Clas das Geschehen. Als Jorge seinen Bogen von der Schulter gleiten ließ und einen Pfeil aus seinem Köcher zog, um den Menschen zu Hilfe zu eilen, bebte seine linke Hand dermaßen, dass er den Pfeil nicht auf die Sehne legen konnte. Clas hielt ihn zurück. »Das hat keinen Zweck, Jorge«, meinte er traurig. »Du wirst das Morden nicht beenden, sondern schnell neben den anderen Erschlagenen liegen.«

»Was tun wir hier?«, schluchzte sein Freund. »Ich dachte, wir ziehen in den Krieg. Aber dieses Morden und Brandschatzen …« Er ließ den Bogen fallen und griff mit der rechten Hand seinen linken Arm, der immer stärker zitterte.

»Das ist Krieg«, erwiderte Clas mit leiser Stimme. »Genau so sieht Krieg aus.«

18

Bei Emden, 8. September 1509

Der Fußweg dauerte länger, als die Mörderbande geplant hatte. Ständig hielten sie ihre aneinandergebundenen Gefangenen zur Eile an, schlugen sie mit Weidenruten wie Vieh, um sie durch den heftigen Sturm vorwärtszutreiben. Der Regen klatschte ihnen ins Gesicht. Schon nach kurzer Zeit waren die Umhänge von Anne und Gerlin durchnässt. Im Vergleich zu den beiden Nonnen, die hinter ihnen liefen, konnten die Musikantinnen sich halbwegs vor dem Regen schützen, denn sie hatten in ihren Schuhen und in ihre Überwürfe eingewickelt geschlafen und waren so ins Refektorium geschleppt worden. Nicht aber die Nonnen. Sie mussten barfuß laufen und trugen nur ihre Nachtkleider, die ihnen wie nasse Lappen vom Körper hingen. Aber sie beklagten sich nicht, sondern beteten ohne Unterlass.

»Euer Gott kann euch nun auch nicht mehr helfen«, blaffte eines der Bandenmitglieder sie an.

Insgeheim gab Anne ihm recht. Nach alldem, was vorgefallen war, gab sie sich keinen trügerischen Hoffnungen hin. Es war nur eine Frage der Zeit, bis auch sie würde sterben müssen. Wichtig war nur, dass es schnell ging und keine Schmerzen verursachte. Doch halt, vielleicht gab es ja doch noch Rettung. Hatte einer der Meuchelmörder nicht von Soldaten gesprochen, die sie verfolgen würden?

»Spart euren Atem und lauft schneller, sonst mache ich euch Beine.«

Ein erneuter Hieb traf Anne. Aneinandergefesselt, wie sie

waren, gab die langsamste der Frauen den Schritt vor. Und das war nun einmal eine der Nonnen, die mit blutigen Füßen durch die Nacht stolperte.

Die Räuber schienen den Weg zu kennen. Obwohl auch sie keine Fackeln angezündet hatten, fand ihr Anführer mit schlafwandlerischer Sicherheit durch die Nacht.

Sie mussten etwa eine Stunde gelaufen sein, als der Einäugige stehen blieb und einen seiner Männer vorschickte. »Der Fluss und damit unser Boot ist nicht mehr weit. Sieh nach, ob uns kein Hinterhalt der Soldaten des Grafen erwartet.«

Widerwillig gehorchte der Mann, verschwand im Dunkeln und kehrte kurz darauf zurück. »Niemand weit und breit zu sehen.« Seine Erleichterung war ihm anzumerken.

»Dann nichts wie los.«

Das Boot lag, unter Ästen verborgen, am Ufer. Es erschien Anne viel zu klein, um allen Platz zu bieten. Nachdem es ins Wasser geschoben worden war, wurden die Frauen losgebunden. Sie stiegen nacheinander ein und mussten sich um den kleinen Mast hocken. Auch ihre Handfesseln wurden gelöst. Das Boot lag wegen der vielen Insassen bedrohlich tief im Wasser. Bei jeder kleinen Welle schwappte einiges davon über die Bordwand. Die Seeräuber drückten ihren Gefangenen Becher in die Hände und befahlen ihnen, zu schöpfen. Dann legten sie ab.

»Das wird nicht gut gehen«, warf der Mann mit dem grauen Bart ein, der vor Kurzem so vehement zum Aufbruch gedrängt hatte. »Wir sind zu schwer.«

»Ach was«, erwiderte der Anführer. »Es wird schon gehen.«

»Wir sollten die Frauen hierlassen.«

»Ich denke nicht daran.«

»Oder, noch besser, uns nach einem größeren Boot umschauen.«

Der Einäugige blickte nach Osten. »Dafür bleibt uns keine Zeit. Seht ihr den schwachen Schein der Fackeln dahinten? Das müssen die Soldaten sein. Setzt das Segel und pullt, was das Zeug hält. Und ihr«, wandte sich der Anführer an seine Gefangenen, »schöpft, bis euch die Arme abfallen. Dann bleibt ihr am Leben. Ansonsten …« Er fuhr sich mit der stumpfen Seite seines Messers über die Kehle.

Die vage Hoffnung auf Rettung, die in Anne aufgekommen war, als sie die Lichter in der Ferne ausmachen konnte, schwand sofort, als sich das Segel aufblähte, die Männer sich in die Riemen legten und das Boot schnell Fahrt aufnahm. Schon bald konnte sie keinen Fackelschein mehr sehen.

»Wir haben es geschafft«, bemerkte der Anführer und sah triumphierend zu dem Grauhaarigen hinüber, der am Ruder stand und das Boot steuerte.

»Bis jetzt. Man soll den Tag nie vor dem Abend loben. Wenn die Ems sich in den Dollart ergießt und wir uns dem offenen Meer nähern, packt uns der Wind mit aller Kraft. Ich sage dir, wir müssen uns der Frauen entledigen, sonst saufen wir ab und erreichen nie die Insel Juist.«

Die anderen Männer warfen sich ängstliche Blicke zu.

»Seid ihr Waschweiber oder Seeleute?«, blaffte der Einäugige sie an. »Seit wann fürchtet ihr euch vor ein paar Wellen?«

Der Steuermann jedoch behielt recht. Als sie über Backbord nach Osten abbogen, trieb sie der Sturm so heftig vor sich her, dass ihr einziges Segel zu zerreißen drohte.

»Holt es ein«, befahl der Grauhaarige. »Ein Mann zu mir. Die Strömung ist zu stark. Er muss mir helfen, das Ruder zu halten. Die anderen allesamt an die Riemen. Wir müssen auf Kurs bleiben und dürfen uns der Küste nicht zu sehr nähern, sonst laufen wir auf die Sandbänke und die Brecher schlagen das Boot kurz und klein. Zum Teufel, pullt, ihr Kerle!«

Ihre Anstrengungen schienen vergebens. Immer häufiger schlugen die Wellen über die Reling und obwohl die Frauen um ihr Leben schöpften, sammelte sich immer mehr Wasser im Boot.

»Du hast recht«, räumte der Anführer schließlich ein. »Wir sind zu schwer.«

Anne ahnte, was kommen würde. Aber ihr Verstand weigerte sich zu begreifen, als der Einäugige seinen Befehl erteilte: »Schmeißt sie über Bord. Aber schnell.«

Noch ehe die Frauen recht wussten, wie ihnen geschah, wurde die erste der Nonnen von zwei Männern gegriffen und über Bord geworfen. Ihre Schreie gingen im Heulen des Windes unter. Dann war Gerlin an der Reihe. Anne klammerte sich an ihre Schwester, wurde jedoch zurückgerissen. Entsetzt musste sie mit ansehen, wie Gerlin der tobenden See übergeben wurde. Dann griffen sich die Kerle die zweite Nonne. Sie nickte Anne wortlos einen letzten Gruß zu. Ihre Lippen murmelten ein Gebet und unendliche Traurigkeit sprach aus ihrem Blick. Unvermittelt riss sie sich los, schlug ein Kreuz und rief: »Gelobt sei Jesus Christus.« Dann sprang sie über Bord.

Die Seeräuber wandten sich der Lautenspielerin zu.

»Anne!«, gellte ein Schrei durch die Nacht. Die Männer fuhren herum. An der Steuerbordseite hatte sich Gerlin an einem der Ruder festgeklammert und versuchte, sich wieder in das Boot zu ziehen. Anne schnellte hoch, um ihrer Schwester beizustehen. Ein Messerstich traf ihre rechte Schulter, dann folgte ein heftiger Schlag. Die junge Frau stürzte auf die Planken. »Gerlin«, rief sie und versuchte, sich unter Schmerzen wieder aufzurichten.

Einer der Seeräuber, der an den Rudern saß, griff zu einer Spiere, die neben seiner Bank lag, und schlug damit auf Gerlins Finger. Aber sie ließ nicht los. Die anderen Männer vergaßen für einen Moment ihren Auftrag und beobachteten den Todeskampf der jungen Frau. Schließlich suchte der Mann an der Ruderpinne sich ein anderes Ziel. Mit voller Kraft fuhr die Spiere auf Gerlins Kopf nieder. Ganz langsam lösten sich ihre Hände.

Mit weit aufgerissenen Augen beobachtete Anne, wie ihre Schwester zurück ins Wasser glitt. Dann schlug eine Welle über Gerlin zusammen und sie verschwand.

»Nein«, schrie Anne auf, als die Männer sie packten. Sie schlug um sich, biss, kratzte, aber es war nicht nur ihre Verwundung, die sie behinderte, sondern auch die Angst um Gerlin und vor dem, was nun ihr bevorstand.

Das Wasser war kalt, als sie darin untertauchte. Sie ruderte mit den Armen und schaffte es irgendwie zurück an die Oberfläche. Nach Luft schnappend, paddelte Anne um ihr Leben. Der nächste Brecher, der über sie hereinbrach, drückte sie wieder in die Tiefe. Alles war schwarz. Sie wusste nicht mehr, wo oben und unten war, wollte atmen, doch ihre Lungen füllten sich nur mit Wasser. Voller Panik strampelte Anne heftig, suchte mit den Händen einen Halt, wo keiner war. Es gab nur die kalte dunkle Tiefe, das Brausen des Meeres und das Pochen in ihrem Schädel. Endlich erlahmte ihr Widerstand und ihr Körper versank. Annes letzte Gedanken galten Gerlin, ihrem verstorbenen Sohn und seinem Vater.

19

Stockholm, 20. September 1509

Nach Snogebæk plünderte die hansische Flotte noch zwei weitere Dörfer auf Bornholm. Dann segelte sie nach Gotland, wo sie ebenfalls brandschatzte. Allerdings starben bei den weiteren Überfällen keine Menschen mehr und es kam auch nur in einem Fall zu einer Vergewaltigung. Der Täter wurde dafür mit zehn Hieben der neunschwänzigen Katze bestraft, sehr zum Unmut seiner Schiffskameraden. Da aber die Musketiere die Bestrafung überwachten, kam es außer leisem Murren zu keiner Form des Widerstands.

Jorges Zweifel wuchsen mit jedem Tag, an dem er an dem Feldzug teilnahm. Das war nicht das, was er sich unter Krieg vorgestellt hatte. Die Illusion von edelmütigen Kämpfern, die ritterlich auf dem Schlachtfeld ihre Fehden austrugen, hatte er schon bei der Attacke der Arnsberger Stadtsoldaten auf das Versteck des wilden Steffen verloren. Aber damals war gekämpft worden, teilweise Mann gegen Mann. In Snogebæk waren Menschen einfach abgeschlachtet worden, weil sie ihre Familien und ihren Besitz schützen wollten. Dass Männer, die unter dem Befehl eines Bürgermeisters der Stadt Lübeck standen, solche Gräueltaten wie auf Bornholm verübten, hätte Jorge sich in seinen schlimmsten Träumen nicht vorzustellen vermocht. So fiel es ihm immer schwerer, den Anweisungen der Offiziere zu gehorchen. Schon auf Bornholm hatte er nach dem zweiten Überfall erwogen, einfach davonzulaufen, und auch mit Clas darüber gesprochen. Der hatte ihn jedoch mit Erfolg von einer Kurzschlussreaktion abgehalten. Sein Argument lautete, dass Jorge in einem solchen Fall nicht nur die Lübecker Bürgerrechte, sondern ebenso sein Leben verwirken würde. Und so sehr der junge Mann diesen Feldzug auch hasste – am Galgen enden wollte er nicht. Also blieb Jorge bei der Truppe und Clas sorgte dafür, dass sein Freund bei allen weiteren Einsätzen bei den Männern blieb, die die Schiffe nach den Landungsmanövern bewachten.

Das Zittern in Jorges linkem Arm war abgeklungen, aber nicht verschwunden. Es trat immer dann besonders heftig auf, wenn er verzweifelt war. In den jeweiligen Situationen bemühte er sich, das ihm unerklärliche Phänomen vor den anderen Männern zu verbergen. Obwohl er sich hundeelend fühlte, wollte er keine so offensichtliche Schwäche zeigen, auch nicht Clas gegenüber.

Auf der Fahrt von Gotland nach Stockholm Richtung Norden entdeckten sie am Horizont eine einzelne dänische Kriegskraweel, die aber sofort abdrehte, als sie die feindliche Übermacht ausmachte. Und für eine Verfolgung des Dänen fehlten Tidemann Berck die Zeit und wohl auch die Möglichkeiten. Zum einen wollte er rechtzeitig in Stockholm und vor allem vor den Herbststürmen wieder zurück in Lübeck sein, zum anderen verfügte seine bis an den Rand vollgeladene Flotte schlicht nicht über die erforderliche Geschwindigkeit, um die vielfach leichtere dänische Kraweel einzuholen. Also blieben die Lübecker weiter auf Kurs.

Als sie die Insel Ornö erreichten, steuerten sie nach Nordwest und liefen in die Schären ein. Auch hier übernahm die *Maria* Marten up de Halles die Führung. Zu verwirrend war das Labyrinth der Wasserstraßen zwischen den Abertausenden größeren und kleineren felsigen Inseln, zu schnell wählte ein unkundiger Steuermann die falsche Route und lief auf eines der vielen Riffe auf, die unter der trügerisch sanften Wasseroberfläche lauerten.

Die meisten der Inseln schienen unbewohnt. Nur dann und wann zeigte eine Rauchsäule an, dass eines der Eilande Menschen beheimatete.

Da sie nur im Hellen durch die Untiefen der Schären steuern konnten, benötigten sie fast zwei Tage von der offenen See bis vor die Mauern Stockholms. Die letzten Seemeilen wurde ihr Konvoi von einigen schwedischen Kriegsschiffen begleitet.

Der Hafen der Stadt lag auf der Hauptinsel. Als man dort die hansische Flotte näher kommen sah, läuteten zur Begrüßung die Glocken von den Türmen der Residenzstadt. Ihr Klang vertrieb Jorges düstere Stimmung ein wenig, die ihn während der gesamten Reise nicht verlassen hatte.

Tidemann Berck ordnete an, dass seine Offiziere, die Befehlshaber der Schiffe und deren Stellvertreter ihn an Land begleiten sollten. Die anderen erhielten erst nach dem vollständigen Entladen der Schiffe Landgang.

Clas Wibbeking sprach kurz mit seinem Steuermann, erklärte ihm seine Beweggründe und bestimmte dann Jorge zu seinem Begleiter. Er wollte, dass sein Freund auf andere Gedanken käme.

Wenig später standen die rund vierzig Männer am Kai. Aus der Stadt strömte eine Menschenmenge zum Hafen, um die Flotte, noch mehr aber die dringend erwarteten Hilfsgüter zu bestaunen.

Es dauerte nicht lange, da kam eine Gruppe Reiter aus der Stadt geprescht, an ihrer Spitze auf einem Schimmel ein etwa Fünfzigjähriger, den die Bevölkerung ehrerbietig grüßte. Ihm folgte ein Tross von zehn Personen, von denen einer eine Standarte mit sich führte, die ein gelbes Kreuz auf blauem Grund zeigte.

Der Anführer ritt bis zum Kai und sprang aus dem Sattel. Sofort griff einer der Stadtsoldaten das Zaumzeug des Schimmels, um es zu halten. Mit raumgreifenden Schritten ging der kräftige Mann auf Tidemann Berck zu, breitete die Arme aus, umarmte den Lübecker Bürgermeister und klopfte ihm vernehmlich auf den Rücken. Dabei zeigte er ein breites Lächeln.

»Werter Herr Berck«, sagte er in einem für Jorges Ohren seltsamen Deutsch. »Wie ich sehe, seid Ihr gekommen.« Er ließ den Bürgermeister wieder los.

»Nicht nur das, Reichsverweser Sture. Wir haben auch sonst unser Wort gehalten. Unsere Laderäume quellen über vor Nahrung. Wenn Ihr uns einige Arbeiter zur Verfügung stellt, können wir sofort mit dem Entladen beginnen.«

Svante Sture erteilte einem seiner Männer einen leisen Befehl. Der rief einer Gruppe von Arbeitern etwas für Jorge Unverständliches zu, die daraufhin sofort zu den Schiffen lief.

»So wollen wir keine Zeit verlieren«, erwiderte Sture und zeigte auf die Männer, die mit Berck am Kai standen. »Eure Offiziere?«

»Ja. Und die Schiffseigner sowie deren Stellvertreter.«

»Seid herzlich in Schweden willkommen, meine Herren.«

Svante Stures Gesicht schmückte ein mächtiger, fast weißer Vollbart. Sein Haar zeigte ebenfalls die Spuren des Alters. Die Augen des Reichsverwesers waren auffallend klein, wirkten aber hellwach. Er war ganz in Schwarz gekleidet und trug eine schwere Silberkette, die mehrfach um seinen Hals geschlungen war.

»Wenn Ihr mir die Ehre erweisen würdet«, meinte Sture

und machte mit seinem Arm eine ausladende Bewegung. »Es ist nicht weit bis zu unserem Ziel.«

Auf dem Markt waren Soldaten damit beschäftigt, die sterblichen Überreste dreier Männer von den Galgen abzunehmen, die in der Mitte des Platzes standen. Keiner der Passanten schien sich sonderlich dafür zu interessieren.

Tidemann Berck zeigte auf die halb verfaulten Leichen, deren Gesichter kaum noch menschliche Züge aufwiesen, so sehr hatten ihnen die Vögel zugesetzt. »Verbrecher?«, fragte er.

»Genau«, antwortete Svante Sture. »Dänen. Sie wurden beim Plündern erwischt. Wir haben sie nach Stockholm gebracht, hier abgeurteilt und zur Abschreckung einige Wochen hängen lassen.«

Jorge, der nur wenige Schritte hinter den beiden Befehlshabern ging, hatte die Worte genau vernommen. Diese armen Seelen waren also Plünderer gewesen. Wie es wohl den Soldaten der Hanse ergangen wäre, hätten die Dänen sie festnehmen können? Wäre das Letzte, was er wahrgenommen hätte, dann auch das Hanfseil gewesen, das ihm die Luft abschnitt? Seine Hand zitterte heftig. Er drückte den Arm eng an seinen Körper. Die Schweden hatten sie wie Helden gefeiert, während sie andere aufhängten. Wenn zwei das Gleiche taten, war es anscheinend doch nicht dasselbe, zumindest nicht in den Augen der Herrschenden. Was war das für eine Moral, was für eine Gerechtigkeit, fragte sich Jorge, als er widerwillig mit den Männern der Hanse zu einem prächtigen Gebäude am Rande des Marktes stolperte.

An dem folgenden Fest nahm Jorge wie in Trance teil. Er hatte keine Augen für die hübschen Tänzerinnen, die ihnen ihre Aufwartung machten, konnte sich nicht am Spiel der

Musikanten erfreuen und ihm schmeckte weder das Essen noch der schwere rote Wein. Die lärmenden Männer, die sich wiederholenden Trinksprüche, die heißen Schwüre ewiger Treue zwischen der Hanse und den Schweden waren ihm zuwider. Die, die sich heute ihrer gegenseitigen Freundschaft versicherten, hatten noch vor wenigen Wochen in Kopenhagen Abkommen mit ihrem dänischen Feind geschlossen, die Schweden sich sogar offen gegen Lübeck gestellt. Und jetzt? Jorge sehnte sich zurück nach der Ruhe auf der *Lisa*, seinem Strohlager unter Deck und vermisste in diesem Moment so schmerzlich wie noch nie die Zuneigung seines Hundes Cerbus.

Spät in der Nacht gab Tidemann Berck endlich das Zeichen zum Aufbruch. Am folgenden Tag, nachdem alle ihren Rausch ausgeschlafen hatten, sollte die Flotte wieder Richtung Lübeck auslaufen.

20

Lübeck, 22. September 1509

Von Juliana wusste Marlein, dass der Rat eine Flotte ausgerüstet hatte, auf der auch Jorge Dienst tat. Die Schiffe waren vor etwa zwei Wochen ausgelaufen. Juliana hatte von Gerüchten berichtet, wonach ihr Ziel Schweden sein sollte. Andere meinten, erfahren zu haben, dass die Schiffe den Öresund durchfahren würden, um Helsingør anzugreifen. Egal welches Ziel die Flotte hatte: Marlein machte sich Sorgen um Jorge.

Allerdings hatte dessen Abwesenheit auch sein Gutes: Seit er nicht mehr in Lübeck war, hatte Albrecht Marleins Arrestbedingungen gelockert. Sie durfte tagsüber das Haus verlassen, wenn auch nur in der Begleitung ihrer Magd. Marlein hasste das Weibsstück, aber sie machte gute Miene zum bösen Spiel. Schließlich wollte sie nicht eingeschlossen in ihrer Kammer versauern.

Ihr Mann hatte sie seit dem Tag von Jorges Besuch nie wieder geschlagen. Sicherheitshalber war sie jeder Auseinandersetzung aus dem Weg gegangen und hatte sich widerspruchslos seinen Anweisungen gefügt – bis auf eine: Noch immer brachte ihre Freundin die Schulaufgaben mit und erzählte von Lehrer Adomeits Unterricht. Albrecht hatte nichts gegen Julianas Besuche einzuwenden, wohl aber etwas gegen das gemeinsame Lernen der Freundinnen und es Marlein deshalb strikt untersagt. Eine verheiratete Frau müsse nicht lesen oder schreiben können, hatte er gemeint. Ihr Mann würde sie ernähren und für sie sorgen. Sie habe sich im Gegenzug um den Haushalt und die Kinder zu kümmern – eine Aussage, bei der er sie schräg angesehen hatte. Marlein jedoch hielt sich nicht an das Verbot. Die Freundinnen verbargen ihr Tun vor Schulten und der Magd, die ihrem Herrn alles hintertrug, was sich im Haus in der Fischergrube ereignete.

Die Magd räumte gerade den Tisch ab, als Albrecht Marlein eröffnete, dass er an diesem Abend nicht im Haus bleiben würde. »Ich treffe mich mit anderen Kaufleuten des *Schiffergelags* in der Schenke. Wir haben einiges zu besprechen. Der Krieg mit Dänemark beeinträchtigt unsere Geschäfte.«

Marlein bekam einen Schreck. Sie wusste zwar, dass es zu Feindseligkeiten zwischen den Dänen und der Hanse gekommen war, aber dass sich diese zu einem offenen Krieg ausgeweitet hatten, war ihr neu. Ihr erster Gedanke galt

Jorge. Hoffentlich würde das Schiff, auf dem er Dienst tat, nicht in Kampfhandlungen verwickelt. Und wenn doch, würde ihm hoffentlich nichts passieren.

»Es kann spät werden. Ich erwarte, dass du im Haus bleibst und zeitig zu Bett gehst.«

Marlein nickte brav. Was blieb ihr auch anderes übrig?

Es war voll in der Schenke. Die, die keinen Sitzplatz gefunden hatten, drängten sich um die Tische. Die Luft war stickig. Der Geruch von schalem Bier vermischte sich mit dem der Speisen, die die Mägde auftrugen, dem Rauch des Feuers und dem Schweiß der Männer.

Gelächter erfüllte den Raum. Die drei Musikanten, die gegen den Lärm anspielten, waren kaum zu hören. Trotzdem machten sie unverdrossen weiter. Je betrunkener die Gäste, desto mehr landete in ihrem Hut.

Albrecht Schulten kämpfte sich durch das Gedränge zu einem Tisch im hinteren Bereich der Gaststube. Hier war es etwas leiser, dafür aber noch wärmer als weiter vorne, wo durch die geöffneten Fenster frische Luft ins Innere zog.

Die anderen Mitglieder der *Schiffergesellschaft* rückten auf der Bank enger zusammen, um Platz für ihn zu schaffen. Er bestellte ein Bier und prostete den anderen Kaufleuten und Schiffern zu, als das Getränk vor ihm stand.

In den folgenden Stunden drehte sich ihr Gespräch um die Attacke der Lübecker Kriegsschiffe auf Bornholm und die möglichen Reaktionen der Dänen darauf. Die Herren waren sich einig, dass König Johann diesen Angriff nicht unbeantwortet lassen würde. Dissens bestand nur in der Frage, wie der Gegenschlag ausfiele. Während die einen meinten, es bliebe bei einigen Scharmützeln im Kattegat, befürchteten andere einen direkten Angriff auf die Hansestädte, besonders auf Lübeck, lag es dem Hoheitsgebiet der Dänen doch am nächsten.

Später am Abend spielte die große Politik in ihren Gesprächen jedoch keine Rolle mehr. Viel Bier und Wein ließen die Zungen der Männer schwer werden. Nun reduzierte sich ihre Unterhaltung vor allem auf Zoten.

»Hast du schon gehört? Witwer Jensen soll der ollen Scherlebeck den Hof machen.«

»Der Scherlebeck? Die ist doch mehr tot als lebendig.«

»Soll aber volle Geldtruhen haben.«

»Vielleicht gilt denen das Interesse Jensens.«

Sie bestellten noch eine Runde.

»Lasst uns noch ins Hurenhaus gehen«, schlug einer der Männer vor. »Es heißt, es wären neue Mädchen aus dem Rheinischen gekommen.«

»Woher willst du das denn wissen?«

»Er ist doch da Stammkunde, weil seine Holde ihn nicht mehr ranlässt.«

Alle brachen in grölendes Gelächter aus. Auch Albrecht fiel in den Spott mit ein.

Das wiederum ließ der so Verulkte nicht auf sich sitzen. »Und was ist mit dir, Albrecht? Kommst du mit?«

Der schüttelte nur den Kopf.

»Du musst es doch am nötigsten von uns allen haben. Deine Kleine lässt dich wohl auch nicht, oder? Wie man hört, sollt ihr sogar in getrennten Kammern schlafen.«

»Kein Wunder, das sie noch nicht schwanger ist«, ergänzte ein anderer mit breitem Grinsen. »Oder kriegst du vielleicht keinen hoch?«

»Ich bezahl im Hurenhaus für dich. Muss doch schrecklich sein, eine junge Frau zu Hause zu haben, wenn man mit ihr nicht das Lager teilen darf.«

»Oder nicht kann«, brüllte einer so laut, dass sich zahlreiche Köpfe an den anderen Tischen ihnen zuwandten.

»Aber ich such die Dirne aus, die es dir dann besorgt. Du bekommst die mit den dicksten Titten und dem schlaffesten Arsch.«

Wütend knallte Albrecht Schulten seinen Becher auf den Tisch und warf einige Münzen dazu. Dann sprang er wortlos auf.

»Jetzt geht er zu seiner kleinen Roten und bettelt, dass sie ihn reinlässt«, rief ihm einer seiner Saufkumpanen hinterher.

Rot vor Zorn stampfte Schulten nach draußen und suchte eine andere Schenke auf. Dort betäubte er seinen Ärger mit noch mehr Bier und Wein.

In dieser Nacht kam er, ohne anzuklopfen, in ihre Kammer. Er war betrunken. Als er sich über sie beugte, nahm Marlein den sauren Geruch des Weins in seinem Atem war. Sie stieß ihn zurück.

»Was erlaubst du dir?«, lallte er. »Du bist meine angetraute Ehefrau und ich will, dass du deine Pflichten mir gegenüber erfüllst.«

»Wir haben eine Vereinbarung getroffen.« Ihre Selbstsicherheit war gespielt.

»Ich weiß. Ich hebe sie hiermit auf. Du hast mir zu gehorchen. Sei ein braves Weib und verweigere dich nicht länger.«

»Niemals.« Marlein sprang auf und wollte die Tür erreichen. Albrecht war schneller. Mit einer Behändigkeit, die sie ihm in seinem Zustand nicht zugetraut hätte, sprang er ihr hinterher, packte ihren Arm und warf sie auf das Bett. Sie schlug um sich, aber ihr Widerstand schien ihn nur umso mehr anzustacheln. Er drückte sie herunter, presste seinen Mund auf den ihren, raubte ihr fast den Atem.

Als er für einen Moment mit seiner rechten Hand von ihr abließ, um sein Beinkleid abzustreifen, konnte Marlein sich befreien und ihm ins Gesicht schlagen. Albrecht grunzte nur, sah sie verwundert an und warf sie zurück auf das Lager. Dann setzte er sich rittlings auf sie, riss ihr das Nachtkleid vom Körper und nahm sich das, worauf er glaubte, ein Anrecht zu haben, mit Gewalt. Er benötigte nur wenige Stöße, um sich zu erleichtern. Dann rollte er von ihr herunter, stand auf, murmelte etwas Unverständliches und torkelte aus dem Raum.

Marlein lag zitternd vor Schmerz, Wut und Scham auf ihrem Bett. Schließlich zwang sie sich, aufzustehen und das Blut samt der restlichen Flüssigkeiten, die über ihre Schenkel flossen, abzuwaschen. Sie hasste Albrecht. Und alle anderen Männer auch.

Als er am nächsten Morgen mit Tränen in den Augen und völlig zerknirscht vor ihr auf den Knien lag und sie um Verzeihung bat, tat er ihr schon fast wieder leid. Aber noch schlimmer als die Vergewaltigung war sein gebrochenes Versprechen. Und das konnte sie ihm niemals verzeihen.

21

In der Nordsee, 28. September 1509

Jobst van Enghusen war in den letzten Monaten kaum in seinem Haus in der Engelsgrube, sondern überwiegend mit der *Irmla* unterwegs gewesen. Die Bitte, sich ebenfalls an der Stockholmfahrt zu beteiligen, hatte er brüsk zurückgewiesen. Das sei nicht sein Krieg, hatte er nur erklärt und den konsternierten Ratsherrn, der ihn im Auftrag des gesamten Gremiums angesprochen hatte, buchstäblich im Regen auf dem Marktplatz stehen lassen.

Einen Tag später war er in die englische Hauptstadt aufgebrochen, um im Auftrag seines Bruders neue Absatzmöglichkeiten für Hattinger Stoffe in England und Schottland zu suchen. Obwohl er der Hanse selbst nicht beistehen wollte, fand Jobst nichts dabei, sich der Dienste ihres Londoner Kontors zu bedienen. Albrecht Schulten sollte sich derweil um die Geschäfte im Norden und Osten kümmern.

Das Verhältnis der früheren Freunde und Partner war seit Irmlas Tod merklich abgekühlt. Das aber lag nicht an Albrecht, sondern an Jobst, der sich, wenn er nicht auf See war, in seiner Dornse verkroch und diese nur selten verließ. Jedwede Zerstreuung lehnte der Kaufmann rundweg ab und folgte auch keiner der Einladungen, die ihn von Zeit zu Zeit erreichten. Er wurde immer einsilbiger und eigenbrötlerischer, bis er schließlich kaum noch ein Wort mit jemandem wechselte, welches nicht unbedingt erforderlich war. Der zu frühe Tod seiner Frau, die noch dazu sein Kind unter dem Herzen getragen hatte, lag schwer auf seinem Gemüt.

Die Gespräche in London waren zufriedenstellend verlaufen. Es hatten sich einige vielversprechende Kontakte ergeben, wenngleich Jobst noch keinen Vertragsabschluss aufweisen konnte. Seine anderen Geschäfte hingegen hatten zu wünschen übrig gelassen. Er hatte seine Ladung russischer Pelze mit Verlust verkaufen müssen, um sie nicht wieder nach Lübeck mitzunehmen. Und auch sein ursprüngliches Vorhaben, Zinn und andere Metalle für die Werkstätten in den Ostseehäfen zu erwerben, hatte sich nur teilweise umsetzen lassen. Die Märkte waren wie leer gefegt, da allen voran die Niederländer ihren Englandhandel intensiviert hatten. Und so war der Bauch der *Irmla* nur zur Hälfte voll mit Metallen und anderen Waren, die Jobst noch dazu teuer erstanden hatte. Da aber eine Leerfahrt noch kostspieliger geworden wäre, hatte sich Jobst entschlossen, in den sauren Apfel zu beißen, und die überhöhten Preise zähneknirschend akzeptiert.

Seit Stunden schon kämpfte die *Irmla* gegen einen Sturm an, der, aus Westen kommend, das Meer aufwühlte und die Wellen zu bedrohlichen Bergen auftürmte. Längst waren alle Segel gerefft. Der Steuermann hatte schon mehrmals Seeleute in das Innere des Schiffes geschickt, um die Befestigung der Ladung zu überprüfen. Da die *Irmla* nur die halbe Fracht trug, bestand die Gefahr, dass diese verrutschte und so die Stabilität des Schiffes gefährdete. Außerdem gehörte eine Kogge in ruhiges Gewässer, nicht in einen Sturm. Ihr geringer Tiefgang und die hohen Aufbauten machten sie besonders anfällig für Seitenwinde. Und wenn sich dann noch ein Teil der Ladung löste – der Steuermann mochte nicht über die Folgen für Schiff und Besatzung nachdenken.

Von Steuerbord rollte ein besonders mächtiger Brecher heran. »Festhalten«, schrie der Steuermann und versuchte, den heulenden Wind zu übertönen. Dann hob die Welle die *Irmla* hoch, drückte das Heck beiseite und das Schiff neigte sich bedrohlich nach Backbord. Verzweifelt versuchten der Rudergänger und sein Gehilfe, das große Steuerrad in Position zu halten. Legte sich die *Irmla* mit ihrer Breitseite vollends in den Wind, würde sie unweigerlich kentern.

Krachend schlugen die Wassermassen auf das Deck und durchnässten die Seeleute. Der Steuermann brüllte Befehle, die Männer am Ruder stemmten sich mit aller Kraft dem drohenden Unglück entgegen. Die *Irmla* fiel in das Wellental, für einen Moment war das Ruder frei und das Boot lag wieder auf Kurs. Erleichtert klopfte der Steuermann seinen Männern auf die Schulter. »Gut gemacht, Leute.«

Die Kabinenluke wurde geöffnet und Jobst van Enghusen trat ins Freie.

»Ihr solltet besser unter Deck bleiben, Herr«, rief der Steuermann in dessen Ohr. »Das Meer ist unberechenbar.«

»Das ist nicht der erste Sturm, den ich erlebe«, schrie der Kaufmann, während ihm der Wind die Gischt ins Gesicht peitschte. »Und ich bin lieber im Freien, als dass ich mich in der Kajüte hin und her schleudern lasse. Ich bleibe hier.« Seine tiefe Stimme übertönte spielend das Heulen des Sturms.

»Aber ...«

»Nichts aber. Ich bin der Eigner. Ihr tut, was ich sage.«

Schulterzuckend wandte sich der Steuermann zunächst ab, drehte sich aber dann doch noch einmal zu ihm. »Nehmt ein Seil und bindet Euch wenigstens fest, Herr.«

»Ich sehe kein Tau, das um Euren Körper geschlungen ist. Warum sollte ich mich dann auf diese Weise sichern?«

»Wie Ihr meint.«

Es dauerte nur Minuten, bis van Enghusen ebenso wie die anderen Männer nichts Trockenes mehr am Körper trug.

Der Sturm nahm kein Ende. Brecher für Brecher rollte über das Deck, die Kogge war ein Spielball von Wind und Wogen. Da die Luken nicht wasserdicht schlossen, drang mit jeder der Wellen, die die *Irmla* überspülten, Wasser in den Laderaum ein. Und dieser Ballast ließ sich nicht sichern. Er schwappte herum und trug so zusätzlich zur Instabilität des Schiffes bei.

Der Steuermann ließ eine Kette bilden und diejenigen der Besatzung, die nicht zur Steuerung des Schiffes benötigt wurden, versuchten mit Holzeimern, das Wasser aus dem

Bauch der *Irmla* zu schöpfen. Dies war ein Kampf, den sie, sollte der Sturm noch länger anhalten und das Boot weiter Wasser nehmen, unweigerlich verlieren mussten. Schon bald erlahmten die Kräfte der Seeleute. Aber der Sturm schien sich abzuschwächen. Am Horizont riss der Himmel auf und ein zaghafter Sonnenstrahl brach durch das Dunkel.

»Wir haben es geschafft«, schrie einer der Männer und zeigte ins Helle. Erleichterung zeichnete sich auf den Gesichtern der Mannschaft ab.

Dann jedoch schrie ein anderer voller Angst auf. Der Steuermann und van Enghusen fuhren herum. So als ob das Meer seine schon sicher geglaubte Beute nicht so einfach preisgeben wollte, als ob der Sturm in einem letzten Aufbäumen doch noch siegen würde, baute sich hinter der *Irmla* eine Welle auf, größer als alles, was die Seeleute bisher durchlebt hatten. Hinter ihnen stand eine dunkle Wand aus Gischt und Wasser, die sich schnell näherte.

»O mein Gott«, flüsterte der Steuermann und bekreuzigte sich.

Für einen kurzen Moment flaute der Sturm völlig ab. Das Heulen erstarb und eine gespenstische Stille trat ein. Und dann brach die Welle nur wenige Schritte von ihrem Heck entfernt, das anfängliche Rauschen wurde zu einem Brüllen und die Wassermassen donnerten auf das Deck der *Irmla*.

Verzweifelt hielten sich die Männer fest, um nicht über Bord gespült zu werden. Sie klammerten sich an alles, was Rettung verhieß: Masten, Reling, das Steuerrad. Sie schluckten Wasser, husteten, fluchten. Und genauso plötzlich, wie der Brecher über sie gekommen war, verschwand das Wasser wieder.

Der Steuermann schüttelte sich. »Meldet die Schäden«, schrie er. Die *Irmla* lag bedrohlich tief. »Und schafft das

Wasser aus dem Schiff. Schnell. Noch so einen Schlag übersteht sie nicht!« Er strich über das Ruderblatt, so als ob er das Schiff tätscheln wollte. »Gutes Mädchen«, flüsterte er erleichtert. »Hältst schon was aus.« Dann sah er sich zu Jobst van Enghusen um.

Aber der Platz, an dem der Schiffseigner noch vor Augenblicken gestanden hatte, war leer. Auch befand der Händler sich nicht an anderer Stelle auf dem Schiff.

Für einen kurzen Augenblick erwog der Steuermann, zu wenden und zurück in das gerade erst überstandene Inferno zu segeln, um nach seinem Herrn zu suchen. Das wagte er aber dann doch nicht. Das Leben aller Männer zu gefährden, in der vagen Hoffnung, eines zu retten, wollte er nicht riskieren. Und so fiel Jobst van Enghusen der See anheim.

22

Lübeck, 30. September bis 4. Oktober 1509

Die lübische Flotte lief die Travemündung an, die Kriegskraweel mit Tidemann Berck an der Spitze. Der Oberbefehlshaber hatte erhöhte Wachsamkeit angeordnet, denn mittlerweile dürfte auch König Johann Nachricht von ihrem Feldzug erhalten haben und sicher nicht gewillt sein, diese hansische Attacke unbeantwortet zu lassen. Aber dänische Kriegsschiffe waren in der Lübecker Bucht weit und breit nicht auszumachen.

Natürlich waren die Truppen, die die Küste sicherten, schon vor dem Auslaufen der Flotte nach Bornholm in Alarmbereitschaft versetzt worden. Niemand der Verantwortlichen machte sich Illusionen: Einem massiven Angriff der dänischen Flotte konnten die Soldaten an Land niemals dauerhaft standhalten. Das war jedoch auch nicht ihre Aufgabe. Sie sollten die Angreifer lediglich aufhalten und der Hansestadt Zeit verschaffen, ihre Verteidigung zu organisieren.

Lübeck war nur schwer einzunehmen. Die mächtigen Mauern und die sie umgebenden Wasserflächen der Trave und Wakenitz schützten die Stadt. Unter keinen Umständen jedoch durften feindliche Kriegsschiffe die Trave beherrschen. Das war der wunde Punkt in Lübecks Verteidigung, denn dann könnten Truppen anlanden und die Befestigungsanlagen unmittelbar attackieren. Um das zu verhindern, wachten vor den Toren der Stadt auf halber Strecke zwischen Lübeck und Travemündung einige Kanonen. Die Batterie wurde gut bewacht. Ihre Feuerkraft sollte den Durchbruch feindlicher Schiffe verhindern.

Zwei Stunden später erreichte die Flotte ihren Heimathafen. Die sonntägliche Messe war kurz zuvor beendet worden und die Gläubigen befanden sich auf dem Heimweg. Gerade deswegen verbreitete sich die Nachricht von der Ankunft Tidemann Bercks und seiner Männer wie ein Lauffeuer in den Straßen der Stadt. Hunderte Bürger strömten zum Kai an der Obertrave und jubelten den Soldaten und Seeleuten zu.

Jorge hingegen stand an der Reling der *Lisa* und beobachtete den Aufmarsch mit gemischten Gefühlen. Ihm war nicht nach Feiern zumute. Er fühlte sich schuldig, obwohl er nicht wie andere getötet hatte. Aber er war dabei gewesen, gehörte zu dem Trupp, der die Dörfer auf Bornholm überfallen hatte. War er dann nicht auch verantwortlich für das, was sich dort Grausames ereignet hatte? Er wandte sich von der jubelnden Masse ab. Jorge wollte nur noch in seine Kammer und schlafen. Und hoffentlich vergessen.

Am nächsten Morgen berichtete Bürgermeister Berck dem Rat in einer eilig einberufenen Sitzung von den Ereignissen ihrer Fahrt und der wieder aufgeblühten Freundschaft zu Schweden. Er wollte gerade auf die künftigen Aufgaben der Hanse in diesem Konflikt zu sprechen kommen, als die Tür zum Ratssaal aufgerissen wurde und ein Offizier hereinstürmte. Die Anwesenden blickten erstaunt zu ihm hinüber.

»Entschuldigt die Unterbrechung, meine Herren, aber die Angelegenheit, von der ich Euch zu berichten habe, duldet keinen Aufschub. Die Dänen sind an der Travemündung an Land gegangen.«

Lange war es still in dem Raum. Tidemann Berck war der erste Ratsherr, der seine Fassung wiederfand. »Berichtet!«, befahl er knapp.

Der Offizier trat in die Mitte des Raumes. »Vor etwa drei Stunden sind dänische Segel am Horizont aufgetaucht. Zunächst dachten wir an eine Handelsflotte, aber als die Schiffe näher kamen, sahen wir die offenen Kanonenluken. Kaum waren sie in Schussweite, haben sie auf unsere Stellungen gefeuert und uns heftig unter Druck gesetzt. Danach kamen die Landungsboote. Wir konnten uns gegen diese Übermacht nicht halten.«

»Wie viele sind es?«, wollte Hartwig von Stiten wissen.

»Bestimmt eintausend Mann.«

Von Stiten wurde bleich. Auch die anderen Ratsherren schwiegen erschrocken.

»So viele?«

»Es können auch mehr sein. Ich bin geschickt worden, um Euch über den Angriff in Kenntnis zu setzen.«

»Sind Teile der dänischen Flotte die Trave hinaufgefahren?« Tidemann Berck wischte sich den Schweiß von der Stirn.

»Nein.«

Berck schlug mit der Faust auf den Tisch. »Verdammt. Dann wissen sie von den Kanonen und sind ihrer Feuerkraft aus dem Weg gegangen. Andererseits schützt uns so immer noch der Fluss. Das ist das Gute daran, obwohl es mir lieber gewesen wäre, wir hätten einige ihrer Schiffe mit Mann und Maus auf den Grund der Trave geschickt.« Er wandte sich an den Offizier. »Danke.«

Der jedoch machte keine Anstalten, sich zu entfernen. »Es gibt weitere schlechte Nachrichten.«

»Welche denn noch?«

»Aus dem Holsteinischen sind Truppen nach Lübeck unterwegs. Sie brandschatzen unsere Dörfer. Spätestens übermorgen dürften sie vor den Toren der Stadt stehen.«

Berck zögerte keine Sekunde. »Läutet die Glocken und gebt Alarm. Die Soldaten sollen die Mauern besetzen. Ruft die Bürgerwehr zusammen und teilt Waffen an die einzelnen Rotten aus. Und wir sollten beraten, wie wir weiter vorgehen.«

Bis Mitternacht traf eine Hiobsbotschaft nach der nächsten ein. Die feindlichen Truppen waren bis Oldesloe vorgedrungen. Mehrere Dörfer waren bis auf die Grundmauern niedergebrannt worden. Allerdings gab es gute Nachrichten: Die eigenen Truppen an der Travemündung hatten sich zunächst zurückgezogen, die dort gelandeten Dänen im Schutze der Dunkelheit umgangen, waren später Richtung Strand vorgeprescht, hatten die wenigen zurückgebliebenen Bewacher der Landungsboote überwältigt und Feuer an die zurückgelassenen Kähne gelegt. Als die in der Lübecker Bucht wartende Flotte die Flammen sah, lichtete sie die Anker, segelte davon und überließ ihre an Land kämpfenden Soldaten ihrem Schicksal.

Zwei Tage später standen die Dänen und Holsteiner vor den Mauern der Stadt. Bang erwarteten die Bewohner den feindlichen Ansturm, aber nichts geschah. Und dann, zur Überraschung aller, zogen die Truppen plötzlich ab. Nicht alle zugleich, nicht geordnet, keinem Plan oder Befehl folgend, sondern langsam, unkoordiniert, chaotisch. Hier wanderte eine Gruppe von zwanzig los, da waren es zehn. Wie ein Eiszapfen, der sich in der Sonne Tropfen für Tropfen auflöst, bis er schließlich vollends verschwunden ist. Am Morgen des dritten Tages der Belagerung war kaum noch ein Soldat da. Nur zertretenes Gras, glimmende Feuer und jede Menge Unrat zeugten davon, dass hier Söldner tagelang kampiert hatten.

Ratsherr Heinrich Witte sah aus den Luken des Holstentores den letzten Kämpfern nach, die sich langsam entfernten. Neben ihm stand Hartwig von Stiten.

»Es scheint, als habe Euer Besuch beim Bischof doch etwas bewirkt. Möglicherweise war er es, der Herzog Friedrich dazu bewogen hat, dass Holstein in diesem Konflikt neutral blieb.«

»Und nicht nur das«, ergänzte Witte. »Friedrich hat auch seinen Bruder Johann dazu bewegen können, sich in seiner Eigenschaft als Herzog von Schleswig dieser Neutralität anzuschließen. Allerdings fordert Friedrich uns zu Vertragsverhandlungen auf.«

Von Stiten lachte lauthals auf. Es war, als ob die Anspannung der letzten Tage wie ein Stein von ihm abgefallen war. »Das muss man sich auf der Zunge zergehen lassen: Als dänischer König führt Johann Krieg gegen uns, als Herzog von Schleswig bleibt er neutral. Diese Personalunion treibt wirklich seltsame Blüten.«

Witte fiel in das Gelächter ein. »Uns soll es egal sein. Die Truppen sind abgezogen, die dänische Flotte auf dem Weg in ihre Häfen. Die niedergebrannten Dörfer bauen wir wieder auf und die versprengten Soldaten werden über kurz oder lang auch den Weg heim zu ihren Familien finden. Solche Kriege lasse ich mir gefallen. Und verhandeln können wir über alles mögliche.«

Als die Dänen vor den Toren Lübecks gestanden hatten, war das Zittern in seinem Arm wiedergekommen. Jorge hatte versucht, es mit viel Wein und Bier zu bekämpfen, aber seine Anspannung war zu groß gewesen. Die Angst vor den Folgen eines Sturmangriffs war größer als die Furcht vor einer langen Belagerung gewesen. Ersterer hätte zu viele Opfer gefordert. Erst als sich herumsprach, dass die Dänen fort seien, die Tore wieder geöffnet wurden und der Alltag auf den Straßen der Hansestadt einkehrte, ließ auch das Zittern nach.

Jorge hatte in den letzten Tagen viel Zeit zum Nachdenken gehabt. Er war keiner der Bürgerwehrrotten zugeteilt worden und da auch der Handelsbetrieb der Wibbekings geruht hatte, hatte er die meiste Zeit auf seiner Kammer verbracht und gegrübelt.

Schließlich hatte er einen Entschluss gefasst. Er war, auch nach den Maßstäben Lübecks, zwar nicht reich, jedoch wohlhabend. Und er verfügte über fundierte Kenntnisse im Handel, kannte Kaufleute in vielen Ländern und traute sich zu, sein eigenes Geschäft zu eröffnen – nur nicht in Lübeck. Er konnte nicht quasi Tür an Tür mit Marlein leben, sie auf der Straße treffen, in der Kirche sehen, ohne sie anzusprechen. Da war es besser, er würde sein Glück woanders versuchen. Endlich hatte er sich dazu entschlossen, nach Hattingen zurückzukehren.

»Wann willst du aufbrechen?«, fragte Clas, als Jorge ihn und seinen Bruder über seine Pläne informierte.

»So bald als möglich. Ich muss mir nur noch ein kräftiges Pferd und einen leichten Karren kaufen, dann geht es los.«

Bedächtig stand Konrad Wibbeking auf. »Ich weiß, du akzeptierst keine Geschenke.« Er griff in die kleine Truhe, die immer neben seinem Schreibpult stand, holte einen Beutel heraus und reichte ihn Jorge. »Aber dieses wirst du annehmen oder ich rede in meinem Leben kein Wort mehr mit dir. Meine Tür bleibt dir dann für immer verschlossen.«

»Weshalb ...?«

»Ich dir Geld schenke, willst du wissen? Es ist nicht, weil du Clas damals vor dem sicheren Tod gerettet hast. Auch nicht, weil du immer treu und ehrlich warst. Du bekommst das Geld, weil durch deine Arbeitsleistung der Besitz unserer Familie mehr gewachsen ist, als es Clas und ich alleine geschafft hätten. Wir hatten erwogen, dir die Teilhaberschaft anzubieten. Aber nun hast du dich entschlossen, zu gehen. Umstimmen können wir dich nicht?«

»Nein.«

»Dann behalte das Geld. Es ist weniger, als eine Teilhabe wert wäre. Benutze es, um dein Geschäft im Westfälischen aufzubauen. Aber eine Bedingung knüpfe ich daran.«

»Welche?«, fragte Jorge neugierig und bereit, die Gabe abzulehnen, falls Konrad Wibbeking Unmögliches verlangte.

»Du darfst nie den Wibbekings Konkurrenz machen. Dafür bist du zu tüchtig und hast zu viel gelernt. Ich möchte dich als Geschäftspartner behalten und nicht als Gegner auf den Märkten haben.«

Jorge strahlte ihn an. »Das hatte ich erhofft.«

»Dann nimm den Beutel. Du hast immer einen Platz an unserem Kaminfeuer.«

»Und in unseren Herzen«, ergänzte Clas.

23

Lübeck, 8. Oktober 1509

Marlein hatte seit der Vergewaltigung nur das Nötigste mit ihrem Mann gesprochen. Und er hatte wieder damit begonnen, sie einzuschließen. Marlein vermutete, dass Jorge zurück in der Stadt war und Albrecht sie auf diesem Weg von ihm fernhalten wollte.

Von den kriegerischen Auseinandersetzungen wusste sie nur das, was die Magd ihr mitteilte. Das war wenig genug. Marlein schien es, als ob diese mittlerweile zur heimlichen Herrscherin im Haus aufgestiegen war, denn es kam vor, dass Albrecht der Magd sogar den Schlüssel für ihre Kammer anvertraute.

Marlein hörte, dass es an der Haustür klopfte. Stimmen waren zu vernehmen.

Kurz darauf öffnete die Magd die Tür zu ihrem Gefängnis. »Ihr habt Besuch«, meinte sie nur schnippisch. »Der Herr hat mir aufgetragen, Euch in einem solchen Fall nach unten zu lassen, sollte er nicht anwesend sein. Ich soll Euch jedoch ausrichten, dass Ihr Euch an seine Anweisungen zu halten habt. Das Haus dürft Ihr unter keinen Umständen verlassen.«

Dumme Kuh, dachte Marlein, nickte jedoch gehorsam. Dann folgte sie dem Mädchen in die Stube. Dort warteten bereits Heinrich Witte und ein ihr Unbekannter. Der Ratsherr und der andere Mann verbeugten sich tief, als sie in die Stube trat. Die Magd wollte ihr folgen, aber Marlein wies sie mit einer spitzen Bemerkung hinaus. »Danke. Ich brauche dich nicht mehr.« Zu ihrer Überraschung gehorchte das Mädchen. Marlein schloss daraus, dass Albrecht ihr klare Anweisungen gegeben hatte. Unter allen Umständen musste der Eindruck erweckt werden, dass in ihrer Ehe alles so war, wie es sich gehörte.

Witte stellte seinen Begleiter als ein Mitglied der *Schiffergesellschaft* vor, den Marlein nur dem Namen nach kannte.

»Meine Herren.« Sie senkte ebenfalls den Kopf.

Witte ergriff das Wort. »Ich möchte Euch unser herzliches Beileid für den Verlust aussprechen, den Ihr erlitten habt.«

Sie atmete tief durch. Wovon redete Witte? War Albrecht etwas zugestoßen?

»Wir haben vor einigen Tagen bereits Euren Ehemann in Kenntnis gesetzt. Aber da es Euch direkt angeht, wollten wir Euch persönlich den Inhalt des Testaments Eures Onkels mitteilen. Leider konntet Ihr ja nicht zu dem gestrigen Trauergottesdienst kommen, sonst hätten wir schon dort mit Euch gesprochen.« Eine leise Kritik schwang in seiner Stimme mit.

Marlein war wie vor den Kopf gestoßen. Das hörte sich an, als ob Jobst tot sei. Was war passiert?

Witte interpretierte ihren bestürzten Gesichtsausdruck falsch. »Der Steuermann der *Irmla* hat richtig gehandelt, glaubt mir. In einem solchen Sturm konnte er nicht nach Eurem Onkel suchen, nachdem dieser über Bord gespült worden war, ohne das Schiff und die Besatzung zu gefährden. Und nach über einer Woche im kalten Wasser – nein, glaubt mir, Euer Onkel wird nicht zurückkommen.«

Marlein war wie betäubt. Sie hörte die folgenden Beileidsbekundungen, nahm sie aber nicht wirklich wahr. Ihr Onkel war tot. Der letzte Mensch, der ihr in Lübeck geblieben war. Und Albrecht hatte von seinem Tod gewusst und ihr kein

Wort gesagt. Noch schlimmer: Sie hatte Jobst noch nicht einmal bei dem Trauergottesdienst die letzte Ehre erweisen können.

Die junge Frau ballte ihre Fäuste, bis die Fingerknöchel weiß hervortraten. Unbändige Wut stieg in ihr auf. Und Hass. Sie würde sich nicht mehr wie eine Gefangene behandeln lassen! Niemals mehr! Egal, was Albrecht ihr antat. So ruhig sie es vermochte, bedankte sie sich bei ihren Besuchern und trat beiseite, um sie aus dem Haus zu geleiten.

Etwas verwundert zog Witte die Augenbrauen hoch. »Wir wollten doch mit Euch über das Testament Eures Onkels sprechen, Frau Schulten.«

»Wie? Ach ja.« Das Testament. Deshalb waren die beiden schließlich gekommen. »Entschuldigt. Ich bin immer noch ein wenig durcheinander. Was ist damit?«

»Euer Onkel hat seinen Anteil an der Firma, sein Haus und seinen gesamten Besitz Euch vermacht. Ihr könnt darüber nach Rücksprache mit Eurem Ehemann verfügen.«

Marlein war verwirrt. »Wenn das nun alles mir gehört, warum muss ich dann Albrecht fragen?«

»Weil Ihr eine Frau seid.« Der Ratsherr sagte das mit einer Selbstverständlichkeit, als würde er in einem Gasthaus einen Becher Wein bestellen. »Frauen dürfen keine größeren Rechtsgeschäfte ohne ihren Mann oder einen Vormund tätigen. Letzteres ist in Eurem Fall ja nicht vonnöten, da ihr verheiratet seid.«

»Und es gibt keine Ausnahmen?« Marlein war wie vor den Kopf geschlagen.

»Nein. Nur für eine Witwe, die nachweist, dass sie das Geschäft ihres verstorbenen Mannes weiterführen kann, gibt es auf Antrag Sonderregelungen.«

»Dann bitte ich um eine solche Ausnahme.«

»Entschuldigt, habt Ihr mir nicht zugehört?« Witte warf seinem Begleiter einen vielsagenden Blick zu. »Euer Onkel ist verstorben, nicht Euer Mann. Ihr seid keine Witwe. Zum Glück, muss man sagen. Albrecht Schulten ist ohne jeden Zweifel in der Lage, das Erbe seines Partners zu Eurem Wohl zu verwalten.«

Davon bin ich überzeugt, dachte Marlein. Ob er dabei allerdings wirklich mein Wohlergehen im Auge hat, ist eine andere Frage.

»Die Vermögensaufstellung ist hier.« Witte gab seinem Begleiter ein Zeichen und der öffnete die Ledermappe, die er bisher in der rechten Hand gehalten hatte, klappte sie auf und las vor: »Das hälftige Eigentum an der Kogge *Irmla*, das hälftige Eigentum am Speicherhaus ...«

»Entschuldigt«, unterbrach ihn Marlein. »Ich nehme an, das Testament ist für mich bestimmt?«

»Ja, natürlich.« Der Mann schaute überrascht.

Die junge Frau streckte die Hand aus. »Ich kann lesen. Ich werde es später in Ruhe durchsehen.« Und Latein beherrsche ich auch, wollte sie hinausschreien. Dazu kaufmännisches Rechnen, besser als es Albrecht beherrscht. Und der Rat bestimmt, dass nicht ich über mein Erbe verfügen darf, sondern ein Mann, der mich einsperrt, schlägt, vergewaltigt? Warum?

Zögernd reichte Wittes Begleiter Marlein die Mappe. Die junge Frau nahm sie mit versteinerten Zügen entgegen, legte sie auf den Tisch und wies zur Tür. »Ich danke Euch, meine Herren.«

Kaum hatten die Besucher das Haus verlassen, stand die Magd im Zimmer, demonstrativ mit dem Schlüssel klimpernd. »Geht auf Eure Kammer, damit ich Euch einschließen kann.«

Marlein ging auf das Mädchen zu. Als sie die Magd erreicht hatte, schlug sie ihr so heftig mit der flachen Hand ins Gesicht, dass der Schlüssel zu Boden fiel. Bevor die Bedienstete reagieren konnte, traf sie ein weiterer Schlag, diesmal mit der Faust. Und noch einer. Marlein schlug auf die Unglückliche ein, bis diese auf die Knie sank und um Schonung bettelte.

»Du brauchst diesen Vorfall meinem Mann nicht zu verschweigen«, fauchte Marlein sie an. »Denn ich werde es ihm selbst sagen. Wo ist er?«

Die Magd schwieg. Marlein ging zum Kamin, kehrte mit dem Schürhaken zurück und hob ihn drohend. »Ich frage dich nicht noch einmal. Wo ist er?«

»Im Lagerhaus«, schluchzte das Mädchen und sah ängstlich zu dem Eisen hoch, das über ihrem Kopf hing. »Herrin, bitte. Ich …«

»Pack deine Sachen und verschwinde. Ich will dich nie mehr sehen.«

»Aber der Herr …«

»… wird meinen Entschluss unterstützen. Und nun geh mir aus den Augen.«

Natürlich wusste Marlein, dass Albrecht ihr Verhalten niemals billigen würde. Aber das spielte nun auch keine Rolle mehr. Sie würde ihn zur Rede stellen und ihn und Lübeck dann für immer verlassen. Wenn er das verhindern wollte, musste er sie schon totschlagen.

Sie traf Albrecht Schulten wie erwartet im obersten Stockwerk des Lagerhauses an. Er saß auf einem Ballen Tuch, einen Weinkrug neben sich, und blickte überrascht auf, als sie ihn ansprach. »Ich muss mit dir reden!«

»Was machst du hier?«, fuhr er sie an und sprang auf. Dabei stieß er gegen den Krug, der umfiel und dessen Inhalt sich auf den Boden ergoss. »Verdammt«, schnaubte er und bückte sich, um den Krug aufzurichten und etwas vom Wein zu retten. »Sieh her, was du angerichtet hast.«

Sie trat näher. »Habe ich den Krug etwa umgeworfen?«

Albrecht machte eine abwehrende Handbewegung. »Das spielt jetzt keine Rolle. Wie kannst du es wagen, dich meinen Anweisungen zu widersetzen?«

»Und wie kannst du es wagen, mir den Tod meines Onkels zu verschweigen und mich dann auch noch von der Totenmesse, die zu seinen Ehren gelesen wurde, fernzuhalten?«, erwiderte Marlein so beherrscht wie möglich.

»Ach, dein Onkel«, spottete er. »Ich wusste gar nicht, dass du ihn so geliebt hast.«

Erst jetzt merkte Marlein an seiner schweren Zunge, dass er betrunken war. »Doch, das habe ich«, antwortete sie leise.

Ihr Mann kam auf sie zu, die Rechte zum Schlag erhoben. »Das ist nun auch egal. Ich werde dich lehren, dich über meine Anordnungen hinwegzusetzen.«

Marlein machte zwei, drei schnelle Schritte zur Seite und bog in einen Gang ab, der zwischen den übereinanderstehenden Waren freigehalten worden war. »Du machst mir keine Angst mehr. Das ist vorbei.«

Albrecht folgte ihr. Zu spät erkannte die junge Frau, dass sie in eine Sackgasse geraten war. Da, wo sie zwischen den hochgestapelten Tuchballen ein Durchkommen vermutet hatte, versperrten übereinandergestellte Fässer den Weg.

Ihr Mann näherte sich schwankend.

Rechts und hinter ihr türmten sich Kisten und Säcke. Links stand die Luke offen, durch die die Waren mittels der Winde transportiert wurden. War das ein Fluchtweg? Nein. Sie befand sich mindestens fünfzehn Schritte über der Erde.

Einen Sprung hinaus würde sie nicht überleben. Marlein wich zurück, bis sie im Rücken Widerstand spürte. Hilflos sah sie sich nach etwas um, mit dem sie sich verteidigen konnte. Aber da war nichts. Sie würde der Wut ihres Mannes ausgeliefert sein. Insgeheim verfluchte sie ihren übereilten Entschluss. Wie konnte sie nur annehmen, mit Albrecht ein vernünftiges Gespräch führen zu können? Jetzt saß sie in der Falle. Aber ohne Gegenwehr bekäme er sie nicht in die Finger. Sie würde schlagen, beißen, kratzen und ihre Haut so teuer wie möglich verkaufen.

Ihr Ehemann kam auf sie zu und grinste böse. »Hab ich dich, du Miststück. Ich schlage dich grün und blau, darauf kannst du dich verlassen.«

Er stank nach Wein und Schweiß und stand neben der Luke, die ins Freie führte.

Marlein setzte alles auf eine Karte. Sie rannte nach vorn, stieß ihren Gegner vor die Brust, sodass dieser schwankte, duckte sich, um seinen rudernden Armen zu entgehen, und schaffte es tatsächlich, geradeaus an ihm vorbeizukommen. Sie wollte zur Treppe. Da hätte sie allerdings den Quergang nehmen müssen, den Albrecht immer noch versperrte. Sie musste also einen anderen Fluchtweg finden und lief weiter. Bitte, flehte sie im Stillen. Lass diesen Weg frei und nicht ebenfalls mit irgendetwas zugestellt sein.

»Herr Schulten«, hörte sie eine Stimme aus Richtung der Treppe rufen. »Ich muss Euch leider stören.«

Marlein blieb stehen. In der Gegenwart eines Dritten würde Albrecht es nicht wagen, sie zu verprügeln. Sie schaute zu ihrem Mann, der sein Gleichgewicht immer noch nicht wiedergefunden hatte und schwankend herumfuhr, um zu sehen, wer ihn da störte. Dabei verhedderte sich sein linker Fuß in dem aufgerollten Seil der Winde, welches auf dem

Boden lag. Er strauchelte, stürzte, suchte Halt an dem anderen Ende des Seils, das auf die Winde gezogen war. Das allerdings bot nur eine trügerische Sicherheit. Die Winde drehte sich, das Tau rollte ab und Albrecht Schulten stürzte mit einem Schrei rücklings durch die Öffnung in die Tiefe.

Der Arbeiter lief zur Luke und entdeckte erst jetzt Marlein, die mit weit aufgerissenem Mund den Sturz verfolgt hatte. Zitternd lehnte sie sich an eine der Kisten.

Der Mann warf einen schnellen Blick nach unten auf die Straße. »Seht nicht hinaus«, meinte er mitfühlend und reichte ihr die Hand. »Kommt, ich bringe Euch sicher nach draußen.«

Obwohl sich sofort mehrere Arbeiter um Albrecht Schulten kümmerten, kam für ihn jede Hilfe zu spät. Er hatte sich bei dem Sturz das Genick gebrochen. Die Aussage des Arbeiters, der den Sturz beobachtet hatte, war eindeutig: Schulten war ohne jedes Fremdverschulden in die Tiefe gestürzt. Der Offizier der Stadtwache führte den Unfall auf den reichlichen Weingenuss zurück. Dieser hatte den Kaufmann letztlich das Leben gekostet. Auf Marlein fiel nicht der Schatten eines Verdachtes, im Gegenteil. Nur sie wusste es besser. Die junge Frau fühlte sich mitschuldig an Albrechts Tod.

Viele bemitleideten sie für den Verlust, den sie erlitten hatte. Erst ging der Onkel von ihr und nur wenige Tage später der Ehemann. Nun war Marlein zu der Witwe geworden, von der Witte bei seinem Kondolenzbesuch gesprochen hatte.

24

Lübeck, 17. Oktober 1509

Die salbungsvolle Traueransprache in Sankt Marien hatte Marlein nur mit größter Beherrschung durchgestanden. Als der Pfarrer vor Albrecht Schultens Sarg stand und den Toten als warmherzigen Menschen lobte, wäre sie am liebsten aufgesprungen, um die Wahrheit herauszuschreien. Ein Vergewaltiger war er, ein Lügner, ein Wortbrüchiger, außerdem brutal und herzlos. Aber sie hatte geschwiegen. An einem Skandal war keinem gelegen, vor allem ihr nicht.

Die untreue Magd hatte Marlein einen Tag nach dem Unfall entlassen, aber noch keine neue eingestellt. Wozu auch? Sie war sich ja nicht sicher, wie es weitergehen sollte. Auf jeden Fall wollte sie eines der Häuser verkaufen. Aber obwohl Albrecht Schulten außer ihr keine weiteren Angehörigen hinterlassen und sie sein gesamtes Vermögen geerbt hatte, konnte sie nicht darüber verfügen.

Heinrich Witte hatte ihr langatmig die Gesetze der Hansestadt erklärt. Zusammengefasst lief seine Rede darauf hinaus, dass sie auch jetzt einen Vormund benötigte, der an ihrer Stelle handelte. Vielleicht wäre es in ihrer Situation am besten, nach dem Ende der Trauerzeit erneut zu heiraten, meinte der Ratsherr. Sie sei jung, hübsch und wohlhabend. Da dürfte es kein Problem sein, geeignete Bewerber zu finden. Witwer möglicherweise, die danach trachteten, mit einer so vorteilhaften Partie ihre Geschäfte voranzutreiben. Wenn sie Interesse habe, könne er sich gerne umhören.

Marlein hatte höflich abgelehnt. Das Letzte, was sie in ihrer Situation brauchte, war irgendein Mann. Aber um über ihr Erbe bestimmen zu können, benötigte sie einen Vormund. Sie musste sich also auf jeden Fall irgendjemandem ausliefern. Nur wem? Der Einzige, dem sie vertraute, war Jorge. Aber Jorge lebte jetzt in Hattingen, wie sie herausfand, als sie Erkundigungen über ihn einholte. Ihre Gedanken drehten sich im Kreis.

Der Gedanke an ihren Freund schmerzte. Sie hatte falsch gehandelt, das wusste sie jetzt. Sie hätte mit Jorge gehen, alle Brücken hinter sich abreißen sollen, als er sie darum gebeten hatte. Dann würde auch Albrecht sicher noch leben. Denn ohne Marleins unbedachten Versuch, sich mit ihm auszusprechen, wäre es niemals zu den Ereignissen im Speicherhaus gekommen. Und auch wenn sie sich tausendmal einredete, unschuldig an seinem Tod zu sein, wusste sie, dass das nicht stimmte. Sie hatte ihm den Stoß versetzt, der ihm das Gleichgewicht geraubt hatte. Sie war dafür verantwortlich, dass er aus der Luke gestürzt war – egal, was der einzige Zeuge des Vorfalls meinte, gesehen zu haben.

Und immer, wenn Marlein seitdem die Straße betrat, bildete sie sich ein, dass einige der Passanten über sie tuschelten. Sie meinte, sie flüstern zu hören: ›Da geht sie, als könne sie kein Wässerchen trüben. Dabei hat sie ihren Mann auf dem Gewissen, die Mörderin.‹

Schließlich kam der jungen Witwe eine Idee und sie suchte Juliana Christiansen auf.

»Warum gehst du nicht alleine zu ihm?«, wollte ihre Freundin wissen, nachdem Marlein von ihrem Vorhaben erzählt hatte.

»Ich bin Witwe und Clas Wibbeking ist ledig. Sein Bruder ist verwitwet. Ich höre ohnehin schon die Flöhe husten und alle Welt über mich reden. Selbst Ratsherr Witte hat mir geraten, mich erneut zu verheiraten. Wenn ich nun allein an Wibbekings Tür klopfe, gibt das Anlass für die wildesten Vermutungen. Das möchte ich vermeiden.«

»Ich soll also die Anstandsdame spielen?«

»Genau das. Und als Ohrenzeugin dienen.«

»Einverstanden. Nur …«

»Was?«

»Konrad Wibbeking hat nicht noch einmal geheiratet. Zwei unverheiratete Frauen bei zwei unverheirateten Männern, das kann auch zu Klatsch und Tratsch führen. Wäre es nicht besser, wenn mein Vater dich begleiten würde?«

»Ich möchte aber, dass du dabei bist.«

»Dann komme ich eben auch mit. Ich spreche noch heute mit meinem Vater und erzähle ihm von deinem Vorhaben. Er wird sicher nichts gegen ein Treffen einzuwenden haben.«

Die Freundin schickte eine der Bediensteten ihrer Eltern zu den Wibbekings, um ihren Besuch für den Nachmittag anzukündigen. Juliana und ihr Vater holten Marlein ab.

»Du hast dich herausgeputzt, als wolltest du um seine Hand anhalten«, spottete Marlein, als sie sah, dass die Freundin ihre besten Kleider trug.

»Du gehst auch nicht gerade in Sack und Asche, wenn ich das richtig sehe. Vielleicht hast du ja noch andere Pläne?«

Sie neckten sich auf dem ganzen Weg. Wenig später standen sie vor dem Haus in der Königsstraße und klopften.

Konrad und Clas Wibbeking erwarteten sie bereits.

Nach dem Austausch der üblichen Höflichkeiten kam Marlein auf den Anlass ihres Besuches zu sprechen: »Wie Ihr wisst, sind kurz hintereinander mein Onkel und mein Mann gestorben.«

Konrad Wibbeking machte ein betrübtes Gesicht. »Tüchtige Kaufleute, alle beide. Ein herber Verlust.«

Clas Wibbeking musterte derweil auffällig lange Juliana.

»Nun bin ich Alleinerbin, kann aber nicht über mein Vermögen verfügen. Ich benötige einen Vormund, hat man mir gesagt.«

»Das ist richtig«, bestätigte Konrad. »Solltet Ihr allerdings wieder heiraten …«

Marlein schnitt ihm mit einer Handbewegung das Wort ab. Das war unhöflich, gewiss. Aber sie wollte unter keinen Umständen einen falschen Eindruck entstehen lassen. »Daran ist nicht zu denken. Ich plane, nach Hattingen zu reisen. Jorge von Linden steht nicht mehr in Euren Diensten?«

»Nein.«

»Er verfügt aber über die Bürgerrechte Lübecks und könnte als mein Vormund eingesetzt werden?«

»Selbstverständlich.«

»Gestattet, dass ich Euch diese Frage stelle: Ihr seid nicht im Streit auseinandergegangen?«

Jetzt ergriff Clas das Wort. »Natürlich nicht. Jorge ist mein Freund. Er hat mir das Leben gerettet. Ich stehe ewig in seiner Schuld.«

»Dann würdet Ihr also nichts unternehmen, was seinen Interessen zuwiderläuft?«

»Werte Frau Schulten«, Clas straffte sich. »Wäret Ihr ein Mann, würde allein diese Frage ausreichen, um Euch unverzüglich aus unserem Haus zu werfen.«

Marlein lächelte. »Bitte entschuldigt. Nichts liegt mir ferner, als gerade Euch zu beleidigen. Ich möchte Jorge von Linden zu meinem Vormund ernennen.«

»Das könnt nicht Ihr, sondern nur der Rat.«

»Meinetwegen. Ihr versteht schon, was ich meine. Aber

wenn es stimmt, was ich gehört habe, geht dies nicht aus der Ferne, sondern Jorge muss vor dem Rat erscheinen und sein Einverständnis erklären.«

»So ist es«, erklärte Konrad Wibbeking. »Er muss auch vor Gericht den Eid an der Kapelle leisten.«

Marlein wusste, was der Kaufmann meinte. Im Gerichtssaal der Stadt stand die Eideskapelle, deren Griffe der Schwörende beim Sprechen der Eidesformel umfassen musste. Nur so hatte der Schwur vor Gott und der Welt Bestand.

»Nun ist Jorge nicht in Lübeck und ich weiß noch nicht einmal, ob er das Amt, welches ich ihm antragen möchte, überhaupt übernehmen will. Ich muss nach Hattingen reisen, um mit ihm zu sprechen. Außerdem habe ich Nachricht von meinem Vater erhalten. Er ist schwer krank und ich weiß nicht, wie es wirklich um ihn steht. Deshalb möchte ich Euch, Clas Wibbeking, übergangsweise zu meinem Vormund ernennen lassen, bis Jorge sich entschieden hat. Ihr müsst mir aber zusagen, dass Ihr dieses Amt an unseren gemeinsamen Freund übergeben werdet, sofern er dies will. Das ist der Grund für meine Fragen gewesen, die Euch unziemlich erschienen.«

Clas überlegte nicht lange. »Jederzeit. Wenn Ihr es möchtet, schwöre ich auf die Heilige Schrift, dass …«

Marlein winkte ab. »Euer Wort genügt mir. Welche Schritte müssen wir unternehmen?«

In den nächsten zwei Stunden besprachen sie die Formalien. Marlein erzählte von ihren Absichten. Konrad Wibbeking riet ihr, falls sie sich zu einem Verkauf ihres Besitzes entschließen sollte, die Schiffe und die Häuser nicht zusammen auf den Markt zu werfen, sondern in einem größeren zeitlichen Abstand hintereinander, um den Preis nicht zu drücken. Es dürfe nicht der Eindruck entstehen, sie wolle auf jeden Fall verkaufen. Deshalb sei es auch vernünftig, das Handelsgeschäft zunächst weiterlaufen zu lassen. Denn es könne ja sein, dass Jorge Bedarf daran habe und es ihr abkaufen wolle. Geld habe er dafür. Und sollte seine Barschaft nicht reichen, bekäme er von den Wibbekings Kredit.

Während ihrer Unterhaltung, die mit jedem Wort freundschaftlicher und vertraulicher wurde, bemerkte Marlein, dass Clas' Interesse an Juliana wuchs. Und obwohl die Freundin nichts zu dem geschäftlichen Teil ihrer Unterredung beitrug, hing Clas förmlich an ihren Lippen. Auch Juliana schien die Aufmerksamkeit des Mannes zu genießen, denn sie zwinkerte das eine über andere Mal verschwörerisch zu ihrer Freundin hinüber. Und nach ihrer Verabschiedung von den Wibbekings schwärmte sie unentwegt von Clas' stattlicher Gestalt, seinen guten Umgangsformen und dem jungenhaften Ausdruck in seinem Blick, was den Vater dazu bewog, seinerseits die Augenbrauen hochzuziehen.

Marlein schmunzelte in sich hinein. So war der Besuch bei den Wibbekings nicht nur für sie ein Erfolg gewesen.

Die Rückkehr

Oktober 1509 bis Oktober 1511

1

Hattingen, 18. Oktober 1509

Jorge hatte es nicht eilig gehabt und sein Pferd geschont. Er legte nur kurze Tagesetappen ein und jede Nacht schlief er mit einem Dach über dem Kopf. Schließlich war er, von Bochum kommend, den Hilinciweg entlanggefahren und hatte auf dieser Route einen Abstecher nach Linden gemacht. Der Hof seiner Eltern war verfallen, das Dach teilweise eingestürzt. Auf den umliegenden Feldern wucherte Unkraut. Hier hatte schon seit Jahren niemand mehr gesät oder geerntet.

Dann hatte er die Wiese am Ruhrhang gesucht – zunächst vergeblich. Es hatte etwas gedauert, bis klar geworden war, dass auf ihr die Herberge *Zum Hirschen* stand. Dieses Gebäude kannte er nicht. Jorge war in den Gasthof gegangen, um sich nach dem Besitzer zu erkundigen. Die Magd hatte auf seine Frage hin auf einen ihm Unbekannten gezeigt, der hinter der Theke beschäftigt gewesen war, doch Jorge hatte darauf verzichtet, bei ihm weitere Auskünfte einzuholen. Das könnte er später immer noch erledigen.

Schließlich brach Jorge mit seinem Karren nach Hattingen auf. Dort quartierte er sich in dem erstbesten Gasthof ein, um sich von den Strapazen der langen Reise zu erholen.

Am nächsten Tag unternahm er einen Spaziergang durch die Stadt. Viel hatte sich in den vergangenen sieben Jahren nicht verändert. Teile des Walles, der Hattingen schützen sollte, waren aufgeschüttet und die Palisaden neu gesetzt worden. Die Türme der Stadttore bestanden jetzt aus massivem Stein. Einige Häuser schienen neu erbaut worden zu sein, wenn ihn seine Erinnerung nicht täuschte, und auch einige der Straßen waren inzwischen gepflastert. Sonst schien alles beim Alten zu sein.

Lange blieb Jorge vor dem Haus der grauen Mönche stehen. Es war unbewohnt und da die Tür offen stand, betrat er das Gebäude schließlich nach einigem Zögern. Im ehemaligen Refektorium nisteten Tauben. Ein Schwein quiekte vor Schreck, als Jorge es mit einem Tritt ins Freie beförderte. Auch die Hühner flohen flatternd, als er sie aufscheuchte. Im ganzen Haus stand kein einziges Möbelstück mehr. Aber das Dach schien dicht zu sein und auch der Kamin hatte augenscheinlich in all den Jahren nicht gelitten.

Jorge zog die Tür zu, als er das Gebäude verließ, und machte sich auf zur Fleischhalle, um mit einem der Bürgermeister der Stadt zu sprechen. Ein Soldat der Stadtwache ließ ihn passieren, nachdem ein Silberpfennig den Besitzer gewechselt hatte. Die beiden Bürgermeister, so seine Auskunft, befänden sich im Ratssaal über der Fleischhalle. Er wisse jedoch nicht, ob die Herren Besuch empfangen würden oder unter sich bleiben wollten. Jorge bedankte sich und betrat die Treppe, die in das obere Stockwerk führte.

Zu seiner Überraschung war einer der beiden Männer, die sich über einen Tisch voller Schriftrollen und Bücher beugten, Hinrick van Enghusen. Doch Marleins Vater hatte sich verändert. Schien sein Wams früher zu platzen, stand heute ein Mann vor ihm, der aussah wie ein Gespenst: Die Augen lagen tief in ihren Höhlen, die Haut war faltig und grau. Seine Kleidung war viel zu weit für seinen ausgemergelten Körper. Van Enghusen bewegte sich fahrig, als er einen Schritt auf Jorge zu machte. »Ihr wünscht?«, fragte er mit kraftloser Stimme.

»Mein Name ist Jorge von Linden. Ich bin Bürger der Stadt Lübeck und möchte mich in Hattingen niederlassen.«

Van Enghusen deutete auf den anderen Mann. »Marx Kremer achter der Hallen, Bürgermeister der Stadt Hattingen. Ich bin der zweite Amtsträger.« Er deutete eine Verbeugung an. »Hinrick van Enghusen. Sagt, was führt jemanden, der in der bedeutendsten Stadt der Hanse lebt, nach Hattingen?«

»Geschäfte.«

»Und was für Geschäfte macht Ihr?«, wollte der andere Bürgermeister wissen.

»Handel. Mit allem, was Gewinn verspricht.«

»Auch mit Stoffen?«

Jorge ahnte den Sinn der Frage. Marlein hatte ihm beiläufig erzählt, dass ihr Vater in den Tuchhandel eingestiegen war. Da wollte und konnte er sich keine Konkurrenten vor der eigenen Haustür leisten. Deshalb hieß es, vorsichtig zu sein und die Antwort geschickt zu formulieren. »Nur, wenn sich kein anderer Händler in der Stadt dieser Aufgabe widmet. Schließlich will ich Geld verdienen und nicht in unsinnigen Konkurrenzkämpfen verlieren.« Er sah es van Enghusen an der Nasenspitze an, dass ihn diese Antwort zufriedenstellte.

»Als Lübecker Händler habt Ihr bestimmt auch mit meinem Bruder zu tun«, meinte van Enghusen.

»Ich kannte ihn nur flüchtig.« Jorge neigte den Kopf. »Mein herzliches Beileid.«

Der Bürgermeister wurde bleich und stützte sich mit beiden Händen auf der Tischplatte ab. »Ihr sprecht von ihm, als würde er nicht mehr unter den Lebenden weilen.«

Jorge bemerkte bestürzt, dass van Enghusen nichts vom Tod seines Bruders wusste. »Entschuldigt, dass Ihr die Nachricht so von mir erfahren musstet. Ich konnte doch nicht ahnen, dass …« Er suchte nach den passenden Worten. »Euer Bruder kam auf See in einem Sturm ums Leben. Er wurde, so heißt es, über Bord gespült. Das Meer hat ihn behalten. Er wurde nicht gefunden.«

Van Enghusen wankte. Kremer achter der Hallen legte den Arm um seine Hüfte und führte ihn zu der Bank. »Ihr solltet ein anderes Mal wiederkommen und Euer Anliegen vortragen«, meinte er zu Jorge gewandt. Der verstand.

Van Enghusen hob protestierend den Arm. »Nein, nein. Es geht schon wieder. Er soll bleiben.«

Es war offenkundig, wie sehr ihn die Mitteilung getroffen hatte. »Kennt Ihr meine Tochter? Warum hat sie mich nicht benachrichtigt?«, erkundigte sich van Enghusen dann.

Weil ihr Ehemann sie vermutlich daran hindert, wollte Jorge sagen. Weil du ihr eine Hochzeit aufgezwungen hast. Weil du ihr Leben zerstört hast. Es gab so viele Gründe. Aber natürlich sprach er das nicht aus, sondern log: »Sicher hat sie Euch geschrieben. Möglicherweise ist der Brief auf der langen Reise verloren gegangen. Es sind unruhige Zeiten. Oder aber ihre Nachricht hat sich nur verzögert und wird Euch noch erreichen.«

Van Enghusen nickte und schaute Jorge nachdenklich an. »So wird es sein. Ich meine, Euch schon einmal gesehen zu haben. Kann das sein?«

Jorge überlegte. An seinen Namen schien sich van Enghusen nicht zu erinnern. Sollte er sich ihm gegenüber offenbaren und ihn an die Ereignisse von damals erinnern? Nein, das wäre vermutlich seinem Anliegen nicht förderlich. Deshalb antwortete er: »Sicher. Wir trafen uns auf dem *Hansetag* im Mai vor drei Jahren. Ich war damals Schreiber bei Konrad Wibbeking.«

Erkennen zeigte sich auf den Zügen van Enghusens.

»Richtig, ich erinnere mich.« Er zögerte. »Gibt es einen Grund, warum Ihr aus Lübeck fortgegangen seid?«

Jorge verstand, was van Enghusen meinte. »Wenn Ihr darauf anspielt, ob ich mir irgendetwas habe zuschulden kommen lassen, dann kann ich Euch beruhigen. Ich habe Lübeck in Frieden und Freiheit verlassen und könnte jederzeit dorthin zurückkehren und würde mit offenen Armen aufgenommen. Zieht Erkundigungen ein. Auch bei den Wibbekings, wenn Ihr meinen Worten keinen Glauben schenkt.« Jorge ließ die letzten zwei Sätze empörter klingen, als sie gemeint waren. Natürlich war ihm klar, dass Bürgermeister die Tore zu ihrer Stadt nicht einfach dem Erstbesten öffnen konnten.

»Ich wollte nicht beleidigend klingen. Verzeiht.«

Jorge nickte entgegenkommend. »Selbstverständlich bin ich in der Lage, alle Steuern und Abgaben zu zahlen, die Ihr erhebt. Und ich werde Bedienstete benötigen und diesen Arbeit und Brot geben.«

Kremer achter der Hallen warf van Enghusen einen schnellen Blick zu. Dieser verstand und gab mit einer Kopfbewegung seine Zustimmung. »Natürlich muss sich zunächst der Rat mit Eurem Wunsch beschäftigen. Aber wenn wir beide Euer Ansinnen unterstützen, dürfte dieser Beschluss reine Formsache sein. Wo wollt Ihr leben?«

»Das ist ein weiterer Punkt, den ich mit Euch besprechen möchte. Ich bin heute durch die Stadt gelaufen, um nach geeigneten Häusern Ausschau zu halten. Mir ist eines aufgefallen, südlich des Kirchhofes gelegen. Ein kleines Haus, nicht bewohnt. Steht es zum Verkauf?«

»Er meint sicher das Haus der grauen Mönche«, vermutete Marx Kremer achter der Hallen. »Es gehört Herzog Johann II. Ich könnte mir vorstellen, dass er bereit ist, es zu veräußern. Der Herzog benötigt immer Geld.« Kremer achter der Hallen grinste. »Sprecht mit dem Drosten. Er ist des Herzogs Stellvertreter. Wenn Ihr Glück habt, trefft Ihr ihn auf Burg Blankenstein, östlich der Stadt.«

Berthram von Luitzenrode empfing ihn im großen Saal der Burg. Jorge schilderte sein Anliegen. Der Droste bestätigte, dass sich das Haus der grauen Mönche im herzoglichen Besitz befand. Er schien heilfroh, endlich einen Käufer gefunden zu haben, und kam Jorge deshalb beim Preis entgegen. Auch akzeptierte er dessen Einschränkung, dass der Erwerb vorbehaltlich einer positiven Entscheidung des Rates getätigt würde und der Vertrag erst danach beeidet und begossen werden konnte.

Zufrieden ritt Jorge zurück nach Hattingen. Bisher war alles so verlaufen, wie er es sich erhofft hatte. Er strich über seine Brust und spürte unter seiner Kleidung das kleine Holzkreuz seiner Mutter. »Ich werde es schaffen«, flüsterte er. »Das verspreche ich.« Aber erst hieß es, sich in Geduld zu üben. Er musste ein angesehener Bürger der Stadt werden, um sein eigentliches Vorhaben umzusetzen: Das Erbe seiner Eltern einzufordern. Den Kotten in Linden sowie die Wiese, auf der jetzt eine Schenke stand. Auch wenn er seinen Vater und seine Mutter nie gekannt hatte – das war er ihnen schuldig, fand er.

2

Hattingen, 25. November 1509

Kurz nach seiner Ankunft in Hattingen war Jorge nach Brilon geritten. Brid lebte noch in dem Hurenhaus in der Nähe des Marktes. Er hatte sie zum Mitkommen überreden wollen, um mit ihm wie Bruder und Schwester im Haus der grauen Mönche zu leben, aber seine Ziehschwester hatte abgelehnt. In den letzten Jahren habe sie viel dafür getan, sich den Respekt der Briloner Bürgerschaft zu erwerben, hatte sie argumentiert. Zwar schlage ihr hier und da Ablehnung entgegen, aber zumindest toleriere man sie und ihre Mädchen mittlerweile. Wenn sie jetzt aufgäbe, käme ihr das wie eine Flucht vor den Schwierigkeiten vor, die man ihr immer noch bereitete. Außerdem stünden die Dirnen ohne sie vor dem Nichts. Nein, sie wolle in Brilon bleiben. Sie könnten sich ja regelmäßig besuchen. Hattingen sei zwar zu Fuß mehr als eine Tagesreise weit weg, aber unüberwindlich sei die Entfernung ja nicht. Jorge konnte diesen Entschluss nachvollziehen. Wäre er in Brids Lage, hätte er vermutlich nicht anders entschieden.

In den letzten Wochen hatte Jorge Kontakt zur Hattinger Schmiedegilde aufgenommen. Ihr gehörten neben den Grobschmieden, die Hufbeschläge sowie allerlei Gerätschaften für Bauern herstellten, auch die Feinschmiede an, die sich auf Messer und Scheren spezialisiert hatten. Jorge hatte ihre Erzeugnisse gründlich in Augenschein genommen. Sie waren mit großer Handwerkerkunst gefertigt und würden ein gefragtes Handelsgut abgeben. In mehreren Gesprächen mit den Gildemeistern war es ihm gelungen, eine Übereinkunft zu erzielen. Er würde den Feinschmieden einen vorher festgelegten Teil ihrer Produktion abnehmen, was ihnen einen sicheren Absatzmarkt garantierte. Im Gegenzug lieferten sie zu einem günstigen Festpreis.

Jorge plante, die so erstandenen Waren auf den Lübecker Märkten zu veräußern. Rechnete er die Transportkosten hinzu und schlug einen ordentlichen Gewinn auf, müssten die Erzeugnisse der Hattinger Schmieden immer noch preiswert genug sein, um in Lübeck ausreichend Kunden zu finden. Und wenn nicht, konnte er seine Waren den Wibbekings in Kommission anbieten, damit diese sie in den Häfen der Ostsee veräußerten. Sein Leben als selbstständiger Handelsherr hatte vielversprechend begonnen.

Vor einer Woche war Jorge dann in das Haus der grauen Mönche eingezogen, nachdem der Rat der Stadt seine Ansiedlung bewilligt und ihm die Erlaubnis zum Führen seines Geschäfts erteilt hatte. Die Instandsetzungsarbeiten waren noch nicht abgeschlossen. Die obere Etage, in der sich der Schlafsaal der Mönche befunden hatte, war noch eine Baustelle. Dort plante Jorge, sein Kontor, eine Privatstube und die Schlafräume einzurichten. Im ehemaligen Refektorium im Erdgeschoss wollte er die Mahlzeiten einnehmen und Gäste empfangen.

Eine Magd, die ihm den Haushalt führte, hatte er schon eingestellt. Sie war eine energische Witwe, stammte aus Hattingen, besaß einen kleinen Kotten nahe des Bruchtores und musste deshalb nicht in seinem Haus übernachten.

Auch die Arbeiten im ehemaligen Mönchsgarten hatte Jorge bereits in Angriff genommen. Das Unkraut war gerodet und die wuchernden Kräuterpflanzen beschnitten und ausgedünnt worden. Die Wege waren angelegt und die Beete vorbereitet, soweit es die Witterung zuließ. Im Frühjahr würde er mit der Aussaat beginnen.

Die Möbel für sein Haus ließ Jorge bei einem Bochumer Schreinermeister herstellen. Nur wenige waren schon fertig: ein Tisch und zwei Bänke für das Refektorium sowie ein Schrank. Schmerzlich vermisste Jorge ein Bett. Er war zwar nach den Erfahrungen seiner Wanderschaft darin geübt, auf dem Boden zu schlafen, hatte sich in Lübeck aber daran gewöhnt, die Nacht auf einem Lager mit einem prall gefüllten Heusack als Unterlage zu verbringen.

Besonders ärgerlich jedoch war, dass seinem Haus die Glasfenster fehlten. Er hatte die Butzenscheiben bei einem fahrenden Händler aus Köln in Auftrag gegeben, dieser hatte aber noch nicht geliefert. So musste sich Jorge mit den vorhandenen Holzläden begnügen und dicke Decken aus grobem Leinen innen vor die Öffnungen hängen, um die kalten Winde abzuwehren.

Es war in den letzten Tagen merklich kühler geworden. Von Osten her trieb ein stürmischer Wind schwere Wolken über die Stadt, aus denen dann und wann einige Schneeflocken fielen. Nachts fror es. Da, wo das Wasser der Ruhr nicht in Bewegung blieb, schwammen morgens dünne Eisschollen in den Buchten. In den Straßen der Stadt erzählte man sich, dass in den Bergen im Osten der Winter bereits Einzug gehalten hätte.

Seit etwa zehn Tagen war zu seiner Überraschung auch Marlein in der Stadt. Jorge war ihr zwei-, dreimal begegnet. Seltsamerweise trug sie nicht die Haube einer verheirateten Frau, sondern ein schwarzes Kopftuch, welches weit über ihre Schultern fiel, vermutlich als Zeichen der Trauer um ihren Onkel. Sie schien sich über ihr Treffen zu freuen, war aber immer in Begleitung einer ihm Unbekannten gewesen.

Vertrauliches konnten sie deshalb nicht austauschen. Bei einem dieser eiligen Gespräche hatte sie ihm gesagt, dass sie etwas Wichtiges mit ihm bereden müsse. Sie käme zu gegebener Zeit auf ihn zu.

Jorges Gemütslage hatte sich dadurch nicht verbessert, im Gegenteil. Marleins Auftauchen und ihr Verhalten hatten seine Verwirrung angeheizt. Hatte sie Schulten nun doch verlassen und war zu ihrem Vater geflüchtet? Aber warum um alle Welt war sie ihm dann nicht gefolgt, sondern hatte sich seinem Angebot verweigert? Oder stand die Ehe mit Schulten jetzt unter einem besseren Stern und dieser hatte keine Einwände gegen einen Besuch seiner Ehefrau bei ihrem Vater gehabt? Wie Jorge es auch drehte und wendete, er musste sich eingestehen, dass ihm Marleins Überlegungen fremd waren. Und immer ungeduldiger wartete er auf das angekündigte Treffen, welches aber ausblieb. Schließlich hielt er es nicht mehr aus, nahm all seinen Mut zusammen und ging zu ihrem Elternhaus, um dieses eigentümliche Schweigen zwischen ihnen zu beenden.

Marlein empfing ihn in der Diele. Sie schien sich zu freuen, ihn zu sehen, wirkte aber dennoch zurückhaltend.

»Wie geht es dir?«, fragte sie ihn zur Begrüßung.

»Danke, gut. Und dir?«

»Mir geht es auch gut.«

Jorge knetete verlegen seine Hände. Einerseits freute er sich, in ihrer Nähe zu sein, andererseits aber wusste er nicht mehr, was er ihr eigentlich sagen wollte. »Der Winter kommt früh in diesem Jahr, nicht wahr?«, quetschte er zwischen den Zähnen hervor und ärgerte sich sofort über die Belanglosigkeit, die er da von sich gegeben hatte.

Marlein jedoch spielte das Spiel mit. »Ja. Weihnachten liegt bestimmt Schnee.«

»Bleibst du länger in Hattingen?«, wollte er dann wissen.

»Das weiß ich noch nicht genau. Meinem Vater geht es nicht besonders gut. Ich mache mir Sorgen um ihn, trotz allem, was zwischen uns vorgefallen ist.« Sie lächelte verlegen. »Das ausgerechnet ich mich als treusorgende Tochter um ihn kümmere, hätte ich vor einigen Wochen selbst nicht geglaubt.« Marlein holte tief Luft und sagte dann: »Jorge, es gibt einiges, das ich mit dir besprechen möchte. Da sind zum einen meine unbedachten Äußerungen bei unserem letzten Treffen in Lübeck. Ich wollte dich damals nicht verletzen, sondern nur verhindern, dass mein Ehemann dir in seinem Zorn schadet. Kannst du mir verzeihen?«

Jorge nickte. Etwas Ähnliches hatte er ja ohnehin vermutet.

»Dann ist da noch etwas. Ich möchte, dass du …«

Eine Magd trat in den Raum und unterbrach sie. »Euer Vater verlangt nach euch, Herrin«, sagte sie. »Es ist dringend.«

»Ich komme sofort.« Zu Jorge gewandt meinte Marlein: »Es tut mir leid, dass wir unser Gespräch jetzt nicht fortsetzen können.« Sie zögerte. »Ich habe dir noch so viel zu erzählen, aber … Du wohnst wieder im Haus der grauen Mönche, habe ich gehört?« Marlein ergriff seine Hand. Und da war es wieder, dieses Gefühl gegenseitiger Zuneigung, das sie verspürte. Warum nur, dachte sie, tun wir uns so schwer, darüber zu sprechen? »Du findest allein hinaus?«

»Sehen wir uns wieder?«, stieß Jorge hervor.

»Sicher«, antwortete Marlein. »Wir müssen ja in Ruhe reden.«

3

Hattingen, 28. November 1509

Seit drei Tagen ärgerte sich Jorge über sein Unvermögen. Warum nur konnte er Marlein nicht sagen, was er für sie empfand? Er hätte sich ohrfeigen können, dachte er nur an seinen beschämenden Auftritt in ihrem Elternhaus. Wie ein Trottel hatte er dagestanden, ein dummer Junge, der nach Worten sucht und mit seiner einzigen Freundin über das Wetter redet. Was für eine Idiotie! Er nahm sich vor, diesen Fehler bei ihrem nächsten Gespräch nicht zu wiederholen. Was Marlein wohl von ihm wollte? Auch er musste ihr etwas beichten. Der Tod Lucas' lag wie ein Mühlstein auf seiner Seele. Ehe er seiner Freundin nicht von seiner Schuld berichtet hatte, würde er nie unverkrampft mit ihr umgehen können.

Jorge legte noch ein Holzscheit auf das Feuer im Kamin und setzte sich auf den Boden davor. Er schaute dem Flackern der Flammen zu. Das Knacken des Holzes, das Tanzen der Funken beruhigte ihn und die Wärme tat gut.

Ein Klopfen an der Tür schreckte den jungen Mann auf. Er musste eingenickt sein. Wer konnte das um diese Zeit sein?

Zu Jorges Überraschung stand Marlein draußen, die Kapuze ihres Umhangs hochgeschlagen, um sich vor dem eisigen Wind und neugierigen Blicken zu schützen. In der Linken hielt sie einen Leinensack.

»Darf ich reinkommen?«, fragte seine Freundin, nachdem Jorge sie mit offenem Mund eine Zeit lang angestarrt hatte. »Es ist kalt hier auf der Straße.«

»Wie? Oh, natürlich.« Jorge ließ sie eintreten. Er meinte, aus dem Beutel etwas wimmern zu hören.

Marlein stellte den Sack sorgfältig auf den Boden neben sich und streifte ihren Umhang ab. Dabei sah sie ihn lächelnd an.

Jorge war verwundert und erfreut zugleich.

»Willst du mich nur anstarren oder darf ich mich ans Feuer setzen?«

Ihre Frage riss ihn aus seiner Lethargie. »Selbstverständlich. Es ist noch nicht alles fertig«, entschuldigte er sich sofort.

»Das sehe ich. Aber du hast dem alten Gemäuer wieder Leben eingehaucht. Das ist gut.« Sie schaute sich um. »Es hat sich viel verändert. Hier und auch sonst.«

Jorge verstand die Anspielung nicht.

»Ich habe dir etwas mitgebracht.« Sie ging in die Hocke, öffnete den Sack und griff hinein. Daraus zog sie einen kleinen Hund hervor. Der Welpe war schneeweiß und jankte, als Marlein ihn Jorge in den Arm legte. Das Hündchen begann sofort, seine Hand zu lecken.

»Er wurde in der Nähe der Fähre geboren. Ich war dort zufällig unterwegs und habe beobachtet, wie die Fährleute seine Mutter und Geschwister totgeschlagen haben. Ihn konnte ich retten.«

Jorge streichelte das Tier. »Der Glückliche.«

»Das habe ich mir auch gedacht. Deshalb heißt er auch so.«

»Wie? Der Glückliche? Ein komischer Name für einen Hund.«

»Nein, natürlich nicht. Aber was heißt das auf Latein?«

Jorge dachte nach, doch er konnte keinen klaren Gedanken fassen, so aufgeregt war er.

»Felix. Aber du kannst ihn auch anders nennen. Es sei

denn, du möchtest ihn nicht behalten. Ich dachte, es täte dir gut, wenn du nicht allein bist.«

Deine Gesellschaft wäre mir lieber, dachte Jorge, verschwieg aber erneut seine Gefühle. Er kraulte den Hund, der sich an ihn schmiegte, und meinte nur knapp: »Vielen Dank. Natürlich behalte ich ihn. Und Felix ist ein sehr schöner Name.«

Sie schwiegen beide.

Dann fragte Jorge: »Braucht er noch die Milch seiner Mutter?« Er dachte an Cerbus und wie er ihn in der Scheune hinter dem Haus hochgepäppelt hatte.

»Ich glaube nicht. Er hat heute etwas Brei gefressen und auch Milch geschlabbert.«

Felix begann, unruhig zu werden. Jorge setzte ihn auf den Boden. »Ich glaube, er will sein neues Heim erkunden.«

»Vielleicht. Aber in erster Linie hat er etwas anderes vor.« Sie lachte lauthals und zeigte auf den Hund, der sich im Kreis drehte und ehe Jorge reagieren konnte, sein Wasser mitten im Zimmer ließ.

»O nein«, rief der junge Mann, sprang auf und schleppte den Hund eilig vor die Tür. Dort hockte sich Felix hin, schnüffelte dann ein wenig, sah schwanzwedelnd zu seinem neuen Herrn hoch und schlüpfte an ihm vorbei zurück ins Innere des Hauses.

»Du musst ihm noch Benehmen beibringen«, scherzte Marlein, als sich Jorge wieder neben sie gesetzt hatte. Unvermittelt wurde sie ernst. »Albrecht Schulten ist tot. Und auch mein Onkel.«

Jorge war bestürzt. »Das tut mir leid.«

»Um wen?«

»Natürlich um beide.«

»Um Schulten muss es dir nicht leidtun.«

Diese Worte aus ihrem Mund waren wie Balsam. Und wenn Jorge ehrlich war, hatte sie recht. Schulten war ihm egal. Und jetzt, wo er ihnen nicht mehr im Wege stehen konnte … Der junge Mann traute sich nicht, diesen Gedanken weiterzuspinnen oder gar auszusprechen, so abwegig klang er in seinen Ohren. Marlein würde doch nie … Oder vielleicht doch? Aber wieder fehlte ihm der Mut. »Vom Tod deines Onkels habe ich gehört. Aber wie ist dein Ehemann gestorben?«, wollte er wissen.

»Schulten ist aus einer Ladeluke gestürzt.«

Sie sagte das in einem Tonfall, der weitere Nachfragen verbot.

»Und was tust du jetzt hier in Hattingen?«

»Meinen Vater unterstützen. Hast du ihn in letzter Zeit gesehen?«

»Ja.«

»Dann weißt du ja, wie es um ihn steht. Er wird immer schwächer. Ein gebrochenes Herz, sagen die einen. Wegen meiner Mutter und Lucas.«

Jorge verspürte ein flaues Gefühl im Magen.

»Andere meinen, es sei die Schwindsucht, wegen des Hustens, der ihn quält. Ich denke mir, er ist einfach alt. Und alte Menschen sterben nun mal, so traurig das auch sein mag.«

»Wie lange bleibst du in Hattingen?«

»Ich weiß es noch nicht genau. Das hängt auch von dir ab.«

Sein Herz macht einen Sprung. »Wie das?«

»Genau darüber wollte ich mit dir sprechen.« Sie berichtete davon, dass Clas Wibbeking stellvertretend für Jorge in Lübeck ihr Vormund sei. »Sobald du nach Lübeck zurückkehrst, möchte ich, dass du meine Interessen dort vertrittst.«

»Aber ich gehe nicht nach Lübeck zurück«, erklärte er. »Habe ich das nicht gesagt?«

Für einen Moment guckte Marlein verblüfft. »Ach, deshalb hast du das Haus hier gekauft? Ich nahm an, du wolltest lediglich verhindern, dass es weiter verfällt, es instandsetzen und dann verpachten.«

»Nein. Mich hält nichts mehr in der Hansestadt.«

»Warum? Was ist passiert?«

Jorge erzählte ihr von seinen Erlebnissen auf dem Kriegszug. Je länger er sprach, desto fassungsloser wurde Marlein.

»Das haben Lübecker Soldaten angerichtet?«

»Leider. Und ich fühle mich mitschuldig.«

Sie griff seine Hand und das alte Gefühl der Vertrautheit kam zurück.

Eine Frage brannte Jorge auf der Seele. »Warum benennst du deinen Vater nicht zum Vormund?«

»Ich habe kurzzeitig darüber nachgedacht. Du musst wissen, Herr Kremer achter der Hallen hat mir nach Lübeck geschrieben, dass es meinem Vater nicht gut ginge. Er befürchte das Schlimmste, hat er mir mitgeteilt. Als ich diese Zeilen las, ahnte ich, dass mein Vater die Bürde nicht auf sich nehmen könnte. Das hätte er jedoch niemals zugegeben. Und außerdem wollte ich ihn nicht als Vormund. Er hat mir genug angetan.«

»Warum bleibst du dann bei ihm?«

»Er ist mein Vater. Ich fühle mich ihm verpflichtet. Und er tut mir leid. Wen hätte er denn ohne mich? Meine Mutter ist gestorben, mein Bruder verschwunden.«

Jorge atmete tief ein, was Marlein glücklicherweise nicht bemerkte.

»Nein, ich muss Vater unterstützen. Auch wenn er meine Hilfe eigentlich nicht verdient hat.«

Den Rest des Abends verbrachten sie in freundschaftlicher Unterhaltung, fast so wie früher.

Jorge begleitete Marlein spät in der Nacht nach Hause. Auf dem Rückweg fragte er sich, warum sie eigentlich zu ihm gekommen war. Sicher, sie hatte ihm Felix gebracht und die Vormundschaft angetragen. Aber waren das tatsächlich die einzigen Gründe gewesen? Er ärgerte sich, sie nicht gefragt zu haben. Kein Wort hatten sie über das verloren, was sie früher verbunden hatte: ihre gegenseitige Zuneigung. Er war zu feige gewesen, dieses Thema anzusprechen. Vielleicht, weil er sich vor der Antwort fürchtete? Weil er sich mehr zu ihr hingezogen fühlte denn je? Und Lucas hatte er auch nicht erwähnt. Was war er doch für ein elender Feigling!

4

Hattingen, 2. August 1510

Mehr als neun Monate lebte Jorge nun wieder in der Stadt an der Ruhr. Seine Handelsgeschäfte waren vielversprechend angelaufen. Die erste Lieferung der Feinschmiede war in Lübeck mit erheblichem Gewinn verkauft worden. Die Wibbekings riefen nach mehr, sodass Jorge begonnen hatte, Messer und Scheren auch aus anderen Städten und Dörfern der Umgebung aufzukaufen.

Sein Verhältnis zu Marlein war fast wieder so wie in ihrer Kindheit. Sie trafen sich regelmäßig in ihrem Elternhaus oder wie früher im Weingarten. Aber nicht versteckt hinter der Mauer oder den Büschen, sondern für alle sichtbar, um den Leuten keine Gelegenheit zu geben, ihnen Unschicklichkeit vorzuwerfen. Doch seit der Nacht, in der sie ihm Felix geschenkt hatte, hatte sie nie mehr das Haus der grauen Mönche betreten. Allerdings war die Unbefangenheit, mit der sie früher miteinander umgegangen waren, verschwunden. Immer häufiger ertappte sich Jorge dabei, wie er Marlein mit den Augen eines Mannes ansah und nicht mit denen des kleinen Jungen von damals.

Seiner Freundin schien es ähnlich zu gehen. Wenn sich ihre Hände wie zufällig berührten, errötete sie, entzog sich ihm aber erst nach einer gewissen Zeit.

Wie eine Mauer stand jedoch Jorges Schuld am Tod ihres Bruders zwischen ihnen. Und auch Marlein schien ein Geheimnis mit sich herumzutragen, das sie belastete. Aber wie Jorge verlor auch sie kein Wort darüber.

Kurz vor Ostern hatte die Freunde ein Schreiben von Juliana und Clas erreicht, das an sie beide gerichtet war. Darin luden diese zu ihrer Hochzeit im Frühsommer ein.

Marlein wollte erst nicht fahren. Neben der Sorge um ihren Vater hielt sie noch etwas anderes ab. »Es schickt sich nicht, mit dir allein zu reisen, Jorge«, hatte sie ihm erklärt.

»Weshalb nicht?«

»Die Leute reden ohnehin schon über uns.«

»Lass sie tratschen. Mich interessiert es nicht.«

»Aber meinen Vater. Und mich.«

»Früher hat dich das Gerede von anderen doch auch nicht gestört.«

»Mein Ruf ist mir auch ziemlich egal.« Sie grinste. »Schließlich bin ich rothaarig. Es ist der deine, der mir Sorgen macht. Du bist ein ehrbarer Kaufmann. Und ich möchte, dass daran auch nicht der geringste Zweifel aufkommt.«

Diese Bemerkung irritierte Jorge. Wieso war ihr sein Ruf so wichtig? Aber er fragte nicht nach, sondern schlug stattdessen vor: »Dann reisen wir eben in Begleitung.«

Nach längerem Hin und Her hatten sie sich darauf verständigt, dass sowohl Jorges Magd als auch eine Bedienstete aus dem Haushalt der van Enghusens an der Reise teilnehmen sollten. Das würde die Lästermäuler verstummen lassen, hoffte Marlein.

Jorge hatte sich fest vorgenommen, auf der langen Fahrt nach Norden mit Marlein über Lucas zu sprechen. Aber immer, wenn er einen Anlauf unternehmen wollte, verließ ihn entweder der Mut oder eine der Mägde störte ihre Unterhaltung, noch bevor er die ersten Worte ausgesprochen hatte. Auch an den Abenden gab es keine Minute der Zweisamkeit. Immer war eine der Mägde zugegen und ließ sie nicht aus den Augen. Nur Felix schien die Reise uneingeschränkt genossen zu haben. Er war fast den ganzen Weg laut bellend neben dem Karren hergesprungen, hatte nachts zu Jorges Füßen geschlafen und war ähnlich wie damals Cerbus seinem Herrn nicht von der Seite gewichen.

In Lübeck verbrachten sie einige abwechslungsreiche Tage. Jorge leistete den Eid anhand der Kapelle und wurde zu Marleins Vormund ernannt, erteilte aber sogleich Clas eine Untervollmacht, damit dieser vor Ort alle erforderlichen Schritte einleiten konnte.

Marlein folgte dem Rat der Wibbekings und verkaufte zunächst das größere der beiden Häuser in der Engelsgrube, behielt jedoch das Anwesen, in dem sie und Schulten gewohnt hatten. Lieber wäre es ihr gewesen, den Verkauf genau andersherum abzuwickeln, denn mit dem Haus in der Fischergrube verbanden sie nur schlechte Erinnerungen. Aber Konrad Wibbeking meinte, die Nachfrage an geräumigeren Häusern sei derzeit größer. Die Schiffe und das Speicherhaus blieben ihr Eigentum. Marlein überließ sie den Wibbekings einerseits für deren Zwecke, andererseits Jorge für dessen Handelsgeschäfte, selbstverständlich gegen Bezahlung.

Die Hochzeit von Juliana und Clas war eine der größten, die die Stadt in letzter Zeit gesehen hatte. Beim Trauungsgottesdienst in Sankt Marien drängten sich die Menschen.

Genau wie bei meiner Hochzeit mit Schulten, dachte Marlein, als sie die Kirche verließen. Was war ich doch für ein dummes Ding. Hoffentlich ist Juliana mehr Glück beschieden als mir.

Immer wieder hatte Marlein während der Zeremonie zu Jorge hinübergesehen, der mit den anderen unverheirateten Männern in den Bankreihen auf der gegenüberliegenden Seite des Kirchenschiffes Platz genommen hatte. Und immer, wenn sich ihre Blicke trafen, hatte sie ein warmes Gefühl in ihrem Inneren verspürt.

Ihre Rückreise nach Hattingen verlief weniger beschaulich als die Hinfahrt. Marlein mahnte ständig zur Eile, weil sie sich Sorgen um ihren Vater machte. Und sie hatte auch allen Grund dazu.

Kaum hatten sie das Haus an der Gelinde erreicht, kam auch schon eine der Mägde angesprungen. »Gut, dass Ihr da seid, Herrin. Eurem Vater geht es schlechter. Bitte beeilt Euch.«

Marlein sprang vom Karren. Jorge wollte sich verabschieden, aber seine Freundin bat ihn, sie zu begleiten. »Ich möchte nicht allein sein, wenn er …« Tränen schossen in ihre Augen.

Jorge erschrak, als er Marlein in die Kammer ihres Vaters folgte. Der Raum roch nach Tod. Hinrick van Enghusen atmete schwer, als seine Tochter an sein Lager trat. Er erkannte sie kaum, verstand aber ihre Stimme. Jorge blieb einige Meter entfernt von den beiden stehen und wartete schweigend.

Plötzlich richtete sich van Enghusen auf, zeigte auf Jorge und sagte laut und vernehmlich: »Lucas. Endlich.«

Jorge schaute zu Marlein. Ihre Blicke trafen sich. Und er wusste, um was sie ihn bat. Du brauchst es nicht für ihn zu tun. Tue es für mich, sagten ihre Augen.

Jorge trat an das Lager des alten Mannes und er fühlte Mitleid mit dem, der ihn vor Jahren des Diebstahls beschuldigt und dafür gesorgt hatte, dass er der Stadt verwiesen wurde. Hinrick van Enghusen suchte Jorges Hand. »Mein Junge. Bist du wieder nach Hause gekommen?«

Und Jorge antwortete mit einem Kloß im Hals: »Ja, Vater.«

Van Enghusen schloss die Augen. Marlein bekreuzigte sich.

Doch Jorge fasste seine Freundin sanft bei der Schulter. »Er schläft nur. Sieh, wie sich seine Brust hebt.«

Dankbar sah Marlein erst zu ihrem Vater, dann zu Jorge. »Das werde ich dir nicht vergessen«, flüsterte sie.

5

Hattingen, 3. August 1510

Jorge saß neben Marlein auf der Bank in der Stube der van Enghusens. Felix hatte sich unter ihnen zusammengerollt.

»Jorge, ich muss mit dir reden.« Marlein blickte ihn ernst an.

»Worüber?«

»Über uns.«

Jorges Herz pochte heftiger. Wieder verspürte er das Zittern in seinem Arm, das er schon fast vergessen hatte.

»Als ich gestern glaubte, mein Vater sei vor seinen himmlischen Richter getreten, ist mir klar geworden, dass ich möchte, dass du dich mit ihm versöhnst. Ich bitte dich, mit ihm zu reden und ihm zu verzeihen, was er dir angetan hat.«

»Warum sollte ich das tun?«, fragt Jorge erstaunt. »Und vor allem: Warum möchtest du das?«

Die junge Frau zögerte lange mit ihrer Antwort. Dann gab sie sich einen Ruck. »Weil ich nicht möchte, dass mein Vater stirbt, ohne dass du ihm die Hand gereicht hast.«

Jorge nahm seinen ganzen Mut zusammen. »Marlein, könntest du dir vorstellen …? Ich meine …«

»Ja?« Sie schaute ihm tief in die Augen. Und er ertrank in diesem Blick.

Er schluckte. Wenn er nicht endlich aussprach, was ihn seit Monaten beschäftigte, würde er es vielleicht nie wieder wagen und Marlein wäre möglicherweise für immer verloren. »Könntest du dir vorstellen, mich zu heiraten?«, stieß er hervor. Jetzt war es passiert. Er hatte es getan. Sein Schicksal lag nun in ihrer Hand.

Marlein errötete. Sie faltete ihre Hände, öffnete sie wieder, strich sich das Haar aus dem Gesicht und schaute lange zu Boden, bis Jorge es fast nicht mehr aushielt. Dann blickte sie ihm tief in die Augen und sagte leise: »Du musst mit meinem Vater reden. Ich will meine Ehe nicht mit dieser Last der Vergangenheit beginnen.«

Es dauerte mehr als einen Augenblick, bis Jorge wirklich verstand, was Marlein ihm da gerade eröffnet hatte. »Heißt das …? Willst du …?«

»Ja, du Dummkopf.« Sie schmiegte sich an ihn.

Am nächsten Mittag begleitete Jorge Marlein wie verabredet nach der Messe nach Hause. In der Stube gab sie ihm einen flüchtigen Kuss. »Ich habe mit meinem Vater gesprochen.

Er weiß nun, wer du bist. Und er ist mit unserer Hochzeit einverstanden. Bitte geh zu ihm. Er will mit dir reden.«

Jorge atmete tief durch und stieg zur Kammer hoch, in der Marleins Vater lag.

Als der junge Mann das Zimmer betrat, hob Hinrick van Enghusen kaum den Kopf. Jorge ging näher an das Bett heran. Die Augen des alten Mannes lagen tief in ihren Höhlen. Die Gesichtshaut hing faltig herunter, der früher so stolze Blick war trübe. Sein künftiger Schwiegervater atmete flach. Er bedeutete Jorge, sich auf den Schemel neben das Bett zu setzen.

»Ich kann Euch nicht um Verzeihung bitten für das, was unsere Stadt Euch angetan hat«, flüsterte Hinrick van Enghusen heiser. »Aber ich will Euch einiges erklären.«

Nicht die Stadt war schuldig, dachte Jorge. Es waren Männer wie du, die so gehandelt haben. Trotz seines Unwillens blieb er ruhig.

»Marlein hat mir erzählt, dass Euch immer noch der Gedanke an die Wiese quält, auf der jetzt unsere Schenke steht.«

»Sie gehört Euch?«

»Ja. Wie Ihr wisst, habe ich als Viehhändler angefangen. Die Tiere brauchen Weiden. Die saftigsten Gräser wuchsen auf Wiesen, die dem Kloster in Deutz gehörten oder aber dem Erbhofschultheiß. Beide dachten nicht daran, mir ihre Weidegründe zu überlassen. So versuchte ich es auf eine andere Weise. Wenn mein Bitten nicht zum Erfolg führte, so überlegte ich mir damals, musste ich mir die Geistlichen eben auf anderem Wege gewogen machen. Also bin ich zum Pfarrer gegangen und habe Geld gespendet. Keine großen Summen, ich wollte nicht prahlen. Hier etwas für die Kirchenschule, dort einige Gulden für den Erhalt des Gotteshauses und schließlich beteiligte ich mich an der Stiftung eines Altars für Sankt Georg.«

Van Enghusens Atem rasselte. Er lehnte sich zurück, um sich kurz zu erholen. Dann sprach er weiter. »Irgendwann konnte das Kloster meine Wünsche nicht mehr überhören und sie verkauften mir das Grundstück am Ruhrhang, das ursprünglich Euren Eltern gehört hatte. Ich schwöre Euch, dass ich nicht wusste, wie das Kloster in den Besitz dieser Wiese gelangt war. Erst später habe ich die Hintergründe erfahren. Das Kloster hat Herzog Johann den Kredit damals nicht verweigern können und wollen, obwohl die Mönche vermutlich davon ausgegangen sind, ihn nicht zurückgezahlt zu bekommen. Aber sie forderten wenigstens eine symbolische Entschädigung. Die meisten der Besitztümer des Herzogs sind ohnehin schon verpfändet gewesen. Da kam dem Abt mein Anliegen gerade recht. Er konnte sein Gesicht wahren und Johann ein Pfand abtrotzen. Gleichzeitig musste er nichts von seinem eigenen Grund an mich abtreten, sondern konnte mich kostengünstig ruhigstellen. Die Wiese selbst war für alle Beteiligten völlig unwichtig, nur nicht für mich. Was hätte ich Eurer Meinung nach tun sollen? Auf die Wiese verzichten? Nein, dafür brauchte ich sie zu dringend.«

»Meine Eltern wurden umgebracht, weil Ihr eine Wiese für Euer Vieh benötigt habt?« Wut stieg in Jorge auf.

Van Enghusen schüttelte den Kopf. »Das war sicher weder die Absicht des Abts noch des Herzogs. Als sich die Gelegenheit ergab, haben sie sie jedoch beim Schopfe ergriffen.«

Wie banal. Jahrelang hatte Jorge sich das Hirn darüber zermartert, was an dieser verfluchten Wiese so besonders war, dass wegen ihr zwei Menschen hatten sterben müssen. Und nun erfuhr er, dass sie nichts weiter als ein unbedeutender Bestandteil eines Geschäftes gewesen war, das die

Aufmerksamkeit von Abt und Herzog nicht mehr als wenige Augenblicke in Anspruch genommen haben musste.

»Ich werde mein Erbe zurückfordern«, erklärte Jorge nach kurzem Nachdenken.

Van Enghusen stöhnte. »Wieso wollt Ihr das tun? Ich werde nicht mehr lange leben. Lucas ist verschollen.«

Es schien, als habe er die Geschehnisse von gestern völlig vergessen. Und das war auch gut so.

»Marlein wird erben. Und sie wird Eure Frau. Die Wiese gehört dann ohnehin Euch.« Die Stimme des Bürgermeisters war kaum noch zu verstehen.

Jorge las in den Augen seines sterbenden Schwiegervaters die Bitte um Verzeihung. Stattdessen erwiderte er: »Es geht nicht nur um die Wiese. Es geht auch um den Hof in Linden. Es geht um Gerechtigkeit. Und um die Wahrheit.« Als er die Worte aussprach, merkte er, wie hohl sie aus seinem Mund klangen. Gerechtigkeit. Wahrheit. Was für ein Anspruch! Hielt er sich denn selbst an die Wahrheit? Nein. Obwohl er wusste, wie sehr Hinrick van Enghusen seinen Sohn Lucas vermisste, wie inständig er hoffte, ihn noch einmal wiederzusehen, brachte Jorge es nicht über die Lippen, ihm und vor allem Marlein zu gestehen, dass er für Lucas' Tod verantwortlich war. Er mochte den Streit nicht begonnen haben, der zum Tod seines Kontrahenten geführt hatte, doch er hatte das Messer geführt, welches Lucas tödlich verletzte, aus Wut und aus Rache. Und er sprach von Gerechtigkeit und Wahrheit? Marlein kam ihm in den Sinn. Wenn er sie nicht wieder verlieren wollte, musste er sich entscheiden. Jetzt.

Jorge beugte sich zu van Enghusen hinunter. »Ich danke Euch dafür, dass Ihr mir die Wahrheit gesagt habt, und ich bitte Euch um die Hand Eurer Tochter.«

»Könnt Ihr mir verzeihen?«

Trauer überkam Jorge. Trauer um die Eltern, die er nie gekannt hatte. Trauer um die Pflegeeltern in Alte Schee. Und sogar Trauer um den alten Mann, der da vor ihm im Sterben lag.

»Ja, ich verzeihe Euch«, sagte er aus tiefster Überzeugung.

»Dann habt Ihr meinen Segen.«

Marlein war an das Lager getreten. Sie hatte die letzten Sätze gehört. Dankbar lächelte sie Jorge zu. Ihre Hand suchte die seine. Der junge Mann verspürte große Scham. Sein Schwiegervater hatte ihm gesagt, was er über die Wiese wusste. Doch sein eigenes Geständnis stand noch aus.

In dieser Nacht verstarb Hinrick van Enghusen.

6

Kleve und Hattingen, 6. August 1510

Zwei volle Tage war Jorge durch die Schenken und Hurenhäuser in der herzoglichen Residenzstadt Kleve gezogen, hatte Dutzende von Bier- und Weinkrügen bezahlt, zig Runden Branntwein ausgegeben und Wildfremde zum Essen eingeladen, immer auf der Suche nach jemandem, der ihm Auskunft über das geben konnte, was sich nördlich der Ruhr Ende Mai des Jahres 1488 ereignet hatte.

Er wollte schon aufgeben, als am Mittag des dritten Tages ein stämmiger Kerl an seinen Tisch trat und fragte: »Seid Ihr derjenige, der die Soldaten sucht, die in Hattingen unter Philip von der Schadeburg gedient haben?«

»Ja.«

»Ich kenne einen dieser Männer. Was ist Euch die Auskunft wert?«

Wortlos zückte Jorge seinen Geldbeutel und zählte fünf Albus auf den Tisch. Sein Gegenüber schien nicht damit zufrieden zu sein, also kamen weitere Silberpfennige dazu. Als zehn dort lagen und der Unbekannte immer noch keine Anstalten machte, das Geld einzustreichen, zog Jorge die Münzen wieder zu sich. »Mehr gibt es nicht. Entweder Ihr erklärt Euch mit dem, was da liegt, einverstanden, oder Ihr lasst mich in Frieden.«

»Gut. Ich führe Euch zu meinem Kameraden«, erklärte der Mann nach kurzem Nachdenken.

»Woher seid Ihr so sicher, dass er der richtige Mann ist?«

»Ihr sucht nach einem Soldaten, der unter dem Kommando dieses von der Schadeburg stand und der an der Festnahme eines Bauernpaares beteiligt war, bei der der Bauer getötet und die Frau später gehenkt wurde, richtig?«

»Das stimmt.«

»Dann kenne ich den Mann.«

Jorge steckte die zehn Albus wieder ein und meinte: »Ihr bekommt sie, wenn ich wirklich die Auskünfte erhalte, die ich benötige. Und noch fünf weitere Silberpfennige dazu.«

Sie gingen in den Süden der Stadt, wo der Stämmige schließlich vor einer windschiefen Kate stehen blieb. »Hier ist es«, erklärte er und verschwand im Haus.

Wenig später saß Jorge einem fast Blinden gegenüber, dessen Worte nur schwer zu verstehen waren, denn ihm fehlte ein Teil des Kiefers. »Wir lagen vor Geldern, als mich das Bruchstück einer Kanonenkugel traf«, erklärte er. »Etwas weiter oben, und mein ganzer Kopf wäre weggeflogen. Ich kann von Glück sagen, überlebt zu haben. Wobei ich mich manchmal frage, ob das wirklich Glück war.«

»Ihr kanntet Philip von der Schadeburg?«

»Und ob. Ein Schlächter, wenn Ihr mich fragt. Er hat Männer aus nichtigem Anlass auspeitschen lassen.«

»Wart Ihr dabei, als 1488 ein Bauer und seine Frau bei Linden verhaftet werden sollten?«

»Das war ich.«

»Erzählt!«

»Was zahlt Ihr?«

»Was angemessen ist.«

»Das genügt mir nicht.«

»Ihr habt diese Geschichte doch schon früher weitergegeben, vermutlich ohne dass Ihr Geld dafür bekommen habt, sonst wüsste Euer Freund, der da an der Türe steht und mich keinen Augenblick aus den Augen lässt, nichts davon. Also sprecht, es soll Euer Schaden nicht sein.«

Da begann der alte Invalide tatsächlich zu berichten, vom Angriff der Soldaten, vom Versuch Ursells, das Leben ihres Mannes zu schützen, von ihrer Verhandlung und dem Tod Jorges Vaters. Als er geendet hatte, hockte Jorge betroffen auf der Bank und legte einen Goldgulden auf den Tisch. »Wäret Ihr bereit, diese Aussage zu beeiden?«

»Vor wem?«

»Vor einem Hattinger Gericht beispielsweise.«

Der Invalide warf einen begehrlichen Blick auf das Geld. »Das kommt darauf an.«

Jorge schob die Münze in Richtung seines Gegenübers. »Nachdem Ihr den Eid abgelegt habt, bekommt ihr noch einen. Nun?«

»Für zwei Goldgulden schwöre ich, was Ihr wollt und vor wem Ihr wollt.«

»Ihr sollt lediglich das wiederholen, was Ihr mir gerade erzählt habt, nicht mehr.«

Mit diesen Worten erhob sich Jorge, steckte dem Mann an der Tür die versprochene Belohnung zu und machte sich auf den Weg zurück nach Hattingen. Er konnte sein Hochgefühl kaum unterdrücken. Endlich war er in der Lage, die Unschuld seiner Eltern zu beweisen. Er fühlte sich am Ziel einer langen Reise.

Nach seiner Rückkehr sprach Jorge ausführlich mit Marlein und erklärte ihr die Beweggründe für sein Handeln. »Es kann sein, dass mich der Herzog aus der Stadt werfen lässt, wenn ich meine Ansprüche anmelde. Aber das ist es mir wert. Würdest du in einem solchem Fall mit mir kommen? Wenn es sein muss auch nach Lübeck?«

Sie dachte nicht lange nach. »Ja, das würde ich.«

Jorge nahm seine zukünftige Frau in die Arme und drückte sie lange. Dann stand er auf. Es war an der Zeit, reinen Tisch zu machen.

An diesem Abend hielt der Droste Berthram von Luitzenrode in seiner Eigenschaft als Amtmann von Hattingen und Vertreter des Herzogs Hof im Ratssaal. Die Bürger der Stadt konnten sich mit ihren Anliegen an ihn wenden.

Jorge war der einzige Bittsteller, der heute vorsprach.

»Werter Herr von Linden«, begrüßte ihn der Droste. »Ich dachte schon, ich muss den Abend allein mit einem Krug Wein verbringen.« Er hob seinen Becher. »Kommt, setzt Euch zu mir und trinkt.«

»Danke, aber ich verspüre keinen Durst. Außerdem habe ich etwas mit Euch zu besprechen, wofür ich einen klaren Kopf benötige.«

»Oho, so förmlich. Stimmt etwas nicht mit dem Haus, das Ihr erworben habt? Wenn Ihr den Kauf rückgängig machen wollt, sage ich Euch gleich …«

»Nein, darum geht es nicht. Ich fordere von seiner Durchlaucht Herzog Johann II. von Kleve mein Erbe zurück.«

Für einen langen Moment war der Droste sprachlos. Dann stellte er seinen Becher ab und meinte: »Das müsst Ihr mir näher erklären.«

Nachdem Jorge seine Geschichte erzählt hatte, wiegte von Luitzenrode den Kopf. »Eine verzwickte Angelegenheit. Selbst wenn es stimmt, was Ihr sagt: Eure Mutter ist in einem ordentlichen Verfahren verurteilt worden.«

»Aufgrund der Aussage eines Offiziers, der später zum Hochverräter wurde. Philip von der Schadeburg hat in dem Prozess einen Meineid geschworen.«

»Aber Eure Mutter hat sich bei der Eidesformel versprochen.«

»Das macht sie noch lange nicht zur Lügnerin.«

»Bedenkt, werter Herr von Linden, die Wiese gehört dem Herzog schon längst nicht mehr. Er hat sie der Kirche vermacht und diese hat das Grundstück weiterverkauft. Soll er etwa die Wiese erwerben, um sie dann Euch zu überlassen?«

»Das wird nicht nötig sein. Sie gehört meiner zukünftigen Frau.«

»Weshalb dann die ganze Aufregung?«

»Es geht auch um den Hof in Linden.«

»Er ist verfallen, sagtet Ihr?«

Jorge nickte.

»Nun, ich glaube nicht, dass der Herzog ein großes Interesse daran hat. Er wäre sicher bereit, ihn gegen einen symbolischen Betrag zu verkaufen.«

»Ich will ihn aber nicht erwerben, sondern zurückerhalten. Er steht mir zu.«

»Und was wollt Ihr tun, wenn der Herzog Eurem Ansinnen nicht folgt?«

»Ihn verklagen.«

Der Droste schaute verblüfft, brach dann aber in lautes Lachen aus. »Verklagen? Den Landesherrn? Und wo?«

»Vor den Hattinger Richtern.«

»Die werden vom Rat eingesetzt und vom Herzog bestätigt.«

»Dann eben vor dem Berufungsgericht in Hamm.«

»Auch ein herzogliches Gericht.«

»Wenn es sein muss, rufe ich den Oberfreistuhl in Arnsberg an.«

»Die Feme? Das wagt Ihr nicht.«

»Worauf Ihr Euch verlassen könnt.«

»Jorge von Linden, ich weiß nicht, ob es Eure Jugend ist oder ob Ihr Euch nur nicht über die Tragweite Eures Vorstoßes im Klaren seid – Mut habt Ihr jedenfalls. Ich befürchte nur, der Herzog wird nicht eingestehen können, einen Fehler begangen zu haben.«

Jorge machte Anstalten, sich zu erheben.

»Bleibt noch. Ich kann Eure Empörung bis zu einem gewissen Grad sogar verstehen. Ihr sagt also, Ihr seid der Sohn von Ursell und Linhardt von Linden?«

»Ja.«

»Unterstellen wir, der Herzog täte, was Ihr wünscht. Könnt Ihr Eure Herkunft auch beweisen?«

Jorge war wie vor den Kopf gestoßen. Alles mögliche hatte er bedacht, Argumente abgewogen, Konsequenzen durchgespielt, einen Zeugen des Überfalls gesucht und gefunden. Aber auf das Naheliegendste war er nicht gekommen. Nie hatte er darüber nachgedacht, dass jemand daran zweifeln könnte, dass er Jorge von Linden sei, Sohn von Ursell und Linhardt. Er musste sich eingestehen: Es gab keine Geburtsurkunde, die seine Herkunft belegen konnte, keinen Kirchenbucheintrag, keine lebenden Zeugen mehr. Er war ein Nichts, ein Niemand, ein Unbekannter. Betroffen sank er in sich zusammen. Er hatte nicht nur eine Schlacht verloren, sondern den Krieg.

»Ich sehe, Ihr versteht, was ich meine. Aber ich möchte Euch helfen. Die Wiese gehört demnächst ohnehin Euch, wenn ich richtig zugehört habe. Und an dem Kotten habt Ihr kein Interesse. Euch geht es nur darum, den Ruf Eurer Eltern wiederherzustellen, richtig?«

Jorge nickte nur.

»Gut. Was haltet Ihr von folgendem Vorschlag? Der Herzog hebt das Urteil gegen Eure Mutter wegen Hochverrats auf. Die Begründung ist einfach: Philip von der Schadeburg, ein Meuchelmörder, hat nicht nur die Richter, sondern auch seine Durchlaucht betrogen. Dafür habt ihr ja einen Augenzeugen gefunden, den wir vermutlich nicht benötigen werden. Weiter. Ihr erhaltet eine Urkunde, aus der hervorgeht, dass Ihr Jorge von Linden seid. Aber an den Eigentumsverhältnissen von Wiese und Kotten wird nicht gerüttelt. Nun?«

Der Name seiner Eltern wäre nicht länger befleckt mit der Schande des Hochverrats, er selbst könnte seine Herkunft zukünftig nachweisen. Nur ein Teilerfolg, gewiss, aber mehr, als er nach Lage der Dinge erwarten konnte. Jorge musste nicht lange nachdenken. »Ich bin einverstanden«, sagte er leise.

7

Hattingen und Lübeck, Frühjahr 1511

Marlein wollte nicht in Hattingen heiraten. Als die Tochter eines verstorbenen Bürgermeisters würde die halbe Stadt erwarten, eingeladen zu werden. Und der Trubel war ihr schon bei ihrer ersten Eheschließung zu groß gewesen.

Auch Jorge verspürte wenig Lust, sein Jawort in einer Kirche zu geben, deren früherer Pastor ein gutes Stück Verantwortung dafür trug, dass die Dominikaner und auch er die Stadt hatten verlassen müssen. Also entschieden sich die beiden, ihre Trauung in Lübeck zu vollziehen, im Kreis ihrer Freunde. Jorge bestand jedoch darauf, dass sie die Fahrt dieses Mal ohne Begleitung unternahmen, denn er wollte die Reise mit Marlein in trauter Zweisamkeit genießen.

Die Trauung konnte jedoch erst nach einer angemessen langen Trauerzeit für Hinrick van Enghusen abgehalten werden. Monate des Wartens, die Jorge vor Sehnsucht fast verrückt machten. Denn Marlein hielt sich streng an die Regeln, die für Angehörige eines Verstorbenen galten: Sie mied Feiern und Belustigungen, kleidete sich züchtig und verließ das Haus nur, wenn es unbedingt erforderlich war.

Wann immer Jorge sie mit leisem Spott darauf ansprach, dass es kaum jemand in Hattingen so genau mit den kirchlichen Vorschriften nähme wie sie, entgegnete sie nur, dass auch niemand anderes so unter Beobachtung stünde wie sie beiden. Denn mittlerweile hatte sich in der Stadt herumgesprochen, wer Jorge von Linden wirklich war und welche

Geschichte sich mit seiner Person verband. Und es war ebenfalls kein Geheimnis mehr, dass Marlein bereits einmal verheiratet gewesen war.

Nicht, dass jemand daran Anstoß nahm, im Gegenteil. Es war auch in Hattingen üblich, dass Verwitwete schnell wieder den Hafen der Ehe ansteuerten, besonders wenn sie so jung waren wie Marlein. Nein, die Neugier der Stadtbewohner galt einzig der Frage, ob sich die beiden einander Versprochenen so verhielten, wie es angemessen war, und keusch und züchtig auf die Hochzeitsnacht warteten. Jorges häufige Besuche im Hause der van Enghusens boten genug Stoff für Spekulationen aller Art.

Ein gutes Dreivierteljahr nach dem Tod des alten van Enghusen brachen die beiden auf. Per Brief hatten sie bereits Clas Wibbeking gebeten, die erforderlichen Vorbereitungen für ihre Hochzeit zu treffen. Der Pastor von Sankt Marien war informiert und die Dokumente zusammengesucht.

Der Droste hatte sein Wort gehalten: Zum ersten Mal in seinem Leben konnte Jorge seine Herkunft belegen. Und auch seine Mutter war nachträglich vom Vorwurf des Hochverrats freigesprochen worden. Jorge selbst hatte die herzogliche Verfügung dem Richter überbracht.

Alles schien sich zum Guten zu wenden, wäre da nicht sein noch ausstehendes Geständnis. Der Gedanke daran lag ihm schwer auf der Seele. Er musste Marlein beichten, wie ihr Bruder zu Tode gekommen war. Aber was, wenn sie ihn verstieße? War ihm das die Wahrheit wert?

Ihre Reise nach Lübeck verlief ruhig, selbst das Wetter spielte mit. Zwar regnete es dann und wann, sie erreichten jedoch immer rechtzeitig einen Unterstand, sodass sie bis auf eine Ausnahme nie durchnässt wurden. Sie übernachteten und aßen in Gasthäusern. Nur einige wenige Male fanden sie keine Unterkunft, sodass sie im Freien unter Bäumen schlafen mussten.

Sorgen darüber, überfallen zu werden, machte Jorge sich keine. Felix war mittlerweile ausgewachsen und hätte sogar Cerbus um Haupteslänge überragt. Niemand, der den Hund nicht kannte, kam ihm freiwillig zu nahe, zu beeindruckend war sein Gebiss, zu drohend sein Knurren. Felix war ebenso wachsam, wie Cerbus es gewesen war, neigte aber nicht wie dieser zu Alleingängen, sondern blieb ständig in der Nähe von Jorge und Marlein.

Die Nächte waren mild und Jorge genoss es, seine Verlobte im Arm zu halten, bis ihr regelmäßiger Atem zeigte, dass sie eingeschlafen war. Allerdings brachte der junge Mann auch an diesen Abenden nicht den Mut auf, über Lucas zu sprechen. Jedes Mal verschob er sein Geständnis auf den nächsten Tag, zu groß war seine Angst vor den möglichen Folgen.

Ende April, kurz nach Ostern, tauchten endlich die Türme der Hansestadt am Horizont auf. Jorge und Marlein hatten das Ziel ihrer Reise erreicht.

Juliana und Clas freuten sich riesig, sie wiederzusehen. Unverkennbar erwartete das Haus Wibbeking Nachwuchs, denn Juliana trug stolz einen imposanten Bauch vor sich her.

Ihre Gastgeber benahmen sich wie die Turteltauben. Wann immer es ging, hockten sie beieinander, hielten sich bei den Händen, schauten sich verliebt an und tauschten Zärtlichkeiten aus. Manchmal, wenn sie es zu arg trieben, rief Konrad seinen Bruder und dessen Frau halb im Scherz, halb ernsthaft zur Ordnung. Jorge verspürte einen leisen Stich, wenn er den beiden zusah. Würde Marlein ihn nach seinem Geständnis auch noch so lieben?

Der junge Mann hatte Quartier in seiner alten Kammer im Lagerhaus genommen, Marlein in einem der Gasthäuser der Stadt, denn sie wollte nicht allein in dem Haus wohnen, welches sie früher mit Albrecht Schulten geteilt hatte.

Je näher der Tag ihrer Hochzeit rückte, desto aufgeregter wurden die beiden.

Zwei Tage vor ihrem Festtag nahm Marlein ihn beiseite. »Jorge, ich muss mit dir reden, aber nicht hier. Lass uns zum Mühlenteich gehen.« Sie nahm ihn bei der Hand und zog ihn mit sich.

Es war schon warm an diesem ersten Tag im Mai. Die Sonne schien von einem blauen Himmel und an den Bäumen und Büschen spross das erste Grün. Die Vögel begrüßten jubilierend den nahenden Sommer. Marlein führte Jorge zu einer Gruppe von Trauerweiden am Ufer des Teiches. Sie bedeutete ihm, sich neben sie ins Gras zu setzen.

»Ich bin keine Jungfrau mehr, Jorge«, eröffnete sie ihm. »Und ich werde dich auch nicht mit Hühnerblut oder ähnlichem Unsinn täuschen.«

Davon war Jorge längst ausgegangen. »Das macht mir nichts«, meinte er sofort. »Schließlich warst du verheiratet.«

»Aber ich habe Schulten nicht geliebt.« Sie machte eine lange Pause. »Er hat mich mit Gewalt genommen.«

Marlein erzählte ihm von der Nacht der Vergewaltigung und ihrer Scham, sprach über ihre Wut, die Schläge und die anderen Demütigungen, die sie hatte ertragen müssen. Schließlich gestand sie ihm, dass sie sich schuldig am Tod Schultens fühlte.

Jorge hörte erst mit Entsetzen und später wie vor Zorn betäubt zu. Er nahm Marlein in die Arme, spürte ihr Zittern.

»Ich musste es dir sagen, Jorge. Vor der Hochzeit. Verstehst du? Es ist ähnlich wie bei meinem Vater. Ich kann unsere Ehe nicht mit einer Lüge beginnen.«

Jorge strich ihr sanft über das Haar. Dann holte er tief Luft, drückte Marlein fest an sich und begann auch sein Geständnis.

Als er geendet hatte, wartete er darauf, dass sie aufspringen, ihn beschimpfen und zum Teufel wünschen würde. Aber nichts dergleichen geschah. Marlein schmiegte sich nur an ihn und flüsterte: »Danke, dass du meinen Vater in dem Glauben hast sterben lassen, Lucas würde noch leben. Der Abschied ist ihm so leichter gefallen. Und mach dir keine Sorgen. Ich kannte Lucas besser als du. Er war zwar nicht von Grund auf ein schlechter Kerl, konnte aber unendlich gemein sein. Und mein Vater und von Krekenbeck haben ihm letztlich übel mitgespielt. Dir blieb keine andere Wahl, schließlich hast du dich nur verteidigt. Ich hätte nicht anders gehandelt und wenn ich eine Möglichkeit gesehen hätte, Schulten durch die Luke zu stoßen, ich hätte es getan. So haben wir beide Blut an den Händen. Komm, lass uns hinunter zum Wasser gehen und es abwaschen. Die Vergangenheit sollten wir von nun an ruhen lassen. Übermorgen beginnt unsere Zukunft.«

In dieser Nacht teilten sie zum ersten Mal das Lager wie Mann und Frau.

Einige Monate später, Jorge war mittlerweile in das Haus seiner Ehefrau am Hattinger Markt gezogen, saßen sie vor dem Kaminfeuer, als der frischgebackene Ehemann unvermittelt aufstand und zur großen Truhe ging. »Ich möchte dir etwas zeigen«, meinte er, hob den schweren Deckel an, griff in die Truhe, zog ein großes, in dickes braunes Leder eingebundenes Buch hervor und reichte es seiner Frau.

Marlein blätterte darin. »Die Seiten sind leer«, stellte sie überrascht fest.

»Ja. Ich werde sie füllen mit dem, was in unserer Familie wichtig ist.«

Marlein lächelte. »Dann kannst du morgen gleich damit anfangen.«

»Wie meinst du das?«

Sie wich einer Antwort aus und meinte stattdessen: »In Hattingen gibt es keine gute Kräuterfrau, habe ich gehört. Du kennst dich doch ein wenig mit Heilpflanzen aus?«

»Nicht genug, um Krankheiten zu behandeln. Ich kann Wunden versorgen, aber da endet mein Wissen auch schon.«

»Ich brauche die Kräuter nicht, um eine Krankheit auszukurieren. Sag, gibt es in Bochum oder Werden eine kundige Frau?«

»Warum willst du das wissen?«

»Es interessiert mich halt.«

»Ich kann mich in den nächsten Tagen umhören.«

»Tue das bitte und warte nicht zu lange damit.«

Jorge legte die Schnitzerei beiseite, mit der er sich beschäftigt hatte. »Nun rede schon. Wofür brauchst du die Kräuter?«

»Meiner Tante haben sie gutgetan, als sie ein Kind unter dem Herzen trug. Ich dachte, sie könnten mir auch helfen.«

Jorge fühlte sich plötzlich wie ein Fisch auf dem Trockenen. Er schnappte nach Luft. »Sag bloß, du bist …? Wir bekommen ein …?«

Marlein schaute ihn verliebt an. »Ja. Wenn es ein Mädchen wird, soll sie Ursell heißen. Wird es ein Knabe, Linhardt. Das kannst du nun in dein Buch schreiben.

Glossar

Albus

Silbermünze, die 1372 in Köln und Trier eingeführt und dann von vielen angrenzenden Territorien übernommen wurde. Der Umrechnungskurs des Albus (auch weißer Pfennig oder Silberpfennig genannt) schwankte zwischen den einzelnen Regionen. Ein Albus hätte nach heutigen Maßstäben eine Kaufkraft zwischen fünfzehn und zwanzig Euro.

Bader

Eigentlich Betreiber einer Badestube, wurden Bader mit der Zeit immer mehr zu Gehilfen der Ärzte. Der Besuch eines Baders war für die arme Bevölkerung oft die einzige Möglichkeit, wenigstens ein Minimum an medizinischer Versorgung zu erhalten. Neben dem Bader arbeitete im Badehaus auch der Scherer oder Barbier, der für das Schneiden der Haare und das Stutzen des Bartes verantwortlich war.

Bergenfahrer

Kapitäne und Kaufleute, die überwiegend mit der norwegischen Stadt Bergen Handel trieben. Händler, die primär die Stadt Nowgorod anfuhren, wurden Nowgorodfahrer genannt.

Bürgergeld

Gebühr zur Aufnahme in die Bürgerschaft einer Stadt

Deutscher Orden

Ritterorden, gegründet 1189 von einem Lübecker Ritter während des Dritten Kreuzzugs vor Akkon, im heutigen

Palästina. 1231 begann der Orden mit der schrittweisen Eroberung des Territoriums nördlich der Weichsel und gründete dort einen Staat, der bis Anfang des 18. Jahrhunderts Bestand hatte.

Dornse
In Lübeck gebräuchlicher Begriff für Schreibstube und Büro in Kaufmannshäusern

Dritteltag
Städtegruppen, die sich innerhalb der Hanse organisierten, wurden als Drittel bezeichnet. Die Regionaltreffen dieser Zusammenschlüsse nannte die Hanse Dritteltage.

Droste
Beamter, der im Auftrag eines Herrschers einen definierten Verwaltungsbezirk in rechtlicher, militärischer und polizeilicher Hinsicht leitete. Der Droste war in der Regel von Adel und ist in seinen Aufgaben mit einem Amtmann vergleichbar, führte sogar häufig diesen Titel.

Eideskapelle
Eidesschrein des Lübecker Rates in Gestalt einer hölzernen Kirche. Das Eichenmodell ist etwa dreißig mal zweiunddreißig Zentimeter groß. Auf dem Dach befinden sich zwei Griffe, die den Nachbau einer Glocke tragen. Der Schwörende berührte diese Griffe und sprach den Eid. Die Kapelle kann im Lübecker Sankt-Annen-Museum besichtigt werden.

Ganghäuser
Häuser in Lübecker Hinterhöfen, die nur über schmale Gänge zu erreichen sind.

Geldkatze
Geldbeutel

Goldgulden
Ein Goldgulden entspricht einer Goldmark oder zwanzig Schillingen oder zweihundertvierzig Pfennigen

Hansekontor
Handelsniederlassung, häufig auch ein abgegrenzter Handels- und Wohnbezirk

Hansetag
Unregelmäßig abgehaltenes Treffen der Delegierten der Hansestädte von unterschiedlicher Dauer, das meistens in Lübeck stattfand.

Hilinciweg
Auch kleiner Hellweg. Uralter Handelsweg, der von der Kölner Bucht durch das Bergische Land führt und bei Hattingen die Ruhr überquert, anfangs durch die Furt unterhalb der Isenburg, später über die Ruhrbrücke. Er kreuzt bei Bochum-Linden den Westfälischen Hellweg und verläuft weiter Richtung Münster/Osnabrück.

Hübschlerin
Prostituierte

Kornakzise
Indirekte Verbrauchssteuer auf Getreide

Kraweel
Eigentlich die Bauweise eines Schiffes, deren Beplankung

mit glatt aneinanderstoßenden Kanten durchgeführt wird. Später verwendete man den Begriff auch für die auf diese Art gebauten Schiffe.

Kuhmaulschuh
Nach vorne breiter werdender Schuh ohne jede Spitze

Legat
Botschafter/Beauftragter des Papstes

Lübische (Lübecker) Mark
Eine lübische Mark entsprach sechzehn Schillingen oder hundertzweiundneunzig Pfennigen. Um 1502 enthielt eine Mark noch etwa achtzehn Gramm Feinsilber.

Marktvogt
Von der Obrigkeit angestellte Person, die die Gesamtaufsicht über einen Markt hatte, auch Marktmeister genannt

Postmeile
Entfernungseinheit, die in den Städten völlig unterschiedlich bemessen wurde. In Lübeck entsprach eine Postmeile 7.532 Meter.

Reichsverweser
Statthalter eines Monarchen

Schaube
Weiter, vorne offener, ungegürteter Überrock, der im 15. Jahrhundert aufkam, um den darunter getragenen Scheckenrock sichtbar zu machen. Ursprünglich war die Schaube ein Kleidungsstück für Männer, das später mit einer schleppen-

artigen Verlängerung aber auch von wohlhabenden Frauen getragen wurde.

Schiffergesellschaft oder Schiffergelag
1401 in Lübeck gegründeter Seefahrerverband zur gegenseitigen Hilfe; in der Hansestadt die bedeutendste dieser Vereinigungen

Spiere
Jede Art von Rundholz in der Seemannssprache.

Stapelrecht
Auch Niederlagsrecht. Im Mittelalter das Recht einer Stadt, von durchziehenden Kaufleuten zu verlangen, dass sie ihre Waren in der Stadt für einen bestimmten Zeitraum auf dem Stapelplatz abluden und anboten. Teilweise konnten sich Händler durch Zahlung eines Stapelgeldes von dieser Pflicht befreien. Zusammen mit dem Stapelrecht hatten die Städte meist ein Umschlagsrecht. Beide verteuerten die betroffenen Waren und förderten die Interessen städtischer Gewerbe.

Stelling
Steg, der vom Kai auf ein Schiff führt

Stübchen
Maßeinheit, die in den Städten völlig unterschiedlich bemessen wurde. In Lübeck entsprach ein Stübchen 3,64 Liter.

Süntel
Bergstock des Weserberglandes mit bis zu sechzig Meter hohen Steilwänden

Trese

Die Tresekammer oder kurz Trese war die alte Schatzkammer des Rates der Hansestadt Lübeck zur Aufbewahrung von Urkunden und Wertsachen. Sie ist seit 1298 ein weltlicher Baukörper in der Lübecker Marienkirche.

Wendelstein

Turmartiger Gebäudeteil, der ein Treppenhaus – zumeist mit einer Wendeltreppe – enthält.

Viele der Erläuterungen habe ich sinngemäß (zum Teil auch wörtlich) der freien Enzyklopädie *Wikipedia* entnommen.

Nachbemerkung

Das Haus der grauen Mönche ist ein Roman, kein Geschichtsbuch. Dennoch hat es einige der beschriebenen historischen Ereignisse natürlich gegeben – allerdings nicht immer zu dem im Buch angegebenen Datum, sondern entweder früher oder später, und auch nicht immer an den Orten, wie im Buch behauptet.

So bin ich großzügig mit den Selbstmördern umgegangen, die zu Mördern wurden, um trotzdem in das Paradies zu gelangen. Dieses Phänomen ist für das späte 17. Jahrhundert im weitgehend protestantischen Nordeuropa und Norddeutschland belegt und nicht, wie von mir unterstellt, schon im frühen 16. Jahrhundert aufgetreten. Der Hintergrund ist folgender: Luther glaubte, dass die Menschen Erlösung erlangten, wenn sie ihre Sünden ehrlich bedauerten. Das weitere Schicksal entscheidet sich so erst im Moment des Todes. Wer zu diesem Zeitpunkt wahrhaftig bereut, hat keine Gelegenheit mehr, neue Sünden zu begehen, und fährt in den Himmel auf. Ein Priester ist für diese Reue nicht erforderlich. Selbstmord gilt im Christentum als Todsünde. Daher wählten die Selbstmörder den Umweg über einen Mord, hatten vor der eigenen Hinrichtung noch genug Zeit, ihre Tat zu bereuen und konnte so darauf hoffen, ins Paradies einzutreten. Eine solche Episode musste ich einfach schildern, auch wenn sie vermutlich nicht ganz in die Zeit passt und ich einige argumentative Verrenkungen vornehmen musste, um sie an die damals noch katholischen Gebräuche anzupassen.

Der Krieg zwischen Lübeck und Dänemark zog sich noch bis zum Frühjahr 1512 hin (eine grobe Übersicht über die militärischen Auseinandersetzungen findet sich auf Karte 2) und endete mit dem Frieden zu Malmö am 23. April 1512. Im Vertragswerk wurde der ohnehin bestehende Status quo festgeschrieben. Keine der beiden Seiten hatte ihre Kriegsziele erreicht und konnte sich als Gewinner fühlen.

Skurril auch die Situation in Schleswig-Holstein. Das Herzogtum wurde zwischen den Brüdern Friedrich und Johann geteilt. Johann stellte den Teilungsplan auf, Friedrich durfte den Landstrich wählen, dem er vorstehen wollte. Die korrekten Bezeichnungen der beiden Herzogtümer lauteten nach ihren jeweiligen Residenzstädten Herzogtum Schleswig-Holstein-Segeberg und Herzogtum Schleswig-Holstein-Gottdorf. Der Einfachheit halber nenne ich sie im Text schlicht Schleswig (Johann) und Holstein (Friedrich). Als Herzog unterstand der dänische König Johann dem deutschen Kaiser, als König nicht. Als die Dänen und Holsteiner Lübeck attackierten, hätte dies der deutsche Herzog Johann eigentlich nicht gedurft, der Dänenkönig schon. Erst im letzten Moment konnte ihn sein Bruder Friedrich davon überzeugen, den Krieg abzuwenden und auf Verhandlungen zu setzen. Deshalb zog das dänisch-holsteinische Heer wieder ab, ohne Lübeck angegriffen zu haben.

Auch habe ich den historischen Figuren Eigenschaften angedichtet, die sie so vermutlich nicht besessen haben. Manche von ihnen waren sicherlich redlicher, als von mir unterstellt. Bestimmt aber nicht alle …

Andere Ereignisse wiederum sind frei erfunden.

Die Orts- und Straßennamen sind nach Möglichkeit so angegeben, wie sie heute üblich sind, und nicht, wie sie damals hießen. So wohnt die Familie van Enghusen in Lübeck zum Beispiel in der Engelsgrube, die erst seit 1852 diesen Namen trägt. Vorher hieß die Straße Fossa Anglicorum (Englische Grube) beziehungsweise Engelsche Grove, Fossa Anglicana oder Engelische Grouwe. Sie führte zu dem Teil des Hafens, von dem der Handel mit England abgewickelt wurde. Mit Engeln hat der Name nichts zu tun.

Wie so vieles waren im ausgehenden Mittelalter neben den Gewichts- auch die Längenmaße nicht einheitlich genormt. Eine Meile betrug häufig zwischen 7,5 und 9 Kilometer. Ich habe alle Entfernungen in Meilen (1,6 Kilometer), Seemeilen (1,85 Kilometer), Schritt (0,71 bis 0,75 Meter) oder Elle (0,50 bis 0,80 Meter) angegeben und gegebenenfalls die Reisedauer daran berechnet, auch wenn diese Begriffe möglicherweise zum Zeitpunkt der Handlung noch nicht gebräuchlich waren.

Eine der Leserinnen des Manuskripts bemängelte, dass meine Romanfiguren doch sehr häufig Alkohol tränken. Das stimmt. Bevor Sie aber den Stab über meine Helden (und mich) brechen, sollten Sie Folgendes berücksichtigen: Wasser war – auf jeden Fall in den Städten – meist ungenießbar. Die Brunnenschächte reichten nicht sehr tief, sondern nur in die oberen Grundwasserschichten. Fast immer waren diese mit Fäkalien und anderen Abwässern verschmutzt, die wegen der fehlenden Kanalisation ungehindert ins Erdreich einsickern konnten. Tee wurde erstmals 1610 von China nach Holland importiert und erreichte um 1650 Deutschland, zunächst Ostfriesland. Kaffee folgte ab Mitte des 17. Jahrhunderts. Das erste Kaffeehaus in Deutschland eröffnete in Bremen 1673. Milch war Schwangeren und Kindern vorbehalten, Fruchtsäfte weitgehend unbekannt. Was blieb, war Alkohol, wenn auch in verdünnter Form. Der Alkohol verdrängte den schlechten Geschmack des Wassers. Hinzu kam, dass Verträge zum Beispiel nur rechtswirksam waren, wenn sie ›begossen‹ wurden, das heißt auf den Abschluss in eigens dafür benannten Gaststuben mindestens ein Glas getrunken wurde. Dies regelten sogenannte Trinkordnungen, die in den meisten Städten galten. In manchen Städten wie Lübeck schrieben sie sogar vor, in welcher Form Gäste begrüßt werden mussten. Nämlich durch das Aussprechen eines Trinkspruches, Leeren eines Glases auf einen Zug – und damals handelte es sich eher um Humpen denn Becher. Es gab darüber hinaus häufig einen ›Mittrinkzwang‹. Gelage waren erst dann beendet, wenn keiner der Anwesenden mehr stehen konnte. Wer sich verweigerte oder das Ritual nicht befolgte, galt als Außenseiter, nicht selten als Feind. Vor diesem geschichtlichen Hintergrund leben meine Romanfiguren doch quasi abstinent, finden Sie nicht?

Für alle sachlichen Fehler und Ungenauigkeiten bin selbstverständlich nur ich verantwortlich.

Wie andere Autoren bin ich der Meinung, dass ein belletristisches Werk nicht unbedingt einen Quellennachweis beinhalten muss. Sollten Sie daran interessiert sein, finden Sie diese Angaben auf meiner Webseite www.jan-zweyer.de

Alle Datumsangaben im Buch beziehen sich auf den Julianischen Kalender, zu deren Berechnung ich eine Internetseite benutzt habe. Die Quelle findet sich ebenfalls auf meiner Webseite.

Jan Zweyer, im Winter 2015

Mein Dank gilt folgenden Personen:

Thomas Weiß, Leiter des Stadtarchivs Hattingen, führte mit mir ein langes Gespräch über das mittelalterliche Hattingen und beantwortete auch später freundlicherweise einige Fragen, die sich mir noch stellten.

Dr. Joachim Wittkowski half mir mit Hinweisen über die korrekte Anrede im Spätmittelalter und Weiterem, was mit seinem Fachgebiet Germanistik zusammenhängt.

Und natürlich danke ich den Erstleserinnen Margret Ammer, Annette Leber und Susanne Olszowy für ihre Anregungen.

Nicht zu vergessen meine Frau Barbara, die mich ermuntert hat, weiterzuschreiben, wenn es nicht so lief, wie ich mir das vorstellte.

Wie alles begann

Jan Zweyer

Das Haus der grauen Mönche
Teil I: Das Mündel

ISBN 978-3-89425-619-7
Auch als E-Book erhältlich

DIE GRAUEN MÖNCHE NEHMEN SICH DER WAISE JORGE AN – DOCH DAS SCHICKSAL HAT NOCH VIEL MIT IHM VOR …

Anno 1488: Wegen einer Wiese müssen Linhardt von Linden und seine Frau ihr Leben lassen. Der neugeborene Sohn Jorge bleibt nur vom Tod verschont, weil sich Bruder Bernardo seiner annimmt. Doch die Erziehung der Waise im ›Haus der grauen Mönche‹ ruft Missgunst auf den Plan – sogar unter den Mönchen selbst.

Auch von anderer Seite droht Ungemach: Dem Hattinger Bürgertum sind die Bettelmönche schon lange ein Dorn im Auge und sogar der Erzbischof von Köln hat guten Grund, sie weit weg zu sehen.

Jorge gerät zwischen die Fronten von weltlichen und kirchlichen Machthabern.

»Spannend und vielschichtig.«
Ruhr Nachrichten

»Ich freue mich schon sehr auf die nächsten Teile der Trilogie und bin gespannt, welche Überraschungen das Leben noch für Jorge bereit hält.« www.vonmainbergsbuechertipps.wordpress.de

»Der zwischen 1488 und 1502 spielende erste Teil der dreibändigen Historien-Saga fängt pralles spätmittelalterliches Leben ein.«
Jürgen Seefeldt, ekz-Bibliotheksservice

»Hat man Historienromane bisher mit Namen wie Umberto Eco, Donna Woolfolk Cross oder Ken Follett verbunden, gibt es nunmehr einen sehr akzeptablen Gegenentwurf.«
Carsten Janecke, Hellweger Anzeiger

grafit

Die Jahre der Wanderschaft

Jan Zweyer

Das Haus der grauen Mönche
Teil II: Freund und Feind

ISBN 978-3-89425-620-3
Auch als E-Book erhältlich

Wenn die Zeiten härter werden, ändert sich nichts so schnell wie sicher geglaubte Allianzen

Anno 1502: Jorge wird verbannt und macht sich auf die Suche nach seinem Freund Aron – er findet ihn wieder als Mitglied einer Räuberbande. Währenddessen stellt der Hattinger Kaufmann Hinrick van Enghusen die Weichen für die Zukunft: Die Vermählung seines Sohnes mit Agnes von Krekenbeck soll für ein Bündnis zweier einflussreicher Familien sorgen.

Auch der Benediktiner Bartholomäus verfolgt unbeirrt weiter seine Pläne: Mithilfe der Inquisition entledigt er sich aller Mitwisser um das Attentat auf Herzog Johann II. Nun bleibt nur noch Jorge, der ihm gefährlich werden kann.

Doch Gier ist immer ein schlechter Berater. Bald schon muss sich ein jeder die Frage stellen: Wer ist Freund, wer Feind?

»Ein plastischer, farbiger Roman, der das Mittelalter lebendig macht, ohne es zu beschönigen. Gut und Böse, Arm und Reich, Mächtig und Ohnmächtig sind klar verteilt ... Heimatkunde der spannenden Art, klug und ausbalanciert erzählt.«
Jens Dirksen, WAZ Westdeutsche Allgemeine Zeitung

Intrigen, Liebe, Verrat

Ilka Stitz

Harzblut

ISBN 978-3-89425-617-3
Auch als E-Book erhältlich

IM HARZ FLIESST BLUT FÜR DEN REICHTUM VENEDIGS

Anno 1493: Federico Manzoni ist Erzsucher im Auftrag Venedigs. Mangan und Kobalt für die blühende Kristallglasherstellung findet er im fernen Deutschland am Fuße des Brockens, wo auch seine heimliche Liebe, die verheiratete Anna, lebt.

Doch dieses Jahr steht nicht nur für Federico unter einem denkbar schlechten Stern: Das Handelshaus der Manzonis ist bankrott und den Schuldschein besitzt ausgerechnet deren Intimfeind Pertuzzi …

»Ilka Stitz' Roman Harzblut *erzählt von Liebe, Eifersucht und den Bodenschätzen im Harz, die bei vielen Menschen die nackte Gier wecken. Ein Schmöker wie gemacht für den Urlaub.«*
Morgenpost am Sonntag

»Ein gelungener Mix aus geschichtlichen Fakten, ausgefeilten Charakteren und einem spannenden und sehr unterhaltsamen Plot.«
Ulrike Weil, ekz-Bibliotheksservice

»Ein spannender Schmöker; auf mitreißende Weise entführt Ilka Stitz ihre Leser an den Fuß des spätmittelalterlichen Brocken.«
Buch aktuell

»Ein historischer Roman mit allem, was ein solcher braucht. Interessante Protagonisten, spürbar gut recherchiert und mit viel Liebe zum Detail geschrieben.«
Karin Speck, www.histo-couch.de

grafit

Eine starke Frau mit dunklem Geheimnis

Beate Sauer

Die Schwertkämpferin

ISBN 978-3-89425-613-5
Auch als E-Book erhältlich

EINE VERSCHWÖRUNG, DIE DIE GESCHICHTE DES ABENDLANDES VERÄNDERN KANN

Mitte des 13. Jhs: Sizilianische Bauern finden eine schwer verletzte junge Frau und bringen sie in ein nahe gelegenes Kloster. Den Mönchen gelingt es, die Verwundete zu retten, doch sie hat keine Erinnerung daran, wer sie ist. Bald erkennt Teresa, wie sie fortan genannt wird, dass sie heilkundig ist – und unter dem Bann einer dunklen Macht steht. Währenddessen versucht der kaiserliche Gefolgsmann Alessio, Verschwörern auf die Spur zu kommen, die den Tod Friedrichs II. planen. Als sich die Wege von Alessio und Teresa kreuzen, scheint eine Katastrophe unaufhaltsam zu sein …

»Beate Sauers Ideenreichtum spinnt ein farbig-pralles Epochengemälde, das bis zur letzten Seite überrascht.«
Monika Willer, Westfalenpost

»Eine einzigartige Geschichte, ohne die üblichen Mittelalterklischees zu wiederholen, und sie verbindet Spannung mit sehr viel Gefühl. Sämtliche Figuren wirken neuartig und durchdacht, fantasievolle Handlungsstränge sind überzeugend miteinander verknüpft und das gesamte Buch strotzt nur so voll Atmosphäre.«
Sibylle Haseke, Taschenbuchtipp WDR

»Höchst empfehlenswert für alle Freunde historischer Romane, die gerne über Frauen in ungewöhnlichen Rollen lesen.«
Krimiforum.net

»Dieses Mittelalter-Epos hat alles, was ein Bestseller heute braucht.« Glaube und Leben

grafit

Hat Ihnen dieses Buch gefallen und
möchten Sie wissen, wie es weitergeht?

Dann abonnieren Sie unseren Newsletter,
wir halten Sie auf dem Laufenden!